HEYNE <

Das Buch

Timothy Carrier ist ein ruhiger Mann, einer, der sich in die hinterste Ecke seiner Stammkneipe zurückzieht und die übrigen Gäste beobachtet. Bei dem Fremden, der zielsicher auf ihn zusteuert und sich neben ihn an die Bar setzt, hat Tim sofort ein ungutes Gefühl. Fast gegen seinen Willen lässt er sich in ein Gespräch verwickeln – und danach ist nichts mehr, wie es einmal war: Ehe Tim weiß, wie ihm geschieht, hält er einen braunen Umschlag in Händen – und der Mann ist spurlos verschwunden. Als Tim den Umschlag öffnet, findet er ein Bündel Hundertdollarscheine und das Foto einer attraktiven Frau in seinem Alter. Der Name der Frau, Linda Paquette, ist auf der Rückseite des Fotos notiert. Offenbar wurde Tim verwechselt – mit einem Auftragskiller, der im selben Moment die Kneipe betritt. Tim bleibt keine Zeit zum Nachdenken. Verzweifelt versucht er, den Killer davon zu überzeugen, dass er es sich anders überlegt habe. Das Foto des Opfers entfernt er aus dem Umschlag und übergibt das Geld dem Mann, der scheinbar ungerührt die Bar verlässt.

Eigentlich könnte jetzt alles wieder in Ordnung sein. Doch Tim folgt dem Auftragsmörder bis zur Tür und entdeckt, dass er in ein Polizeiauto steigt. Da wird ihm schlagartig klar, dass es an ihm liegt, Linda zu warnen. Das Ausmaß der Gefahr, in die er sich selbst begibt, vermag er allerdings nicht zu erahnen. Denn der Mörder macht nun Jagd auf ihn und Linda …

»Dean Koontz ist ein Meister unserer dunkelsten Träume.« *The Times*

Der Autor

Dean Koontz wurde 1945 in Pennsylvania geboren und lebt heute mit seiner Frau in Kalifornien. Seine zahlreichen Romane – Thriller und Horrorromane – wurden in 38 Sprachen übersetzt und sämtlich zu internationalen Bestsellern. Weltweit wurden bislang 400 Millionen Exemplare seiner Bücher verkauft.

Lieferbare Titel

Die Anbetung – Bote der Nacht – Chase – Frankenstein / Das Gesicht – Frankenstein / Die Kreatur – Der Geblendete – Geschöpfe der Nacht – Im Bann der Dunkelheit – Irrsinn – Kalt – Mitternacht – Schattennacht – Seelenlos – Stimmen der Angst – Todesdämmerung – Todesregen – Todeszeit – Trauma – Tür ins Dunkel – Urangst – Das Versteck – Der Wächter – Die zweite Haut – Zwielicht

DEAN KOONTZ

BLUTVERTRAG

Roman

Aus dem Amerikanischen
von Bernhard Kleinschmidt

WILHELM HEYNE VERLAG
MÜNCHEN

Die amerikanische Originalausgabe
THE GOOD GUY
erschien 2007 bei Bantam Books,
a division of Random House, Inc., New York

Im Rahmen einer Auktion zugunsten von *Canine Companions for Independence*, einer Organisation, die Begleithunde für Menschen mit Behinderungen bereitstellt, hat Linda Paquette aus Pasadena (Kalifornien) die zweifelhafte Ehre ersteigert, dass eine Person in diesem Buch ihren Namen trägt.

Dean Koontz

FSC
Mix
Produktgruppe aus vorbildlich bewirtschafteten Wäldern und anderen kontrollierten Herkünften
Zert.-Nr. SGS-COC-001940
www.fsc.org
© 1996 Forest Stewardship Council

Verlagsgruppe Random House FSC-DEU-0100
Das für dieses Buch verwendete FSC-zertifizierte Papier
Holmen Book Cream liefert
Holmen Paper, Hallstavik, Schweden.

Vollständige deutsche Taschenbuchausgabe 05/2010

Printed in Germany 2010
Umschlagfoto: © panthermedia.net/Gerhard Fechtig
Umschlaggestaltung: Eisele Grafik Design, München
Satz: C. Schaber, Datentechnik, Wels
Druck und Bindung: GGP Media GmbH, Pößneck
ISBN: 978-3-453-43340-3

www.heyne.de

Für Mike und Mary Lou Delaney –
für eure Freundlichkeit, eure Freundschaft
und für all das Lachen – selbst wenn ihr oft
nicht wisst, weshalb wir über euch lachen.
Mit euch. Wir lachen mit euch.
Wir mögen euch unheimlich gern!

Ich will Ihnen ein großes Geheimnis
verraten, mein Lieber.
Warten Sie nicht auf das Jüngste Gericht,
es findet täglich statt.

Albert Camus · Der Fall

Erster Teil

Zur falschen Zeit am rechten Ort

1

Wenn eine Eintagsfliege über einen Tümpel gleitet, hinterlässt sie nur eine kurze Spur im Wasser, fein wie Spinnweben. Indem sie so tief fliegt, entgeht sie Vögeln und Fledermäusen, die im Flug jagen.

Mit seinen ein Meter neunzig, einem Gewicht von fünfundneunzig Kilogramm, großen Händen und noch größeren Füßen konnte sich Timothy Carrier nicht in so geringer Höhe bewegen wie eine übers Wasser gleitende Eintagsfliege, aber er versuchte sein Bestes.

Mit schweren Arbeitsstiefeln und einem John-Wayne-Gang, der ihm angeboren war und den er nicht ändern konnte, betrat er dennoch unauffällig die Lamplighter Tavern und gelangte bis ans andere Ende des Raums, ohne Aufmerksamkeit auf sich zu ziehen. Keiner der drei Männer in der Nähe der Tür, an der kurzen Seite der L-förmigen Theke, würdigte ihn eines Blickes. Ebenso wenig die Pärchen, die in zwei der Nischen lümmelten.

Als er sich auf dem letzten Hocker dort niederließ, wo es jenseits des letzten Deckenstrahlers, der das dunkle Mahagoni der Theke zum Glänzen brachte, schummerig war, seufzte er erleichtert. Von der Eingangstür aus gesehen, war er nun der kleinste Kerl im Raum.

Betrachtete man das vordere Ende der Kneipe als Führerstand einer Lokomotive, so war dies der letzte Wagen. Wer sich hier an einem ruhigen Montagabend niederließ, war wahrscheinlich einer von der stillen Sorte.

Liam Rooney, der Wirt und heute Abend der einzige

Mann hinter der Theke, zapfte ein Bier und stellte es Tim hin.

»Irgendwann wirst du hier mal mit 'ner Verabredung aufkreuzen«, sagte Rooney, »dann trifft mich vor Schreck der Schlag.«

»Wieso sollte ich in diese Bruchbude wohl eine Frau mitschleppen?«

»Kennst du denn noch was anderes als diese Bruchbude?«

»Da gibt's auch noch den Donut-Schuppen, wo ich gern hingehe.«

»Na, klar. Nachdem ihr beide ein Dutzend Donuts verputzt habt, fährst du mit ihr zu einem von den großen, teuren Restaurants in Newport Beach, wo ihr euch auf den Bordstein hockt und zuschaut, wie die Pagen mit den ganzen schicken Schlitten rumrangieren.«

Tim nippte an seinem Bier, während Rooney über die ohnehin saubere Theke wischte. »Du hast Glück, dass du so jemanden wie Michelle gefunden hast«, sagte Tim schließlich. »So was stellen sie heute nicht mehr her.«

»Michelle ist dreißig, genauso alt wie wir beide. Wenn man so was heute nicht mehr herstellt, wo ist sie dann wohl hergekommen?«

»Ist mir ein Rätsel.«

»Um gewinnen zu können, muss man erst mal mitspielen«, sagte Rooney.

»Tu ich doch.«

»Alleine mit dem Basketball in den Park zu trotten, um am Korb Zielübungen zu machen, ist kein Spiel.«

»Mach dir um mich bloß keine Sorgen. Die Frauen rennen mir regelrecht die Bude ein.«

»Schon möglich«, sagte Rooney, »aber sie kommen zu zweit und wollen dir von Jesus erzählen.«

»Da ist doch nichts dagegen zu sagen. Die machen sich eben Sorgen um meine Seele. Sag mal, hat dir schon mal jemand gesagt, dass du ein ganz schön sarkastisches Arschloch bist?«

»Du. Mindestens tausendmal. Ich krieg es nie über, das zu hören. Übrigens, vorhin war ein Typ hier, vierzig Jahre alt, nie verheiratet gewesen, und jetzt hat man ihm die Eier abgeschnitten.«

»*Wer* hat ihm die Eier abgeschnitten?«

»Irgendwelche Ärzte.«

»Krieg doch mal raus, wie die heißen«, sagte Tim. »Bei einem von denen will ich nämlich nicht zufällig landen.«

»Der Typ hatte Krebs. Die Sache ist nur die – jetzt kann er keine Kinder mehr bekommen.«

»Was ist so toll daran, Kinder zu bekommen, wenn die Welt so ist, wie sie ist?«

Rooney sah aus wie ein selbst ernannter Karatekämpfer, der zwar noch kein einziges Mal beim Training gewesen war, aber trotzdem versucht hatte, mit seinem Schädel eine Menge Betonklötze zu zertrümmern. In seinen blauen Augen glomm jedoch ein warmes Licht, und ein gutes Herz hatte er auch.

»Darum geht es ja gerade«, sagte er. »Eine Frau, Kinder, einen Ort, an dem man sich festhalten kann, während der Rest der Welt vor die Hunde geht.«

»Methusalem ist neunhundert Jahre alt geworden und hat bis zum Ende Kinder gezeugt.«

»Das ist aber schon 'ne Weile her.«

»Ändert nichts an den Fakten.«

»Das heißt, du willst was tun? – Mit der Familiengründung warten, bis du so an die sechshundert bist?«

»Du und Michelle, ihr habt ja auch noch keine Kinder.«

»Wir arbeiten daran.« Rooney beugte sich vor und stützte die verschränkten Arme auf die Theke, sodass er auf Augenhöhe mit Tim war. »Und was hast du heute eigentlich getan, Türsteher?«

Tim runzelte die Stirn. »Nenn mich nicht so.«

»Also, was hast du heute getan?«

»Das Übliche. Irgendeine Mauer gebaut.«

»Und was wirst du morgen tun?«

»Irgendeine andere Mauer bauen.«

»Für wen?«

»Für den, der mich bezahlt.«

»Ich arbeite siebzig Stunden pro Woche in dieser Bude, manchmal auch länger, aber nicht für die Gäste.«

»Das merken deine Gäste auch«, versicherte ihm Tim.

»Und wer ist jetzt das sarkastische Arschloch?«

»Den Meistertitel hast noch immer du, aber ich profiliere mich gerade als Herausforderer.«

»Ich arbeite für Michelle und für die Kinder, die wir bekommen werden. Man braucht einfach jemand, für den man arbeitet, abgesehen von dem, der einen bezahlt. Man braucht jemand Besonderen, mit dem man etwas aufbauen und eine Zukunft teilen kann.«

»Liam, du hast wirklich wunderschöne Augen.«

»Ich und Michelle – wir machen uns Sorgen um dich, Alter.«

Tim spitzte die Lippen.

»Alleinsein tut keinem gut«, sagte Rooney.

Tim machte Kussgeräusche.

Rooney beugte sich vor, bis ihre Gesichter nur noch wenige Zentimeter voneinander entfernt waren. »Willst du etwa mit mir knutschen?«

»Na ja, wo ich dir offenbar so wichtig bin …«

»Ich pflanze gleich meinen Hintern auf die Theke. Den kannst du gerne knutschen.«

»Nein danke. Dafür sind meine Lippen mir dann doch zu schade.«

»Weißt du, was dein Problem ist, Türsteher?«

»Fängst du schon wieder an.«

»Autophobie.«

»Quatsch. Ich hab doch keine Angst vor Autos!«

»Du hast Angst vor dir selbst. Nein, das stimmt auch nicht ganz. Du hast Angst vor deinem Potenzial.«

»Und du würdest einen prima Highschool-Psychologen abgeben«, sagte Tim. »Ich dachte, hier gibt's kostenlose Salzbrezeln. Wo sind meine Brezeln?«

»Auf die hat ein Besoffener gereihert. Ich war gerade dabei, sie abzuwischen.«

»Okay. Wenn sie durchgeweicht sind, will ich doch lieber keine.«

Rooney holte aus dem Regal hinter der Theke eine Schale Salzbrezeln und stellte sie neben Tims Bier. »Michelle hat übrigens eine Cousine namens Shaydra. Die ist echt süß.«

»Was ist denn das für ein Name? Heißt heutzutage niemand mehr Mary?«

»Ich werde dafür sorgen, dass du und Shaydra mal zusammen ausgeht.«

»Sinnlos. Morgen lasse ich mir die Eier abschneiden.«

»Leg sie in ein leeres Gurkenglas und bring sie zur Verabredung mit. Das ist ein toller Aufhänger, um ins Gespräch zu kommen.« Damit kehrte Rooney zum anderen Ende der Theke zurück, wo die drei lebhaften Gäste dafür sorgten, dass seine noch ungeborenen Kinder später ihre Studiengebühren bezahlen konnten.

Einige Minuten lang versuchte Tim, sich einzureden, dass Bier und Salzbrezeln alles waren, was er brauchte. Das klappte ganz gut, weil er sich dabei Shaydra als strohdummen Trampel mit zusammengewachsenen Augenbrauen und zu einem Zopf geflochtenen Nasenhaaren vorstellte.

Wie üblich wirkte die Kneipe beruhigend auf ihn. Eigentlich brauchte er nicht einmal das Bier, damit sich alles, was ihm den Tag über auf die Nerven gegangen war, in Wohlgefallen auflöste. Es war irgendwie der Raum selbst, der das vermochte, obwohl Tim nicht recht begriff, was der Grund für diese Wirkung war.

Die Luft roch nach schalem und frischem Bier, nach der Salzlake in dem großen Glas Würstchen, das auf der Theke stand, nach Möbelwachs und Shuffleboard-Pulver. Aus der kleinen Küche kam das Aroma von auf dem Grill schmorenden Frikadellen und von Zwiebelringen, die in heißem Öl vor sich hin brutzelten.

Das warme Bad angenehmer Düfte, die beleuchtete Budweiser-Uhr und das Halbdunkel, in dem Tim saß, das Murmeln der Pärchen an den Tischen hinter ihm und die unsterbliche Stimme von Patsy Cline aus der Jukebox waren ihm so vertraut, dass sein eigenes Zuhause ihm vergleichsweise wie fremdes Territorium erschien, wenn er heimkam.

Vielleicht wirkte die Kneipe so tröstlich auf ihn, weil sie zwar nichts Dauerhaftes, aber doch wenigstens etwas einigermaßen Beständiges darstellte. In einer sich unablässig verändernden Welt widersetzte sie sich selbst der kleinsten Veränderung.

Hier erwarteten Tim keine Überraschungen, und er wollte auch keine erleben. Neue Erfahrungen wurden überschätzt. Von einem Bus überfahren zu werden, wäre auch eine neue Erfahrung.

Er zog das Vertraute, Gewohnte vor. Er lief nicht Gefahr, von einem Berg abzustürzen, weil er niemals einen bestiegen hätte.

Manche Leute meinten, ihm fehle es an Abenteuerlust. Tim fand es sinnlos, ihnen klarzumachen, dass kühne Expeditionen durch exotische Länder und über fremde Meere den Streifzügen von Krabbelkindern entsprachen, verglichen mit den Abenteuern, die einen in den zwanzig Zentimetern zwischen dem linken und dem rechten Ohr erwarteten.

Hätte er eine entsprechende Bemerkung gemacht, hätte man ihn für einen Narren gehalten. Schließlich war er nur ein Handwerker, ein Maurermeister. Von so jemandem erwartete man, dass er nicht zu viel nachdachte.

Ohnehin vermieden es die meisten Leute inzwischen nachzudenken, vor allem über die Zukunft. Sie verließen sich lieber auf den Trost blinder Überzeugungen als auf klarsichtige Gedanken.

Andere bezichtigten Tim, altmodisch zu sein. Dieses Vergehens bekannte er sich gerne schuldig.

Die Vergangenheit war reich an vertrauter Schönheit, sodass ein Blick zurück sich immer lohnte. Tim war ein hoffnungsvoller Mensch, aber nicht vermessen genug, um anzunehmen, dass sich auch in der unbekannten Zukunft Schönheit verbarg.

Ein interessanter Bursche betrat die Kneipe. Er war groß, wenn auch nicht so groß wie Tim, kräftig, aber nicht furchterregend.

Was ihn interessant machte, war weniger sein Aussehen als sein Verhalten. Er kam herein wie ein gehetztes Tier. Zuerst wandte er sich zur Tür um und spähte hinter sich, bis sie sich geschlossen hatte, dann ließ er den Blick argwöhnisch durch den Raum schweifen, als misstraute er dem Eindruck, dass er hier Zuflucht finden konnte.

Als der Neuankömmling näher kam und sich an die Theke setzte, starrte Tim auf sein Pilsglas, als handelte es sich um einen mysteriöses Gefäß, über dessen tiefgründigen Inhalt er nachgrübelte. Indem er diese andächtige Haltung einnahm, statt gekränkte Einsamkeit zur Schau zu stellen, ließ er Fremden die Option offen, ihn anzusprechen, ohne es herauszufordern.

Falls die ersten Worte, die der andere von sich gab, darauf hinwiesen, dass es sich um einen Fanatiker, einen politischen Spinner oder irgendeinen Dummkopf handelte, konnte Tim aus seiner verträumten Pose zu bitterem Schweigen und dem Ausdruck mühsam gebändigter Aggression übergehen. Nur wenige Leute versuchten öfter als zweimal, das Eis zu brechen, wenn die einzige Reaktion in eisiger Kälte bestand.

Wenn Tim am Altar der Theke saß, war es ihm zwar lieber, sich ruhiger Kontemplation zu widmen, aber er hatte auch nichts gegen Konversation von der richtigen Sorte. Das hieß, sie musste ungewöhnlich sein.

Brachte man selbst ein Gespräch in Gang, so war es womöglich schwierig zu beenden. Machte jedoch der Nachbar zuerst den Mund auf und ließ erkennen, wer er war, dann konnte man ihn problemlos zum Schweigen bringen, indem man ihn einfach links liegen ließ.

Weiter um das Wohlergehen seiner noch nicht geborenen Kinder bemüht, trat Rooney auf den Plan. »Was darf's sein?«

Der Fremde legte einen dicken, braunen Umschlag auf die Theke und ließ seine linke Hand darauf ruhen. »Vielleicht ... ein Bier.«

Rooney wartete mit gehobenen Augenbrauen.

»Ja. Genau. Ein Bier«, sagte der neue Gast.

»Vom Fass habe ich Budweiser, Miller Lite und Heineken.«

»Aha. Tja ... also ... ich würde sagen ... ein Heineken.«

Die Stimme war so dünn und straff wie eine Telefonleitung, und die Worte kamen heraus wie Vögel, die in diskretem Abstand zueinander darauf hockten. Dabei schwang ein Ton mit, bei dem es sich um Bestürzung handeln mochte.

Als Rooney das Bier brachte, hatte der Fremde bereits Geld auf die Theke gelegt. »Stimmt so«, sagte er.

Ein zweites Glas kam offenbar nicht infrage.

Während Rooney wegging, umschloss der Fremde das Bierglas mit der Rechten. Er nahm keinen einzigen Schluck.

Tim war ein Nuckelbaby. Mit diesem Titel verspottete ihn Rooney jedenfalls gern, weil er es schaffte, während eines ganzen, langen Abends gerade mal zwei Glas Bier zu konsumieren. Manchmal bestellte er sich ein paar Eiswürfel dazu, wenn das Gebräu zu warm geworden war.

Selbst wenn man kein Gewohnheitstrinker war, wollte man den ersten Schluck doch genießen, solange das Bier frisch gezapft und ordentlich kühl war.

Wie ein auf sein Ziel fixierter Scharfschütze betrachtete Tim sein eigenes Glas, doch wie ein guter Scharfschütze verfügte auch er über ein ausgezeichnetes peripheres Sehvermögen. Deshalb konnte er sehen, dass der Fremde sein Glas immer noch nicht gehoben hatte.

Offenbar war es dieser Kerl nicht gewohnt, in Kneipen zu gehen, und hier wollte er an diesem Abend und zu dieser Stunde schon gar nicht sein.

Endlich sagte er: »Ich bin zu früh dran.«

Tim war sich nicht sicher, ob das eine Unterhaltung war, die er führen wollte.

»Wahrscheinlich«, fuhr der Fremde fort, »will jeder früh dran sein, um die Lage zu peilen.«

Tim hatte ein schlechtes Gefühl. Nicht, dass er den Eindruck hatte, sich vor dem Kerl da hüten zu müssen, weil er gefährlich war, aber lästig konnte er vielleicht schon werden.

»Ich bin mal mit meinem Hund aus einem Flugzeug gesprungen«, sagte der Fremde.

Allerdings kam ein denkwürdiges Kneipengespräch am ehesten dann zustande, wenn man das Glück hatte, einem Exzentriker zu begegnen.

Tims Stimmung hob sich. Er wandte sich dem Fallschirmspringer zu und fragte: »Wie hieß er denn?«

»Wer?«

»Der Hund.«

»Larry.«

»Komischer Name für einen Hund.«

»Ich hab ihn nach meinem Bruder benannt.«

»Und was hat Ihr Bruder dazu gesagt?«

»Mein Bruder ist tot.«

»Das tut mir leid«, sagte Tim.

»Ist schon lange her.«

»Mochte Larry Fallschirmspringen?«

»Er ist nie gesprungen. Er starb, als er sechzehn war.«

»Ich meinte den Hund.«

»Ach so. Ja, dem hat es offenbar gefallen. Ich hab es nur erwähnt, weil mir gerade genauso flau im Magen ist wie damals vor dem Sprung.«

»Sie hatten einen ziemlich üblen Tag, was?«

Der Fremde runzelte die Stirn. »Meinen Sie?«

Tim nickte. »Ein übler Tag.«

Mit weiterhin gerunzelter Stirn fragte der Fallschirmspringer: »Sie *sind* es doch, oder?«

Die Kunst des Wortgeplänkels in einer Kneipe war nicht damit vergleichbar, auf dem Klavier Mozart zu spielen. Es läuft eher wie bei einer Jamsession. Die Rhythmen ergeben sich instinktiv.

»Sie sind es, ja?«, wiederholte der Fremde.

»Wer soll ich denn sonst sein?«, entgegnete Tim.

»Sie sehen so … normal aus.«

»Ich gebe mir alle Mühe«, versicherte Tim.

Der Fallschirmspringer starrte ihn einen Moment lang aufmerksam an, senkte dann jedoch gleich wieder den Blick. »Ich kann mir nicht vorstellen, jemand wie Sie zu sein.«

»Ein Zuckerschlecken ist es nicht«, sagte Tim in ernsterem Ton und runzelte ebenfalls die Stirn, weil er das ziemlich ehrlich gemeint hatte.

Endlich hob der Fremde sein Glas. Während er es zum Mund führte, schwappte Bier auf die Theke; dann schüttete er die Hälfte in sich hinein.

»Außerdem ist das nur so eine Phase«, sagte Tim mehr zu sich selbst als zu seinem Gesprächspartner.

Irgendwann würde der Kerl seinen Fehler erkennen, woraufhin Tim so tun würde, als hätte er sich ebenfalls geirrt. Inzwischen konnte er sich ja ein wenig amüsieren.

Der Mann schob den braunen Umschlag über die Theke. »Das ist die Hälfte. Zehntausend. Der Rest folgt, wenn sie erledigt ist.«

Sobald er seinen Satz beendet hatte, drehte er sich auf seinem Barhocker um, stand auf und ging auf die Tür zu.

Tim wollte den Mann schon zurückrufen, als ihm die schaurige Bedeutung der elf Worte klar wurde: *Das ist die Hälfte. Der Rest folgt, wenn sie erledigt ist.*

Zuerst erstickte Verblüffung seine Stimme und dann ein für ihn untypisches Angstgefühl.

Der Fallschirmspringer hatte es offenbar eilig, die Kneipe zu verlassen. Er durchquerte rasch den Raum, trat durch die Tür und verschwand in der Nacht.

»He, warten Sie mal«, sagte Tim zu leise und zu spät. »Warten Sie.«

Wenn man durch die Tage gleitet und dabei nur eine Spur hinterlässt, die so fein ist wie Spinnweben, dann ist man es nicht gewohnt, laut zu rufen oder hinter Fremden herzulaufen, die einen Mord im Sinn haben.

Als Tim klar wurde, dass er nicht umhinkam, die Verfolgung aufzunehmen, erhob er sich von seinem Hocker, aber da war der richtige Zeitpunkt bereits verstrichen. Der Fremde schon zu weit weg.

Tim setzte sich wieder hin und trank sein Bier in einem langen Zug aus.

An den Wänden des Glases blieb Schaum haften. Bisher war ihm dieses flüchtige Muster nie besonders geheimnisvoll erschienen. Nun studierte er es, als sei es von großer Bedeutung.

Verwirrt warf er einen Blick auf den braunen Umschlag, der so unheilvoll aussah wie eine Rohrbombe.

Je einen Teller mit Cheeseburger und Fritten in den Händen, bediente Liam Rooney eines der jungen Paare an den Tischen. Weil montags nicht viel los war, kam an diesem Tag keine Kellnerin.

Tim hob die Hand, um Rooney ein Zeichen zu geben. Der Wirt nahm es nicht wahr und ging zu dem Durchgang in der Theke zurück, der sich am anderen Ende des Raums befand.

Der Umschlag besaß noch immer eine unheilvolle Bedeutung, aber Tim zweifelte inzwischen bereits daran, dass er das, was sich zwischen ihm und dem Fremden abgespielt hatte, richtig verstanden hatte. Ein Kerl mit einem fallschirmspringenden Hund namens Larry zahlte doch bestimmt nicht dafür, jemanden umbringen zu lassen. Das Ganze war ein Missverständnis.

Der Rest folgt, wenn sie erledigt ist. Das konnte eine Menge bedeuten. Es ließ nicht zwangsläufig darauf schließen, dass die betreffende Person *tot* sein sollte.

Im Vertrauen darauf, dass die Welt rasch wieder ins Lot käme, bog Tim die Messingklammer auf, die den Umschlag verschloss, öffnete die Klappe und griff hinein. Er zog ein dickes Bündel mit einem Gummiband zusammengehaltener Hundertdollarscheine heraus.

Vielleicht war das Geld ja gar nicht schmierig, aber es fühlte sich so an. Er schob es sofort wieder in den Umschlag zurück.

Neben dem Bargeld fand er ein dreizehn mal achtzehn Zentimeter großes Foto, das aussah wie der Abzug einer Passbildaufnahme. Es stellte eine Frau Ende zwanzig dar. Attraktiv.

Auf der Rückseite des Fotos stand in Druckschrift ein Name: LINDA PAQUETTE. Darunter war eine Adresse in Laguna Beach angegeben.

Obwohl Tim gerade erst sein Bier ausgetrunken hatte, fühlte sich sein Mund salzig-trocken und zitronensauer an. Sein Herz schlug langsam, aber ungewöhnlich heftig. In seinen Ohren dröhnte es.

Ohne vernünftigen Grund fühlte er sich schuldig, während er das Foto betrachtete. Als wäre er irgendwie daran beteiligt gewesen, den Tod dieser Frau zu planen. Er legte das Bild weg und schob auch den Umschlag beiseite.

Ein weiterer Mann betrat die Kneipe. Er war fast so groß wie Tim und hatte wie dieser kurz geschorenes, braunes Haar.

Rooney kam mit einem frischen Bier und sagte zu Tim: »Wenn du in dem Tempo weitertrinkst, zähle ich dich nicht mehr zu den Möbelstücken. Dann bist du ein echter Gast.«

Das hartnäckige Gefühl, in einem Traum gefangen zu sein, verlangsamte Tims Denkvermögen. Eigentlich wollte er Rooney erzählen, was gerade geschehen war, aber seine Zunge fühlte sich zu schwer an.

Der Neuankömmling kam näher und setzte sich auf den Hocker, auf dem auch der Fallschirmspringer gesessen hatte. Wie vorher blieb ein Hocker zwischen ihm und Tim frei. »Ein Budweiser«, sagte er zu Rooney.

Während der Wirt zum Zapfhahn trottete, starrte der Fremde erst auf den braunen Umschlag, dann sah er Tim ins Gesicht. Er hatte braune Augen, genau wie Tim.

»Sie sind früh dran«, sagte der Killer.

2

Das Leben kann sich wie eine Tür in ihren Angeln innerhalb eines winzigen Zeitraums in eine andere Richtung drehen. Jede einzelne Minute hat das Potenzial zu einer entscheidenden Veränderung, und jedes Ticken der Uhr kann die Stimme des Schicksals sein, die ein Versprechen oder eine Warnung flüstert.

Als der Killer sagte: »Sie sind früh dran«, bemerkte Tim Carrier, dass die Budweiser-Uhr fünf Minuten vor der vollen Stunde anzeigte, weshalb er eine begründete Vermutung anstellte: »Sie aber auch.«

Die Angeln hatten sich bewegt. Die Tür stand offen und konnte nie wieder geschlossen werden.

»Ich bin mir nicht mehr sicher, ob ich Sie anheuern will«, sagte Tim.

Rooney brachte dem Killer sein Bier und kümmerte sich dann um eine Bestellung, die ihm vom anderen Ende der Theke zugerufen wurde.

Ein von der Mahagonioberfläche reflektierter Lichtschein verlieh dem Inhalt des Glases einen rötlichen Schimmer.

Der Fremde fuhr sich mit der Zunge über die aufgesprungenen Lippen und trank. Er hatte einen ordentlichen Durst.

Während er das Glas abstellte, sagte er freundlich: »Sie können mich nicht anheuern. Ich nehme keine Befehle entgegen.«

Tim überlegte, ob er behaupten sollte, er müsse die Toilette aufsuchen. Von dort aus konnte er mit seinem Handy die Polizei rufen.

Dagegen sprach, dass der Fremde sein Verschwinden als Aufforderung interpretieren konnte, den braunen Umschlag einzustecken und zu gehen.

Den Umschlag mit auf die Toilette zu nehmen, wäre keine gute Idee gewesen. Dann hätte der Killer womöglich angenommen, Tim wolle die Übergabe an einem verschwiegeneren Ort vornehmen, und wäre ihm gefolgt.

»Man kann mich nicht anheuern, und ich gehe auch mit nichts hausieren«, sagte der Killer. »Sie verkaufen mir etwas, nicht umgekehrt.«

»Ach ja? Was verkaufe ich Ihnen denn?«

»Ein Konzept. Das Konzept, dass Ihre Welt sich grundlegend verwandeln wird … durch eine einzige Veränderung.«

Tim musste an das Gesicht der Frau auf dem Foto denken.

Seine Wahlmöglichkeiten waren ihm unklar. Er brauchte Zeit zum Nachdenken, deshalb sagte er: »Der Verkäufer setzt den Preis fest. Und *Sie* haben den Preis bestimmt – zwanzigtausend.«

»Das ist nicht der Preis. Es ist ein Beitrag.«

Dieses Gespräch ergab nicht weniger Sinn als ein typisches Kneipengeplänkel, weshalb Tim problemlos seinen Rhythmus fand. »Aber für meinen *Beitrag* erhalte ich Ihre … Dienste.«

»Nein. Ich habe keine Dienste zu verkaufen. Sie erhalten meine Gnade.«

»Ihre Gnade.«

»Ganz recht. Sobald ich das Konzept akzeptiere, das Sie verkaufen, wird Ihre Welt durch meine Gnade grundlegend verändert.«

Wenn man ihre durchaus gewöhnliche Farbe in Betracht zog, wirkten die braunen Augen des Killers dennoch durchdringender, als sie hätten sein sollen.

Als er sich an die Theke gesetzt hatte, da war sein Gesicht hart erschienen, doch das war ein trügerischer erster Eindruck gewesen. Ein Grübchen schmückte sein rundes Kinn. Glatte, rosafarbene Wangen. Keine Lachfältchen. Keinerlei Furchen auf der Stirn.

Sein leichtes Lächeln war so verschmitzt, als würde er sich an sein Lieblingsmärchen aus der Kindheit erinnern, in dem es um Feen und Kobolde ging. Offenbar handelte es sich um seinen normalen Gesichtsausdruck, der allerdings den Eindruck vermittelte, er sei ständig halb abwesend.

»Dies ist keine geschäftliche Transaktion«, sagte der lächelnde Fremde. »Sie haben um etwas ersucht, und ich bin die Antwort auf Ihre Bitte.«

Das Vokabular, mit dem der Killer seine Arbeit umschrieb, war womöglich der Vorsicht geschuldet. Schließlich vermied er durch diese Technik, sich mit verdächtigen Aussagen selbst ans Messer zu liefern. Dass er seine geschraubten Verharmlosungen jedoch mit einem konstanten Lächeln von sich gab, wirkte beunruhigend, wenn nicht gar unheimlich.

Als Tim den braunen Umschlag öffnete, sagte der Killer warnend: »Nicht hier!«

»Nur mit der Ruhe.« Tim holte das Foto aus dem Umschlag, faltete es zusammen und steckte es in seine Brusttasche. »Ich habe mich anders entschieden.«

»Das tut mir leid. Ich hatte auf Sie gezählt.«

Tim schob den Umschlag vor den leeren Hocker, der zwischen ihnen beiden stand. »Die Hälfte von dem, was wir vereinbart haben«, sagte er. »Fürs Nichtstun. Betrachten Sie es als Nichttötungsgebühr.«

»Man würde Sie nie damit in Verbindung bringen«, sagte der Killer.

»Ich weiß. Sie machen Ihre Sache immer gut, da bin ich sicher. Sie sind der Beste. Aber ich will es einfach nicht mehr.«

Lächelnd schüttelte der Killer den Kopf. »Doch, Sie wollen es.«

»Nicht mehr.«

»Sie haben es einmal gewollt. Man geht nicht so weit, so etwas erst zu wollen und dann plötzlich nicht mehr. So funktioniert die menschliche Psyche einfach nicht.«

»Ich habe Zweifel bekommen«, sagte Tim.

»Bei einer solchen Sache kommen die Zweifel immer erst, *nachdem* man bekommen hat, was man wollte. Dann erlaubt man sich ein paar Gewissensbisse, damit man sich besser fühlt. Man hat bekommen, was man wollte, ist mit sich zufrieden, und nach einem Jahr ist es bloß noch eine traurige Angelegenheit, die nun mal passiert ist.«

So verstörend der intensive Blick der braunen Augen auf ihn auch wirkte, Tim wagte nicht, den Kopf abzuwenden. Wenn er sich dem direkten Kontakt entzog, schöpfte der Killer womöglich Verdacht.

Ein Grund, wieso diese Augen so fesselnd waren, wurde ihm nun klar. Die Pupillen waren stark erweitert. Der schwarze Punkt im Zentrum jeder Iris schien genauso groß zu sein wie der farbige Ring darum herum.

Die Beleuchtung hier am Ende der Theke war zwar schummrig, aber dunkel war es nicht. Dennoch waren die Pupillen des Killers so erweitert, als wäre es völlig finster gewesen.

Der Hunger in seinen Augen, diese Gier nach Licht, besaß die Anziehungskraft eines schwarzen Lochs im Weltraum, eines kollabierten Sterns.

Vielleicht waren die Pupillen von Blinden ständig so erweitert. Der Killer aber war nicht blind, jedenfalls nicht für Licht. Für etwas anderes hingegen womöglich schon.

»Nehmen Sie das Geld«, sagte Tim.

Wieder das Lächeln. »Es ist die *Hälfte* des Geldes.«

»Fürs Nichtstun.«

»Ach, etwas habe ich schon geleistet.«

Tim runzelte die Stirn. »Was denn?«

»Ich habe Ihnen gezeigt, was Sie sind.«

»Ach ja? Und was bin ich?«

»Ein Mann mit der Seele eines Mörders, aber mit dem Herzen eines Feiglings.«

Der Killer griff nach dem Umschlag, stand auf und ging davon.

Nachdem Tim sich erfolgreich für den Mann mit einem Hund namens Larry ausgegeben und damit der Frau auf dem Foto vorläufig das Leben gerettet hatte, hätte er eigentlich erleichtert sein sollen. Schließlich hätte der Killer gewalttätig reagieren können, wenn er gemerkt hätte, dass er hinters Licht geführt wurde. Von Erleichterung war jedoch keine Rede. Stattdessen hatte Tim einen Kloß im Hals, und sein Herz schien anzuschwellen, bis es die Lunge bedrängte und ihm den Atem nahm.

Ein kurzer Schwindel überkam ihn, und er fühlte sich, als würde er sich auf seinem Barhocker langsam im Kreis drehen. Wenn das so weiterging, würde ihm bald übel.

Er begriff, dass er deshalb keine Erleichterung verspürte, weil die Sache noch nicht beendet war. Um seine Zukunft vorherzusehen, brauchte er nicht aus dem Kaffeesatz zu lesen. Dass sie tragisch werden würde, war unverkennbar.

In seinem Beruf musste Tim nur einen kurzen Blick auf eine Mauer werfen, um das Muster zu benennen, nach dem die Steine aufgeschichtet waren: Läuferverband, Blockverband, Gotischer Verband, Quaderverband, Flämischer Verband … Das Muster des Weges, der vor ihm lag, hieß Chaos. Er konnte nicht wissen, wohin er ihn führte.

Der Killer ging leichten Schrittes, wie es nur jemand konnte, der nicht von Gewissensbissen geplagt wurde. Im nächsten Augenblick trat er in die Nacht hinaus.

Tim eilte zur Tür, zog sie vorsichtig einen Spalt breit auf und spähte hinaus.

Am Lenkrad eines weißen Pkws, der schräg zum Bordstein parkte, saß der lächelnde Mann, halb verborgen von der Windschutzscheibe, in der sich das blaue Neonschild der Kneipe spiegelte. Er blätterte das Bündel Hundertdollarscheine durch.

Tim zog sein Handy aus der Brusttasche.

Der Killer ließ das Fenster der Fahrertür herunter. Er hängte einen Gegenstand an die Scheibe und ließ sie wieder hochfahren, um ihn zu fixieren.

Ohne den Blick auf sein Handy zu richten, tastete Tim mit dem Daumen nach den Ziffern des Polizeinotrufs. Neun. Eins.

Der zwischen dem Fensterrahmen und der Scheibe eingeklemmte Gegenstand war ein rotes Blinklicht, das zu blitzen begann, als sich der Wagen rückwärts vom Bordstein entfernte.

»Ein Cop«, flüsterte Tim und stockte mit dem Daumen auf der Eins.

Während der Wagen davonfuhr, wagte Tim, aus der Tür zu treten und das Nummernschild am Heck des rasch entschwindenden Fahrzeugs zu lesen.

Der Beton unter seinen Füßen schien nicht mehr Oberflächenspannung zu besitzen als das Wasser eines Tümpels. Wenn eine Eintagsfliege über eine solche Wasserfläche gleitet, um Vögeln und Fledermäusen zu entgehen, dann wird sie manchmal von einem hungrigen Barsch geschnappt, der aus der Tiefe aufsteigt.

3

Im goldenen Schein der Drachenlampe sicherte ein einfaches Eisengeländer die Betonstufen. Der Beton war mit einem Überzug versehen worden, als er noch feucht war, weshalb manche Kanten unregelmäßig und manche Stufen so rissig waren wie das Krakelee einer Keramikvase.

Wie so viele Dinge im Leben verzieh auch Beton nicht den kleinsten Fehler.

Über die vier rechteckigen Flächen der Lampe wand sich der Kupferdrache vor leuchtend bunten Glasscheiben. Sein Körper glänzte noch, doch an den Kanten bildete sich bereits Grünspan.

Vom rötlichen Licht übergossen, sah auch die Fliegengittertür aus Aluminium wie Kupfer aus. Die Tür dahinter stand offen und gab den Blick in eine Küche frei, aus der es intensiv nach Zimt und starkem Kaffee duftete.

Michelle Rooney saß am Tisch. Sie hob den Kopf, als Tim eintrat. »Du bist so leise, dass ich nur *gespürt* hab, dass du gekommen bist.«

Behutsam zog er die Gittertür hinter sich zu. »Ich kann mir fast vorstellen, was du damit meinst.«

»Die Nacht draußen ist still geworden, so wie der Dschungel still wird, wenn ein Mensch hindurchgeht.«

»Irgendwelche Krokodile hab ich allerdings nicht gesehen«, sagte er. Dann fiel ihm der Mann ein, dem er die zehntausend Dollar gegeben hatte.

Er setzte sich gegenüber von Michelle an den blassblauen Resopaltisch und betrachtete die Zeichnung, an der sie arbeitete. Aus seiner Perspektive stand sie auf dem Kopf.

Aus der Jukebox in der Kneipe unten erklang die gedämpfte, aber dennoch wunderschöne Stimme von Martina McBride.

Als Tim auf der Zeichnung ein Panorama aus Baumsilhouetten erkannte, fragte er: »Was wird das denn?«

»Eine Tischlampe. Bronze und Buntglas.«

»Eines Tages wirst du noch berühmt, Michelle.«

»Wenn ich das dächte, würde ich sofort aufhören.«

Er warf einen Blick auf ihre linke Hand, die mit der Innenseite nach oben auf der Arbeitsplatte neben dem Kühlschrank lag.

»Willst du eine Tasse?«, fragte sie und zeigte auf die Kaffeemaschine neben dem Herd. »Er ist frisch.«

»Das Zeug sieht so schwarz aus, als hätte man es aus einem Tintenfisch gepresst.«

»Wer will schon schlafen, wenn man wach sein kann?«

Tim goss sich einen Becher Kaffee ein und setzte sich damit wieder an den Tisch.

Wie viele andere Stühle kam ihm auch dieser wie ein Spielzeugmöbel vor. Michelle war klein, weshalb derselbe Stuhl mit ihr darauf groß aussah, aber Tim fühlte sich wie ein Kind, das Kaffeeklatsch spielt.

Allerdings hatte dieser Eindruck weniger mit den Stühlen als mit Michelle zu tun. Ohne es zu merken, schaffte sie es manchmal, dass er sich vorkam wie ein verlegener kleiner Junge.

Sie führte den Bleistift mit der rechten Hand. Die Zeichenunterlage hielt sie dabei mit dem Stumpf ihres linken Unterarms fest.

»In zehn Minuten«, sagte sie und deutete mit dem Kinn auf den Backofen, »ist der Rührkuchen fertig.«

»So gut er auch riecht, ich kann nicht bleiben.«

»Tu bloß nicht so, als hättest du was vor!«

Ein Schatten tanzte über den Tisch. Tim hob den Blick. Ein gelber Schmetterling flatterte unter den silbernen Hufen der Bronzegazellen, aus denen Michelle einen kleinen Leuchter mit Glühbirnen gestaltet hatte.

»Der ist heute Nachmittag hier hereingeflogen«, sagte sie. »Eine Weile habe ich die Tür offen gelassen und sogar versucht, ihn hinauszuscheuchen, aber offenbar fühlt er sich hier zu Hause.«

»Das wundert mich nicht.«

Unter der Bleistiftspitze bildete sich flüsternd ein weiterer Ast.

»Wie hast du es eigentlich mit dem Zeug die Treppe heraufgeschafft?«, fragte Michelle.

»Was für Zeug?«

»Das, was dich so belastet.«

Der Tisch war so blau wie ein fahler Himmel, hinter dem sich geheimnisvoll der Schatten des Schmetterlings bewegte.

»Ich werde jetzt eine Weile nicht mehr vorbeikommen«, sagte Tim.

»Wie bitte?«

»Ein paar Wochen, vielleicht einen Monat lang.«

»Ich verstehe nicht ganz.«

»Es gibt da etwas, um das ich mich kümmern muss.«

Der Schmetterling fand einen Sitzplatz und klappte die Flügel zusammen. Dadurch verschwand der Schatten so plötzlich wie die Flamme einer ausgelöschten Kerze, als wäre er deren zitterndes Spiegelbild gewesen.

»Etwas …«, wiederholte Michelle. Der übers Papier gleitende Bleistift verstummte.

Als Tim den Blick vom Tisch hob und Michelle ansah, merkte er, dass sie ihn anstarrte. Ihre Augen hatten beide genau dasselbe Blau und wirkten gleichermaßen überzeugend.

»Wenn ein Mann auftaucht, mein Aussehen beschreibt und einen Namen hören will, sagt einfach, dass ihr keine Ahnung habt, wer ich bin.«

»Was für ein Mann?«

»Irgendeiner. Egal, wer. Liam wird sagen: ›Der große Kerl auf dem letzten Barhocker? Hab ich vorher noch nie gesehen. Ziemlicher Klugscheißer. War mir unsympathisch.‹«

»Also weiß Liam, worum es geht?«

Tim zuckte die Achseln. Er hatte Liam nicht mehr erzählt, als er Michelle erzählen wollte. »Eigentlich nicht. Es geht um eine Frau, das ist alles.«

»Und falls dieser Typ tatsächlich unten in der Kneipe auftaucht, weshalb sollte er dann auch noch hier heraufkommen?«

»Vielleicht tut er das ja gar nicht. Aber er ist wahrscheinlich ziemlich gründlich. Außerdem könntest du ja unten in der Kneipe sein, wenn er kommt.«

Ihr linkes Auge – das künstliche, blinde – schien ihn stärker zu durchdringen als das rechte, als wäre es von einem kraftvollen Zauber besessen.

»Es geht nicht um eine Frau«, sagte sie.

»Doch, ehrlich.«

»Jedenfalls nicht so, wie du es angedeutet hast. Du steckst in der Patsche.«

»So schlimm ist es nicht. Nur peinlich.«

»Nein. Du würdest dich nie in eine peinliche Lage bringen. Jemanden, den du gut kennst, übrigens auch nicht.«

Tim schaute sich nach dem Schmetterling um und sah ihn auf der Kette hocken, an der die Lampe aufgehängt war. Langsam dehnte er seine Flügel in der warmen Luft, die von den leuchtenden Glühbirnen aufstieg.

»Du hast kein Recht«, fuhr sie fort, »das alleine durchzustehen, egal, was es ist.«

»Du misst der Sache zu viel Bedeutung bei«, beruhigte er sie. »Es ist nur eine peinliche persönliche Angelegenheit. Ich werde schon damit fertig.«

Sie saßen im Schweigen des ruhenden Bleistifts. Aus der Jukebox in der Kneipe unten kam keine Musik, und auch die Nacht hinter dem Fliegengitter war totenstill.

Schließlich fragte Michelle: »Sag mal, hast du dich jetzt zum Lepidopterologen entwickelt?«

»Ich weiß nicht mal, was das ist.«

»Ein Schmetterlingskundler. Versuch doch mal, mich anzusehen.«

Tim senkte den Blick.

»Ich arbeite an einer Lampe für dich«, sagte Michelle.

Er betrachtete die Zeichnung mit den stilisierten Bäumen.

»Nicht die da. Eine andere. Sie ist schon in der Produktion.«

»Wie sieht sie aus?«

»Ende des Monats ist sie fertig. Dann wirst du sie schon sehen.«

»Na gut.«

»Komm wieder und schau sie dir dann an.«

»Das tue ich. Ich komme wieder, um sie mir zu holen.«

»Ja, hol sie dir«, sagte Michelle und streckte den Stumpf ihres linken Arms nach ihm aus.

Tim hatte das Gefühl, sie würde ihn mit unsichtbaren Fingern festhalten, und dann gab sie ihm auch noch einen Kuss auf den Handrücken.

»Danke für Liam«, sagte sie leise.

»Den hat dir das Schicksal geschenkt, nicht ich.«

»Danke für Liam«, wiederholte sie beharrlich.

Tim küsste sie auf den Scheitel ihres gesenkten Kopfes. »Ich wünschte, ich hätte eine Schwester, die genauso ist wie du. Aber was die Patsche angeht, in der ich angeblich stecke, da irrst du dich.«

»Keine Lügen«, sagte sie. »Ausweichen darfst du, wenn es sein muss, aber lügen darfst du nicht. Du bist kein Lügner, und ich bin kein Dummkopf.«

Sie hob den Kopf und sah ihm in die Augen.

»Na gut«, sagte er.

»Meinst du nicht, dass ich merke, wenn du echte Probleme hast?«

»Doch«, gab er zu, »das merkst du bestimmt.«

»Jetzt ist der Rührkuchen sicher gleich fertig.«

Sein Blick fiel wieder auf die Prothese, die neben dem Kühlschrank lag. Die Handfläche zeigte nach oben, die Finger waren entspannt. »Ich hole ihn für dich aus dem Ofen«, sagte er.

»Ach, das schaffe ich schon. Wenn ich backe, lege ich die Hand nie an. Ich könnte nämlich nicht spüren, wenn sie verschmoren würde.«

Sie streifte Topfhandschuhe über ihre gesunde Hand und den Stumpf, nahm den Kuchen heraus und stürzte ihn zum Abkühlen auf ein Gitter.

Als Michelle die Handschuhe abgestreift und sich zu Tim umgedreht hatte, stand dieser bereits an der Tür.

»Ich freue mich auf die Lampe«, sagte er.

Weil ihre Tränendrüsen nicht geschädigt worden waren, glänzten sowohl ihr lebendiges wie ihr totes Auge.

Tim trat auf den Treppenabsatz, aber bevor er das Fliegengitter hinter sich zufallen ließ, sagte Michelle: »Es sind Löwen.«

»Was?«

»Die Lampe. Es sind Löwen.«

»Die sehen bestimmt toll aus.«

»Wenn du die Sache richtig anpackst, bekommst du ein Gefühl für ihr großes Herz und ihren Mut.«

Er schloss die Tür. Während er die Stufen hinunterging, schien er auf dem Beton keinerlei Geräusch zu machen.

Der auf der Straße herrschende Verkehr war sicher nicht lautlos, doch Tim blieb taub für seinen Chor. Scheinwerfer näherten sich, und Rücklichter entschwanden wie leuchtende Fische im Schweigen eines tiefen Ozeans.

Als er sich den letzten Stufen näherte, begann der Lärm der Stadt zu ihm hoch zu steigen, zuerst leise, dann laut und immer lauter. Das Geräusch stammte hauptsächlich von Maschinen, doch die hatten einen wilden, wenn nicht sogar brutalen Rhythmus.

4

Die Frau, deren Tod geplant war, wohnte in einem bescheidenen Bungalow in den Hügeln von Laguna Beach, an einer Straße, die zwar kein sündteures Panorama bot, seit einiger Zeit aber dennoch immer nobler wurde. Verglichen mit den alternden Häusern waren die Grundstücke derart wertvoll, dass jedes Gebäude, das verkauft wurde, ungeachtet seines Zustands und Charmes sofort abgerissen wurde, um Platz für ein größeres zu schaffen.

Südkalifornien warf seine alte Hülle komplett ab. Falls sich herausstellen sollte, dass die Zukunft unerfreulich war, dann würde kein Beweis für eine bessere Vergangenheit mehr existieren, was den Verlust sicher weniger schmerzlich machte.

Das kleine, weiße Haus, das sich unter hohe Eukalyptusbäume kauerte, hatte viel Charme, doch in Tims Augen wirkte es umkämpft. Unwillkürlich sah er darin eher einen Bunker als einen Bungalow.

Warmes Lampenlicht erleuchtete die Fenster. Eng gewebte Gardinen ließen die Räume dahinter zum Geheimnis werden.

Tim stellte seinen Geländewagen auf der anderen Straßenseite ab, vier Häuser von Linda Paquettes Grundstück entfernt.

Er kannte das Haus, vor dem er stand. Es war drei Jahre alt und im schlichten Craftsman-Stil erbaut, mit Natursteinmauern und einer Verschalung aus Zedernholz. Tim hatte die Maurerbrigade geleitet.

Der Weg zur Haustür war mit unregelmäßigen Steinplatten gepflastert, die von einer doppelten Reihe aus kleinen Kopfsteinen flankiert wurden. Diese Kombination fand Tim unvorteilhaft, aber er hatte sie dennoch mit Sorgfalt und Präzision verlegt.

Die Erbauer von drei Millionen Dollar teuren Häusern fragten Maurer nur selten um Rat, wenn es um Stilfragen ging. Architekten taten das ohnehin nie.

Nachdem Tim einmal die Klingel gedrückt hatte, stand er da und lauschte dem leisen Rauschen der Palmen.

Die seewärts ziehende Luft war weniger eine Brise als eine Vorahnung davon. Die milde Mainacht atmete so schwach wie ein in Narkose liegender Patient, der auf den Chirurg wartete.

Das Verandalicht ging an, die Tür flog auf und Max Jabowski sagte: »Timothy, alter Junge! Was für eine Überraschung!«

Max war nicht nur der Besitzer eines noblen Hauses, er hatte auch menschlich eine Menge zu bieten.

»Bitte, kommen Sie doch rein!«

»Ich will nicht stören«, sagte Tim.

»Unsinn. Wie könnten Sie in einem Haus stören, das Sie selbst gebaut haben?«

Tim sah sich an der Schulter gepackt und so von der Veranda in den Flur gezogen, dass kein Widerstand möglich war.

»Ich muss Sie nur ganz kurz in Anspruch nehmen, Sir«, sagte er.

»Darf ich Ihnen ein Bier anbieten? Oder irgendetwas anderes?«

»Nein danke, ich hab keinen Durst. Es geht um jemanden aus der Nachbarschaft.«

»Die kenne ich alle, in diesem Häuserblock und im nächsten. Schließlich bin ich im Vorstand der Nachbarschaftswache.«

Das hatte Tim erwartet.

»Kaffee? Ich hab eine von diesen Maschinen, die jede Tasse einzeln aufbrühen, egal, ob Cappuccino oder einen ganz normalen Schwarzen.«

»Danke, wirklich nicht. Sehr freundlich, Sir. Es handelt sich um eine Frau. Sie wohnt in Nummer vierzehnhundertfünfundzwanzig, in dem Bungalow zwischen den Eukalyptusbäumen.«

»Linda Paquette. Ich wusste gar nicht, dass Sie bauen will. Eine sehr zuverlässige Person. Ich glaube, Sie werden gern bei ihr arbeiten.«

»Kennen Sie ihren Mann, wissen Sie, was er beruflich tut?«

»Sie ist nicht verheiratet. Sie wohnt alleine dort.«

»Also ist sie geschieden?«

»Nicht, dass ich wüsste. Will sie das Haus abreißen oder nur renovieren lassen?«

»Darum geht es nicht«, sagte Tim. »Es ist eine persönliche Angelegenheit. Ich wollte Sie bitten, ihr ein wenig von mir zu erzählen, damit sie weiß, dass man mir trauen kann.«

Max hob die buschigen Augenbrauen. Seine dicken Lippen verzogen sich zu einem entzückten Lächeln. »Also, ich hab ja schon eine Menge gemacht, aber verkuppelt hab ich noch nie jemanden.«

Obwohl er diese Reaktion auf sein Anliegen hätte vorhersehen können, war Tim überrascht. Er hatte schon lange keine Freundin mehr gehabt. Irgendwie nahm er an, er habe jenes verräterische Glitzern in den Augen verloren und die Produktion der feinen Duftstoffe eingestellt, die fälschlicherweise darauf hätten schließen lassen, dass er noch auf der Suche war.

»Nein, nein. Darum geht es auch nicht.«

»Sie sieht gut aus«, sagte Max.

»Ehrlich, das ist es nicht. Ich kenne sie gar nicht, und sie kennt mich auch nicht, aber wir haben einen ... gemeinsamen Bekannten. Was den angeht, habe ich schlechte Nachrichten. Ich glaube, sie würde gern darüber Bescheid wissen.«

Das amüsierte Lächeln reduzierte sich nur minimal. Offenbar wollte Max die Vorstellung, Amor zu spielen, nur ungern aufgeben.

Jeder hat einfach zu viele Filme gesehen, dachte Tim. Deshalb glaubten alle, auf jeden gutherzigen Zeitgenossen würde hinter der nächsten Ecke eine romantische Beziehung warten. Außerdem glaubten sie deshalb noch eine Menge anderer unwahrscheinlicher Dinge, von denen manche gefährlich waren.

»Es ist eine traurige Angelegenheit«, sagte Tim. »Ziemlich deprimierend.«

»Sie meinen den gemeinsamen Bekannten.«

»Ja. Es geht ihm nicht gut.«

Das konnte man nicht als Lüge bezeichnen. Physisch krank war der Fallschirmspringer wohl nicht, aber sein geistiger Zustand war suspekt, und seine moralische Gesundheit kränkelte zweifellos.

Offenbar interpretierte Max Jabowski Tims Worte dahingehend, dass der Betreffende im Sterben lag. Sein Mund zog sich zu einem grimmigen Strich zusammen, und er nickte.

Tim erwartete, nach dem Namen des gemeinsamen Bekannten gefragt zu werden. Dann hätte er sagen müssen, den wolle er nicht preisgeben, um Linda Paquette nicht zu beunruhigen, bevor er bei ihr war und ihr beistehen konnte.

In Wirklichkeit kannte er den Namen natürlich gar nicht.

Max verzichtete auf die Frage, sodass kein Bluff nötig war. Seine buschigen Brauen wölbten sich nun über seinem ernsten Blick, während er noch einmal Kaffee anbot und dann verschwand, um seine Nachbarin anzurufen.

Die Kassettendecke und die holzgetäfelten Wände des Flurs waren dunkel, während der Kalksteinboden einen so hellen Kontrast darstellte, dass er nur illusorischen Halt zu bieten schien. Tim hatte den Eindruck, jeden Augenblick hindurchfallen zu können wie jemand, der aus einem fliegenden Flugzeug stürzte.

Zwei kleine Stühle flankierten ein Tischchen, über dem ein Spiegel hing.

Tim vermied es, sein Spiegelbild zu betrachten. Hätte er sich selbst in die Augen geschaut, so hätte er die harte Wahrheit gesehen, von der er sich lieber ablenkte.

Sein Blick hätte ihm gesagt, was ihn erwartete. Es war das, was schon immer auf ihn zugekommen war und immer auf ihn zukommen würde, solange er lebte.

Er musste sich darauf vorbereiten. Darüber nachgrübeln musste er jedoch nicht.

Anderswo im Haus erklang die gedämpfte Stimme von Max, der telefonierte.

Hier in der Mitte des Flurs stand Tim stocksteif da und hatte das Gefühl, von einer dunklen Decke herabzuhängen wie der Klöppel einer Glocke, unter sich leere Luft, in schweigender Erwartung eines plötzlichen Läutens.

Max kam zurück. »Sie ist neugierig«, berichtete er. »Ich habe nicht viel gesagt, nur dafür gebürgt, dass Sie ein anständiger Kerl sind.«

»Danke. Es tut mir leid, dass ich Sie belästigt habe.«

»Belästigt haben Sie mich nicht. Es ist nur ein wenig merkwürdig.«

»Ja, das ist es. Ich weiß.«

»Wieso hat Ihr Freund nicht selbst bei Linda angerufen und Sie angekündigt? Er hätte ihr ja nicht sagen müssen, wieso er Sie schickt – wegen der schlechten Nachricht, meine ich.«

»Er ist sehr krank und sehr verwirrt«, sagte Tim. »Deshalb weiß er zwar, was er tun müsste, aber er weiß nicht mehr, wie man es tut.«

»Das ist vielleicht das, wovor ich am meisten Angst habe«, sagte Max. »Geistig abzubauen und die Kontrolle zu verlieren.«

»So ist das Leben«, sagte Tim. »Das steht uns allen bevor.«

Die beiden schüttelten sich die Hände, dann begleitete Max seinen unerwarteten Gast bis vor die Tür. »Sie ist eine wirklich nette Frau. Hoffentlich wird das nicht zu schlimm für sie.«

»Ich werde mich um sie kümmern«, versprach Tim.

Er ging zu seinem Wagen und fuhr das kurze Stück zu Linda Paquettes Bungalow.

Die im Fischgrätmuster angeordneten Ziegel des Wegs, der zur Haustür führte, waren auf einem Sandbett verlegt. In der Luft hing Eukalyptusduft, und vertrocknete Blätter zerbröselten unter seinen Füßen.

Schritt für Schritt überkam ihn ein immer stärker werdendes Gefühl von Dringlichkeit. Die Zeit schien schneller zu vergehen, und er spürte, dass es eher früher als später kritisch werden würde.

Als er die Stufen zur Veranda hochstieg, ging die Tür auf, und sie begrüßte ihn. »Sind Sie Tim?«

»Ja. Ms. Paquette?«

»Sagen Sie Linda zu mir.«

Im Licht über der Veranda waren ihre Augen ägyptisch grün.

Sie sagte: »Ihre Mutter hat es bestimmt ziemlich schwer gehabt, Sie neun Monate lang in sich herumzuschleppen.«

»Ach, damals war ich noch ein Stückchen kleiner.«

Sie trat einen Schritt zurück. »Ziehen Sie den Kopf ein und kommen Sie rein!«

Er trat über die Schwelle, und danach war für ihn nichts mehr so, wie es einmal gewesen war.

5

Von einer Wand zur anderen breitete sich eine golden schimmernde Fläche aus, ein Parkettboden in einem so warmen Honigton, dass das bescheidene Wohnzimmer geräumig und auf sanfte Art nobel wirkte.

Der wohl aus den 1930er-Jahren stammende Bungalow war entweder sorgsam gepflegt oder irgendwann renoviert worden. Der kleine offene Kamin und die ihn flankierenden Wandleuchter waren einfache, aber elegante Beispiele der Art déco.

Obwohl die mit weiß lackiertem Holz verkleidete Decke ziemlich niedrig war, empfand Tim das trotz seiner Körpergröße nicht als unangenehm. Der Raum war gemütlich, nicht klaustrophobisch eng.

Linda besaß eine Menge Bücher. Mit einer Ausnahme stellten deren Rücken die einzigen Kunstobjekte im Raum dar, indem sie einen abstrakten Teppich aus Worten und Farben bildeten.

Die Ausnahme bestand in dem knapp zwei mal einen Meter großen Fernsehgerät mit leerem, grauem Bildschirm.

»Moderne Kunst macht mich immer ein wenig ratlos«, sagte Tim.

»Das ist keine Kunst. Ich habe es von einem Fotoladen machen lassen. Um mich daran zu erinnern, weshalb ich keinen Fernseher besitze.«

»Und weshalb nicht?«

»Weil das Leben zu kurz ist.«

Tim gab dem Foto eine Chance, dann sagte er: »Das verstehe ich nicht.«

»Irgendwann wird sich das ändern. Wenn jemand so einen großen Kopf hat wie Sie, muss doch ein wenig Gehirnmasse drin sein.«

Er war sich nicht sicher, ob ihr Benehmen unbekümmerten Charme ausdrückte oder eine Schnodderigkeit, die schon an Grobheit grenzte.

Vielleicht hatte sie auch einen kleinen Spleen. So etwas gab es heutzutage ja häufig.

»Linda, der Grund, weshalb ich hier bin ...«

»Kommen Sie mit. Ich arbeite gerade in der Küche.« Während sie ihn durchs Wohnzimmer führte, sagte sie über die Schulter hinweg: »Max hat mir versichert, Sie wären nicht der Typ, der mich rücklings erdolchen und meine Leiche vergewaltigen würde.«

»Ich bitte ihn, für mich zu bürgen, und er drückt sich so aus?«

»Er hat mir gesagt, Sie wären ein begabter Maurermeister und ein ehrlicher Mensch. Den Rest musste ich ihm aus der Nase ziehen. Eigentlich wollte er keine Stellungnahmen abgeben, was Ihre Neigung zu Mord und Totschlag angeht.«

In der Küche parkte ein Automobil.

Die Wand zwischen diesem Raum und der zwei Autos fassenden Garage war entfernt worden. Anschließend hatte man das Parkett ebenso in die Garage hinein erweitert wie die weiß lackierte Deckenverkleidung.

Drei exakt ausgerichtete Punktstrahler rückten einen schwarzen Ford, Baujahr 1939, ins rechte Licht.

»Ihre Küche ist ja in der Garage«, stellte Tim fest.

»Falsch. Meine Garage ist in meiner Küche.«

»Was ist der Unterschied?«

»Der ist riesig. Ich trinke gerade Kaffee. Wollen Sie auch welchen? Mit Milch? Zucker?«

»Schwarz, bitte. Wieso steht Ihr Auto in Ihrer Küche?«

»Ich habe es gern im Blick, während ich esse. Ist es nicht wunderschön? Das 1939er-Ford-Coupé ist das schönste Auto, das je gebaut wurde.«

»Tja, mit dem Pinto kann man es eindeutig nicht vergleichen.«

Sie goss Kaffee in einen Becher. »Es ist kein klassisches Modell, sondern ein richtig heißer Ofen. Abgesenktes Dach, tiefer gelegt und mit allerlei coolen Extras ausgestattet.«

»Haben Sie selbst daran gebastelt?«

»Teilweise. Vor allem hat es ein Typ oben in Sacramento in den Fingern gehabt; der ist ein echtes Genie.«

»Hat sicher eine Stange Geld gekostet.«

Sie stellte ihm den Kaffee vor die Nase. »Soll ich etwa für meine Zukunft sparen?«

»Welche Zukunft haben Sie denn im Sinn?«

»Wenn ich die Frage beantworten könnte, würde ich vielleicht doch ein Sparkonto eröffnen.«

Tims Keramikbecher hatte einen Papagei als Henkel und war mit dem Schriftzug BALBOA ISLAND geschmückt. Er sah aus wie eine Antiquität. Vielleicht ein Souvenir aus den 1930er-Jahren.

Der Becher von Linda Paquette stellte einen Kopf dar. Er war ein keramisches Porträt von Präsident Franklin Delano Roosevelt, der auf seine berühmte Zigarettenspitze biss.

Sie trat zu ihrem Ford. »Dafür lebe ich.«

»Sie leben für ein Auto?«

»Es ist eine Hoffnungsmaschine. Oder vielmehr eine Zeitmaschine, die uns in eine Zeit zurückbringt, in der es den Leuten leichter fiel, Hoffnung zu haben.«

Auf dem Boden stand eine Öltropfschale neben einer Flasche Chrompolitur und mehreren Putztüchern. Die Stoßstangen, der Kühlergrill und die Zierleisten glänzten wie Quecksilber.

Linda Paquette öffnete die Fahrertür und setzte sich mit ihrem Kaffee hinters Steuer. »Machen wir eine Spritztour!«, sagte sie.

»Ich muss mit Ihnen über etwas sprechen. Dringend.«

»Eine virtuelle Spritztour. Findet nur im Kopf statt.«

Als sie die Tür zuklappte, gab Tim nach und ging um das Coupé herum zur Beifahrertür.

Wegen des abgesenkten Dachs gab es für große Leute nicht genügend Kopfraum. Tim rutschte auf seinem Sitz ein Stück weit nach unten, den Papageienbecher in beiden Händen.

In dem engen Innenraum überragte er seine Gastgeberin dennoch, als wäre sie ein Elfchen und er ein Troll.

Statt auf einem Mohairbezug, wie er in den 1930er-Jahren üblich gewesen war, saß Tim auf schwarzem Leder. In dem aus kariertem Stahlblech gefertigten Armaturenbrett glänzte das Glas der Instrumente.

Jenseits der Windschutzscheibe sah man die Küche. Surreal.

Der Schlüssel steckte in der Zündung, doch da es sich um einen virtuellen Ausflug handelte, ließ Linda den Wagen nicht an. Vielleicht wartete sie, bis ihr Becher leer war, um dann den Motor aufheulen zu lassen und zur Kaffeemaschine neben dem Backofen zu fahren.

Sie lächelte ihn an. »Toll, nicht?«

»Es ist, wie in einem Autokino zu sitzen und einen Film über eine Küche anzuschauen.«

»Tja, Autokinos gibt es jetzt schon seit Jahren nicht mehr. Dabei ist das doch so, als würde man das Kolosseum in Rom abreißen, um an seiner Stelle ein Einkaufszentrum zu errichten, finden Sie nicht?«

»Hm. Ganz dasselbe ist es vielleicht nicht.«

»Ja, stimmt. Schließlich gab es keine Autokinos, in denen man Christen an Löwen verfüttert hat. Also, weshalb wollten Sie mit mir sprechen?«

Der Kaffee war ausgezeichnet. Tim trank einen Schluck, blies in den Becher und trank noch einen Schluck, während er überlegte, wie er sein Anliegen am besten erklären sollte.

Als er über die knisternden Eukalyptusblätter auf dem Gartenweg gegangen war, hatte er noch gewusst, was er ihr sagen wollte. Nun jedoch hatte sich herausgestellt, dass sie anders war als alles, was er erwartet hatte. Sein Plan kam ihm verkehrt vor.

Er wusste nur wenig über Linda Paquette, spürte jedoch, dass man ihr nicht das Händchen halten musste, wenn sie eine schlechte Nachricht erfuhr. Zu viel Fürsorge würde sie womöglich sogar als Herablassung empfinden.

Es war wohl am besten, sofort auf den Punkt zu kommen. »Jemand will Sie loswerden«, sagte er.

Sie grinste. »Das hat schon so mancher versucht.«

»Er will zwanzigtausend Dollar dafür bezahlen.«

»Um mich loszuwerden? In welchem Sinne?«

»Im Sinne eines Kopfschusses. Ein für alle Mal.«

Nach dieser unzweideutigen Erklärung berichtete er kurz, was in der Kneipe vorgefallen war: dass er zuerst für den Killer gehalten worden war und dann für den Mann, der diesen angeheuert hatte, um schließlich festzustellen, dass es sich bei dem Killer um einen Polizisten handelte.

Anfänglich lauschte sie mit offenem Mund, doch ihre Verblüffung löste sich rasch in Luft auf. Ihre grünen Augen wurden trübe, als hätten Tims Worte einen Bodensatz aufgerührt, der schon lange nicht mehr bewegt worden war.

Als Tim fertig war, saß sie schweigend da und starrte durch die Windschutzscheibe. Ab und zu nahm sie einen Schluck Kaffee.

Er wartete, bis ihm unbehaglich wurde. »Glauben Sie mir eigentlich?«, fragte er.

»Ich habe schon viele Lügner getroffen, aber Sie klingen nicht wie einer.«

Die Punktstrahler, die die Karosserie des Wagens zum Funkeln brachten, erhellten das Innere kaum. Obwohl das Gesicht der Frau neben Tim im Schatten lag, nahmen ihre Augen das bisschen Licht auf und warfen es zurück.

»Was ich Ihnen erzählt habe, überrascht Sie scheinbar gar nicht«, sagte er.

»Nein.«

»Also ... dann wissen Sie also, wer Sie umbringen will?«

»Ich habe keine Ahnung.«

»Ein Exmann? Ein früherer Freund?«

»Ich war nie verheiratet. Momentan habe ich keinen Freund, und von denen, die ich hatte, war keiner geisteskrank.«

»Ein Streit mit einem Arbeitskollegen?«

»Ich bin selbstständig. Arbeite zu Hause.«

»Was machen Sie?«

»Das frage ich mich in letzter Zeit auch oft«, sagte sie. »Wie hat dieser Kerl denn ausgesehen; ich meine der, der Ihnen das Geld gegeben hat?«

Die Beschreibung löste offenkundig nichts in ihr aus. Sie schüttelte den Kopf.

»Er hat einen Hund namens Larry«, sagte Tim. »Einmal hat der mit ihm sogar einen Fallschirmsprung absolviert. Einen Bruder namens Larry hatte er auch, aber der ist mit sechzehn gestorben.«

»Ein Typ, der auf die Idee kommt, seinen Hund nach seinem toten Bruder zu nennen – an den würde ich mich auch dann erinnern, wenn er mir nie was von den beiden Larrys erzählt hätte.«

Das lief überhaupt nicht so, wie Tim es sich vorgestellt hatte. »Aber dieser Fallschirmspringer kann doch kein Fremder sein!«

»Wieso nicht?«

»Weil er Sie umbringen lassen will.«

»Es werden doch ständig Leute von Fremden umgebracht.«

»Ja, aber niemand heuert extra jemanden an, um völlig fremde Leute umzubringen.« Tim zog das gefaltete Foto aus der Brusttasche. »Wo hat er das wohl her?«

»Das ist das Bild aus meinem Führerschein.«

»Dann ist er jemand, der Zugang zur Datenbank der zuständigen Behörde hat.«

Sie gab das Foto zurück. Tim hatte es schon wieder in seine Brusttasche gesteckt, als ihm klar wurde, dass es eher ihr als ihm gehörte.

»Sie wissen also nicht, wer Ihnen den Tod wünscht«, sagte er, »und trotzdem sind Sie nicht überrascht.«

»Es gibt Leute, die *jedermann* den Tod wünschen. Wenn man so weit ist, sich darüber nicht mehr zu wundern, dann kann einen kaum mehr etwas überraschen.«

Der Blick ihrer grünen Augen war so direkt und intensiv, dass er Tims verborgene Gedanken aufzutrennen und auseinanderzufalten schien wie auf einem Seziertisch liegende Gewebeschichten. Dennoch wirkte er nicht wie ein kaltes Starren, sondern freundlich.

»Ich frage mich, weshalb Sie so mit der Sache umgegangen sind.«

Da Tim diesen Kommentar als Missbilligung oder Argwohn deutete, sagte er: »Ich wüsste nicht, welche Alternativen ich gehabt hätte.«

»Sie hätten die Zehntausend behalten können.«

»Dann hätte jemand nach mir gesucht.«

»Vielleicht auch nicht. Aber jetzt wird das sicher jemand tun. Außerdem hätten Sie dem Killer einfach mein Foto samt dem Geld geben und sich aus der Sache heraushalten können. Dann hätte sich alles so entwickelt, als wären Sie nie da gewesen.«

»Und dann ... wo wäre ich dann hingegangen?«

»Zum Abendessen. Ins Kino. Nach Hause, um sich ins Bett zu legen.«

»Hätten *Sie* das getan?«, fragte Tim.

»Das interessiert mich jetzt nicht. Was mich interessiert, sind Sie.«

»Ich bin kein interessanter Typ.«

»Nicht so, wie Sie sich darstellen, nein. Was sie interessant macht, ist das, was Sie verstecken.«

»Ich habe Ihnen alles gesagt.«

»Über das, was in der Kneipe vorgefallen ist. Aber ... über sich selbst?«

Der Rückspiegel war auf Tim gerichtet. Bisher hatte er es vermieden, sich selbst in die Augen zu blicken, indem er in die Augen seiner Gastgeberin geblickt hatte. Nun warf er einen Blick auf sein schmales Spiegelbild, schaute jedoch gleich wieder weg und betrachtete den Keramikpapagei, den er mit der rechten Hand umklammerte.

»Mein Kaffee ist kalt«, sagte er.

»Meiner auch. Übrigens: Als der Killer die Kneipe verlassen hatte, hätten Sie die Polizei rufen können.«

»Nicht, nachdem ich gesehen hatte, dass er ein Cop ist.«

»Die Kneipe liegt in Huntington Beach. Ich wohne in Laguna Beach. Er arbeitet also in einem anderen Bezirk.«

»Ich weiß nicht, in welchem Bezirk er arbeitet. Sein Wagen war ein Zivilfahrzeug. Er könnte also durchaus hier in Laguna Beach arbeiten.«

»Aha. Und was nun, Tim?«

Er musste sie anschauen, und er hatte Angst davor. Dabei wusste er nicht, weshalb und wie sie innerhalb weniger Minuten, nachdem er sie zum ersten Mal gesehen hatte, für ihn zu etwas geworden war, nach dem er sich sehnte oder das er fürchtete. So hatte er sich noch nie gefühlt, und obwohl tausend Songs und Filme ihn darauf programmiert hatten, es Liebe zu nennen, wusste er, dass es keine Liebe war. Er war nicht der Typ, der auf den ersten Blick Liebe empfand. Außerdem gehörte zu Liebe kein tödlicher Schrecken, wie er ihn wahrnahm.

»Der einzige Beweis, den ich der Polizei hätte geben können, ist das Foto von Ihnen«, sagte er. »Und das ist kein Beweis.«

»Das Nummernschild des Zivilfahrzeugs«, erinnerte sie ihn.

»Das ist auch kein Beweis, sondern nur eine Spur. Ich kenne allerdings jemand, der nachforschen und mir den

Namen des Fahrers besorgen kann. Jemand, dem ich vertraue.«

»Und dann?«

»Das weiß ich noch nicht. Ich werde mir schon was ausdenken.«

Ihr Blick, den sie kein einziges Mal von ihm abgewandt hatte, besaß die Anziehungskraft eines Doppelmonds und fesselte unweigerlich seine Aufmerksamkeit.

Während er ihr wieder in die Augen blickte, nahm er sich vor, sich an diesen Moment zu erinnern, an dieses Gefühl des Schreckens, das sich in ihm verknotete und das zugleich aus wilder Begeisterung bestand. Wenn er irgendwann einen Namen dafür fand, würde er begreifen, wieso er plötzlich aus dem Leben, das er kannte – und bewusst angestrebt hatte –, in ein neues eintrat, das er nicht kennen konnte. Womöglich würde er diesen Schritt irgendwann bitter bereuen.

»Sie sollten dieses Haus noch heute Abend verlassen«, sagte er. »Verkriechen Sie sich irgendwo, wo Sie noch nie gewesen sind. Also nicht bei Freunden oder Verwandten.«

»Meinen Sie, der Killer kommt hierher?«

»Morgen oder übermorgen, früher oder später, wenn ihm und dem Kerl, der ihn angeheuert hat, klar wird, was geschehen ist.«

Sie sah nicht aus, als ob sie Angst hätte. »Einverstanden«, sagte sie.

Ihr Gleichmut verblüffte ihn.

Sein Handy läutete.

Nachdem Linda ihm seinen Kaffeebecher abgenommen hatte, ging er ran.

Es war Liam Rooney. »Er war gerade hier«, sagte er, »und hat gefragt, wer der große Kerl auf dem letzten Hocker gewesen ist.«

»Schon? Verdammt. Ich hab gedacht, es würde ein oder zwei Tage dauern. War es der erste oder der zweite Typ?«

»Der zweite. Diesmal habe ich ihn mir genauer angesehen. Tim, der ist nicht normal. Er kommt mir vor wie ein Haifisch mit Füßen.«

Tim erinnerte sich an das träumerische Lächeln, das der Killer ständig im Gesicht gehabt hatte, und an die erweiterten, nach Licht gierenden Pupillen.

»Was ist eigentlich los?«, wollte Liam wissen.

»Es geht um eine Frau«, wiederholte Tim. »Ich werde schon damit fertig.«

Im Rückblick hatte der Killer offenbar erkannt, dass irgendetwas an der Begegnung in der Kneipe nicht gestimmt hatte. Daraufhin war er wohl in Kontakt mit seinem Auftraggeber getreten.

Jenseits der Windschutzscheibe sah die Küche warm und gemütlich aus. An der Wand hing ein Messerhalter.

»Du kannst mich da doch nicht einfach außen vor lassen«, sagte Rooney.

»Um dich mache ich mir keine Sorgen«, sagte Tim, während er die Tür des Coupés öffnete und ausstieg. »Aber um Michelle. Halt dich bloß aus der Sache raus – deiner Frau zuliebe.«

Beide Kaffeebecher in den Händen, stieg auch Linda aus dem Ford.

»Wann genau ist der Kerl wieder gegangen?«, fragte Tim.

»Ich hab so etwa fünf Minuten gewartet, bevor ich dich angerufen habe – damit er nicht zurückkommt, mich telefonieren sieht und sich Gedanken macht. Er sieht wie jemand aus, der mit Leichtigkeit zwei und zwei zusammenzählen kann.«

»Okay«, sagte Tim. »Ich muss jetzt Schluss machen.« Er drückte auf die rote Taste und steckte das Telefon ein.

Während Linda die Becher zum Spülbecken brachte, trat Tim zu dem Messerhalter an der Wand, um eine Waffe auszuwählen. Statt für das Schlachtermesser entschied er sich für eines mit einer kürzeren und spitzeren Klinge.

Um von der Kneipe nach Laguna Beach zu gelangen, nahm man am besten den an der Küste entlangführenden Highway. Selbst an einem Montagabend herrschte dort wahrscheinlich viel Verkehr. Insgesamt brauchte man von Tür zu Tür wohl an die vierzig Minuten.

Vielleicht war der zivile Dienstwagen des Killers nicht nur mit einem abnehmbaren Blinklicht ausgestattet, sondern auch mit einer Sirene. Die würde der Kerl auf den letzten Meilen allerdings nicht einsetzen, damit sie ihn nicht kommen hörten.

Als Linda sich von der Spüle abwandte, sah sie das Messer in Tims Faust. Sie interpretierte das weder falsch, noch brauchte sie eine Erklärung.

»Wie viel Zeit haben wir?«, fragte sie lediglich.

»Können Sie in fünf Minuten einen Koffer packen?«

»Schneller.«

»Tun Sie's.«

Sie warf einen Blick auf den 1939er-Ford.

»Der ist zu auffällig«, sagte Tim. »Sie sollten ihn hierlassen.«

»Das ist mein einziger Wagen.«

»Ich bringe Sie hin, wo Sie hinwollen.«

Ihr grünäugiger Blick war so scharf wie eine Glasscherbe. »Was für ein Interesse haben Sie eigentlich an der Sache? Nachdem Sie mich gewarnt haben, könnten Sie sich ja jetzt raushalten.«

»Dieser Kerl ... der wird mich auch umlegen wollen. Wenn er herausbekommt, wie ich heiße.«

»Und Sie meinen, das werde ich ausplaudern, wenn er mich aufspürt.«

»Egal, ob Sie es ausplaudern oder nicht, er wird es erfahren. Ich muss wissen, wer er ist, aber noch wichtiger ist, dass ich herausbekommen muss, wer ihn angeheuert hat. Wenn Sie ein wenig mehr Zeit haben, darüber nachzudenken, kommen Sie vielleicht doch noch darauf.«

Sie schüttelte den Kopf. »Mir fällt niemand ein. Wenn es Ihnen nur darum geht, dass mir womöglich einfällt, wer mir den Tod wünscht, dann hat es keinen Sinn.«

»Es hat einen Sinn«, sagte er. »Los, packen Sie zusammen, was Sie brauchen!«

Sie warf noch einen Blick auf den Ford. »Den hole ich mir irgendwann.«

»Wenn es vorbei ist.«

»Ich werde damit an einen Ort fahren, wo noch etwas von damals übrig ist, etwas, das man noch nicht abgerissen oder verschandelt hat.«

»In die gute, alte Zeit«, sagte Tim.

»Die war gut, und sie war schlecht. Aber immerhin war sie anders.« Damit eilte sie davon, um zu packen.

Tim schaltete die Lampen in der Küche aus. Dann ging er durch den Flur ins Wohnzimmer und löschte auch dort das Licht.

Am Fenster stehend, zog er die Gardine zurück und betrachtete eine Szenerie, die so still geworden war wie ein Miniaturdorf in einem gläsernen Briefbeschwerer.

Auch er hatte sich lange Zeit in einer Glaskugel befunden, und zwar absichtlich. Ab und zu hatte er einen Hammer gehoben, um sich zu befreien, aber er hatte dann doch nie zugeschlagen, weil er nicht wusste, was er auf der anderen Seite des Glases sollte.

Aus einem nahen Canyon war ein Kojote in das Wohnviertel gestreunt, vielleicht angelockt vom Licht des runden, in den Himmel steigenden Mondes. Wenn das Tier durch den Lichtkegel einer Straßenlaterne trottete, leuchteten seine Augen silbern, als wären sie halb blind, doch im Schatten war sein Blick leuchtend und rot, und nichts entging ihm.

6

Tim hatte den Eindruck, der Fährte des inzwischen verschwundenen Kojoten zu folgen, als er nach Norden fuhr. Am nächsten Stoppschild bog er links ab und fuhr bergab auf die Küstenstraße zu.

Immer wieder warf er einen Blick in den Rückspiegel. Niemand folgte ihnen.

»Wo wollen Sie sich verstecken?«, fragte er.

»Das überlege ich mir später. Ach, da wir jetzt gemeinsam auf der Flucht sind, könnten wir die Förmlichkeiten eigentlich lassen.«

»Inwiefern?«

»Sag einfach du zu mir.«

Tim nickte nur.

Sie trug noch immer Jeans und einen mitternachtsblauen Pulli, über den sie eine karamellfarbene Cordjacke gezogen hatte. Im Schoß hielt sie ihre Handtasche, auf dem Rücksitz lag eine große Reisetasche.

»Und wann willst du es dir überlegen?«, fragte er.

»Nachdem wir bei dem Typen waren, dem du vertrauen kannst. Der herausbekommen kann, zu wem das Nummernschild gehört.«

»Eigentlich wollte ich den alleine aufsuchen.«

»Bin ich etwa nicht vorzeigbar?«

Sie war nicht so hübsch wie auf dem Foto, doch es kam ihm vor, als würde sie trotzdem irgendwie besser aussehen.

Als sie vor der Passbildkamera gestanden hatte, war ihr

dunkelbraunes, fast schwarzes Haar kürzer gewesen als jetzt und absichtlich zerzaust.

»Sehr vorzeigbar sogar«, sagte Tim. »Aber wenn du dabei bist, wird er unruhig werden. Er wird wissen wollen, worum genau es eigentlich geht.«

»Dann erzählen wir ihm einfach irgendwas, das sich gut anhört.«

»Das ist niemand, den ich anlüge.«

»Gibt es so jemand?«

»Wie bitte?«

»Schon gut. Überlass das mir. Ich werde ihm etwas auftischen, was ihm gefällt.«

»Nein, du wirst das auch nicht tun«, sagte Tim. »Diesem Burschen gegenüber sind wir ehrlich.«

»Wer ist das denn – dein Dad oder so was?«

»Ich verdanke ihm eine Menge. Er ist sehr zuverlässig. Pedro Santo heißt er. Pete. Er arbeitet im Raub- und Morddezernat.«

»Also gehen wir doch zur Polizei?«

»Inoffiziell.«

Sie fuhren nordwärts an der Küste entlang. Richtung Süden herrschte kaum Verkehr. Ab und zu kam ihnen ein Wagen entgegen, der sich eindeutig nicht an die Geschwindigkeitsbegrenzung hielt, aber keiner davon hatte ein Blinklicht.

Im Westen fiel die dicht bebaute Felsküste zum unbesiedelten Strand hin ab. Hinter Gestrüpp und breiten Sandflächen verschmolzen Pazifik und Himmel am schwarzen Horizont.

Im Licht des Mondes rollten die Wellen mit dekorativen Schaumkronen heran. Tim dachte unwillkürlich an ein schlafendes Wesen, das sich unter seinem Federbett unruhig hin und her wälzt.

»Es ist nämlich so«, sagte Linda nach längerem Schweigen, »dass ich kein besonders gutes Verhältnis zu den Cops habe.«

Sie starrte geradeaus auf die Straße, aber im Licht der entgegenkommenden Scheinwerfer schien ihr unverwandter Blick sich auf eine andere Szene zu richten.

Tim wartete auf mehr, doch als sie wieder schwieg, fragte er: »Gibt es etwas, das ich wissen sollte? Hattest du mal Scherereien?«

Sie kniff ein Auge zu. »Ich doch nicht. Ich bin so harmlos und unverbogen wie ein neuer Nagel, der noch nie einen Hammer kennengelernt hat.«

»Wieso hört sich das so an, als hätte es durchaus einen Hammer gegeben, vielleicht sogar eine Menge Hämmer, aber du hast dich trotzdem nicht verbogen?«

»Keine Ahnung. Ich weiß auch nicht, wieso sich das in deinen Ohren so anhört. Vielleicht neigst du dazu, ständig eine verborgene Bedeutung zu vermuten, selbst wenn keine da ist.«

»Ich bin ein einfacher Maurer.«

»Die meisten Automechaniker, die ich kenne, denken tiefgründiger als jeder Collegeprofessor, dem ich je begegnet bin. Das müssen sie auch, denn schließlich leben sie in der realen Welt. Mit Maurern muss sich das ähnlich verhalten.«

»Ach, bei uns gibt's aus naheliegenden Gründen auch mehr als genug Betonköpfe.«

Sie lächelte. »Über dich hast du damit aber nichts gesagt.«

An der Newport Coast Road bog er nach rechts ins Landesinnere ab. Das Gelände stieg an, während hinter ihnen das Gewicht der Nacht aufs Meer herabsank.

»Ich kenne einen Zimmermann«, sagte sie, »der gerne in Metaphern spricht. Er meint nämlich, das Leben selbst sei eine Metapher, weil es in jedem Augenblick geheimnisvoll und voll verborgener Bedeutung sei. Du weißt doch, was eine Metapher ist, oder?«

»Mein Herz ist ein einsamer Jäger, der auf einem einsamen Hügel jagt«, zitierte Tim.

»Nicht schlecht für einen Betonkopf.«

»Ist nicht von mir. Hab ich mal irgendwo gehört.«

»Du weißt schon, wo. So, wie du es gesagt hast, weißt du das. Aber hör mal, wenn dieser Santo tatsächlich Grips hat, dann wird er merken, dass ich Cops nicht besonders mag.«

»Er hat Grips. Aber es gibt keinen Grund, ihn nicht zu mögen.«

»Gegen ihn will ich ja gar nichts sagen. Es ist schließlich nicht sein Fehler, dass es seinen Kollegen manchmal an Demut fehlt.«

Tim drehte diesen Satz einige Male hin und her, fand jedoch keine naheliegende Bedeutung.

»Vielleicht ist dein Freund ja der reinste Pfadfinder mit Dienstmarke«, sagte sie, »aber Cops sind mir unheimlich. Und nicht nur sie.«

»Willst du mir sagen, worum es da geht?«

»Um nichts Bestimmtes. Es liegt einfach daran, wie ich bin.«

»Wir brauchen Hilfe, und Pete Santo kann uns helfen.«

»Ich weiß. Ich sag's ja bloß.«

Als sie nach einer Reihe von Abhängen und Senken die höchste Kuppe erreichten, schimmerte unter ihnen das Lichtermeer von Orange County. Es machte den Sternen Konkurrenz, die gegen seinen Glanz verblassten.

»Sie kommt einem so mächtig, so fest, so beständig vor«, sagte sie.

»Was denn?«

»Die Zivilisation. Aber sie ist so zerbrechlich wie Glas.« Sie sah ihn an. »Ich sollte lieber den Mund halten, sonst meinst du noch, ich hätte nicht alle Tassen im Schrank.«

»Nein«, sagte Tim, »das mit dem Glas verstehe ich gut. Sehr gut sogar.«

Mehrere Meilen fuhren sie dahin, ohne ein Wort zu sagen, und nach einer Weile merkte Tim, dass das gemeinsame

Schweigen einen angenehmen Charakter angenommen hatte. Die Nacht jenseits der Fenster war eine Vernichtungsmaschine, die darauf wartete, in Gang gesetzt zu werden, doch hier im Wageninnern kehrte vorübergehend eine Art Frieden ein, und er spürte, dass etwas Positives geschehen konnte, ja sogar etwas, das richtig gut war.

7

Nachdem er durch den ganzen Bungalow gegangen war und dabei überall dreist das Licht angeknipst hatte, kehrte Krait ins Schlafzimmer zurück.

Die einfache weiße Tagesdecke aus Chenille, die auf dem Bett lag, war so glatt wie das Bettzeug eines Soldaten in der Kaserne. Keine einzige Franse am Rand war mit einer anderen verheddert.

Krait war schon in Häusern gewesen, wo die Betten nicht gemacht waren und die Laken zu selten gewechselt wurden. Schlampigkeit machte ihn ärgerlich.

Wenn der Gebrauch einer Schusswaffe erlaubt war, konnte man eine ungepflegte Person aus einem Abstand von wenigstens ein, zwei Metern töten. Dann war es nicht so wichtig, dass das Ziel nicht täglich die Unterwäsche wechselte.

Oft war laut Kontrakt jedoch Erwürgen, Erstechen, Erschlagen oder eine andere intimere Exekutionsmethode vorgesehen. War das Opfer ein Schmutzfink, dann konnte eine potenziell genussvolle Aufgabe in so einem Fall zur lästigen Pflicht werden.

Wurde die Zielperson zum Beispiel von hinten erwürgt, so versuchte sie in ihrer Verzweiflung, nach hinten zu greifen, um dem Angreifer die Augen auszukratzen. Seine Augen konnte man zwar problemlos schützen, aber womöglich kratzte das Opfer an deiner Wange, packte dein Kinn, fuhr mit den Fingern über deine Lippen, und wenn man den Verdacht hatte, es könnte sich um jemanden handeln, der sich nach dem Gang auf die Toilette nicht immer die Hände wusch, fragte man sich manchmal, ob die gute Bezahlung und die vielen Vorzüge des Jobs die negativen Aspekte wirklich überwogen.

Linda Paquettes Kleiderschrank war klein und ordentlich. Sie besaß nicht viele Sachen.

Die Einfachheit ihrer Garderobe gefiel Krait. Er war selber schon immer ein Mensch mit schlichtem Geschmack gewesen.

Von dem Fach über den hängenden Kleidungsstücken holte er nacheinander die Schachteln herunter, die dort standen. Keine enthielt irgendetwas Aufschlussreiches.

Neugier auf sein Ziel war eigentlich verboten. Wie immer sollte er nicht mehr über diese Frau wissen als ihren Namen, ihre Adresse und ihr Aussehen.

Normalerweise hätte er sich an eine solche Vorgabe gehalten. Was in der Kneipe geschehen war, erforderte jedoch für dieses Projekt neue Regeln.

Er hatte gehofft, Fotos von Familienmitgliedern und Freunden zu finden, Highschool-Jahrbücher, Erinnerungen an Urlaubsreisen und frühere Liebschaften, aber da war nichts. Auch auf der staubfreien Frisierkommode und den sauber polierten Nachttischen stand kein einziges Foto.

Es sah so aus, als hätte sie einen klaren Schnitt zwischen sich und ihrer Vergangenheit gemacht. Weshalb sie das getan hatte, wusste Krait nicht, doch er fand es gut. Mit Leuten, die ankerlos dahintrieben und allein waren, wurde man leichter fertig.

Krait hatte den Vorgang eigentlich so inszenieren sollen, dass es wie ein Einbruch aussah. Er sollte die Frau vergewaltigen und dann auf eine Weise umbringen, die der Polizei die Vermutung aufdrängte, der Mörder sei nichts anderes als ein psychopathischer Sexualverbrecher, dem sie zufällig zum Opfer gefallen war.

Die Einzelheiten eines solchen Auftrags blieben grundsätzlich ihm überlassen. Er war ein Genie im Erfinden von

Inszenierungen, die selbst die besten Profiler der Polizei hinters Licht führten.

Er trat an die Kommode, um in den Schubladen nach den Fotos und anderen persönlichen Gegenständen zu suchen, die er im Kleiderschrank nicht gefunden hatte.

Obwohl ihm entsprechende Gefühle verboten waren, hatte Neugier Krait erfasst. Er wollte wissen, wieso der groß gewachsene Kerl an der Theke sich für sie eingesetzt hatte. Was an dieser Frau hatte den Kneipenhocker nur dazu gebracht, ein derartiges Risiko auf sich zu nehmen?

Normalerweise lief Kraits Arbeit ausgesprochen schematisch ab. Ein unbedeutenderer Mensch, der unfähig war, die feinen Nuancen dieser Profession zu genießen, hätte sich schon nach wenigen Jahren gelangweilt. Krait hingegen fand seinen Beruf befriedigend, nicht zuletzt gerade weil seine Aufträge sich so beruhigend glichen.

Sauberkeit war zwar die Eigenschaft, die Krait am meisten schätzte, aber fast genauso wichtig war ihm, dass alles in vertrauten Bahnen ablief. Fand er einen Film, den er mochte, dann sah er ihn sich ein- oder zweimal pro Monat an, manchmal sogar zweimal an einem Abend. Oft verzehrte er eine oder zwei Wochen lang jeden Abend das gleiche Essen.

Trotz ihres äußerst vielfältigen Aussehens waren die Menschen so berechenbar wie die Wendungen jener Filme, die Krait in sein Herz geschlossen hatte. Ein Mann, den er bewunderte, hatte einmal gesagt, die Menschen seien Schafe, und in den meisten Belangen traf das auch zu.

Da er der menschlichen Spezies durch seine Arbeit auf äußerst intime Weise nahekam, hatte er den Eindruck, dass der Mensch dem Schaf sogar unterlegen war. Schafe waren zwar gefügig, aber immerhin wachsam. Im Gegensatz zu vielen Leuten waren Schafe sich immer der Tatsache bewusst, dass es Raubtiere gab, weshalb sie auf den Geruch und die Hinterlist von Wölfen achteten.

Die braven Bürger Amerikas hingegen waren heutzutage so wohlhabend und so vom reichhaltigen Angebot der Unterhaltungsindustrie abgelenkt, dass sie sich ihren Spaß nur ungern durch die Vorstellung schmälern ließen, es gebe Wesen mit scharfen Zähnen und mächtig Appetit. Wenn sie ab und an trotzdem einen Wolf erkannten, dann warfen sie ihm einen Knochen hin und redeten sich ein, es handle sich um einen Hund.

Echte Bedrohungen leugneten sie, indem sie ihre Ängste auf die unwahrscheinlichsten Formen des Weltuntergangs richteten: auf einen gewaltigen Asteroiden, der auf die Erde prallte, auf Wirbelstürme, doppelt so groß wie Texas, auf einen durch den Millennium-Bug hervorgerufenen Zusammenbruch der Zivilisation, auf Atomkraftwerke, die Löcher in unseren Planeten schmolzen oder darauf, dass aus den Reihen der unglückseligen, schlecht frisierten Fernsehprediger, von denen es bei manchen Sendern wimmelte, urplötzlich ein neuer Hitler zum Vorschein kam.

Deshalb fand Krait, dass die Leute sich weniger wie Schafe, sondern vielmehr wie Kühe verhielten. Er ging unter ihnen umher, als wäre er unsichtbar. Sie vertrauten auf die Sicherheit der Herde und grasten verträumt vor sich hin, während er sie Stück um Stück abschlachtete.

Seine Arbeit war sein Vergnügen, und beides würde er im Überfluss haben, bis eines Tages ein Mörder, der grandioser auftrat als er, Feuer auf die Herde schleuderte und sie zu Zehntausenden über die Klippen trieb. Dann würden die restlichen Kühe misstrauisch werden, und eine Weile hätte Krait es bei seiner Arbeit schwerer.

Er wollte mehr über diese Frau namens Linda Paquette wissen, weil er hoffte, dadurch mehr über den Mann zu erfahren, der eingegriffen hatte, um ihr die Exekution zu ersparen. Den Namen dieses Störenfrieds würde Krait bald heraus haben, aber noch kannte er ihn nicht.

In den Kommodenschubladen fand er nur weitere Kleidungsstücke, aber die erzählten ihm durchaus etwas über die Frau. Sie besaß viele Socken in verschiedenen Farben, aber nur zwei Paar Nylonstrumpfhosen. Ihre Slips waren aus Baumwolle und fast so schlicht wie Männerunterhosen, ohne Spitze und Rüschen.

Die Schlichtheit dieser Sachen bezauberte ihn.

Und sie rochen so frisch. Er überlegte, welches Waschmittel sie wohl benutzte, und hoffte, dass es sich um eine umweltfreundliche Marke handelte.

Nachdem er die letzte Schublade wieder zugeschoben hatte, betrachtete er im Spiegel über der Kommode sein Gesicht. Was er sah, gefiel ihm. Seine Wangen hatten sich nicht im Mindesten gerötet, seine Lippen war weder schmal vor Anspannung noch geschürzt vor Begierde.

Noch bevor er damit fertig war, sich selbst zu bewundern, lenkte ihn das Spiegelbild eines gerahmten Gemäldes von seinem Gesicht ab. Sein Lächeln schwand, während er sich vom Spiegel ab- und dem Bild zuwandte.

Eigentlich hätte ihm das Gemälde sofort auffallen müssen, als er das Zimmer betreten hatte. Sonst schmückte keinerlei Kunst die Wände, und die einzigen dekorativen Gegenstände auf den beiden Nachttischen waren ein Wecker mit Leuchtziffern und ein altes Motorola-Radio, beides aus den 1930er-Jahren und aus Bakelit gemacht.

Der Wecker und das Radio störten ihn nicht, doch das Gemälde – in Wirklichkeit ein billiger Druck – erregte seinen Zorn. Er nahm es von der Wand, zerschmetterte am Fußteil des Betts das Glas und riss das Bild aus dem Rahmen.

Nachdem er das Papier dreimal gefaltet hatte, schob er es in eine Innentasche seines Sportsakkos. Er wollte es aufheben, bis er die Frau gefunden hatte.

Nachdem er sie wehrlos gemacht und ihr die Kleider vom Leib gerissen hatte, würde er ihr das zerknüllte Poster in die Kehle stopfen, ihr den Mund zuhalten und sie zwingen, es zu schlucken. Wenn sie das nicht schaffte und es wieder herauswürgte, konnte er es ihr woanders hineinstecken und dann wieder woanders; auch andere Dinge konnte er ihr reinstecken, alles, was er wollte – bis sie ihn anflehte, sie zu töten.

Leider lebte er in einer Zeit, in der solche Maßnahmen gelegentlich nötig waren.

Wieder vor dem Spiegel stehend, gefiel ihm, was er sah, daran hatte sich nichts geändert. Seinem Abbild nach zu urteilen, besaß er ein untadeliges Herz, und seine Gedanken waren voller Barmherzigkeit.

Die äußere Erscheinung war wichtig. Sie war sogar das Einzige, worauf es wirklich ankam. Von seiner Arbeit einmal abgesehen.

In dem ebenfalls äußerst ordentlichen Schränkchen im Badezimmer fand er nichts Interessantes bis auf eine Tube Lippenbalsam. Es war eine Marke, die er noch nie benutzt hatte.

In den letzten Tagen war es sehr trocken gewesen, weshalb ihm ständig die Lippen aufgesprungen waren. Das Produkt, das er normalerweise verwendete, hatte nicht viel geholfen.

Als er an dem Balsam schnupperte, nahm er keinen abstoßenden Duft wahr. Daraufhin leckte er daran und registrierte einen annehmbar milden, cremigen Orangengeschmack. Er bestrich sich die Lippen, die sich sogleich kühler anfühlten, und steckte die Tube ein.

Im Wohnzimmer zog Krait einige der alten Hardcovers heraus, die auf dem Bücherregal standen. Sie hatten merkwürdige, farbenfrohe Schutzumschläge und stammten alle von beliebten Romanciers der 1920er- und 1930er-Jahre: Earl Derr Biggers, Mary Roberts Rinehart, E. Phillips Oppenheim, J. B. Priestley, Frank Swinnerton ... Mit Ausnahme von Somerset Maugham und P. G. Wodehouse waren die meisten inzwischen vergessen.

Eventuell hätte Krait ein Buch mitgenommen, das interessant aussah, doch diese Autoren waren allesamt tot. Wenn er ein Buch las, in dem unangemessene Ansichten ausgedrückt wurden, dann fühlte er sich manchmal verpflichtet, den Autor aufzusuchen und ihn zurechtzuweisen. Er las nie Bücher von verstorbenen Autoren, denn eine persönliche Diskussion mit einem lebenden Schriftsteller war ungleich befriedigender, als die Leiche eines Autors auszugraben und zu schänden.

In der Küche fand er zwei benutzte Kaffeebecher im Spülbecken. Er stand eine Weile davor und dachte darüber nach.

So ordentlich, wie sie war, hätte Linda Paquette sicher keine derartige Unordnung hinterlassen, wenn sie keinen dringenden Grund gehabt hätte, das Haus zu verlassen. Außerdem hatte sie einen Gast gehabt. Vielleicht hatte dieser Gast sie davon überzeugt, keine Zeit damit zu vergeuden, die Becher abzuspülen.

Diese Vermutung war nicht das Einzige, was Krait an den Bechern interessierte. Besonders ausgiebig betrachtete er den mit dem Papageiengriff, den er einfach reizend fand. Er spülte ihn aus, trocknete ihn ab und wickelte ihn in ein Geschirrtuch, um ihn mitzunehmen.

In dem Messerhalter an der Wand fehlte ein Messer. Auch das war interessant.

Aus dem Kühlschrank holte Krait die verbliebene Hälfte eines hausgemachten, mit Zimt bestäubten Eiercremekuchens. Er schnitt sich ein ordentliches Stück davon ab und legte es auf einen Teller. Den stellte er auf den Küchentisch und besorgte sich eine Gabel.

In der Kanne auf der Warmhalteplatte befand sich noch Kaffee. Krait goss sich eine Tasse ein und kostete. Der Kaffee war zwar noch nicht bitter geworden, konnte jedoch einen Schuss Milch vertragen.

Am Tisch sitzend, betrachtete er den alten Ford, während er Kuchen aß und Kaffee trank. Die Eiercreme war ausgezeichnet. Er durfte nicht vergessen, der Bäckerin später ein Kompliment zu machen.

Krait trank gerade den letzten Schluck Kaffee, da vibrierte sein Mobiltelefon. Er hatte eine SMS empfangen.

Als er vorher die Kneipe aufgesucht hatte, um den Namen des großen Kerls auf dem letzten Barhocker herauszubekommen, hatte der Barkeeper sich dumm gestellt.

Fünf Minuten, nachdem Krait aus der Tür gegangen war, hatte Liam Rooney jedoch jemanden angerufen. Die SMS, die Krait gerade bekommen hatte, enthielt die von Rooney gewählte Nummer und den Namen der Person, auf die das betreffende Telefon angemeldet war: TIMOTHY CARRIER.

Auf dem Bildschirm erschien auch die Adresse von Carrier. Die würde Krait vorläufig allerdings kaum von Nutzen sein. Falls es sich bei Carrier um den Mann auf dem letzten Hocker gehandelt hatte und falls er nach Laguna Beach gefahren war, um Paquette zu warnen, war er wohl kaum dämlich genug, um anschließend einfach nach Hause zu fahren.

Zusätzlich zu Name und Adresse hatte Krait auch den Beruf dieses Kerls erfahren wollen. Carrier arbeitete als selbstständiger Maurermeister.

Krait hatte die Daten gerade gespeichert, als das Telefon erneut vibrierte. Auf dem Bildschirm tauchte in Megapixelklarheit ein Foto des Maurers auf, und er war zweifelsfrei der Mann aus der Kneipe.

Vor Ort arbeitete Krait alleine, doch er verfügte über eine ausgezeichnete technische Unterstützung.

Er steckte sein Handy ein, ohne das Foto zu speichern. Womöglich musste er noch mehr über Carrier in Erfahrung bringen, doch das hatte Zeit.

In der Kanne war noch eine letzte Tasse Kaffee, die er wieder mit einem großen Schuss Milch aufgoss. Er trank sie am Tisch.

Trotz der Kühnheit, mit der man Küche und Garage zusammengelegt hatte, war es hier sehr gemütlich.

Im Grunde gefiel Krait der ganze Bungalow, vor allem wegen seiner sauberen Einfachheit. Hier konnte jeder leben, ohne dass man wusste, wer der Bewohner wirklich war.

Früher oder später würde das Haus zum Verkauf gelangen. Das Eigentum einer Person zu erwerben, die er ermordet hatte, wäre zu riskant gewesen, aber die Vorstellung gefiel ihm.

Krait spülte Tasse, Teller, Gabel und Kaffeekanne ab, gefolgt von dem Roosevelt-Becher, den entweder Paquette oder ihr Gast benutzt hatten. Dann trocknete er alles ab und räumte es weg. Nachdem er das Becken mit Wasser ausgespült hatte, wischte er es mit Papiertüchern trocken.

Kurz bevor er das Haus verließ, ging er zu dem alten Ford, öffnete die Fahrertür, trat gerade so weit zurück, um keine Spritzer abzubekommen, öffnete seinen Reißverschluss und urinierte in das Fahrzeug. Spaß machte ihm das zwar nicht, aber es war notwendig.

8

Pete Santo wohnte in einem bescheidenen Haus im spanischen Stil, gemeinsam mit einer schüchternen Hündin namens Zoey und einem toten Fisch namens Lucille.

Hübsch ausgestopft und präpariert, hing Lucille, ein Speerfisch, über dem Schreibtisch im Arbeitszimmer.

Pete war kein Angler. Der Speerfisch hatte sich bereits im Haus befunden, als er es gekauft hatte.

Getauft hatte er ihn nach seiner Exfrau, die sich von ihm hatte scheiden lassen, als ihr nach zwei Ehejahren klargeworden war, dass sie ihn nicht ändern konnte. Sie hatte ihn dazu bringen wollen, den Polizeidienst zu quittieren, Immobilienmakler zu werden, sich eleganter zu kleiden und seine Narbe retuschieren zu lassen.

Letztendlich zerbrach die Ehe, nachdem seine Frau ihm ein Paar Slipper mit Troddeln gekauft hatte. Er weigerte sich, diese zu tragen, und sie weigerte sich, sie in den Laden zurückzubringen. Er ließ nicht zu, dass die Dinger in seinen Kleiderschrank gestellt wurden. Sie versuchte, einen Schuh durch den Abfluss der Spüle in den darunter eingebauten Küchenabfallzerkleinerer zu stecken. Die Rechnung des Klempners war beträchtlich.

Während die scharfzahnige Lucille nun mit einem Auge finster auf ihn hinabblickte, stand Pete Santo an seinem Schreibtisch und sah zu, wie die Homepage der Kfz-Zulassungsbehörde auf dem Computerbildschirm auftauchte.

»Wenn du nicht einmal *mir* sagen kannst, worum es geht, wem könntest du es dann sagen?«, fragte er.

»Niemandem«, erwiderte Tim. »Noch nicht. Vielleicht in ein, zwei Tagen, wenn die Lage sich geklärt hat.«

»Welche Lage?«

»Die ungeklärte Lage.«

»Aha. Na, dann ist das jetzt immerhin klar. Wenn sich die ungeklärte Lage geklärt hat, kannst du mich ja aufklären.«

»Vielleicht. Hör mal, ich weiß, dass du dich mit dieser Sache ans Messer liefern könntest.«

»Das ist nicht so wichtig.«

»Natürlich ist es wichtig!«, sagte Tim.

»Beleidige mich nicht. Es ist nicht wichtig.« Pete setzte sich an den Computer. »Wenn man mich bei der Polizei rausschmeißt, werde ich eben doch Immobilienmakler.«

Er gab seinen Namen, seine Dienstnummer und den Zugangscode ein, woraufhin die Datenbank der Zulassungsbehörde sich ihm hingab wie eine junge Dame ihrem Liebhaber.

Die schüchterne Zoey, ein schwarzer Labrador, beobachtete das Geschehen hinter einem Sessel versteckt, während Linda auf ein Knie sank und mit schmeichelnden Worten versuchte, sie hervorzulocken.

Pete tippte das Kennzeichen ein, das Tim ihm genannt hatte, und die Datenbank tat kund, dass es zu einem weißen Chevrolet gehörte, der nicht auf irgendeine Polizeibehörde, sondern auf einen gewissen Richard Lee Kravet angemeldet war.

»Kennst du den?«, fragte Pete.

Tim schüttelte den Kopf. »Den Namen hab ich noch nie gehört. Ich dachte, es würde sich herausstellen, dass es sich um ein Zivilfahrzeug von einem deiner Kollegen handelt.«

Pete sah ihn verblüfft an. »Also ist dieser Kerl, über den du was erfahren willst, ein Cop? Ich soll einen Cop für dich ausforschen?«

»Wenn er ein Cop ist, dann ein schlechter.«

»Und ich? Schließlich benutze ich meine polizeilichen Befugnisse hier für private Zwecke. Also bin ich erst recht ein schlechter Cop.«

»Wenn es sich bei diesem Typen wirklich um einen Cop handelt, dann ist schlecht gar kein Ausdruck. Im Vergleich dazu bist du bestenfalls ein ungezogener Cop, Pete.«

»Richard Lee Kravet. Kenne ich nicht. Wenn er 'ne Dienstmarke trägt, dann keine von unseren.«

Pete war bei der Polizei von Newport Beach, wohnte jedoch in einem anderen Teil des County, näher an Irvine als an Newport Beach, weil er sich schon vor seiner Scheidung in der Stadt, für die er arbeitete, kein Haus hätte leisten können.

»Kannst du mal den Führerschein von diesem Kerl für mich aufrufen?«, fragte Tim.

»Klar, warum nicht, aber wenn ich Immobilienmakler werde, trage ich trotzdem die Sorte Schuhe, die ich mag.«

Zoey war inzwischen auf dem Bauch halb um den Sessel herum gekrochen. Ihr Schwanz klopfte als Reaktion auf Lindas Lockrufe auf den Boden.

Da nur eine kleine Lampe brannte, lag der Raum großteils im Dunkeln. Das fahle Licht des Monitors verlieh Pete ein blechernes Gesicht, in dem die glatte Narbe glänzte wie eine ungeschickt ausgeführte Schweißnaht.

Er sah von Natur aus so gut aus, dass der einen halben Zentimeter breite, bleiche Hautstreifen, der sich von einem Ohr zum Kinn zog, ihn nicht hässlich machte. Mit einem chirurgischen Eingriff hätte man die Narbe verkleinern oder gar beseitigen können, doch Pete zog es vor, sich nicht dem heilenden Skalpell auszuliefern.

Eine Narbe war nicht immer ein Makel. Manchmal konnte sie eine in die Haut eingeprägte Befreiung darstellen, eine Erinnerung an etwas, das man ertragen oder verloren hatte.

Auf dem Bildschirm tauchte der Führerschein auf. Das Foto zeigte den Killer mit dem Mona-Lisa-Lächeln.

Als ein Abzug aus dem Drucker gelaufen war, reichte Pete ihn Tim.

Laut Führerschein war Kravet sechsunddreißig Jahre alt. Gemeldet war er in Anaheim.

Inzwischen hatte sich Zoey auf den Rücken gelegt und alle vier Pfoten in die Luft gestreckt. Sie schnurrte wie eine Katze, während sie sanft den Bauch gekrault bekam.

Tim besaß keinerlei Beweis für den geplanten Mord. Natürlich würde Richard Kravet alles leugnen, was in der Kneipe vorgefallen war.

»Was nun?«, wollte Pete wissen.

Damit beschäftigt, den Hund zu kraulen, hob Linda den Kopf und sah Tim an. Ihre grünen Augen blieben weiterhin geheimnisvoll, vermittelten ihm jedoch klar und deutlich den Wunsch, den Stand der Dinge unter Verschluss zu halten, zumindest vorläufig.

Tim kannte Pete nun schon über elf Jahre und diese Frau erst knapp zwei Stunden, und trotzdem entschied er sich für die Diskretion, um die sie wortlos bat.

»Danke, Pete. Du warst nicht verpflichtet, dich so weit aus dem Fenster zu hängen.«

»Ach, da fühle ich mich am wohlsten.«

Das stimmte. Pete Santo war schon immer risikofreudig gewesen, wenn auch nie leichtsinnig.

Während Linda den Hund sich selbst überließ und aufstand, fragte Pete: »Kennt ihr beiden euch schon lange?«

»Eigentlich nicht«, sagte sie.

»Wie habt ihr euch kennengelernt?«

»Beim Kaffee.«

»Etwa bei Starbucks?«

»Nein, da nicht«, sagte sie.

»Paquette. Das ist ein ungewöhnlicher Name.«

»In meiner Familie nicht.«

»Hört sich hübsch an. P-a-c-k-e-t-t-e?«

Sie bestätigte die Schreibweise nicht.

»Hm. Also sind Sie eine Frau von der starken, schweigsamen Sorte.«

Sie lächelte. »Und Sie sind und bleiben ein Detective.«

Die schüchterne Zoey hielt sich bis zur Haustür dicht hinter Linda.

Von verschiedenen Stellen im nächtlichen Garten her erklang ein verborgener Chor von Kröten.

Linda kraulte den Hund sanft hinter den Ohren, gab ihm einen Kuss auf den Kopf und ging über den Rasen zu Tims Wagen, der in der Einfahrt stand.

»Sie mag mich nicht«, sagte Pete.

»Klar mag sie dich. Sie hat bloß was gegen Cops.«

»Das heißt, wenn du sie heiratest, muss ich meinen Beruf wechseln?«

»Ich werde sie nicht heiraten.«

»Ich glaube, sie gehört zu der Sorte, bei der man ohne Ehering nicht weiterkommt.«

»Darum geht es mir gar nicht. Da ist nichts zwischen uns.«

»Abwarten«, sagte Pete. »Sie hat das gewisse Etwas.«

»Inwiefern?«

»Keine Ahnung. Aber sie hat es.«

Tim beobachtete, wie Linda in den Wagen stieg. Während sie die Tür zuzog, sagte er: »Auf jeden Fall kocht sie guten Kaffee.«

»Das wundert mich gar nicht.«

Während die unsichtbaren Kröten weitergesungen hatten, als Linda zwischen ihnen hindurchgegangen war, verstummten sie, sobald Tim den Fuß aufs Gras setzte.

»Sie hat Klasse«, sagte Pete. »Das ist ein Teil von dem gewissen Etwas.« Als Tim zwei weitere Schritte getan hatte, fügte er hinzu: »Und Sang-froid.«

Tim blieb stehen und sah sich nach seinem Freund um. »Sang was?«

»Sang-froid. Das ist Französisch. Selbstbeherrschung, Gelassenheit, Kaltblütigkeit.«

»Seit wann sprichst du denn Französisch?«

»Den Ausdruck kenne ich von einem Collegeprofessor, der französische Literatur unterrichtet hat. Er hat eine junge Frau mit einem Meißel umgebracht und anschließend mit einem Steinschneider zerstückelt.«

»Mit einem Steinschneider?«

»Er war nebenbei Bildhauer. Um ein Haar wäre er davongekommen, weil er so viel Sang-froid besaß. Aber ich hab ihn doch erwischt.«

»Ich bin mir ziemlich sicher, dass Linda noch niemanden zerstückelt hat.«

»Es ging mir auch nur darum, dass sie Selbstbeherrschung hat. Aber wenn sie je auf die Idee kommen sollte, *mich* zu zerstückeln, werde ich mich nicht wehren.«

»Kumpel, du enttäuschst mich.«

Pete grinste. »Ich hab ja gewusst, dass zwischen euch was läuft.«

»Unsinn«, behauptete Tim und ging durch das Schweigen der Kröten zu seinem Wagen.

9

Während Tim aus der Einfahrt auf die Straße zurückstieß, sagte Linda: »Für einen Cop scheint er ganz in Ordnung zu sein. Auf jeden Fall hat er einen total süßen Hund.«

»Außerdem hat er einen toten Fisch, den er nach seiner Exfrau benannt hat.«

»Vielleicht war sie ja kalt wie ein Fisch.«

»Er sagt, er hätte nichts dagegen, wenn du ihn zerstückeln willst.«

»Was hat das denn zu bedeuten?«

Tim legte den Schalthebel um. »Das ist der Humor von Sandhunden.«

»Von Sandhunden?«

Verblüfft stellte Tim fest, dass er die Tür geöffnet hatte, und zog sie sofort wieder zu. »Schon gut.«

»Was ist das denn, ein Sandhund?«

Sein Handy läutete, was ihm die Notwendigkeit ersparte, weitere Erklärungen abzugeben. In der Annahme, es könnte Rooney mit zusätzlichen Informationen sein, beeilte Tim sich abzuheben. Auf dem Display erschienen jedoch kein Name und auch keine Nummer.

»Hallo?«

»Tim?«

»Ja, bitte?«

»Ist sie bei dir?«

Tim antwortete nicht.

»Sag ihr, sie backt einen ausgezeichneten Eiercremekuchen.«

Von der Stimme ausgelöst, kamen ihm die unglaublich erweiterten, nach Licht gierenden Pupillen ins Gedächtnis.

»Ihr Kaffee ist auch nicht schlecht«, fuhr Richard Lee Kravet fort. »Und der Becher mit dem Papageiengriff hat mir so gut gefallen, dass ich ihn mitgenommen habe.«

In diesem Wohnviertel herrschte nie besonders viel Verkehr und momentan gar keiner. Gerade einen halben Block von Pete Santos Haus entfernt blieb Tim mitten auf der Straße stehen.

Von Rooney hatte der Killer Tims Namen sicher nicht erfahren, und wie er die nicht im Telefonbuch stehende Mobilfunknummer herausbekommen hatte, war erst recht mysteriös.

Obwohl sie die Stimme nicht hören konnte, wusste Linda offenkundig, wer da anrief.

»Ich habe die Spur schon wieder aufgenommen, Tim, trotz deiner Bemühungen. Man hat mir ein anderes Foto von Linda gegeben, als Ersatz für das, das du behalten hast.«

Linda griff nach dem Blatt mit dem Ausdruck von Kravets Führerschein und hielt es vors Fenster, um das Gesicht im Schein einer nahen Straßenlaterne genauer zu betrachten.

»Vor dem Gnadenstoß«, sagte Kravet, »soll ich sie vergewaltigen. Sie sieht süß aus. Hast du mich deshalb mit der Hälfte meines Lohns weggeschickt? Wolltest du die Schlampe selber ficken, nachdem du ihr Bild gesehen hattest?«

»Es ist vorbei«, sagte Tim. »Vergiss es. Du kommst nicht mehr zum Zug.«

»Was – wollt ihr beiden etwa nie mehr nach Hause, sondern bis in alle Ewigkeit auf der Flucht sein?«

»Wir gehen zur Polizei.«

»Damit habe ich kein Problem, Tim. Ihr solltet sogar sofort zur Polizei gehen. Das ist sehr vernünftig.«

Tim überlegte sich, ob er sagen sollte: *Ich weiß, dass du ein Cop bist, ich hab dich von der Kneipe wegfahren sehen, und inzwischen weiß ich sogar deinen Namen,* aber wenn er Kravet sein Wissen verriet, dann minderte das dessen Wert.

»Wieso tust du das eigentlich, Tim? Was bedeutet sie dir?«

»Ich bewundere ihren Sang-froid.«

»Lass die blöden Witze.«

»Das ist ein französisches Wort.«

»Verbring die Nacht mit ihr, wenn du willst. Leg sie ein paar Mal flach. Morgen früh bringst du sie dann zu ihrem Haus. Dort übernehme ich und werde vergessen, dass du dich je eingemischt hast.«

»Über den Vorschlag denke ich gerne nach.«

»Das reicht nicht, Tim. Du solltest einen Deal mit mir machen und mich davon überzeugen, dass du es ernst meinst. Weil ich dir auf der Spur bin, weißt du?«

»Viel Spaß dabei, die Nadel im Heuhaufen zu finden.«

»Der Heuhaufen ist nicht so groß, wie du denkst, Tim, und du bist wesentlich größer als eine Nadel. Ich finde dich rasch. Schneller, als du dir vorstellen kannst – und dann wird kein Deal mehr möglich sein.«

Kravet legte auf.

Sofort gab Tim den Rückrufcode ein, doch Kravets Handy reagierte auf diese Funktion nicht.

Jenseits der nächsten Kreuzung überfuhr ein entgegenkommender Wagen das Stoppschild. Als er über eine Schwelle raste, strahlten seine Scheinwerfer Tim direkt ins Gesicht, bevor sie nach unten kippten.

Tim nahm den Fuß von der Bremse, trat abrupt aufs Gaspedal und riss das Steuer nach rechts. Er erwartete allen Ernstes, das rasch herannahende Fahrzeug würde sich querstellen, um ihm den Weg zu versperren.

Der Wagen schoss vorbei. Seine Rücklichter wurden im Spiegel rasch kleiner.

Am Bordstein entlangschabend, trat Tim auf die Bremse und kam kurz vor der Kreuzung zum Stehen.

»Was sollte das denn?«, fragte Linda.

»Ich dachte, das ist vielleicht er.«

»Der Wagen eben? Wie wäre das denn möglich?«

»Keine Ahnung. Okay, wahrscheinlich war es nicht möglich.«

»Alles in Ordnung?«

»Ja. Klar.« Ein Windstoß fuhr in den mächtigen Feigenbaum an der Ecke, der eine Straßenlaterne überragte. Blätterschatten zuckten über die Windschutzscheibe wie schwarze Schmetterlinge. »Wenn die im nächsten Supermarkt Sangfroid haben, sollte ich mal kurz anhalten und mir eine Packung besorgen.«

10

An der Adresse in Anaheim stand ein einstöckiges Haus, das offenkundig aus den 1950er-Jahren stammte. Die dekorativen Holzverkleidungen am Dachrand, die geschnitzten Läden und die rustikale Haustür schafften es trotzdem nicht, den Betrachter davon zu überzeugen, dass das Haus aus den Schweizer Bergen oder von einem ähnlichen Ort stammte.

Durch die Äste von zwei riesigen Schirmpinien drang Mondlicht und malte verstreute Silberflecke auf das vom Alter gebleichte Dach aus Zedernschindeln. Hinter den Fenstern brannte kein einziges Licht.

Links und rechts von Kravets Haus standen eine spanische Casita und ein Cottage, dessen Stil aus New England übernommen war. Im Cottage war es hell, während die Casita unbewohnt aussah. Die Fenster waren dunkel, der Rasen musste dringend gemäht werden.

Nachdem Tim zweimal am Haus vorbeigefahren war, parkte er hinter der nächsten Ecke in einer Seitenstraße.

Er verglich die Zeit auf seiner Armbanduhr mit der auf der Uhr am Armaturenbrett. Auf beiden war es neun Uhr zweiunddreißig.

»Ich brauche etwa eine Viertelstunde«, sagte er.

»Was, wenn er zu Hause ist?«

»Und einfach im Dunkeln herumhockt? Nein. Wahrscheinlich ist er gerade damit beschäftigt, mein Haus zu observieren – oder es zu durchsuchen.«

»Womöglich kommt er gleich zurück. Du solltest nicht unbewaffnet hineingehen.«

»Ich habe keine Waffe.«

Sie öffnete ihre Handtasche und zog eine Pistole heraus. »Ich komme mit.«

»Wo hast du die denn her?«

»Aus meiner Nachttischschublade. Es ist eine Kahr K9. Halbautomatik.«

Es kam auf ihn zu, wie üblich, das, was immer auf ihn zukam und dem er nie entkommen konnte.

Bisher war die Kneipe für ihn immer der richtige Ort gewesen. Dort hatte er nur irgendeinen Kerl auf einem Barhocker abgegeben, vom Eingang aus sogar den kleinsten Mann im Raum. An jenem Abend aber war es der rechte Ort zur falschen Zeit gewesen.

Er hatte sich in einer Lebensweise eingerichtet, die wie ein Zug auf Schienen dahinlief. Immer nahm sie einen bekannten Weg und steuerte eine berechenbare Zukunft an. Was nun jedoch wieder einmal auf ihn zukam, war nicht nur seine Vergangenheit, sondern auch sein Schicksal, und der Schienenstrang, der davon wegführte, führte unweigerlich auch darauf zu.

»Ich will ihn nicht umbringen«, sagte Tim.

»Ich auch nicht. Die Pistole dient nur zur Sicherheit. Wir müssen in dem Haus da etwas finden, für das die Cops ihn einbuchten können.«

Tim beugte sich zu ihr, um die Waffe genauer zu betrachten. »Mit dem Ding kenne ich mich nicht aus.« Linda hatte kein Parfüm aufgelegt, strahlte jedoch einen feinen Duft aus, den er mochte. Den Duft von sauberem Haar und frisch gewaschener Haut.

»Acht Schuss«, sagte sie. »Neun Millimeter. Leichter Abzug.«

»Du hast sie schon benutzt.«

»Für Zielscheiben. Auf dem Schießstand.«

»Da hast du angeblich vor niemandem Angst und hast doch eine Pistole neben deinem Bett.«

»Ich habe bloß gesagt, dass ich niemanden kenne, der mich umbringen will«, stellte sie klar. »Aber ich kenne nicht jeden.«

»Besitzt du die Erlaubnis, verdeckt eine Waffe zu tragen?«

»Nein. Besitzt du die Erlaubnis, in das Haus da einzubrechen?«

»Ich glaube nicht, dass du mit mir da reingehen solltest.«

»Aber ich bleibe hier nicht alleine sitzen, egal, ob mit Pistole oder ohne.«

Er seufzte. »Du hast nicht gerade die Einstellung ...«

»Was für eine Einstellung habe ich denn?«

»Schon gut«, sagte er und stieg aus.

Er öffnete den Kofferraum und holte eine Stabtaschenlampe aus der Mulde, in der auch der Wagenheber untergebracht war.

Gemeinsam gingen sie zu Kravets Haus. In der Nachbarschaft war es ganz still. Ein Hund bellte, aber weit entfernt.

Schillernd wie Schlangenhaut schälten sich dünne, silberne Wolkenschleier vom Gesicht des Mondes.

Eine Mauer markierte die Grenze zu dem Grundstück mit der dunkel dastehenden Casita. Daneben gelangte man durch ein Tor auf einen Weg, der an der Garage entlangführte.

In den Wipfeln der Pinien rauschte der Wind, der immer wieder auffrischte. Trockene Nadeln rieselten auf das Betonpflaster.

An der Seitentür zur Garage knipste Tim die Taschenlampe gerade lange genug an, um sich zu vergewissern, dass kein zusätzlicher Riegel vorgelegt war.

Linda übernahm die ausgeschaltete Lampe, während er eine Kreditkarte zwischen Tür und Rahmen schob. Der einfache Schnapper leistete nur kurz Widerstand.

Sobald sie drin waren, zog er die Tür zu, und Linda knipste die Taschenlampe wieder an. In der Garage war Platz für zwei Autos, aber momentan war sie leer.

»Offenbar kannst du nicht nur mauern«, flüsterte Linda.

»Ach, das mit dem Türschloss kann doch jeder.«

»Ich nicht.«

Wahrscheinlich waren die Vordertür und der Hintereingang des Hauses besser gesichert, aber die Tür zwischen Garage und Haus war nur mit einem einfachen Drehknauf versehen. Offenbar war Kravet wie viele Leute der Meinung, es würde ausreichen, den Anschein von Schutzmaßnahmen zur Schau zu stellen.

»Wie lange muss man eigentlich in den Knast, wenn man jemanden so überfällt?«, fragte sie.

»Das ist ein Einbruch, kein Überfall. In etwa zehn Jahre, oder?«

Das Schloss sprang auf. »Beeilen wir uns«, sagte sie.

»Zuerst müssen wir uns vergewissern, dass hier kein Pitbull haust.«

Er nahm ihr die Taschenlampe ab und zog die Tür ein kleines Stück weit auf. Als er den Lichtstrahl durch den engen Spalt richtete, sah er keine Tieraugen funkeln.

Die Küche war nicht so, wie er erwartet hatte. Das Licht der Lampe glitt über Chintzvorhänge. Ein mit Teddybären bemaltes Dosenset. Die Wanduhr hatte die Form einer Katze, deren Schwanz als Pendel diente.

Im Esszimmer war das Leinentischtuch mit Spitze gesäumt. Exakt in der Mitte des Tisches stand eine Schale mit Keramikobst.

Farbenprächtige afghanische Teppiche schützten das Sofa im Wohnzimmer. Zwei sichtlich gern benutzte Lehnstühle waren auf den Breitwandfernseher gerichtet. Als Wandschmuck dienten Reproduktionen von Gemälden mit großäugigen Kindern, wie sie in der Zeit um Tims Geburtsjahr populär gewesen waren.

Linda drehte sich im Kreis, um dem forschenden Lichtstrahl der Taschenlampe zu folgen. »Ob ein Killer wohl noch zu Hause bei seinen Eltern wohnt?«, fragte sie zweifelnd.

Der Bezug des Deckbetts im größeren der beiden Schlafzimmer hatte ein hübsches Rosenmuster; auf der Frisierkommode standen Seidenblumen neben mit Perlmutt verzierten Kämmen und Haarbürsten. Im Schrank befand sich Männer- und Frauenkleidung.

Das zweite Schlafzimmer diente als Kombination aus Nähzimmer und Büro. In einer Schreibtischschublade fand Tim ein Scheckbuch und mehrere Rechnungen – für Telefon, Strom, Kabelfernsehen –, die noch bezahlt werden mussten.

»Hast du etwas gehört?«, flüsterte Linda plötzlich.

Er schaltete die Taschenlampe aus. Lauschend standen sie in der Dunkelheit.

Das Haus trug sein Schweigen wie eine Rüstung, die ab und zu knarrte und klickte. Keines der leisen Geräusche war etwas Bedrohlicheres als das Ächzen eines alternden Holzgebäudes.

Als Tim sich davon überzeugt hatte, dass nichts in diesem Schweigen ihn belauschte, knipste er die Taschenlampe wieder an.

Im Dunkeln hatte Linda die Pistole aus ihrer Handtasche gezogen.

Bei näherer Betrachtung des Scheckbuchs stellte Tim fest, dass das Konto auf die Namen Doris und Leonard Halberstock lautete. Auch die offenen Rechnungen waren auf den Namen Halberstock ausgestellt.

»Er wohnt gar nicht hier«, sagte Tim.

»Vielleicht hat er früher mal hier gewohnt.«

»Wohl kaum. Wahrscheinlich hat er das Haus noch nie gesehen.«

»Und was tun wir dann hier?«

»Einbrechen.«

11

Linda saß am Steuer, während Tim ihre offene Handtasche auf dem Schoß hielt. In der Tasche lag die Pistole. Tim telefonierte mit Pete Santo.

Gerade eben hatte Pete sich wieder in die Datenbank der Zulassungsbehörde eingeloggt. »Aha«, sagte er, »das auf Kravet angemeldete Fahrzeug gehört offiziell nicht zu der Adresse in Anaheim, wo ihr gerade wart, sondern nach Santa Ana.«

Tim wiederholte laut die Adresse, während er sie auf den Ausdruck von Kravets Führerschein notierte. »Bestimmt ist die auch nicht echter als die andere«, sagte er.

»Bist du inzwischen bereit, mir zu verraten, worum es geht?«, fragte Pete.

»Es geht jedenfalls nicht um etwas, das im Bereich deiner Dienststelle passiert ist.«

»Ich sehe mich gern als jemand, der die ganze Welt beschützt.«

»Umgebracht wurde auch niemand«, sagte Tim und fügte im Geiste ein *noch nicht* hinzu.

»Denk dran, ich arbeite im *Raub-* und Morddezernat.«

»Das Einzige, was gestohlen wurde, ist ein Kaffeebecher aus Keramik, der einen Papagei als Griff hat.«

Linda runzelte die Stirn. »Das war mein Lieblingsbecher.«

»Was hat sie gesagt?«, wollte Pete wissen.

»Sie hat gesagt, das war ihr Lieblingsbecher.«

»Willst du mir etwa allen Ernstes weismachen, es ginge bloß um einen gestohlenen Kaffeebecher?«, fragte Pete.

»Und um einen Eiercremekuchen.«

»Davon war nur noch die Hälfte übrig«, sagte Linda.

»Was hat sie gesagt?«

»Sie meint, es war nur noch der halbe Kuchen da.«

»In Ordnung ist das trotzdem nicht«, sagte Linda.

»Sie sagt«, gab Tim weiter, »selbst wenn es nur die Hälfte war, ist es nicht in Ordnung.«

»Schließlich geht es dabei nicht nur um die Kosten der Zutaten«, sagte sie.

»Es geht nicht nur um die Kosten der Zutaten«, wiederholte Tim für Pete.

»Er hat auch meine Arbeit gestohlen und mein Sicherheitsgefühl.«

»Er hat auch ihre Arbeit gestohlen und ihr Sicherheitsgefühl.«

»Aha«, sagte Pete. »Ihr wollt mir also wirklich weismachen, es würde um nichts Wichtigeres als einen gestohlenen Kaffeebecher und einen halben Eiercremekuchen gehen?«

»Nein. Es geht um etwas völlig anderes. Der Becher und der Kuchen sind nur damit zusammenhängende Verbrechen.«

»Und was ist dieses völlig andere?«

»Es steht mir nicht frei, dir das zu sagen. Hör mal, gibt es irgendeine Möglichkeit, rauszukriegen, ob Kravet noch einen Führerschein unter einem anderen Namen besitzt?«

»Unter welchem Namen?«

»Keine Ahnung. Aber wenn die Adresse hier in Anaheim ein Schwindel war, dann ist vielleicht auch der Name falsch. Hat die Zulassungsbehörde denn keine Gesichtserkennungssoftware, mit der man nach einer zweiten Fassung von Kravets Bild suchen kann?«

»Wir sind hier in Kalifornien, Alter. Die Zulassungsstellen schaffen es noch nicht mal, ihre öffentlichen Toiletten sauber zu halten.«

»Schade«, sagte Tim, »dass damals die Hulk-Serie nicht länger im Fernsehen gelaufen ist. Sonst wäre jetzt vielleicht nicht Du-weißt-schon-wer Gouverneur, sondern sein Kollege Lou Ferrigno. Wäre das nicht prima?«

»Ich glaube, ich würde Lou Ferrigno mein Vertrauen schenken«, sagte Pete.

»Er sagt, er würde Lou Ferrigno vertrauen«, meldete Tim weiter.

»Ich auch«, sagte Linda. »Er hat so eine gewisse Bescheidenheit an sich.«

»Sie sagt, Lou Ferrigno sei bescheiden.«

»Hm«, sagte Pete. »Das liegt wahrscheinlich daran, dass er seine Schwerhörigkeit und einen Sprachfehler überwinden musste, um Schauspieler zu werden.«

»Wenn Lou Ferrigno Gouverneur wäre, dann wäre der Staat nicht bankrott, die Toiletten in den Zulassungsstellen wären sauber *und* es gäbe eine Gesichtserkennungssoftware. Aber da er nicht Gouverneur ist, gibt es vielleicht irgendwelche anderen Methoden, um festzustellen, ob Kravet noch einen Führerschein unter einem anderen Namen besitzt?«

»Darüber habe ich schon die ganze Zeit nachgedacht, während wir uns über Lou Ferrigno unterhalten haben«, sagte Pete.

»Ich bin beeindruckt.«

»Außerdem war ich auch noch damit beschäftigt, Zoey so hinter den Ohren zu kraulen, wie sie es mag.«

»Du bist ja ein echter Star des Multitasking!«

»Schon gut. Es gibt tatsächlich etwas, das ich versuchen kann. Eventuell klappt es. Sorg dafür, dass der Akku deines Handys voll ist, dann rufe ich dich zurück.«

»Alles klar, Heiliger.«

Tim legte auf. »Heiliger?«, wiederholte Linda noch im selben Augenblick.

»*Santo* bedeutet bekanntlich heilig. Deshalb nennen wir ihn manchmal so.«

»Wir?«

Tim zuckte die Achseln. »Manche von den Jungs.«

Während Tim telefoniert hatte, war Linda in Richtung Santa Ana gefahren. Inzwischen waren sie nur noch zehn Minuten von der Adresse entfernt, unter der Kravets Chevy angemeldet war.

»Du und Santo«, sagte Linda, »ihr habt doch irgendwas zusammen durchgemacht.«

»Wir kennen uns schon sehr lange.«

»Okay, aber durchgemacht habt ihr auch was.«

»Ums College handelt es sich nicht. Wir sind nämlich beide nicht aufs College gegangen.«

»Ans College hatte ich auch nicht gedacht.«

»Und mit einer schwulen Beziehung haben wir es auch nicht versucht.«

»Auch das wäre mir nicht in den Sinn gekommen.« Sie hielt, weil die Ampel vor ihnen auf rot geschaltet hatte, und wandte ihm ihren analytischen grünen Blick zu.

»Jetzt geht das wieder los«, sagte er.

»Was denn?«

»Deine Augen. Wenn du jemand mit diesem Blick durchbohrst, solltest du immer einen Chirurgen zur Stelle haben, damit er die Wunde wieder zunäht.«

»Habe ich dich etwa verwundet?«

»Nicht tödlich.«

Die Ampel sprang einfach nicht um. Linda starrte Tim unverwandt an.

»Na schön«, sagte er. »Ich und Pete, wir waren einmal bei einem Konzert von Peter, Paul and Mary. Es war die Hölle. Diese Hölle haben wir gemeinsam überlebt.«

»Wenn ihr Peter, Paul and Mary nicht mögt, wieso seid ihr dann da hingegangen?«

»Der Heilige war damals in eine Frau namens Barbara Ellen verliebt, und die stand auf Retro-Folkgruppen.«

»Wen hattest du dabei?«

»Ihre Cousine. Nur an dem einen Abend allerdings. Es war wirklich die Hölle. Sie haben ›Puff, the Magic Dragon‹

und ›Michael, Row the Boat Ashore‹ gesungen, ›Lemon Tree‹ und ›Tom Dooley‹ und so weiter und so fort. Es nahm kein Ende. Wir hatten Glück, dass wir anschließend nicht in die Klapsmühle mussten.«

»Ich wusste gar nicht, dass Peter, Paul and Mary noch auftreten. Genauer gesagt, wusste ich nicht mal, dass sie alle drei noch am Leben sind.«

»Es war eine Coverband, die Peter, Paul und Mary imitiert hat. Du weißt schon, so wie ›Beatlemania‹.« Er warf einen Blick auf die Ampel. »Bis das Ding umspringt, setzt der Wagen noch Rost an.«

»Wie hieß sie eigentlich?«

»Wer denn?«

»Die Cousine, mit der du bei dem Konzert warst.«

»Das war nicht *meine* Cousine, sondern die von Barbara Ellen.«

»Also, wie hieß sie?«, drängte Linda.

»Susannah.«

»Kam sie etwa aus Alabama mit einem Banjo auf dem Knie?«

»Ich erzähle dir nur, wie es war, weil du es wissen wolltest.«

»Das muss einfach stimmen. So etwas könntest du dir nicht ausdenken.«

»Weil es zu komisch wäre, oder?«

»Nein. Weil ich glaube, da kannst überhaupt nicht schwindeln.«

»Na also. Dann weißt du jetzt also alles über mich und Pete und über die Nacht in der Hölle, die uns so zusammengeschweißt hat. Übrigens, ›If I Had a Hammer‹ haben die doch tatsächlich *zweimal* gesungen!« Er zeigte auf die Ampel. »Grün!«

Linda lenkte den Wagen über die Kreuzung. »Ihr habt mit Sicherheit etwas gemeinsam durchgemacht, aber das war kein Konzert von einer Band, die Peter, Paul and Mary imitiert hat.«

Er beschloss, zum Angriff überzugehen. »Womit verdienst du eigentlich dein Geld, abgesehen davon, dass du selbstständig bist und zu Hause arbeitest?«

»Ich bin Schriftstellerin.«

»Und was schreibst du?«

»Bücher.«

»Welche Art von Büchern?«

»Bücher, die wehtun. Deprimierende, dämliche, herzzerreißende Bücher.«

»Genau das Richtige für einen Tag am Strand. Sind sie auch veröffentlicht worden?«

»Leider. Und die Rezensenten waren begeistert.«

»Kenne ich vielleicht irgendwelche Titel?«

»Nein.«

»Wie wär's, wenn du mir eine Chance gibst?«

»Nein. So etwas schreibe ich sowieso nicht mehr, besonders nicht, wenn ich bald tot sein sollte. Aber selbst wenn ich diese Geschichte überleben sollte, schreibe ich danach etwas anderes.«

»Was willst du denn schreiben?«

»Etwas, das nicht voller Zorn ist. Etwas, wo die Sätze nicht vor Bitterkeit triefen.«

»Den Spruch kannst du ja auf den Einband drucken lassen: *Die Sätze triefen nicht vor Bitterkeit.* So ein Buch würde ich sofort kaufen. Schreibst du unter dem Namen Linda Paquette oder verwendest du ein Pseudonym?«

»Ich will nicht mehr darüber reden.«

»Worüber willst du dann reden?«

»Über gar nichts.«

»Also, *ich* hab dir alle Fragen wahrheitsgemäß beantwortet.«

Sie warf ihm einen Seitenblick zu und hob eine Augenbraue.

Eine Weile fuhren sie schweigend durch eine Gegend, in der die Prostituierten sich nur minimal weniger offenherzig kleideten als Britney Spears. Die Säufer lehnten mit dem Rücken an den Häuserwänden, statt der Länge nach auf dem Bürgersteig zu liegen. Dann kamen sie in eine weniger angenehme Gegend, in die sich selbst die jungen Gangster in ihren tiefergelegten Straßenschlitten und ihren aufgemotzten Cadillac-Limousinen nicht vorwagten.

Sie fuhren an heruntergekommenen einstöckigen Häusern und umzäunten Lagerplätzen vorbei, an Schrotthändlern, die wahrscheinlich größtenteils gestohlene Fahrzeuge zerlegten, an einer Sportbar mit schwarz lackierten Fenstern, deren Anblick vermuten ließ, zum dort präsentierten Sport gehörten auch Hahnenkämpfe. Vor einem unbebauten Grundstück hielt Linda am Bordstein.

»Gemäß den Hausnummern links und rechts«, sagte sie, »ist dies die Adresse, auf die der Chevy angemeldet ist.«

Ein Maschendrahtzaun schützte nichts als Unkraut.

»Und jetzt?«, fragte sie.

»Gehen wir was essen.«

»Er hat gesagt, er wird uns schneller finden, als du dir vorstellen kannst«, erinnerte sie ihn.

»Bezahlte Killer«, sagte er, »sind fürchterliche Angeber.«

»Mit bezahlten Killern kennst du dich aus, ja?«

»Die geben sich so tough, als wären sie der böse Wolf persönlich. Du hast doch gesagt, du hättest noch nichts gegessen. Ich auch nicht. Also gehen wir was essen.«

Sie fuhren in eines der gutbürgerlichen Viertel von Tustin. Hier nuckelten die Säufer in Kneipen an ihrem Suchtmittel, und die Prostituieren fühlten sich nicht animiert, halbnackt in der Öffentlichkeit herumzustolzieren, als wären sie Popmusikdiven.

Das Café war die ganze Nacht geöffnet. Es roch nach Frühstücksspeck, Pommes frites und gutem Kaffee.

Sie setzten sich an einen Tisch am Fenster, von dem aus man einen Blick auf den Parkplatz mit Tims Wagen und den Verkehr auf der Straße dahinter hatte. Darüber versank der Mond lautlos in einem plötzlich aufgezogenen Wolkenmeer.

Linda bestellte sich einen Cheeseburger mit Speck und Pommes, außerdem einen gebutterten Muffin, damit sie schon etwas zu essen hatte, während sie auf den Rest wartete.

Nachdem Tim dieselbe Sorte Cheeseburger bestellt hatte, allerdings mit Mayonnaise, und darum gebeten hatte, seine Fritten schön knusprig zuzubereiten, sagte er zu Linda: »So schlank, wie du bist, hätte ich gedacht, du bestellst einen Salat.«

»Denkste. Ich werde mich doch nicht von Rucola ernähren, damit ich mich leicht und unbeschwert fühle, wenn mich morgen dieser Killer wegpustet.«

»Gibt's in so einem Laden denn Rucola?«

»Heutzutage gibt's das überall. Es ist noch leichter zu kriegen als ein Schnupfen.«

Die Kellnerin kam mit einer Kräuterlimo für Linda und einer Cherry Coke für Tim an ihren Tisch.

Draußen bog ein Wagen von der Straße ab, fuhr an Tims Auto vorbei und blieb am anderen Ende des Parkplatzes stehen.

»So, wie du aussiehst, tust du doch bestimmt was für deine Fitness«, sagte Tim. »Was genau?«

»Ich brüte vor mich hin.«

»Damit kann man tatsächlich eine Menge Kalorien verbrennen, das stimmt.«

»Wenn man darüber nachdenkt, wie die Welt in Stücke geht, jagt man den Puls leicht auf über hundertdreißig und kann ihn stundenlang auf dem Niveau halten.«

Die Scheinwerfer des geparkten Autos verloschen. Niemand stieg aus.

Der gebutterte Muffin wurde serviert, und Tim sah Linda beim Essen zu, während er seine Cola schlürfte. Am liebsten wäre er jetzt auch ein gebutterter Muffin gewesen.

»Irgendwie kommt man sich vor wie bei einem Date, oder?«, sagte er.

»Wenn du dir vorkommst wie bei deinem Date, ist dein Privatleben noch kümmerlicher als meines.«

»Stolz bin ich nicht darauf. Es ist einfach ein schönes Gefühl, mit einer Frau beim Essen zu sitzen.«

»Sag mir bloß nicht, dass du so deine Dates anleierst! Die Masche mit dem Killer, vor dem ich beschützt werden muss, zieht bei mir nämlich nur im ersten Augenblick.«

Selbst als die Hamburger und die Pommes serviert wurden, war noch immer niemand aus dem Wagen am anderen Ende des Parkplatzes ausgestiegen.

»Mit jemandem auszugehen, ist nicht mehr so leicht«, sagte Tim. »Jemanden dafür zu finden, meine ich. Alle Frauen wollen bloß noch über irgendwelche Castingshows oder über Pilates sprechen.«

»Und ich«, sagte Linda, »habe keine Lust, mir anzuhören, was ein Typ über seine Designersocken erzählt und darüber, was er mit seinen Haaren vorhat.«

»Reden Typen wirklich über so was?«, fragte er ungläubig.

»Und darüber, wo er sein Brusthaar epilieren lässt. Wenn solche Typen dann endlich versuchen, zur Sache zu kommen, ist es, als würde man seine beste Freundin abwimmeln.«

Die Entfernung und die Schatten hinderten Tim daran zu sehen, wer im Wagen saß. Vielleicht war es nur ein unglückliches Paar, das sich vor dem Cafébesuch noch einmal kräftig stritt.

Nach einer erfreulichen Unterhaltung und einer sättigenden Mahlzeit sagte Tim: »Ich werde mir deine Pistole ausleihen müssen.«

»Wenn du kein Geld dabeihast, zahle ich. Es gibt keinen Grund, uns den Weg zur Tür freizuschießen.«

»Tja, vielleicht doch«, sagte er.

»Du meinst den weißen Chevy auf dem Parkplatz, ja?«

»Offenbar sind Schriftstellerinnen ziemlich aufmerksam«, sagte er überrascht.

»Nicht alle. Wie hat er uns gefunden? Hat er uns etwa beobachtet, als wir vorhin an dem leeren Grundstück gehalten haben? Dann muss er uns von dort aus gefolgt sein.«

»Ich kann das Nummernschild nicht erkennen. Vielleicht ist er es ja gar nicht, sondern nur jemand in einem ähnlichen Wagen.«

»Ja, klar. Zum Beispiel Peter, Paul and Mary.«

Tim legte den Kopf schräg. »Es wäre mir lieb, wenn du vor mir rausgehst, aber durch den Hintereingang, also durch die Küche.«

»Den Spruch bringe normalerweise *ich*, wenn ich mit einem von diesen Typen essen gegangen bin.«

»Hinter diesem Gebäude verläuft eine schmale Gasse. Halt dich rechts und lauf bis zur nächsten Straßenecke. Dort hole ich dich ab.«

»Wieso verschwinden wir nicht beide auf die Art und Weise und lassen deinen Wagen einfach stehen?«

»Zu Fuß sind wir geliefert. Und wenn wir einen anderen Wagen stehlen, liefern wir uns erst recht ans Messer.«

»Also willst du dir eine Schießerei mit ihm liefern?«

»Er hat ja keine Ahnung, dass ich weiß, was für einen Wagen er fährt, und meint, er ist unerkannt hier. Wenn du nicht mit mir rauskommst, wird er denken, du bist noch aufs Klo gegangen und kommst gleich nach.«

»Und was wird er tun, wenn du ohne mich wegfährst?«

»Vielleicht kommt er hier rein, um nach dir zu suchen, oder er folgt mir. Ich weiß nicht, aber *eines* weiß ich: Wenn wir gemeinsam aus der Tür da gehen, schießt er uns beide über den Haufen.«

Während sie über die Lage nachdachte, kaute sie auf der Unterlippe.

Nach einer Weile merkte Tim, dass er zu offensichtlich auf ihre Lippe starrte. Als er den Blick hob, sah er, dass sie ihn dabei beobachtet hatte, deshalb sagte er: »Wenn du willst, kann ich dir beim Kauen helfen.«

»Wenn du ihn sowieso nicht erschießen willst«, sagte sie, ohne mit der Wimper zu zucken, »wieso kann ich die Pistole dann nicht selbst mitnehmen?«

»Ich werde die Schießerei ja nicht *anfangen*. Aber wenn er das Feuer auf mich eröffnet, dann habe ich noch andere Verteidigungsmöglichkeiten, als ihm meine Schuhe an den Kopf zu werfen.«

»Diese kleine Pistole mag ich nämlich wirklich sehr.«

»Ich verspreche dir, sie nicht kaputt zu machen.«

»Weißt du überhaupt, wie man mit so etwas umgeht?«

»Ich bin doch keiner von den Typen, die sich die Brusthaare ausreißen lassen.«

Widerstrebend schob sie ihre Handtasche über den Tisch.

Tim stellte die Tasche auf die Sitzbank neben sich und sah sich um, ob er von anderen Gästen oder einer Kellnerin beobachtet wurde. Dann zog er die Waffe heraus, schob sie sich in den Hosenbund und zog sein Hawaiihemd darüber.

Lindas Blick war nun nicht mehr scharf, sondern so ernst und vielsagend wie das Meer. Er hatte den Eindruck, dass sie ab diesem Moment ein neues, tieferes Verständnis von ihm hatte.

»Dieses Café hat vierundzwanzig Stunden geöffnet«, sagte sie. »Wir könnten einfach sitzen bleiben, bis er verschwindet.«

»Wir könnten uns auch einreden, da draußen würde gar nicht er warten, sondern jemand ganz anderer, der nichts mit uns zu tun hat. Dann könnten wir einfach hinausgehen und es hinter uns bringen. Viele Leute würden das tun.«

»Im Jahre 1939 hätten das nicht viele getan«, sagte sie.

»Zu schade, dass dein Ford keine echte Zeitmaschine ist.«

»Sonst würde ich zurückreisen, all die Jahre. Denk nur an die Shows von Jack Benny im Radio, oder daran, wie Benny Goodman im Waldorf-Astoria gespielt hat …«

»In dem Jahr hat auch der Zweite Weltkrieg angefangen«, rief Tim in Erinnerung.

»Ich würde trotzdem zurückreisen.«

Die Kellnerin fragte, ob sie noch etwas wollten, und Tim ließ die Rechnung kommen.

Noch immer war niemand aus dem weißen Chevy gestiegen. Auf der Straße herrschte kaum noch Verkehr. Die Wolken hatten den Mond völlig verdeckt.

Als die Kellnerin die Rechnung brachte, hatte Tim bereits das Geld in der Hand.

»In der Gasse gehst du nach rechts«, wiederholte er seine Anweisungen. »Lauf bis zur nächsten Straßenecke und warte dort auf mich.«

Sie standen auf. Linda legte ihm die Hand auf den Arm, und einen Augenblick dachte er, sie würde ihm einen Kuss auf die Wange geben, doch dann wandte sie sich ab.

Unter seinem Hosenbund spürte er die Waffe kalt an seinem Bauch.

12

Als Timothy Carrier die Glastür aufdrückte und aus dem Café trat, hatte er das Gefühl, alle Luft sei aus der Nacht gewichen und habe ein Vakuum hinterlassen, in dem er nicht atmen konnte.

Die an der Straße stehenden Königinpalmen, die sich rauschend und knisternd im böigen Wind wiegten, widersprachen diesem Eindruck vehement.

Nachdem auf einen flachen Atemzug ein tiefer gefolgt war, hatte Tim sich wieder gefangen. Er war bereit.

Seine vorübergehende Lähmung war nicht von der Angst vor Kravet verursacht worden. Er scheute sich einfach vor dem, was ihn erwartete, wenn er mit dem Killer fertig war. Jahrelang war es ihm gelungen, unauffällig vor sich hin zu leben, doch das würde diesmal wohl nicht klappen.

Mit gespielter Lässigkeit ging er direkt auf seinen Wagen zu, ohne irgendwelches Interesse an dem ein gutes Stück weit entfernten Chevy zu zeigen. Erst als er am Steuer saß und die Innenbeleuchtung wieder ausgegangen war, spähte er zu dem verdächtigen Fahrzeug hinüber.

Da er nun einen besseren Blick hatte als vom Café aus, sah er im Wagen einen Mann sitzen. Dessen Gesicht blieb allerdings verschwommen. Tim war nicht nah genug dran, um irgendwelche Einzelheiten zu erkennen und sagen zu können, ob das der Mann war, dem er in der Kneipe zehntausend Dollar zugeschoben hatte.

Er zog die Pistole aus seinem Hosenbund und legte sie auf den Beifahrersitz.

Dann startete er den Motor, ohne die Scheinwerfer anzuschalten. Ganz langsam ließ er den Wagen auf den Eingang des Cafés zurollen, als wollte er dort Linda abholen.

Im Rückspiegel sah er, wie die Fahrertür des Chevy aufging. Ein groß gewachsener Mann stieg aus.

Während Tim das Lenkrad einschlug, um den Wagen parallel zum Café dahinrollen zu lassen, kam der Mann näher. Er hielt den Kopf gesenkt, als würde er nachdenken.

Als der Mann endlich aus dem Schatten und in den Lichtkreis der Parkplatzbeleuchtung trat, stellte sich heraus, dass er dem Killer hinsichtlich Größe und Körperbau tatsächlich sehr ähnlich sah.

Tim stoppte, als wollte er auf Linda warten. In Wirklichkeit hatte er vor, seinen Gegner so weit von dessen Wagen wegzulocken, wie es gerade noch vertretbar war. Hätte er zu lange gewartet, wäre der Killer womöglich plötzlich auf ihn zugerannt, um ihn sofort zu erschießen.

Etwa vierzig Meter geradeaus befand sich eine der Ausfahrten des Parkplatzes. Tim zögerte vielleicht eine Sekunde länger als nötig, dann schaltete er die Scheinwerfer ein, trat aufs Gas und raste auf die Straße zu.

Wie üblich spielte das Schicksal mit gezinkten Karten, weshalb urplötzlich viel mehr Verkehr herrschte als vorher. Drei Autos, die sich eindeutig nicht an die Geschwindigkeitsbegrenzung hielten, kamen von links auf Tim zu.

In Erwartung eines Geschosses, das die Rückscheibe zerbersten ließ und sich ihm ins Gehirn bohrte, blieb Tim bei seinem ursprünglichen Plan. Als sein Wagen auf die Straße schlitterte, wurde ihm jedoch klar, dass es zu spät war, nach rechts abzubiegen. Hätte er das getan, wäre mindestens eines der sich rasch nähernden Fahrzeuge von hinten auf ihn aufgeprallt.

Bremsen quietschten, Hupen heulten auf und Scheinwerferlicht fiel durchs Seitenfenster. Statt scharf rechts einzuschlagen, raste Tim geradeaus auf die beiden Gegenfahrspuren.

Ohne weiteres Bremsenkreischen, aber laut hupend schossen zwei Pkws und ein Lieferwagen hinter ihm vorbei. Kein einziges der Fahrzeuge touchierte die hintere Stoßstange, aber der Fahrtwind brachte Tims Wagen zum Schaukeln.

Als Tim das Steuer herumriss, um sich links einzuordnen, war der Gegenverkehr noch in sicherer Entfernung, kam jedoch rasch näher. Er blickte zum Parkplatz hinüber, wo Kravet zu seinem Chevrolet zurückgerannt war. Er saß bereits auf dem Fahrersitz und zog die Tür zu.

Tim ließ das Steuer eingeschlagen, um sofort zu wenden. Auf der Gegenfahrbahn folgte er den drei Autos, mit denen er um ein Haar zusammengestoßen war.

Kurz vor der nächsten größeren Kreuzung warf er einen Blick in den Rückspiegel. Der Chevy bog gerade aus dem Parkplatz des Cafés auf die Straße ein.

Ohne das Stoppschild zu beachten, bog Tim scharf nach rechts ab und gelangte in eine ruhige Querstraße mit älteren, zweistöckigen Häusern. Schon nach etwa fünfzehn Metern wendete er und lenkte den Wagen an den Straßenrand. Kurz vor dem breiteren Boulevard, von dem er gerade abgebogen war, blieb er stehen und schaltete die Scheinwerfer aus. Den Motor ließ er laufen.

Er griff nach der Pistole, stieß die Tür auf und sprang aus dem Wagen. Dann trat er auf die Straße und ging die Waffe in beiden Händen in Schussposition.

Der noch unsichtbare Chevy näherte sich hörbar. Dem Geräusch nach hatte er einen wesentlich stärkeren Motor als ein normaler Pkw, was darauf hinwies, dass er für Verfolgungsjagden aufgerüstet worden war. Egal, was die Datenbank der Zulassungsbehörde sagte, vielleicht handelte es sich doch um ein Polizeifahrzeug.

Die Scheinwerfer kamen in Sicht, und wenige Sekunden später raste der Chevy um die Ecke.

Aus einer Distanz, bei der er das Risiko einging, überfahren zu werden, drückte Tim dreimal ab. Dabei zielte er weder auf die Windschutzscheibe noch auf das Seitenfenster, sondern auf den linken Vorderreifen. Während der Wagen an ihm vorbeischlitterte, gab er zwei weitere Schüsse auf den Hinterreifen ab. Er sah, wie der Vorderreifen in sich zusammensank. Den hinteren hatte er vielleicht auch erwischt.

Überrumpelt, verlor der Fahrer, der zweifellos erwartet hatte, selbst unter Beschuss genommen zu werden, die Kontrolle. Der Chevy sprang über den Bordstein, legte einen Hydranten flach und brach durch den Gartenzaun dahinter. Holzlatten und zerfetzte Kletterrosenranken flogen durch die Luft.

Aus dem Rohrstumpf, der am Standort des Hydranten aus dem Boden ragte, stieg ein Geysir auf. Rasch erhob sich die dicke Wassersäule etwa zehn Meter hoch in die Nacht.

Während der Chevy wild schaukelnd auf dem Rasen zum Stehen kam, überlegte Tim, ob er hinüberlaufen und die Fahrertür aufreißen sollte. Vielleicht war Kravet so benommen, dass er vorübergehend desorientiert war. Dann konnte man ihn aus dem Wagen zerren und ihm seine Waffen abnehmen, bevor er eine davon einsetzen konnte.

Töten wollte Tim den Killer nicht, aber unbedingt erfahren, wer ihn angeheuert hatte. Linda würde nicht in Sicherheit sein, bis sie die Identität des Mannes kannten, der das Geld auf die Theke gelegt hatte.

Ein korrupter Cop, der nebenbei Auftragsmorde ausführte, war bestimmt zu abgebrüht, um sich allein durch Drohungen zum Reden bringen zu lassen. Wenn jedoch die heiße Mündung einer Pistole eines seiner Nasenlöcher bis fast zum Zerreißen dehnte, und wenn er, Auge in Auge mit seinem Gegner, genügend Instinkt besaß, um dessen Gewaltbereitschaft wahrzunehmen, dann würde er den Namen vielleicht doch preisgeben. Ein Mann von Ehre war er schließlich nicht gerade.

Der Chevy schaukelte noch hin und her, als an der Veranda des Hauses, vor dem er gelandet war, das Licht anging. Ein bärtiger Mann mit Bierbauch trat aus der Tür.

Aus dem abgetrennten Rohr schoss das Wasser unter großem Druck in die Höhe und prasselte so lautstark zu Boden, dass eine Polizeisirene womöglich nicht hörbar war, bis der dazugehörige Streifenwagen sich in nächster Nähe befand.

Durch schäumendes Wasser platschte Tim eilig zu seinem Wagen zurück.

Er legte die Pistole auf den Beifahrersitz. Linda hatte gesagt, die Waffe habe ein achtschüssiges Magazin. Bisher hatte er fünfmal abgedrückt.

Um eine Strategie erfolgreich durchzuziehen, brauchte man nicht nur Mut, sondern auch die Fähigkeit, überlegt und ökonomisch zu handeln.

Als Tim an der Kreuzung in den Rückspiegel blickte, sah er, wie der Chevy versuchte, rückwärts den Rasen zu verlassen. Die Hinterräder spuckten Erde und weiße Blütenblätter in die Luft, ohne richtig zu greifen.

Mit mindestens einem platten Reifen und wahrscheinlich weiteren Schäden war der Chevy sicher nicht in der Lage, die Verfolgung aufzunehmen.

Zusätzlich zu einer überlegten und ökonomischen Handlungsweise rechnete ein kluger Mann allerdings immer auch mit dem Unerwarteten.

Statt einfach die Kreuzung zu überqueren, wo Kravet ihn im Blick hatte, bog Tim nach links ab. Er schaltete die Scheinwerfer ein und raste bis zur übernächsten Kreuzung, um erst dann in die Querstraße einzubiegen, wo Linda ihn erwartete.

Die ganze Zeit über behielt er den Rückspiegel im Blick, musste jedoch immer wieder daran denken, wie er dagestanden und fünf saubere Schüsse abgegeben hatte.

Die Pistole hatte einen leichtgängigen Doppelabzug, der sich anfühlte, als bräuchte man nur einen Kraftaufwand von etwa dreieinhalb Kilo, um ihn zu betätigen.

Was die Schließfederkraft anging, betrug sie wohl etwa acht Kilo, ausreichend für die Verwendung durchschnittlicher Munition.

In der Hand hatte sich die Waffe erstaunlich gut angefühlt.

Er wusste nicht recht, was er davon halten sollte.

Zuerst versuchte er sich einzureden, dass er nicht auf jede beliebige Waffe so reagiert hätte, sondern nur die technische Perfektion dieser speziellen Pistole bewunderte, aber er wusste, dass er sich selbst in die Tasche log.

13

Auf dem Weg zum hinteren Teil des Cafés warf Linda nur einen einzigen Blick zurück und sah, wie die Tür sich hinter Tim schloss, der in die Nacht hinausgetreten war.

Obwohl sie ihn erst seit wenigen Stunden kannte, nahm ihr die Vorstellung, ihn womöglich nie wiederzusehen, den Atem.

Er hatte sich entschieden, ihr zu helfen, obwohl es leicht für ihn gewesen wäre, sie ihrem Schicksal zu überlassen. Eigentlich hatte sie keinen Grund zu erwarten, dass er ihr Leben freiwillig so unerwartet verließ, wie er hineingetreten war.

Keinen Grund außer ihrer Erfahrung. Früher oder später ging jeder fort. Oder er fiel durch einen Spalt im Boden. Oder er wurde schreiend in den Spalt gezerrt, ohne sich festhalten zu können, und war verschwunden.

Wenn man es lange genug versuchte, konnte man sich einreden, Einsamkeit sei eine gute Sache, ein selbst gewählter Zustand, ideal zum Nachdenken, ja sogar eine Art Freiheit.

Sobald man dann von diesen Dingen überzeugt war, war es töricht, die Tür aufzumachen und irgendjemanden hereinzulassen, vor allem, wenn man ihn voll und ganz hereinließ. Dann setzte man nämlich das mühsam errungene Gleichgewicht aufs Spiel, die Ruhe, die man *Frieden* nannte.

Dass Tim sich erschießen lassen würde, glaubte sie nicht, jedenfalls nicht heute Nacht, weil er auf der Hut war. Etwas an seinem Verhalten ließ ahnen, dass er sich auskannte und kein Mann war, den man so ohne weiteres umlegen konnte.

Dennoch war sie darauf vorbereitet, zum Ende der Gasse zu gehen, um dort zu warten und zu warten, ohne ihn je wiederzusehen.

Als sie die Tür zur Küche erreichte, ging diese gerade auf. Eine Kellnerin kam heraus, auf einem Arm ein Tablett mit Tellern.

»Das ist die Küche, junge Frau«, sagte sie zu Linda. »Zutritt nur fürs Personal.«

»Entschuldigung. Ich suche das Klo.«

»Da lang«, sagte die Kellnerin und zeigte auf eine Tür zur Rechten.

Linda trat in einen Waschraum, der nach Desinfektionsmittel mit Tannenduft und feuchten Papierhandtüchern roch. Sie wartete einen Augenblick, drehte sich um und marschierte direkt in die Küche, wo deutlich angenehmere Düfte in der Luft lagen.

Ungehindert ging sie an mehreren Backöfen, einer langen Kochfläche und Friteusen voll heißem Öl vorbei. Einen der Köche, auf die sie traf, lächelte sie an, einem anderen nickte sie zu und hatte so bereits zwei Drittel der Küche durchquert, als ein Mann mit großen Ohrläppchen um ein hohes Regal herum kam und fast mit ihr zusammengestoßen wäre.

Die Größe der Ohrläppchen wäre ihr gar nicht aufgefallen, hätte ihr Besitzer nicht Ohrstecker getragen: eine winzige Silberrose links, einen Rubin rechts.

Ansonsten sah er aus wie ein Bodybuilder, der einen Reinlichkeitsfimmel hat und jede Einzelheit jedes Quentin-Tarantino-Films in- und auswendig kennt: muskulös, geschniegelt und absonderlich. An seinem weißen Hemd klemmte ein Schild, das ihn als DENNIS JOLLY – STELLV. GESCHÄFTSFÜHRER auswies.

»Was machen Sie denn hier?«, erkundigte er sich.

Weil er den engen Gang blockierte und sie sich nicht an ihm vorbeidrängen konnte, antwortete sie: »Ich suche nach dem Hinterausgang.«

»Hier ist nur Personal erlaubt.«

»Ja, das weiß ich. Tut mir leid, dass ich hier eingedrungen bin. Ich benutze einfach die Hintertür, dann bin ich weg.«

»Das kann ich Ihnen nicht gestatten, Ma'am. Sie müssen die Küche verlassen.«

Trotz der Ohrstecker und seiner roten Krawatte gelang es ihm, seine Autorität zum Ausdruck zu bringen.

»Das will ich ja gerne tun«, sagte Linda. »Ich werde die Küche durch die Hintertür verlassen.«

»Ma'am, Sie werden da wieder rausgehen, wo Sie reingekommen sind.«

»Aber die Hintertür ist näher. Wenn ich da rausgehe, wo ich herkomme, bin ich länger in der Küche, als wenn ich die Hintertür benutze.«

Inzwischen hatte Tim den Parkplatz wahrscheinlich schon verlassen. Wenn Kravet ihm nicht gefolgt war und stattdessen in den Gastraum des Cafés kam, um nach Linda zu suchen, dann musste sie von dort verschwunden sein.

Der Geschäftsführer hob die Augenbrauen. »Wenn Sie kein Geld haben, um Ihre Rechnung zu bezahlen, werden wir daraus keine große Sache machen.«

»Der Mann, mit dem ich hier bin, bezahlt die Rechnung. Er meint, ich sei auf dem Klo. Ich will das Lokal nicht mit ihm verlassen, sondern allein.«

Dennis Jollys sauberes, rosiges Gesicht wurde blass, und seine Spülwasseraugen weiteten sich vor Schreck. »Ist er etwa gewalttätig? Ich will nicht, dass er wütend hier hereinstürmt, um nach Ihnen zu suchen!«

»Das macht nichts. So gut in Form, wie Sie sind, werden Sie bestimmt mit jedem fertig.«

»Nein danke. Ich habe keinerlei Bedürfnis, mit irgendjemandem fertig zu werden.«

Sie änderte die Taktik. »Außerdem ist er nicht gewalttätig. Er ist nur ein Trottel. Ständig betatscht er mich. Ich will nicht wieder in seinen Wagen steigen. Lassen Sie mich einfach durch die Hintertür verschwinden.«

»Wenn er hier reinkommt und Sie nicht da sind, wird er stinkig werden. Sie müssen da raus, wo Sie reingekommen sind.«

»Was ist eigentlich mit Ihnen los?«, fragte Linda scharf.

»Gut, er betatscht Sie gern«, sagte Dennis Jolly. »Wenn er nicht gewalttätig ist, sondern bloß unverschämt, können Sie sich ja trotzdem von ihm nach Hause bringen lassen. Ist doch nicht so schlimm, wenn er sie mal anfasst.«

»Doch, das ist schlimm!«

Sie sah sich nach der Tür zum Lokal um. Noch keine Spur von Kravet.

Wenn sie nicht bald hier rauskam, dann schaffte sie es nicht zur Straßenecke, bis Tim kam.

»Es ist schlimm«, wiederholte sie.

»Sobald er Sie nach Hause gefahren hat, können Sie ihm dort eins reinwürgen, dann stänkert er hier wenigstens nicht rum.«

Sie trat auf Dennis Jolly zu, starrte ihn aus nächster Nähe an, packte ihn am Gürtel und hatte schon im nächsten Augenblick dessen Ende aus der Schlaufe gezogen.

»He!«

Ein rascher Griff, und die Schnalle war offen.

Der Geschäftsführer schlug hilflos nach ihren Händen. »Halt, was zum Teufel tun Sie da, aufhören!«

Er wich zurück, doch sie folgte ihm aggressiv, löste den Hosenknopf, griff nach dem Reißverschluss und zog ihn mit einem Ruck auf.

»Nein! Halt, he!«

Linda folgte ihm, als er rückwärts durch den engen Gang taumelte. Verzweifelt versuchte er, seinen Reißverschluss zu schließen, doch sie packte seine Hand.

»Was hast du denn für ein Problem?«, fragte sie, nicht ohne ihm mit dem *P* von *Problem* ein wenig Speichel ins Gesicht zu sprühen. »Ich will dich doch bloß ein wenig betatschen. Bist du etwa schüchtern, Denny? Ist doch nicht schlimm, mal angefasst zu werden, hast du das denn nicht selbst gesagt? Viel ist da wohl sowieso nicht zum Fummeln. Hast du vielleicht Angst, ich könnte ihn nicht mal finden, Denny?«

Der Geschäftsführer stieß an einen Tisch, von dem ein Stapel Teller zu Boden stürzte und mit dem harten Klappern von billigem, dickem Porzellan in Stücke sprang.

Sie zerrte an der Hand, die er schützend über sein bestes Stück hielt, und versuchte, mit der anderen Hand in seine Hose zu langen. »Hat schon mal jemand versucht, ihn zu 'nem Knoten zu binden, Denny? Das wird dir bestimmt gefallen. Komm, lass mich einen Knoten reinbinden!«

Mit rotem Gesicht wich er stotternd zurück, wobei seine aufgeblähten Muskeln ihren Dienst versagten. Er stolperte und fiel rücklings zu Boden.

Statt ihm einen aufmunternden Fußtritt zu verpassen, was sie nur zu gern getan hätte, trat Linda zwischen seine hilflos gespreizten Beine und dann über ihn hinüber. Sie hastete auf das Ende der Küche zu.

»Du hirnverbranntes Miststück!«, japste er mit überschnappender Stimme.

Der Gang endete in einem offenen Vorraum mit drei Türen. Die Logik sprach dafür, dass die in der gegenüberliegenden Wand nach draußen führte. Stattdessen kam dahinter ein Kühlraum.

Hinter der linken Tür verbarg sich ein kleines, mit Möbeln vollgestelltes Büro. Rechts ging es in eine Putzkammer mit Waschbecken.

Linda erkannte ihren Fehler, lief zu der ersten Tür zurück und riss sie auf. Tatsächlich befand sich am anderen Ende des Kühlraums eine Tür, durch die offenbar Ware angeliefert wurde. Dahinter kam die Gasse.

Zwei große Müllcontainer flankierten den Hintereingang. Sie rochen bei weitem nicht so gut wie die Hamburger und Muffins, die in der Küche zubereitet wurden.

Die Gasse war dunkel. Als Linda nach links und rechts blickte, sah sie in größeren Abständen von Draht geschützte Leuchten, deren Lichtkegel aufs Pflaster fielen, ansonsten herrschte eine bedrohliche Dunkelheit.

Von der Konfrontation in der Küche erschüttert, hastete sie ein paar Schritte die Gasse entlang, bevor ihr klarwurde, dass sie nach links statt nach rechts gegangen war.

Als sie wieder an der Hintertür des Cafés vorbeikam, hörte sie hinter sich einen Wagen in die Gasse einbiegen.

Da hier überall Müllcontainer standen, blieb nur eine enge Fahrspur frei. Ohne sich umzudrehen, hielt sie sich am Rand, um den Wagen vorbeifahren zu lassen.

Irgendwie hörte der Motor sich merkwürdig an. Er klopfte und tickte, aber das war nicht das einzige beunruhigende Geräusch.

Sie drehte sich um und sah einen Wagen, der nur noch einen Scheinwerfer hatte und sich zur Seite neigte, weil auf der Fahrerseite einer der Reifen oder beide platt waren. Zerfetztes Gummi klatschte, ein stählerner Felgenrand knirschte über den Asphalt, die Stoßdämpfer quietschten und irgendetwas – vielleicht der Auspuff – schrammte übers Pflaster, sodass Funken unter dem Fahrzeug hervorsprühten.

Im Lichtkegel einer der wenigen Lampen erkannte sie den weißen Chevrolet.

Wie Tim das geschafft hatte, wusste sie nicht, aber sie wusste, dass er es gewesen war. Bestimmt hatte er gedacht, er hätte den Chevy erledigt, aber so lädiert das Ding auch war, es konnte noch fahren.

Kravet hatte die List durchschaut. Er wusste, dass Linda das Café durch die Hintertür verlassen hatte, und war gekommen, um sie sich zu schnappen.

Sie wandte sich dem Café zu, aber im selben Augenblick stieß Dennis Jolly die Tür auf. Vor Ärger war sein dicker Hals noch weiter angeschwollen.

Wenn sie versuchte, an ihm vorbeizukommen, verstellte er ihr bestimmt den Weg. Womöglich kam er sogar auf sie zu, um sich zu revanchieren.

»Wenn er dich sieht«, sagte sie warnend, »pustet er dir das Hirn aus dem Schädel.«

Der Ton ihrer Stimme, Jollys Sorge um die eigene Haut und das höllische Scheppern des Chevrolets überzeugten den Geschäftsführer, sich sofort wieder zurückzuziehen.

Röhrend, schwankend und Funken sprühend kam der Chevy näher, und Linda rannte los.

14

Mit der rechten Hand presste Linda die über die Schulter geschlungene Handtasche an sich, während ihr linker Arm sich rhythmisch vor und zurück bewegte, als könnte er sie vorwärtsziehen.

Einem voll funktionstüchtigen Auto hätte sie natürlich nicht davonlaufen können, aber gegen den schwer in Mitleidenschaft gezogenen Chevy hatte sie womöglich eine Chance. Egal, sie hatte sowieso keine andere Wahl.

Sollte sie versuchen, in einer der Hintertüren zu verschwinden, die jedes der Gebäude entlang der Gasse hatte? An den Schildern war zu erkennen, dass diese Türen meistens zu Geschäften oder Büros gehörten. Zu einer chemischen Reinigung, einem Nagelstudio. Dort war zu dieser Stunde, kurz vor elf, geschlossen. Es gab allerdings auch Kneipen, und die waren sicher noch offen.

Wenn sie an einen Ort flüchtete, wo sich mehrere Menschen aufhielten, würde Kravet ihr wohl kaum folgen. Schließlich konnte er nicht alle Gäste einer Kneipe umbringen, bloß um Linda zu erwischen. Außerdem hatte der Barkeeper womöglich eine Pistole; auch ein Gast konnte bewaffnet sein, und mancherorts gab es Videokameras, die alles aufgezeichnet hätten. Das war zu riskant, weshalb Kravet sich zurückziehen und auf eine neue Gelegenheit warten würde.

Wenn sie jedoch stehen blieb und an einer Tür rüttelte, die verschlossen war, dann war sie tot. Der Chevy war viel zu nah. Einen Irrtum konnte sie sich nicht leisten. Sonst wurde sie über den Haufen gefahren oder an einer Mauer zerquetscht.

Dem Motorengeräusch nach zu urteilen, kam der Wagen näher. Anfangs hatte sie einen Vorsprung von etwa zehn Metern gehabt, nun waren es höchstens noch sechs.

Das Ende der Gasse war noch ein gutes Stück entfernt, und Lindas Beine fühlten sich schwer und unbeholfen an. Nun bedauerte sie, sich einen Cheeseburger genehmigt zu haben.

Es schepperte. Eine leere Getränkedose, auf die sie getreten war, hatte sich an ihren Schuh geklammert. Zwei, drei Schritte lang behinderte das Ding sie beim Laufen, bevor es sich endlich löste.

Hinter ihr schwoll der unsägliche Lärm des Chevy, der sich in seine Einzelteile zu zerlegen schien, immer weiter an. Gleich musste sie die vordere Stoßstange in den Kniekehlen spüren. Als das Getöse kaum mehr lauter werden konnte, verwandelte es sich plötzlich in ohrenbetäubendes Kreischen. Da schabte Metall gegen Metall. Vielleicht schrammte der Chevy an einem der Müllcontainer entlang.

Irgendwie spürte Lindas Körper, dass diese Entwicklung positiv war. Ihre Beine fühlten sich leichter an, und die Füße bewegten sich, als hätten sie Flügel.

Während der Lärm weiter anschwoll, entfernte er sich zugleich. Nun wurde Linda klar, dass sie einen Moment lang den Ölgeruch des überhitzten Motors gerochen hatte, doch das war jetzt nicht mehr der Fall.

Ohne ihre Schritte zu verlangsamen, wagte sie es, einen Blick über die Schulter zu werfen, und sah, dass der Chevy tatsächlich einen Müllcontainer gerammt und sich daran verhakt hatte. Der Fahrer versuchte zu beschleunigen, um sich zu lösen, doch die Metallräder des schweren Containers fraßen sich in den Asphalt. An der Mauer eines Gebäudes entlanggezogen, ging der Deckel krachend auf und zu wie das Maul eines Krokodils. Allerhand Unrat fiel heraus, während der Container den Putz von der Mauer schabte und einen Türrahmen aus seiner Verankerung riss.

Linda drehte den Kopf wieder nach vorne und rannte weiter. Mit jedem Schritt war sie der Rettung näher, jedenfalls redete sie sich das ein. Als sie aus der Gasse auf die Straße lief, wäre sie fast von einem Wagen überfahren worden, der vorbeiraste.

Sie blickte in die Richtung, aus der Tim kommen musste, doch zwischen den wenigen Autos, die herannahten, war seines nicht zu sehen.

In der Gasse hinter ihr verstummte das blecherne Getöse plötzlich. Offenbar hatte Kravet es aufgegeben, seinen Wagen freizubekommen.

Das hieß, dass er sie nun zu Fuß verfolgte. Er hatte sicher eine Waffe, und damit würde er Linda in den Rücken schießen.

Sie rannte wieder los, am Straßenrand entlang. Tim musste jeden Augenblick vor ihr auftauchen.

15

Fast hätte Krait sie erwischt, aber dann war der Müllcontainer dazwischengekommen.

Ein unbedeutenderer Mensch, dessen Emotionen durch seinen Intellekt nicht so fein ausbalanciert waren, hätte vielleicht einen Wutanfall bekommen. Dadurch geblendet, hätte er durch die Windschutzscheibe hindurch auf die Frau geschossen, obwohl wegen der Schussposition und der Entfernung kaum Hoffnung auf einen tödlichen Treffer bestand.

Wäre Krait nicht wie geschaffen für seinen Beruf gewesen, so wäre ihm dieser dennoch so unweigerlich zugefallen, wie ein Tannenzapfen irgendwann auf den Waldboden plumpst. Kein unbedeutenderer Mensch hätte diese Tätigkeit derart erfolgreich ausüben können, wie Krait es nun schon so lange tat; und er glaubte nicht, dass es noch irgendjemanden gab, der ihm das Wasser reichen konnte.

Er hatte sogar Momente, in denen er sich fragte, ob er überhaupt menschlich war. Wenn er sich ausschließlich auf rationale Analyse und Logik verließ und dabei einen fairen, objektiven Maßstab anwandte, musste er in aller Ehrlichkeit sagen, dass er nicht nur anders als der Rest der Menschheit war, sondern ihm auch überlegen.

Dies war keiner jener Momente.

Als der Wagen zum Halten kam, drehte er den Zündschlüssel nach links, doch der Motor ging trotzdem nicht aus. Offenbar war ausgerechnet diese Funktion der Elektrik durch die Beschädigungen ausgefallen.

Von unten her stieg ihm der ätzende Geruch auslaufenden Benzins in die Nase. Zweifellos würden der laufende Motor oder ein Kurzschluss bald dazu führen, dass der Wagen Feuer fing.

Er seufzte, verärgert, weil das Universum so organisiert war, dass manchmal selbst sein Wille durchkreuzt wurde. Na ja, niemand hatte ihm versprochen, er würde immer auf Rosen gebettet sein.

Weil der Wagen sich mit dem Müllcontainer verhakt hatte, konnte Krait nicht auf der Fahrerseite aussteigen. Als er auf den anderen Sitz rutschte und es mit der Beifahrertür versuchte, stellte er fest, dass diese sich verklemmt hatte. Wahrscheinlich hatte der Rahmen sich verzogen.

Er hätte auf den Rücksitz klettern und es dort mit der rechten Tür probieren können, aber er hatte genügend Erfahrung, um zu wissen, wann der Kosmos ihm die Arschkarte zugeteilt hatte. Mit Sicherheit war diese Tür ebenfalls verklemmt, und bis er das festgestellt hatte, würde er in Flammen stehen. Manche Leute hätten das zwar passend und ziemlich amüsant gefunden, aber es hätte ihn daran gehindert, seine Mission zu vollenden.

Gedacht, getan. Er zog seine SIG P245 und feuerte drei Schüsse auf die Windschutzscheibe: links, mittig und rechts. Das Glas zerbarst wie eine Eisscholle. Geladen war die Waffe mit Geschossen des Kalibers .45 ACP, weshalb es gut möglich war, dass eines davon bis ans Ende der Gasse gelangt war und dort irgendjemanden erwischt hatte, der gerade zufällig vorbeigegangen war.

Krait steckte die Waffe ins Halfter und schlängelte sich übers Armaturenbrett auf die Kühlerhaube. Dabei achtete er auf seine Hände, die unentbehrlich für die Ausübung seines Berufs waren, und darauf, dass er wenigstens einen Rest von Würde behielt.

Offenbar hatte die Frau bereits die Straße erreicht und war nach links oder rechts abgebogen. Jedenfalls war sie nicht mehr zu sehen.

Mit raschen Schritten ging Krait hinter ihr her, allerdings ohne zu laufen. Eine Verfolgung, bei der man rennen musste, war wahrscheinlich bereits gescheitert.

Abgesehen davon sah jemand, der rannte, nicht so aus, als hätte er die Lage unter Kontrolle. Womöglich machte er sogar den Eindruck, in Panik geraten zu sein.

Der äußere Anschein entsprach zwar nicht der Realität, aber er konnte oft eine überzeugende Alternative dazu darstellen. Er war nämlich im Allgemeinen kontrollierbar, was auf die Fakten nicht zutraf. Waren diese zu negativ, so konnte man einfach eine erfreulichere Version der Lage konstruieren und die Fakten dadurch so verhüllen, wie man einen ramponierten, alten Toaster mit einem Tuch verhüllte, auf das ein paar kitschige Kätzchen gestickt waren.

Kurz, der äußere Anschein war ein zentraler Bestandteil von Kraits Beruf.

Rasch dahinschreitend und mit seinem gepflegten Lächeln auf den Lippen, erreichte er das Ende der Gasse und trat auf den Gehsteig, der an der Hauptstraße entlangführte. Er blickte erst nach rechts und dann nach links, und da sah er den ihm inzwischen wohlbekannten Wagen schräg am Bordstein halten. Die Schnauze zeigte in Kraits Richtung, und die Frau stieg gerade ein.

Auf fünfzehn Meter Entfernung konnte er mit seiner SIG P245 mindestens die inneren Ringe einer Zielscheibe treffen. Normalerweise traf er sogar mehrfach ins Schwarze.

Der Wagen war mindestens dreißig, vielleicht sogar fünfunddreißig Meter weit entfernt, weshalb er eilig auf ihn zuschritt. Er musste näher herankommen.

Die P245 besaß ein sechsschüssiges Magazin. Drei Patronen waren noch übrig, und Ersatzmunition hatte er nicht dabei.

Weil er eigentlich beauftragt worden war, den Mord als Folge eines brutalen sexuellen Übergriffs aussehen zu lassen, hatte er nicht eingeplant, die Frau zu erschießen. Daher hatte er keinen Grund gesehen, sich bis an die Zähne zu bewaffnen.

Nun hatte die Lage sich geändert.

Er war schon auf zwanzig Meter herangekommen, als man ihn offenbar gesehen hatte. Der Wagen setzte sich rückwärts in Bewegung und wurde dabei rasch schneller.

Wäre aus dieser Richtung gerade ein anderes Fahrzeug gekommen, so wäre der flüchtende Wagen damit kollidiert oder zumindest hinreichend aufgehalten worden. In dieser Nacht jedoch drehte das ewige Rad des Kosmos sich in Harmonie mit dem Maurer, der am Lenkrad saß, weshalb es diesem gelang, bis zur nächsten Kreuzung zurückzustoßen. Dort machte er einen eleganten Schlenker, raste in die Nebenstraße gegenüber und war verschwunden.

Selbst diese Entwicklung entlockte Krait weder ein zorniges Knurren noch einen Fluch. Frustriert, aber lächelnd steckte er die Pistole wieder ein und schritt weiter den Gehsteig entlang, allerdings nicht mehr so rasch wie vorher.

Selbst wenn er sich deutlich von der übrigen Menschheit unterschied und ihr überlegen war, wie es an anderen Tagen den Anschein hatte, besaß er dennoch einen rechtmäßigen Platz in dieser elenden Welt. Genauer gesagt, nahm er eine gehobene Position ein. Deshalb stellte er sich manchmal vor, er gehöre einem geheimen Herrschergeschlecht an.

Als Fürst der Erde war er verpflichtet, sich seiner Stellung gemäß zu verhalten. Das hieß, er musste immer geziemend nobel auftreten, mit Stil, Anmut und ruhigem Selbstvertrauen, um zu jeder Zeit eine Aura von Macht und unerbittlicher Zielstrebigkeit auszustrahlen.

An der Kreuzung angelangt, wandte er sich nach rechts und überquerte die Hauptstraße. Dabei hatte er nicht vor, Carrier und seinem Schützling zu Fuß zu folgen. Es ging ihm nur darum, Abstand zu der Gasse zu gewinnen, in der sein Chevy inzwischen wahrscheinlich brannte wie Pech im Fegefeuer.

Wenn die Polizei den Wagen fand, suchte sie womöglich die Straßen der Umgebung ab, um nach verdächtigen Fußgängern Ausschau zu halten. Die Beamten konnten Krait zwar nichts anhaben, aber es war ihm lieber, seine Lage nicht zu komplizieren, indem er mit ihnen in Berührung kam.

Hinter sich hörte er Sirenen.

Ohne zu laufen, denn das tat er nie, beschleunigte Krait seine Schritte und ging ruhig und selbstbewusst weiter. Mit gehobenem Kinn, zurückgenommenen Schultern und gereckter Brust bot er das Bild eines Fürsten beim Abendspaziergang. Das Einzige, was ihm noch fehlte, um das Bild perfekt zu machen, waren ein Gehstock mit Silbergriff und diensteifriges Gefolge.

Auf dem Weg zur nächsten Querstraße wurden die Sirenen lauter und kamen näher, dann verklangen sie allmählich, bis sie gar nicht mehr zu hören waren.

Nach einer Weile kam er in ein Viertel mit respektablen, zweistöckigen Einfamilienhäusern. In dieser angenehmen kalifornischen Nacht sahen sie mit ihren viktorianischen Holzschnitzereien, den durchbrochenen Ziegelschornsteinen und den steilen Giebeldächern aus, als befänden sie sich zur falschen Zeit am falschen Ort.

Unter den blühenden Ästen eines Jacarandabaums blieb Krait stehen, direkt vor einer Einfahrt, auf der verstreut vier Ausgaben der Lokalzeitung in durchsichtigen, wetterfesten Hüllen lagen.

Wenn man in Urlaub fuhr und vergessen hatte, vorübergehend die Zeitung abzubestellen, hob normalerweise jemand aus der Nachbarschaft die gelieferten Exemplare auf, damit durch den verräterischen Anblick keine Einbrecher angelockt wurden. Wenn sich niemand darum gekümmert hatte, wies das darauf hin, dass die Bewohner dieses Hauses noch nicht lange genug hier wohnten, um ein gutes Verhältnis zu den Nachbarn zu haben, oder dass sie nicht besonders beliebt waren.

In jedem Fall stellte dieses Haus einen Zufluchtsort dar, wo Krait sich erfrischen und zudem veranlassen konnte, dass man ihm einen neuen Wagen und ein paar andere Dinge lieferte. Dazu brauchte er nur wenige Stunden, und es war unwahrscheinlich, dass die Bewohner in dieser Zeit zurückkehrten.

Wenn sie es doch taten, würde er mit ihnen schon zurechtkommen.

Er hob die Zeitungen auf und trug sie zur Veranda.

Mit blühendem Jasmin berankte Holzgitter schirmten die Veranda von den Nachbarhäusern ab. Der Duft dieser Blüten war für einen Mann mit so schlichtem Geschmack zu stark, aber die Schutzfunktion des Grünzeugs kam ihm gelegen.

Mit einer kleinen Taschenlampe untersuchte er die Glasscheiben, von denen die Haustür flankiert wurde. Nirgendwo war das Magnetband einer Alarmanlage zu erkennen.

Aus einem Holster, das kleiner war als das für seine Waffe, zog er eine Sperrpistole der Marke LockAid, die ausschließlich an Polizeibehörden verkauft werden durfte.

Wäre er gezwungen gewesen, sich zu entscheiden, ob er ohne Schusswaffe oder ohne Sperrpistole losziehen wollte, hätte er, ohne zu zögern, auf erstere verzichtet. In weniger als einer Minute, oft sogar wesentlich schneller, konnte man mit der Sperrpistole selbst den besten Schlosszylinder überlisten.

Eine Schusswaffe war schließlich nicht das einzige Werkzeug, mit dem er einen Auftrag erledigen konnte. Er konnte mit einem breiten Spektrum an Waffen töten, zum Beispiel mit einer Menge alltäglicher Gegenstände, die von den meisten Leuten nicht als Waffe betrachtet wurden – wie etwa die Stahlfeder im Rollbügel eines Toilettenpapierspenders. Mit bloßen Händen ging es natürlich auch.

Die Sperrpistole hingegen erleichterte Krait nicht nur die Arbeit, sondern gewährte ihm auch überall Zutritt und damit ein Vorrecht, das nicht weniger umfassend war als das eines absolutistischen Herrschers vor der Einführung von Parlamenten, als vor Seiner Majestät keine einzige Tür im Reich verschlossen bleiben durfte.

Deshalb hing er so innig an seiner Sperrpistole, wie ein unbedeutenderer Mensch an seiner lieben, alten Mutter oder seinen Kindern.

Krait hatte keinerlei Erinnerung an eine Mutter. Falls er je eine gehabt hatte, so musste sie tot sein, aber er war durchaus bereit, sich vorzustellen, dass er angesichts seiner Überlegenheit gegenüber dem Rest der Menschheit womöglich auf anderem Wege auf diese Welt gekommen war als alle anderen.

Was für ein spezieller Weg – anstelle einer Mutter – das gewesen sein mochte, wusste er auch nicht zu sagen. Er hatte keine Zeit damit verbracht, darüber nachzudenken, denn schließlich war er weder Biologe noch Theologe.

Und was Kinder anging: Er fand sie wirr, unverständlich, langweilig und von Natur aus unerklärlich. Merkwürdigerweise verbrachten andere Erwachsene eine Menge ihrer Zeit damit, sich um Kinder zu kümmern, ganz zu schweigen von den öffentlichen Geldern, die für die Bälger ausgegeben wurden, obwohl sie klein, schwach und unwissend waren und der Gesellschaft nichts zurückgeben konnten.

Auch an seine eigene Kindheit hatte Krait keine Erinnerungen. Er hoffte inständig, nie eine gehabt zu haben, denn es war ihm zuwider, sich einen kleinen Krait vorzustellen, der Kopfläuse und Keuchhusten bekam und mit drei Zahnlücken und einem aus der Nase hängenden Rotzfaden im Sandkasten mit Plastikautos spielte.

Nachdem er erst das normale Schloss und dann das Sicherheitsschloss geöffnet hatte, betrat er das Haus, lauschte einen Augenblick in die Stille und rief dann: »Juhu, ist jemand zu Hause?«

Er wartete auf eine Antwort, erhielt keine, zog die Tür hinter sich zu und knipste im Wohnzimmer mehrere Lampen an.

Die Einrichtung war für seinen Geschmack zu überladen und zu feminin. Seine Vorliebe für Einfachheit war so ausgeprägt, dass er vielleicht auch als Mönch glücklich geworden wäre, zumindest in einem besonders spartanischen Kloster. Leider war es Mönchen nicht erlaubt, andere Leute zu ermorden.

Bevor er sein temporäres Heim ganz in Besitz nahm, wanderte Krait durchs Wohnzimmer, um mit den Fingern über die obere Kante der Türrahmen und die von unten nicht sichtbare Oberseite der Schränke zu fahren. Erfreut stellte er fest, dass dort alles so sauber war wie das, was man direkt im Blick hatte.

Als er die Sofakissen und das Polster der Sessel auf Verfärbungen durch Haaröl und Schweiß untersuchte, fand er nichts. Auch durch Essensreste oder Getränke war kein einziger Fleck entstanden.

Mit seiner Taschenlampe spähte er unters Sofa und unter ein Sideboard. Keinerlei Staubflocken.

Zufrieden, dass die Bewohner seinem Reinlichkeitsstandard entsprachen, ließ Krait sich entspannt auf dem Sofa nieder. Die Füße legte er auf den Couchtisch.

Anschließend verschickte er zwei SMS. In der einen erklärte er kurz und bündig seine Lage, in der anderen forderte er einen neuen Wagen, ein wesentlich besseres Waffenarsenal und eine Reihe von Hightech-Geräten an, die ihm nun, da seine Aufgabe komplexer geworden war, eventuell von Nutzen sein konnten.

Er gab die Adresse an, unter der er sich derzeit aufhielt, und bat darum, ihm den Liefertermin mitzuteilen, sobald dieser abzusehen war.

Dann zog er sich bis auf die Unterwäsche aus und trug seine Kleider in die Küche.

16

Der Himmel sank tiefer herab, und der Wind frischte langsam auf, während Tim durch die Nacht fuhr. Er hatte kein definitives Ziel im Sinn, aber während er sich einen Weg über Nebenstraßen suchte, bewegten sie sich allmählich südwärts und auf die Küste zu.

Ohne eine Spur von Angst zu zeigen, informierte Linda ihn über Dennis Jolly und seine großen Ohrläppchen, über den Chevy, der sich selbst zerlegt hatte, und über ihr Bedürfnis, eine Toilette zu benutzen.

Sie hielten an einer Tankstelle, füllten den Tank und taten beide, was dringend nötig war. Anschließend besorgte sich Tim in dem kleinen Supermarkt nebenan eine Packung Kautabletten gegen zu viel Magensäure. Er wählte eine Sorte mit Vanillegeschmack.

Tim brauchte die Tabletten, aber Linda lehnte dankend ab, als er ihr eine anbot. Ihre unerschütterliche Ruhe faszinierte ihn zunehmend.

Als sie wieder unterwegs waren, berichtete er ihr, wie der Chevy erst den Hydranten und dann den Gartenzaun umgelegt hatte, und wie der bärtige Mann mit Bierbauch aus dem Haus gekommen war.

»Du hast die Reifen plattgeschossen?«, fragte sie.

»Einen auf jeden Fall, vielleicht auch zwei.«

»Mitten auf einer öffentlichen Straße?«

»So, wie die Sache gelaufen ist, hatte ich keine Zeit, die Straße abzusperren, damit mir niemand in die Quere kommt.«

»Unglaublich.«

»Eigentlich nicht. An vielen Orten der Erde wird auf den Straßen mehr geschossen als gefahren.«

»Wie bringt ein gewöhnlicher Maurermeister eigentlich plötzlich den Mut auf, sich einem von einem Killer gefahrenen Wagen in den Weg zu stellen und dessen Reifen plattzuschießen?«

»Ich bin kein gewöhnlicher Maurermeister, sondern ein *hervorragender* Maurermeister.«

»Irgendwas bist du tatsächlich, ich weiß bloß noch nicht, was«, sagte sie und nahm das Magazin aus der Pistole, die sie ihm geborgt hatte.

»Dann stecken wir ja in derselben Schublade«, sagte er. »Nenn mir doch mal den Titel eines der Romane, die du geschrieben hast.«

»*Verzweiflung.*«

»Das ist einer von deinen Titeln?«

»Korrekt.«

»Sag mir noch einen.«

»*Eine unerbittliche Krebserkrankung.*«

»Und noch einen.«

»*Die Hoffnungslosen und die Toten.*«

»Jetzt muss ich raten – auf die Bestsellerliste sind die nicht gekommen.«

»Nein, aber sie haben sich ganz gut verkauft. Ich habe mein Publikum.«

»Wie ist bei dem die Selbstmordrate? Also, das kapiere ich nicht. Du hast gesagt, du schreibst deprimierende, dämliche, herzzerreißende Bücher. Aber wenn ich dich so anschaue, sehe ich niemanden, der chronisch depressiv ist.«

Sie füllte das leere Magazin mit frischen Neun-Millimeter-Patronen aus ihrer Handtasche auf. »Ich bin nicht depressiv. Früher dachte ich einfach nur, ich müsste es sein.«

»Wieso dachtest du, dass du das sein müsstest?«

»Weil ich mit Leuten von der Uni herumgehangen bin, und die stehen nun mal auf jede Sorte von Untergangsstimmung. Und wegen der ganzen Sachen, die passiert sind.«

»Was für Sachen?«

Statt zu antworten, sagte sie: »Lange war ich so zornig und verbittert, dass in mir gar kein Platz für Depressionen war.«

»Dann hättest du eigentlich *zornige* Bücher schreiben müssen.«

»Es ist auch ein wenig Zorn darin, aber vor allem Angst, Qual, Elend und schwärender Kummer.«

»Ich bin froh, dass wir damals nicht miteinander ausgegangen sind. Weshalb hattest du denn Kummer?«

»Fahr einfach weiter«, sagte sie.

Das tat er, fragte jedoch nach einer Weile: »Wenn du jetzt keine qualvollen, elenden und bekümmerten Bücher mehr schreiben willst, was wirst du dann schreiben?«

»Keine Ahnung. Das habe ich noch nicht herausbekommen. Vielleicht eine Geschichte über einen Maurermeister, der bei einem Konzert von Peter, Paul and Mary im Quadrat springt.«

Tims Handy läutete. Er zögerte, weil er dachte, bei dem Anrufer könnte es sich um Kravet handeln.

Stattdessen war es Pete Santo. »He, Türsteher, da bist du ja in eine echt bizarre Sache reingeraten!«

»Nenn mich nicht Türsteher. Wieso bizarr?«

»Du weißt doch, dass Leute, die sich einen falschen Ausweis besorgen, oft die Anfangsbuchstaben ihres Vor- und Nachnamens beibehalten?«

Tim lenkte den Wagen an den Straßenrand und stoppte vor dem Garten eines Wohnhauses. »Red weiter«, sagte er.

»Deshalb habe ich in der Datenbank nach Personen gesucht, deren Namen mit *R* und *K* beginnen. Weitere Suchparameter stammten von Kravets Führerschein: männlich, braunes Haar, braune Augen, ein Meter zweiundachtzig groß, Geburtsdatum.«

»Und du hast was gefunden?«

»Ich bekam über zwanzig Treffer. Neun davon betreffen unseren Mann. Das Foto ist immer derselbe Typ mit dem gruseligen Lächeln. Robert Krane, Reginald Konrad, Russell Kerrington …«

»Meinst du, einer davon ist vielleicht sein richtiger Name?«

»Ich werde alle Datenbanken durchforschen, in denen das Personal aller Polizeibehörden registriert ist, egal, ob auf lokaler, staatlicher oder nationaler Ebene. Mal sehen, was dabei herauskommt. Irgendwohin *muss* dieser Typ Verbindungen haben.«

»Wieso?«

»Das ist ja das Bizarre an der Sache. Laut der Datenbank der Zulassungsbehörde wurden diese Führerscheine bei neun verschiedenen Behörden in allen möglichen Orten in Kalifornien beantragt. Trotzdem ist auf jedem dasselbe Foto.«

Während Tim über diese Informationen nachdachte, drehte Linda sich auf ihrem Sitz um und spähte durchs Rückfenster, als wären sie seit dem Moment, in dem sie angehalten hatten, leichter zu finden.

»Dann arbeitet der Kerl also mit jemandem in der Zulassungsbehörde zusammen«, sagte Tim ins Telefon.

»Wenn ein stinknormaler Ganove einen gefälschten Führerschein braucht, geht er nicht zur Behörde«, sagte Pete. »Er kauft das Ding bei jemandem, der es mit dem Farbkopierer bastelt. So ein Dokument ist allerdings nur für bestimmte Zwecke gut, nicht für alle. Nehmen wir mal an, sein Besitzer wird angehalten, weil er zu schnell gefahren ist. Wenn der Beamte, der ihn kontrolliert, per Funk feststellen will, ob frühere Übertretungen vorliegen, stellt sich heraus, dass der Führerschein nicht registriert ist. Er ist bloß eine Plastikkarte ohne Substanz.«

»Aber diese neun Führerscheine haben Substanz. Die sind bombensicher.«

»Und ob. Das heißt, er hat jemanden bei der Behörde an der Hand, oder er kann die Daten selbst frisieren.«

»Inwiefern?«

»Indem er Fantasieinformationen eingibt.«

»Geht das so einfach?«

»Tja«, sagte Pete. »Da ist noch etwas. Vor einiger Zeit hat Kalifornien mit seinen Nachbarstaaten vereinbart, dass gegenseitig auf die Daten zugegriffen werden kann. Deshalb konnte ich feststellen, dass dieser Kravet, Krane, Konrad und so weiter auch noch drei Führerscheine aus Nevada und zwei aus Arizona besitzt. Der Name ist immer anders, aber das Foto ist in jedem Fall dasselbe.«

»Das ist aber auch ein wirklich hübsches Porträt«, sagte Tim.

»Wo du Recht hast, hast du Recht.«

»Dieses Lächeln.«

»Diese Augen. Sag mal, worum geht es denn eigentlich, Alter?«

»Das haben wir doch schon durchgekaut. Papageienbecher, Eiercremekuchen.«

»Diese Führerscheine und das Frisieren der Daten, das sind echte Straftaten. Da ich nun davon weiß, kann ich nicht endlos den Deckel draufhalten, selbst dir zuliebe nicht.«

Bei dem Namen Richard Lee Kravet handelte es sich fast sicher nicht um den richtigen Namen des Killers, weshalb der kaputte Chevy wahrscheinlich nicht so ohne weiteres Hinweise auf seine wahre Identität lieferte. Abgesehen davon war der Wagen ohnehin keinerlei Indiz für irgendetwas – außer für die Folgen einer leichtsinnigen Fahrweise.

»Wenn du unter den ganzen falschen Identitäten die richtige herausfindest, wenn wir den eigentlichen Namen dieses Typen erfahren und wenn wir dann noch wissen, für wen er arbeitet und wo er wohnt, dann kann ich dir vielleicht verraten, worum es geht.«

»Dreimal wenn. Ich warne dich nur. Ich habe zwar ein gutes Sitzfleisch, und mit dem werde ich die Sache eine Weile aussitzen, aber nicht bis in alle Ewigkeit.«

»Danke, Pete«, sagte Tim. »Ruf wieder an, wenn du was rausbekommen hast.«

»Wahrscheinlich werde ich bis in den frühen Morgen hinein damit beschäftigt sein. Ich habe mich für morgen schon krankgemeldet.«

»Egal, wie viel Uhr es ist, ruf an, sobald du mehr weißt.«

»Ist sie noch bei dir?«

»Ja. Übrigens, sie isst gern Cheeseburger mit Speck und hasst Rucola.«

»Wie steht's mit Castingshows – mag sie so was?«

»Schaut sie sich nicht an.«

»Ich hab dir ja gesagt, die hat das gewisse Etwas. Hab ich's dir nicht gesagt? Frag sie doch mal, welches für sie der beste romantische Film aller Zeiten ist.«

Tim sah zu Linda hinüber. »Pete will wissen, was deiner Meinung nach der beste romantische Film aller Zeit ist.«

»Da kann ich mich nicht recht entscheiden. Entweder *Stirb langsam* oder *Mann unter Feuer*, die Version mit Denzel Washington.«

Als Tim die Antwort wiederholte, kommentierte Pete: »Mann, du hast vielleicht ein Schweineglück!«

17

In der Waschküche fand Krait leere Kleiderbügel für seine Hose, sein Hemd und sein Sportsakko. Er hängte die Sachen an die Griffe der Küchenschränke.

Nur in Unterwäsche, Socken und Schuhe gekleidet, schloss er die Jalousien an den Küchenfenstern. Leute, die sich zur Schau stellten, waren ihm zuwider.

Anschließend trieb er eine Kleiderbürste mit steifen und eine mit weichen Borsten auf. Besonders freute er sich, dass sogar ein Kleiderschwamm vorhanden war.

Offenbar waren die Bewohner dieses Hauses bezüglich des Zustands ihrer Kleidung ebenso penibel wie beim Saubermachen.

Bevor er verschwand, würde er ihnen vielleicht ein paar Zeilen hinterlassen, in denen er ihnen seine Anerkennung ausdrückte, gepaart mit einem kleinen Rat. Frisch auf den Markt gekommen waren ungiftige, biologisch abbaubare Reinigungsmittel für Kleidungsstücke, die man hier noch nicht hatte. Bestimmt würde man mit den von ihm empfohlenen Produkten zufrieden sein.

Den leicht angefeuchteten Schwamm benutzte er nur, wo es wirklich notwendig war, und die Bürste wählte er je nach Art und Zustand des betreffenden Stoffs aus. Bald war er damit fertig, seine Sachen aufzufrischen.

Weil die Waschküche sehr klein war, stellte er das Bügelbrett in der Küche auf. Erfreulicherweise besaß man hier ein qualitativ hochwertiges, vielseitiges Bügeleisen.

Ein Bügeleisen derselben Marke hatte er einmal dazu verwendet, einen jungen Mann zu foltern, bevor er ihn umbrachte. Leider war das ausgezeichnete Gerät anschließend ruiniert gewesen.

Als er alles gebügelt hatte, machte er sich auf die Suche nach schwarzer Schuhcreme, einer geeigneten Bürste und einem Poliertuch. Unter der Küchenspüle fand er ein Schuhputzset.

Nachdem er alles, was er verwendet hatte, an seinen angestammten Platz zurückgestellt hatte, zog er sich an und ging ins Obergeschoss, um einen großen Spiegel zu suchen. Im Schlafzimmer wurde er fündig.

Sein Aussehen gefiel ihm. So, wie er auftrat, konnte man ihn für einen Lehrer, einen Vertreter, aber jedenfalls irgendjemand anderen halten.

Spiegel faszinierten ihn. In einem Spiegel sah man alles umgekehrt, was ihn eine mysteriöse Wahrheit über das Leben ahnen ließ, die er noch nicht begriffen hatte.

Er hatte einmal ein Interview mit einer Schriftstellerin gelesen, die gesagt hatte, die literarische Figur, mit der sie sich am stärksten identifiziere, sei die Heldin von Lewis Carrols *Alice im Wunderland*. Im Geiste, hatte sie behauptet, *sei* sie Alice.

Weil die besagte Autorin ansonsten viele beklagenswerte Ansichten zum Besten gegeben hatte, hatte Krait sie eines Abends besucht. Wie sich herausstellte, war sie ziemlich klein. Er konnte sie problemlos hochheben und in ihren großen Wandspiegel schleudern, um festzustellen, ob sie auf magische Weise hindurchglitt und im Wunderland verschwand.

In Wirklichkeit war sie allerdings nicht Alice. Der Spiegel zerbarst. Da es ihr nicht gelungen war, durch ihn hindurchzugleiten, verbrachte Krait ein wenig Zeit damit, dessen Scherben durch sie hindurchzu*stecken*.

Erst als sein Handy vibrierte, wurde Krait bewusst, dass er schon über eine oder zwei Minuten vor dem Spiegel stand.

Eine SMS teilte ihm mit, die von ihm aufgegebene Bestellung werde Punkt zwei Uhr morgens geliefert.

Laut seiner Armbanduhr bedeutete das eine Stunde und fünfundfünfzig Minuten Wartezeit.

Ungeduld gehörte nicht zu seinen Eigenschaften. Er sah dies als Gelegenheit, die Familie, die ihm unwissentlich diesen Zufluchtsort zur Verfügung stellte, näher kennenzulernen.

Mit dieser Beschäftigung fing er an, indem er die Schränke im Badezimmer durchforstete. Zu seiner Zufriedenheit erfuhr er dadurch, dass diese Leute viele Produkte benutzten, die auch er schätzte. Er kaufte die gleiche Zahnpasta, den gleichen Magensäurehemmer, die gleiche Sorte Kopfschmerztabletten …

Jedesmal, wenn er eine Marke entdeckte, die er für minderwertig hielt, warf er das betreffende Produkt in den Mülleimer.

Im Schlafzimmer entdeckte Krait zwei Kommodenschubladen mit einer Sammlung erotischer Lingerie. Mit Interesse faltete er jedes Kleidungsstück auseinander, untersuchte es und faltete es dann wieder zusammen.

Gegen solche Dinge hatte er nichts. Falls ein durchschnittlicher Mensch überhaupt Anrecht auf irgendetwas hatte, so war es das ungehemmte Ausleben seiner Sexualität.

Krait überlegte kurz, ob er seine eigene Sexualität direkt in eines der provokativsten Wäschestücke ausdrücken sollte, bevor er es in die Schublade zurücklegte, doch er beschloss, seine Kräfte für Linda Paquette aufzusparen.

Am Ende des Flurs im Obergeschoss befand sich das Schlafzimmer der Tochter. Dem Anschein nach zu urteilen, war sie ein Teenager.

Die Kleider des Mädchens, die Art und Weise, wie sie ihr Zimmer ausstaffiert hatte, und der an ihrer kleinen CD-Sammlung erkennbare Musikgeschmack wiesen darauf hin, dass sie nicht gegen ihre Eltern rebellierte.

Diese scheinbar völlige Unterwerfung unter Mutter und Vater konnte Krait nicht gutheißen.

So unverständlich und nervig Kinder auch waren, einen Zweck hatten sie doch. Verachtung und Feindseligkeit zwischen den Generationen stellten ein Werkzeug dar, mit dem man die Gesellschaft formen und kontrollieren konnte.

Die Nachttischschublade enthielt unter anderem ein mit einem kleinen Schloss versehenes, in Leder gebundenes Tagebuch. Krait brach das Schloss auf.

Das Mädchen hieß Emily Pelletrino. Sie hatte eine klare, anmutige Handschrift.

Krait las die ersten Seiten und dann sporadisch ein paar Absätze, stieß jedoch auf keinerlei Offenbarungen, die unter Verschluss gehalten werden mussten. Emily hielt ihre Eltern für unfreiwillig komisch, doch sie liebte und respektierte sie. Drogen nahm sie keine. Mit vierzehn war sie offenbar immer noch Jungfrau, und allem Anschein nach bemühte sie sich, in der Schule gute Noten zu bekommen.

Bis auf dieses zickige Mädchen hatte Krait in diesem Haus nichts gefunden, was er absolut nicht ausstehen konnte. Diese Person hingegen kam ihm ausgesprochen selbstgefällig vor.

Sobald er seinen aktuellen Auftrag erledigt hatte, würde er eventuell wiederkommen, um sich um Emily zu kümmern. Er hätte sie gern irgendwo hingebracht, wo er mit ihr eine oder zwei Wochen ganz privat verbringen konnte.

Nachdem er sie einer Reihe neuer Erfahrungen, bewusstseinsverändernden Substanzen und Ideen ausgesetzt hätte, würde sie, wenn er sie wieder zu Hause ablieferte, wahrscheinlich keine so hohe Meinung mehr von sich haben. Auch eine neue Haltung gegenüber Mutter und Vater würde sie an den Tag legen, wodurch die unnatürliche Familiendynamik, die momentan hier herrschte, repariert wäre.

Als Krait später im Wohnzimmer saß, hörte er ein Motorengeräusch in der Einfahrt. Er blickte auf seine Armbanduhr und sah, dass die Lieferung auf die Minute genau eingetroffen war. Es war exakt zwei Uhr morgens.

Er ging nicht hinaus, um die Kuriere zu begrüßen. Das wäre ein Verstoß gegen die Gepflogenheiten gewesen.

Nicht einmal zum Fenster ging er, um zwischen den Vorhängen hindurchzuspähen. Er hatte kein Interesse an den Kurieren. Die waren nur Handlanger, Statisten des gerade ablaufenden Schauspiels.

In die Küche zurückgekehrt, untersuchte Krait den Inhalt des Gefrierschranks und fand eine ideale Portion hausgemachte Lasagne. Er erhitzte sie in der Mikrowelle und genehmigte sich dazu eine Flasche Bier.

Die Lasagne war köstlich. Wenn irgend möglich, versuchte er, sich von hausgemachten Speisen zu ernähren.

Nachdem er abgespült, alle Lichter ausgeschaltet und die Haustür abgeschlossen hatte, ging er hinaus in die Einfahrt.

Der Chevrolet, der ihn erwartete, war dunkelblau, nicht weiß, sah aber sonst praktisch genauso wie das Fahrzeug aus, das er hinter dem Café zurückgelassen hatte.

Egal, wie man den biederen Pkw beleuchtet und in Szene gesetzt hätte, sportlich hätte er nie ausgesehen. Unter den tief und schnell dahinziehenden Wolken, im merkwürdig träumerischen Licht der Straßenlaternen und im Wind, der die Schatten der Jacarandabäume durch die Nacht peitschte, wirkte der dunkelblaue Chevrolet kraftvoller als sein weißes Gegenstück. Der Unterschied gefiel Krait.

Der Schlüssel steckte in der Zündung. Auf dem Beifahrersitz lag ein Aktenkoffer.

Krait musste nicht in den Kofferraum schauen, um zu wissen, dass dieser einen kleinen Koffer enthielt.

Obwohl es zwei Minuten nach halb drei Uhr morgens war, fühlte er sich überhaupt nicht müde. In Erwartung einer langen Nacht mit Linda Paquette hatte er bis vier Uhr nachmittags geschlafen.

In wenigen Minuten würde er wissen, wo er sie und ihren selbst ernannten edlen Ritter finden konnte. Lange vor Morgengrauen würde Timothy Carrier dann bereits genauso so vertraut mit dem Erdboden sein wie jene Helden, die an der Tafel von König Artus gesessen hatten.

Dass Carrier Mut bewiesen hatte und gut mit Schusswaffen umgehen konnte, fand Krait zwar faszinierend, aber Angst machte es ihm nicht. Was geschehen war, hatte sein Selbstvertrauen nicht im Mindesten beeinträchtigt, und er hatte momentan nicht vor, mehr über diesen Kerl herauszubekommen.

Je mehr er über seine Zielpersonen wusste, desto eher erfuhr er womöglich den Grund, weshalb man sie beseitigen wollte. Und wenn er zu viel darüber wusste, dann käme irgendwann einmal der Tag, an dem man auch ihn beseitigen wollte.

Carrier war zwar durch Zufall zu einem Ziel geworden, doch Krait fand es trotzdem klug, sich an die üblichen Regeln zu halten.

Falls die Frau nicht ebenfalls lange vor Morgengrauen tot war, dann würde sie zumindest schon in Kraits Händen sein. Er würde nicht so pfleglich mit ihr umgehen, wie er es vielleicht getan hätte, wenn sie zu Haus geblieben wäre und akzeptiert hätte, was auf sie zukam.

Nur wegen ihr und diesem dämlichen Maurer hatte Krait schließlich den Becher mit Papageiengriff eingebüßt, der ihm so gut gefallen hatte.

Wenigstens hatte er noch die Tube mit diesem ausgezeichnet wirkenden Lippenbalsam.

Er ließ den Motor an, und das Armaturenbrett leuchtete auf.

Zweiter Teil

Zur rechten Zeit am falschen Ort

18

Das kleine, fünfstöckige Hotel stand schon seit vielen Jahren auf einem Steilhang an der Küste. Bougainvillea mit Ästen, so dick wie Baumstämme, überzog das Spalier am Eingang mit violetten und roten Tupfen, und der Wind trieb Konfetti aus Blütenblättern über das Pflaster.

Eine Viertelstunde nach Mitternacht hatte Tim an der Rezeption gestanden und im Meldebuch *Mr. und Mrs. Timothy Carrier* eingetragen, während die Frau hinter der Theke seine Kreditkarte durch den Schlitz des Lesegeräts zog.

Sie hatten ein Zimmer im zweiten Stock. Durch eine Schiebetür aus Glas gelangte man auf einen Balkon mit zwei schmiedeeisernen Stühlen und einem Tischchen. Der Abstand zum nächsten Balkon betrug etwa einen Meter.

Unter dem düsteren Himmel breitete sich pechschwarz das Meer aus. Wie grauer Rauch trieb der Schaum auf den sanften Wellen heran und löste sich auf dem aschfahlen Strand auf.

Im Norden und vor dem Hotel standen mächtige Dattelpalmen, die der Wind so stark zum Rauschen brachte, dass man die leichte Brandung kaum hörte.

Am Geländer stehend blickte Linda in Richtung des westlichen Horizonts, der unsichtbar blieb. »Heutzutage kümmern sie sich nicht mehr darum.«

»Wer kümmert sich nicht mehr worum?«, fragte Tim, der neben ihr stand.

»Die Leute an der Rezeption kümmern sich nicht darum, ob man verheiratet ist oder nicht.«

»Ach, ich weiß. Trotzdem fand ich es irgendwie nicht richtig.«

»Du hast meine Ehre gewahrt, was?«

»Ich glaube, das kannst du schon selbst.«

Sie wandte den Blick von dem unsichtbaren Horizont ab und sah Tim in die Augen. »Es gefällt mir, wie du sprichst.«

»Inwiefern?«

»Ich kann das beste Wort dafür nicht so recht finden.«

»Und du schreibst Bücher.«

Sie überließen den Balkon dem Wind, gingen hinein und schlossen die Schiebetür.

»Welches Bett willst du?«, fragte er.

Sie schlug die Tagesdecke zurück. »Das hier ist schon okay.«

»Ich bin einigermaßen überzeugt, dass wir hier sicher sind.«

Sie runzelte die Stirn. »Wieso sollten wir das nicht sein?«

»Ich überlege dauernd, wie er uns in dem Café gefunden hat.«

»Offenbar wohnt er tatsächlich neben dem leeren Grundstück, wo sein Wagen registriert ist. Da hat er eben zufällig mitbekommen, wie wir dort gehalten haben.«

»So etwas geschieht nicht zufällig.«

»Manchmal doch. Schließlich kann jeder mal Pech haben.«

»Jedenfalls«, sagte Tim, »sollten wir auf alles vorbereitet sein. Vielleicht sollten wir in unseren Kleidern schlafen.«

»Das hatte ich ohnehin vor.«

»Ach so. Ja. Klar. Natürlich hattest du das vor.«

»Schau nicht so enttäuscht.«

»Ich bin nicht enttäuscht. Ich bin am Boden zerstört.«

Während Linda im Bad war, knipste Tim die Deckenbeleuchtung aus. Die Lampe auf dem Nachttisch zwischen den Betten hatte einen Schalter mit drei Einstellungen, und Tim wählte die schwächste.

Dann hockte er sich auf seine Bettkante und drückte die Kurzwahltaste für die Kneipe, wo Rooney noch hinter der Theke stand.

»Wo bist du?«, fragte der Wirt.

»Knapp jenseits vom Paradies.«

»Dem kommst du offenbar nie näher.«

»Davor hab ich auch Angst. Hör mal, Liam, hat er außer mit dir noch mit jemand anderem gesprochen?«

»Der Haifisch mit Füßen?«

»Genau. Hat er mit irgendwelchen Gästen gesprochen?«

»Nein. Nur mit mir.«

»Vielleicht ist er hochgegangen, um mit Michelle zu sprechen.«

»Nein. Die stand mit mir hinter der Theke, als er reinkam.«

»Irgendjemand hat ihm meinen Namen verraten. Und er hat meine Handynummer.«

»Hier hat er die nicht erfahren. Steht dein Handy etwa im Telefonbuch?«

»Nicht, dass ich wüsste.«

»Tim, wer ist dieser Typ?«

»Das würde ich auch gern wissen. He, Liam, was Frauen angeht, bin ich ziemlich außer Übung, deshalb musst du mir helfen.«

»Moment mal. Hab ich da etwa das Wort *Frauen* gehört?«

»Verrat mir doch mal was Nettes, das man zu einer Frau sagen kann.«

»Was Nettes? Worum soll's denn gehen?«

»Keine Ahnung. Um ihr Haar zum Beispiel.«

»Du könntest sagen: Ich mag dein Haar.«

»Wie hast du es eigentlich geschafft, dass Michelle dich geheiratet hat?«

»Ich hab ihr gesagt, wenn sie meinen Antrag nicht annimmt, bring ich mich um.«

»Im Rahmen der Beziehung, die sich hier eventuell gerade anbahnt, ist es noch ein wenig zu früh, um mit Selbstmord zu drohen«, sagte Tim. »Aber danke. Ich muss jetzt auflegen.«

Als Linda mit frisch gewaschenem Gesicht und von einer Spange gebändigtem Haar aus dem Bad kam, sah sie fantastisch aus. Das war allerdings auch schon der Fall gewesen, als sie ins Bad gegangen war.

Er sagte: »Ich mag dein Haar.«

»Mein Haar? Das wollte ich eigentlich schneiden lassen.«

»Es ist so glänzend und so dunkel, dass es fast schwarz aussieht.«

»Ich färbe es nicht.«

»Nein, natürlich tust du das nicht. Ich hab nicht gemeint, dass du das tust oder so was wie eine Perücke trägst.«

»Eine Perücke? Sieht es etwa wie eine Perücke aus?«

»Nein, nein. So sieht es ganz bestimmt nicht aus!«

Er beschloss, aus dem Zimmer zu flüchten. An der Schwelle zum Bad machte er den Fehler, sich noch einmal zu ihr umzuwenden und zu sagen: »Nur, dass du dir keine Sorgen machst – ich werde deine Zahnbürste nicht benutzen.«

»Das wäre mir auch nicht in den Sinn gekommen.«

»Ich dachte, vielleicht doch. Dass es dir in den Sinn gekommen ist, meine ich.«

»Tja, jetzt ist es das tatsächlich.«

»Wenn ich mir ein wenig von deiner Zahnpasta nehmen dürfte, nehme ich einen Finger als Bürste.«

»Der Zeigefinger ist dafür besser geeignet als der Daumen«, riet sie ihm ungerührt.

Einige Minuten später, als er aus dem Bad kam, lag sie mit geschlossenen Augen auf der Bettdecke. Ihre Hände ruhten auf dem Unterbauch.

Im gedämpften Licht dachte Tim, sie sei eingeschlafen. Er ging zu seinem Bett, ließ sich so leise wie möglich darauf nieder und lehnte sich ans Kopfende.

Unvermittelt fragte sie: »Was, wenn Pete Santo unter den ganzen Namen den richtigen nicht herauspicken kann?«

»Er schafft das schon.«

»Was, wenn nicht?«

»Dann versuchen wir etwas anderes.«

»Und das wäre?«

»Bis morgen früh ist mir das sicher eingefallen.«

Sie schwieg.

»Du weißt wohl immer, was man tun muss, nicht wahr?«, fragte sie dann.

»Soll das ein Scherz sein?«

»Schwindel mich bloß nicht an!«

Nachdem er ebenfalls eine Weile geschwiegen hatte, gab er zu: »Tja, es sieht fast so aus, als ob ich unter genügend Druck normalerweise die richtigen Entscheidungen treffe.«

»Bist du denn schon unter genügend Druck?«

»Zumindest baut der sich gerade auf?«

»Und wenn du nicht unter Druck stehst?«

»Dann bin ich völlig ratlos.«

Sein Handy läutete. Er nahm es vom Nachttisch, wo es zum Aufladen gelegen hatte.

Es war Pete Santo. »Da ist was Komisches passiert.«

»Gut. Ich kann eine Aufmunterung gebrauchen. Wart mal, ich schalte auf Lautsprecher.« Tim legte das Telefon auf den Nachttisch. »Los geht's!«

»Ich war gerade dabei, die Namen durch sämtliche Datenbanken zu jagen, die kalifornischen und die nationalen, um festzustellen, ob eine der Identitäten Hand und Fuß hat. Da läutet mein Telefon. Es ist Hitch Lombard, der Leiter der Kripo.«

»Dein Chef? Wann hat er angerufen – etwa jetzt, nach Mitternacht?«

»Ich habe gerade mit ihm gesprochen. Also, Hitch sagte, er hätte gehört, dass ich mich für morgen krankgemeldet habe, und da hätte er sich Sorgen gemacht.«

»Kocht er für seine daniederliegenden Beamten etwa Hühnerbrühe?«

»Tja. Ich habe jedenfalls so getan, als würde mir sein Anruf einleuchten, und gesagt, es sei bloß was mit dem Magen. Da erkundigt er sich, an welchem Fall ich gerade arbeite, und ich sage, es sind momentan drei, die ich ihm aufzähle, als ob er nicht Bescheid darüber wüsste.«

»Bist du da sicher?«

»Er weiß Bescheid, ganz klar. Daraufhin sagt er, da ich mich bekanntlich mit Haut und Haaren in meine Fälle einbringe, arbeite ich doch bestimmt auch jetzt daran, zu Hause an meinem Privatcomputer, obwohl ich krank bin.«

»Wahnsinn.«

»Genau. Ich bin fast von meinem Bürostuhl gefallen.«

»Woher weiß man denn, dass du in irgendwelchen Datenbanken nach Kravet und seinen multiplen Persönlichkeiten suchst?«

»Da ist was in der Software installiert. Offenbar löst jedes Interesse an Kravet und den anderen Namen einen Alarm aus. Das heißt, jemand wird benachrichtigt.«

Linda hatte sich im Bett aufgesetzt. »Jemand? Wer?«

»Jemand, der einen wesentlich höheren Posten bekleidet als ich«, sagte Pete. »Jemand, der auch höher steht als Hitch Lombard, hoch genug, um dem guten Hitch sagen zu können, er soll mir den Strom abstellen, woraufhin der sagt: *Ja, Sir, wird gleich erledigt, aber dürfte ich Ihnen vorher noch in den Arsch kriechen?*«

»Was für ein Typ ist dieser Lombard eigentlich?«, fragte Linda.

»Da gibt es Schlimmere. Aber wenn man draußen unterwegs ist, um zu ermitteln, ist man froh, dass er im Büro sitzt und einen nicht begleitet. Er sagt, wenn ich mich besser fühle und wieder zum Dienst kommen kann, hat er einen wichtigen Fall für mich, dem ich mich mit voller Kraft widmen soll.«

»Das heißt, er zieht dich von den Fällen, an denen du jetzt dran bist, ab?«, fragte Tim.

»Mit sofortiger Wirkung«, bestätigte Pete. »Noch heute Nacht.«

»Also glaubt er, du wärst durch einen dieser Fälle auf Kravet gestoßen.«

»Das hat er zwar nicht gesagt, aber ich denke schon. Obwohl er den Namen kein einziges Mal erwähnt hat.«

»Vielleicht hat er ja gar keine Ahnung, worum es konkret geht, und weiß nichts von Kravet und den ganzen anderen Namen.«

Das leuchtete Pete ein. »Jedenfalls ist irgendjemand in der Lage, Hitch Lombard die Daumenschrauben anzulegen, und wird das auch tun, wenn der mich nicht von der Sache abzieht. Wahrscheinlich muss man Hitch gar nicht sagen, was Sache ist, sondern ihm nur klarmachen, dass er geliefert ist, wenn er nicht spurt.«

Die ganze Zeit über hatte Tim im gedämpften Licht der Lampe seine Hände betrachtet. Sie waren rau und schwielig.

Wenn diese Sache zu Ende war, dann würden seine Hände vielleicht noch rauer und zu hart sein, um ihn zu einer zarten Berührung zu befähigen.

»Du hast mir sehr geholfen, Pete«, sagte er. »Danke.«

»He, ich bin noch nicht fertig!«

»Doch, du bist fertig. Sie haben dich nämlich bereits im Visier.«

»Ich muss bloß meine Taktik ändern«, sagte Pete.

»Nein, ehrlich. Du bist fertig. Häng dich bloß nicht zu weit aus dem Fenster!«

»Wozu sind Fenster denn da? Außerdem tue ich das nicht nur für dich, sondern auch für mich.«

»Wieso denn das? Das ergibt überhaupt keinen Sinn.«

»Erinnerst du dich noch daran, wie wir zusammen aufgewachsen sind?«, fragte Pete.

»Das ging so schnell, dass es nicht viel zu vergessen gibt.«

»Haben wir das alles vielleicht umsonst durchgemacht?«

»Ich hoffe nicht.«

»Wir haben es doch bestimmt nicht durchgemacht, um jetzt zuzulassen, dass die üblichen Hurensöhne freie Bahn haben, oder?«

»Die werden immer freie Bahn haben«, sagte Tim.

»Na schön, meistens schon. Aber ab und zu müssen sie sehen, wie einer von ihnen scheitert, damit sie wenigstens einen Moment lang darüber nachdenken, ob es nicht doch eine höhere Macht gibt.«

»Das hab ich irgendwann schon mal gehört.«

»Du hast es selbst irgendwann mal gesagt.«

»Tja, mir selbst will ich natürlich nicht widersprechen. Also, dann ruhen wir uns mal ein wenig aus.«

»Vielleicht kannst du mir morgen endlich sagen, worum es geht.«

»Vielleicht«, sagte Tim und legte auf.

Linda hatte sich wieder auf dem Bett ausgestreckt. Ihr Kopf lag auf dem Kissen, ihre Augen waren geschlossen, ihre Hände ruhten auf ihrem Unterbauch. »Poesie.«

»Was für Poesie?« Als sie nicht antwortete, sagte er: »Das, was in deiner Vergangenheit geschehen ist, was dich dazu gebracht hat, schwärende Bücher zu schreiben …«

»Bücher von schwärendem Kummer.«

»Was immer es war – bist du dir absolut sicher, dass es nichts mit dieser Sache jetzt zu tun hat?«

»Ganz sicher. Ich hab es aus einem Dutzend Perspektiven betrachtet.«

»Betrachte es auch noch aus der dreizehnten.«

Er nahm die Pistole aus der Handtasche, die auf dem Nachttisch lag, und platzierte sie in Reichweite.

Ohne die Augen zu öffnen, fragte Linda: »Werden wir hier sterben?«

Er sagte: »Wir werden versuchen, es nicht zu tun.«

19

Das Hotelzimmer im zweiten Stock fühlte sich allmählich an wie einer jener Canyons in alten Westernfilmen, die eine Falle darstellen. Da nur eine einzige Tür vorhanden war, gab es auch nur einen Ausweg, wenn die falschen Leute auftauchten: mitten durch sie hindurch.

Ein durchschnittlicher Lohnkiller – falls es so etwas überhaupt gab – versuchte wahrscheinlich nicht, ausgerechnet in einem Hotel zuzuschlagen. Er zog es sicher vor, sein Opfer auf der Straße abzuknallen, wo ihm mehr Fluchtwege offen standen.

Wenn Tim sich allerdings an den unersättlichen Hunger erinnerte, den er in der schwarzen Leere der Augen des Killers gesehen hatte, ahnte er, dass an diesem Kerl nichts durchschnittlich war. Kravet kannte keine Grenzen. Ihm war alles zuzutrauen.

Noch immer aufrecht auf dem Bett sitzend, musterte Tim Linda, die mit geschlossenen Augen dalag. Er betrachtete sie gerne, besonders, wenn er nicht von ihrem scharfen Blick seziert wurde.

Er hatte schon viele Frauen gesehen, die schöner waren als sie. Eine, die er lieber betrachtet hätte, hatte er jedoch noch nie gesehen.

Wieso das so war, wusste er nicht. Er versuchte erst gar nicht, es zu analysieren. Heutzutage verbrachten die meisten Leute zu viel Zeit mit dem Versuch, ihre Gefühle zu begreifen – und hatten dann keine mehr übrig, die echt waren.

Obwohl ein Hotelzimmer im zweiten Stock womöglich eher eine Falle als ein sicheres Versteck darstellte, fiel ihm kein anderer Ort ein, der mehr Schutz geboten hätte. Momentan bestand die Welt ausschließlich aus Canyons, die keinen zweiten Ausgang boten.

Der Instinkt sagte ihm, dass sie umso sicherer waren, je mehr sie in Bewegung blieben. Aber sie brauchten Ruhe. Wenn sie sich jetzt wieder in den Wagen setzten, konnten sie nirgendwo anders hinfahren als auf die totale Erschöpfung zu.

So leise wie möglich rutschte er vom Bett. Eine ganze Minute stand er einfach nur da und blickte auf Linda herab, dann flüsterte er: »Schläfst du?«

»Nein«, erwiderte sie flüsternd. »Und du?«

»Ich gehe nur zwei Minuten raus auf den Flur.«

»Wozu?«

»Um mich umzuschauen.«

»Weshalb?«

»Ich weiß nicht recht. Die Pistole liegt hier auf dem Nachttisch.«

»Ich erschieße dich schon nicht, wenn du wiederkommst.«

»Das hatte ich gehofft.«

Er verließ das Zimmer und zog hinter sich behutsam die Tür zu. Dann legte er die Hand an den Knauf, um sich zu vergewissern, dass das Schloss eingeschnappt war.

An beiden Enden des Flurs leuchteten rote Schilder mit den Lettern AUSGANG. Die Aufzüge befanden sich am linken Ende.

Links von ihm gingen auf derselben Seite des Flurs sechs Zimmer ab. Am Knauf von vier Türen hingen Schilder mit der Aufschrift BITTE NICHT STÖREN.

Rechts kamen vier Zimmer. Nur an den nächsten beiden waren Schilder zu sehen.

Die Tür zur Treppe am rechten Ende gab ein feines Quietschen von sich, als er sie aufdrückte. Auf dem Absatz stehend, lauschte er auf das Murmeln des Meeres in den Windungen des Treppenhauses, hörte jedoch nur Stille.

Er ging die beiden Treppen bis zum Erdgeschoss hinunter. Eine Tür zur Linken führte zu den dort untergebrachten Gästezimmern. Rechts gelangte man durch eine andere Tür ins Freie, wo ein beleuchteter Weg zur Vorderseite des Hotels führte.

Am Rand des Weges wuchsen Hibiskussträucher. Die großen, roten Blüten zitterten im Wind, als wollten sie etwas Unheilvolles ankündigen.

Neben dem Hotel stand ein dazugehöriges dreistöckiges Parkhaus. Tim ging hinein, um zu seinem Wagen zu gelangen.

Sämtliche Gäste waren verpflichtet, ihr Auto von einem Hotelangestellten einparken zu lassen, egal, wann sie ankamen. Allerdings hätte Tim niemals jemand anders den Autoschlüssel ausgehändigt und damit auf die Option verzichtet, jederzeit flüchten zu können.

Von Mitternacht bis sechs Uhr morgens war der betreffende Angestellte auch für den Zimmerservice zuständig, weshalb er nicht in seinem Kabuff am Parkhaus saß. Wenn Gäste eintrafen, mussten sie läuten.

Tim hatte nicht geläutet. Er hatte dort geparkt, wo es ihm passte.

Nun war es kurz vor ein Uhr morgens, als er eine Taschenlampe aus seinem Wagen holte. Aus dem Wagenheberfach im Kofferraum nahm er außerdem einen kleinen Werkzeugbeutel mit Reißverschluss.

Durch die Zwischenräume in den Mauern des Parkhauses pfiff der Wind, und an verschiedenen Stellen in den hohlen Betonbuchten flüsterten gespenstische Stimmen, erzeugt vom selben Wind, der Bauchredner spielte.

Sobald Tim in das Zimmer im zweiten Stock zurückgekehrt war, drückte er die Tür zu und schloss ab. Auch die Sicherheitskette legte er vor, obwohl sie nicht einem einzigen entschlossenen Tritt standhalten würde. Aber selbst wenn sie einen Eindringling nur zwei oder drei Sekunden aufhielt, konnte das lebensrettend sein.

Er ging zum Fußende von Lindas Bett. Wie vorher lag sie mit geschlossenen Augen auf dem Rücken.

»Schläfst du?«, flüsterte er.

»Nein«, antwortete sie flüsternd, »ich bin tot.«

»Ich muss mehr Licht machen.«

»Nur zu.«

»Weil ich was ausprobieren will.«

»In Ordnung.«

»Ich versuche, ganz leise zu sein.«

»Eine tote Frau stört so was ohnehin nicht.«

Er stand da und blickte auf sie hinab.

Nach einer kleinen Weile fragte sie, ohne die Augen zu öffnen: »Ist es wieder mein Haar?«

Tim ließ sie samt ihrem fantastischen Haar liegen, knipste die Deckenbeleuchtung an und ging zur Balkontür.

Sein Spiegelbild im Glas gefiel ihm gar nicht. Es sah aus wie ein Bär, ein großer, tollpatschiger, zerzauster, ahnungsloser Bär. Kein Wunder, dass sie die Augen geschlossen hielt.

Jedes der beiden verglasten Türblätter war einen guten Meter breit. Das auf der rechten Seite war fixiert worden. Nur das linke ließ sich aufschieben; es glitt an der Innenseite am anderen vorbei.

Da es sich um ein wirklich gutes Hotel handelte, hatte man sich bei den Details Mühe gegeben. Der Metallrahmen der Tür war nicht einfach über den Gipskarton der Wand montiert, sondern in diese eingegipst, sodass die Tapete sauber abschloss.

Selbst Flachkopfschrauben hätten den Anblick verschandelt, weshalb die Tür von innen her nicht verschraubt war.

Tim schob die linke Hälfte einige Zentimeter weit auf. Neugierig schnupperte der Wind an ihm, während er mehrfach den Schnappverschluss betätigte.

Das Hotel war schon ziemlich alt, und die Türen gehörten offenbar zur Erstausstattung. Weil die Welt damals noch ungefährlicher gewesen war und weil der Balkon etwa fünfzehn Meter über dem Boden schwebte, hatte man die Tür nicht mit einem anständigen Schloss versehen.

Die einfache Schnappvorrichtung war perfekt dazu geeignet, die Tür geschlossen zu halten. Übte man jedoch rohen Druck aus, so hielt das Schloss bestimmt nicht lange stand.

Als Tim sich aus der Hocke erhob und umdrehte, um Lindas Hilfe zu erbitten, stellte er fest, dass sie bereits hinter ihm stand und ihn beobachtete.

»Du bist ja doch nicht tot«, sagte er.

»Ein Wunder ist geschehen. Was machst du da eigentlich?«

»Ich will ausprobieren, ob ich hier herumhantieren kann, ohne jemanden aufzuwecken.«

»Ich bin sowieso hellwach. Die ganze Zeit schon. Das weißt du doch, oder?«

»Vielleicht leidest du unter Schlafstörungen.«

»Darüber werde ich nachdenken.«

»Gut. Ich meine, es geht mir darum, ob ich hier arbeiten kann, ohne die Leute im Nebenzimmer aufzuwecken. Kannst du hinter mir bitte die Tür zumachen?«

»Aber gern.«

Mit Taschenlampe und Werkzeugbeutel ausgestattet, trat Tim auf den Balkon. Der Nachtwind war nun nicht mehr so mild wie vorhin und ließ ihn frösteln.

Linda schob die Glastür zu, bis das Schloss einschnappte. Dann blieb sie an Ort und Stelle stehen und schaute zu ihm hinaus.

Er winkte ihr zu, worauf sie zurückwinkte.

Dass sie das tat, gefiel ihm. Viele Frauen hätten mit der Hand gefuchtelt, um ihn zur Eile anzutreiben, oder sie hätten mit geballten Fäusten dagestanden und ihn angestiert.

Das Pokerface, mit dem sie ihm zuwinkte, fand er äußerst attraktiv.

Trotzdem überlegte er zwar kurz, ob er noch einmal winken sollte, hielt sich jedoch zurück. Wahrscheinlich hatte selbst die Geduld einer so außergewöhnlichen Frau ihre Grenzen.

Er beschloss, mit dem fixierten Türblatt anzufangen. Wenn er Glück hatte, musste er sich gar nicht mit dem Schnappschloss im anderen Blatt abgeben. Mithilfe der Taschenlampe hatte er rasch die vier Schrauben ausfindig gemacht, mit denen das Ding verankert war, zwei im oberen und zwei im linken Teil des Rahmens.

Aus dem Werkzeugbeutel nahm er einen der drei verschieden großen Kreuzschraubenzieher. Schon beim ersten Versuch hatte er den richtigen gewählt.

Die Tür war kaum über zwei Meter hoch. Obwohl er die Hände über den Kopf heben musste, hatte er keine Probleme, genügend Kraft aufzubringen.

Er hatte erwartet, dass die Schraube sich durch die jahrzehntelange Korrosion festgefressen hatte, und dem war auch so. Als er nicht nachließ, brach der Kopf ab. Der Stift fiel klappernd in den hohlen Metallrahmen.

Auch die zweite obere Schraube brach auseinander, aber die beiden links ließen sich knarrend aufdrehen. Das Geräusch, das dabei entstand, hätte nicht einmal die Aufmerksamkeit einer schlaflosen Prinzessin auf sich gezogen, die von einer unter zwanzig Matratzen verborgenen Erbse geplagt wurde.

Schiebetüren, darüber wusste Tim schon aus beruflichen Gründen Bescheid, wurden nach dem Einbau des Rahmens einfach in diesen eingesetzt, weshalb man sie leicht herausnehmen konnte. Weil diese Tür aus einer harmloseren Zeit stammte, hatte man sogar Griffmulden in den Rahmen eingelassen, um den Einbau zu erleichtern.

Hätte es sich um breitere Türblätter gehandelt, so wäre er nicht in der Lage gewesen, alleine weiterzumachen. Aber die Rahmen waren erfreulich schmal, und er war ein großer, zerzauster Bär.

Behutsam hob er die Tür an, sodass der Rahmen oben weiter im Spalt verschwand. Mit leisem Kratzen hob sich die Unterseite aus der Führungsschiene.

Tim hätte die Tür nur noch leicht schräg stellen müssen, um sie ganz herauszuheben. Es war ihm jedoch nur darum gegangen festzustellen, ob man das einigermaßen leise tun konnte. Mit angespannten Muskeln setzte er das Blatt wieder in die Schiene, wo es jetzt, da es nicht mehr festgeschraubt war, genauso beiseitegeschoben werden konnte wie sein Gegenstück.

Nachdem er sein Werkzeug und die Taschenlampe aufgehoben hatte, gab er Linda mit einer Geste zu verstehen, dass sie ihn wieder hereinlassen sollte.

Während sie die Tür hinter ihm wieder zuschob, warf er einen Blick auf seine Armbanduhr und sagte: »Hat etwa vier Minuten gedauert.«

»Stell dir mal vor, wie viel du hier in einer Stunde auseinandernehmen könntest!«

»Angenommen, du hättest geschlafen …«

»So was zu tun, kann ich mir nicht mal mehr vorstellen.«

»… dann hätte ich womöglich über den Balkon kommen können, ohne dich aufzuwecken. Und die Leute im Nebenzimmer wären bestimmt nicht aufgewacht.«

»Sollte Kravet die fünfzehn Meter da hochklettern und durch die Tür kommen, dann wissen wir, dass er Spidermans böser Zwillingsbruder ist.«

»Wenn er uns so schnell findet, wie er uns im Café gefunden hat, dann ist es mir lieber, er kommt ins Hotel, statt uns im Parkhaus aufzulauern. Zwischen den ganzen Betonpfeilern dort kann er sich nämlich wunderbar verstecken, und dann sind wir geliefert.«

»Heute Nacht findet er uns schon nicht«, sagte sie.

»Da bin ich mir nicht so sicher.«

»Schließlich hat er keine übernatürlichen Kräfte.«

»Mag sein, aber du hast ja gehört, was Pete Santo gesagt hat. Kravet hat Beziehungen.«

»Du hast seinen Wagen ruiniert.«

»Ich würde mich nicht wundern, wenn er fliegen könnte. Na, immerhin fühle ich mich jetzt besser. Wenigstens sitzen wir nicht mehr in einem Canyon fest.«

»Den Spruch kapiere ich zwar gar nicht, aber das ist mir momentan piepegal.« Sie gähnte. »Los, gehen wir ins Bett.«

»Klingt gut.«

»So hab ich's nicht gemeint«, sagte Linda.

»Ich auch nicht«, beruhigte er sie.

20

Die Vorhänge vor der Balkontür waren zugezogen. Die Lampe auf dem Nachttisch war auf die schwächste Stufe eingestellt.

Neben dem Bett stand Lindas Reisetasche gepackt auf dem Boden, bereit, falls sie sich rasch davonmachen mussten.

Linda lag auf ihrer Bettdecke, den Kopf auf einem Kissen. Die Schuhe hatte sie nicht ausgezogen.

Tim hatte es sich in einem Sessel bequem gemacht. Er wollte sitzend schlafen.

Den Sessel hatte er in die Nähe der Tür gezogen, damit ihn jedes ungewöhnliche Geräusch im Flur aufweckte. Von dort aus hatte er auch den Vorhang vor dem Balkon im Blick.

Statt mit einer geladenen Pistole in der Hand einzuschlafen, hatte er die Waffe mit der Mündung nach unten zwischen Sitzpolster und Armlehne gesteckt. Von dort konnte er sie so rasch ziehen wie aus einem Holster.

Die Digitaluhr auf dem Nachttisch zeigte 1:32.

Aus dieser Entfernung und diesem Blickwinkel konnte Tim nicht sehen, ob Lindas Augen offen oder geschlossen waren.

»Schläfst du?«, fragte er nach einer Weile.

»Ja.«

»Was ist eigentlich aus deinem ganzen Zorn geworden?«

»Wann war ich denn zornig?«

»Nicht heute Abend. Aber du hast gesagt, du wärst jahrelang verbittert und zornig gewesen.«

»Aus einem meiner Bücher wollte man eine kleine Fernsehserie machen.«

»Wer wollte das?«

»Die üblichen Psychopathen.«

»Aus welchem Buch?«

»*Herzwurm.*«

»Den Titel kannte ich noch gar nicht.«

»Als ich einmal ferngesehen habe ...«

»Du hast doch gar keinen Fernseher.«

»Das war in der Lobby von einem dieser Fernsehsender. Die zeigen dort ihre eigenen Sachen, den ganzen Tag lang.«

»Wie halten die das aus?«

»Ich nehme an, die jungen Damen am Empfang müssen häufig ausgewechselt werden. Was mich angeht, ich war zu einer Besprechung da. Auf dem Bildschirm lief die Nachmittagstalkshow.«

»Und du konntest nicht umschalten.«

»Oder irgendetwas gegen den Bildschirm schleudern. Alles in diesen Lobbys ist weich, da gibt's keine harten Gegenstände. Du errätst sicher, warum.«

»Ich fühle mich schon wie ein Insider.«

»Sämtliche Gäste der Talkshow waren zornig. Die Moderatorin auch. Die war aus Mitgefühl zornig.«

»Weshalb waren sie denn zornig?«

»Weil sie Opfer waren. Man hatte sich ihnen gegenüber ungerecht benommen. Ihre Familien, das System, der Staat, ja, das Leben selbst war total unfair gewesen.«

»Aus dem Grund sehe ich mir lieber richtig alte Filme an«, sagte er.

»Und das Beste war: Einerseits waren diese Leute wütend, weil sie sich als Opfer fühlten, aber andererseits brauchten sie das auch. Wenn sie keine Opfer gewesen wären, hätten sie nicht gewusst, was sie darstellen sollten.«

»*Ich wurde unter einem gläsernen Absatz geboren und habe immer dort gelebt*«, zitierte Tim.

»Von wem ist das denn?«

»Von irgendeinem Dichter, den Namen weiß ich nicht mehr. Eine Frau, mit der ich eine Weile ausgegangen bin, hat mir erzählt, das sei ihr Motto.«

»Du bist mit einer Frau ausgegangen, die so etwas von sich gegeben hat?«

»Nicht besonders lange.«

»War sic gut im Bett?«

»Ich hab mich nicht getraut, das herauszufinden. Okay, da hast du also diese zornigen Leute in der Talkshow beobachtet.«

»Und mit einem Mal wurde mir klar, dass unter chronischem Zorn oft ein Sumpf aus Selbstmitleid verborgen liegt.«

»War denn unter deinem Zorn auch ein Sumpf aus Selbstmitleid?«, fragte Tim.

»Das hatte ich bis dahin nicht gedacht. Aber als ich es an diesen Leuten in der Talkshow gesehen habe, da habe ich es auch bei mir selbst erkannt, und mir wurde übel.«

»Das klingt nach einer regelrechten Offenbarung.«

»War es auch. Diese Leute liebten ihren Zorn, sie wollten für immer zornig sein, und wenn sie starben, dann waren ihre letzten Worte bestimmt irgendein selbstmitleidiges Gefasel. Ich hatte plötzlich eine Wahnsinnsangst, dass ich genauso enden könnte.«

»Du könntest nie so enden.«

»O doch, das könnte ich. Jedenfalls war ich auf dem besten Weg dorthin. Aber ich habe mich auf Entzug gesetzt.«

»Das kann man?«

»Wenn man erwachsen ist, schon. Leute, die ewig pubertär bleiben, nicht.«

»Hat man die Fernsehserie dann gedreht?«

»Nein. Ich bin gegangen, statt an der Besprechung teilzunehmen.«

Er beobachtete sie aus der Entfernung. Während des Gesprächs hatte sie sich überhaupt nicht bewegt. Ihre Ruhe war mehr als Ruhe, es war die Gelassenheit einer Frau, die über allen Stürmen und Schattenseiten des Lebens stand oder sich das zumindest vorgenommen hatte.

Mit vor Erschöpfung belegter Stimme sagte sie: »Hör doch, der Wind!«

Rastlos strich der Wind über den Balkon, nicht laut und aggressiv, sondern weich und einschläfernd wie ein großer Vogelschwarm auf einer endlosen Reise.

Ihre Stimme verlor sich in einem Murmeln, das er kaum hören konnte. »Klingt wie Flügel, die einen nach Hause tragen.«

Eine Weile sagte er nichts. Dann flüsterte er: »Schläfst du?«

Sie antwortete nicht.

Eigentlich wäre er gern durchs Zimmer gegangen, um sich vor ihr Bett zu stellen und auf sie hinabzuschauen, aber er war zu müde, um sich von seinem Sessel zu erheben.

Während sie schlief, würde er über sie wachen. Er war zu angespannt, um einschlafen zu können. Unter dem einen oder anderen Namen streifte Richard Lee Kravet durch die Nacht. Er kam hierher.

Dass Kravets Pupillen so stark erweitert waren, lag vielleicht an irgendeiner Droge. Wie aber konnte er nur so viel Licht in sich aufnehmen, ohne davon geblendet zu sein?

Die Pistole steckte zwischen Sitzpolster und Lehne, im Flur herrschte eine durch nichts unterbrochene Stille, und der Wind trug die ganze Welt in die Dunkelheit. Tim schlief ein.

Er träumte von einer blühenden Wiese, auf der er als Kind gespielt hatte, von einem im Zwielicht liegenden Zauberwald, den er noch nie im Leben gesehen hatte, und von Michelle, in deren linkem Auge glänzende Splitter steckten. Ihr linker Arm war ein blutiger Stumpf.

21

Um 3.16 Uhr stellte Krait seinen Wagen an der Küstenstraße ab, einen halben Häuserblock vom Hotel entfernt.

Nachdem er eine SMS verfasst hatte, um die neuesten Daten der Kreditkartennutzung durch Timothy Carrier anzufordern, vor allem in dem besagten Hotel, klappte Krait den Aktenkoffer auf, der zusammen mit dem neuen Fahrzeug geliefert worden war.

In den vorgeformten Schaumstoffmulden befanden sich eine modifizierte, vollautomatische Pistole vom Typ Glock 18 sowie vier geladene Magazine. Zur Ausstattung gehörten ferner zwei hochwertige Schalldämpfer und ein Schulterhalfter.

Krait bewunderte diese Waffe. Er hatte mit einem anderen Exemplar schon einige tausend Übungsschüsse absolviert. Für eine Neun-Millimeter-Parabellum mit einer Kadenz von dreizehnhundert Schuss pro Minute war die Glock 18 außergewöhnlich leicht beherrschbar.

Die Spezialmagazine enthielten dreiunddreißig Patronen. Dadurch wurde das Potenzial der Waffe im vollautomatischen Modus maximiert. Krait setzte ein Magazin ein.

Weil der Lauf verlängert und mit einem Gewinde versehen worden war, konnte Krait problemlos einen der Schalldämpfer aufschrauben.

Mit dieser Pistole fühlte er sich irgendwie verwandt. Sie besaß keine Erinnerung an ihre Herstellung, so wie Krait keine Erinnerungen an seine Mutter und seine Kindheit hatte. Kurz gesagt, sie waren beide rein, erbarmungslos und standen im Dienste des Todes.

Für einen Fürsten dieser Erde stellte die modifizierte Glock 18 ein passables Lichtschwert dar.

Als Krait auf der Fahrt Richtung Süden an einer Ampel gehalten hatte, war er bereits aus seinem Sportsakko geschlüpft. Nun nahm er sein Holster ab und schob es samt der SIG P245 unter den Fahrersitz.

Anschließend legte er das neue Schulterhalfter an, das für die mit Schalldämpfer und längerem Magazin versehene Glock geeignet war. Nachdem er es zurechtgerückt hatte, stieg er aus und hob prüfend die Schultern, um sich zu vergewissern, dass alles gut saß.

Er griff sich sein Sakko aus dem Wagen und zog es an. Als er die Glock ins Halfter steckte, hing sie bequem an seiner linken Seite.

Zu dieser frühen Stunde fuhr selbst über die sonst belebte Küstenstraße nur der Wind. Krait sog die Nachtluft tief ein. Ohne stinkende Autoabgase roch sie ganz sauber.

Dies war ein Augenblick, in dem man sich vorstellen konnte, dass nie wieder Verkehr auf den Straßen herrschen würde und dass kein Mensch mehr je über die Strände oder durch irgendeine andere Landschaft auf Erden ging. Wenn alle so endgültig gefallen waren, dass sie sich nicht mehr erhoben, dann tilgten Wind und Regen allmählich jede Spur dessen, was nicht von der gleichgültigen Maschinerie der Natur erschaffen worden war, und die Erde verschlang alle Gebeine, um sie für immer vor Sonne und Mond zu verbergen. Dann breitete sich unter kalten Sternen eine Einöde aus, die von allen Begierden, Erwartungen und Hoffnungen gereinigt wäre. Die Stille würde sich anhören, als hätten sich darin nie Gesang und Lachen breitgemacht, und es würde nicht die Stille des Gebets oder der Kontemplation sein, sondern die des Nichts. Dann war das Werk getan.

Im dunklen Wagen sitzend, wartete Krait auf die Information, die er angefordert hatte. Um 3.37 Uhr empfing er eine kodierte Textnachricht.

Timothy Carrier hatte seine Kreditkarte in den vergangenen zwölf Stunden zweimal verwendet, zuerst, um eine Tankfüllung zu bezahlen. Später, vor knapp dreieinhalb Stunden, hatte er sie an der Rezeption des Hotels vorgelegt, in dessen Nähe Krait nun parkte.

Weil das Hotel zu einer Kette gehörte, die über ein landesweites, computergestütztes Buchungssystem verfügte, waren Kraits Helfer in der Lage gewesen, noch präzisere Informationen einzuholen. Mr. und Mrs. Carrier verbrachten die Nacht in Zimmer 308.

Das *Mr. und Mrs.* amüsierte Krait. Was für eine stürmische Romanze.

Als er sich vorstellte, wie die beiden zusammen in einem Hotelzimmer lagen, fiel Krait ein, dass man ihn gebeten hatte, die Frau zu vergewaltigen.

Das wollte er auch durchaus tun. Er hatte schon Frauen vergewaltigt, die weniger attraktiv waren. Mit so etwas hatte er noch nie ein Problem gehabt, wenn es der Wunsch der Leute war, die ihn um etwas ersuchten.

Außerdem hatte er große Lust, ihr in jede ihrer Körperöffnungen das zerknüllte Poster zu stecken, das er in ihrem Schlafzimmer aus dem Rahmen gerissen hatte.

Leider hatte sich die Dynamik seiner Mission verändert. Erfahrungsgemäß konnte man in den seltenen Fällen, in denen das Überraschungsmoment verloren war, nur noch zum Erfolg kommen, wenn man rücksichtslos brutale Gewalt anwandte.

Um an die Frau heranzukommen, musste er wahrscheinlich erst einmal diesen Carrier abknallen. Dabei wurde sie womöglich von einem Querschläger getroffen. Und wenn sie schrie und Widerstand leistete, blieb Krait keine andere Wahl, als sie zu erschießen, ohne sie zu vergewaltigen.

Das war dann auch in Ordnung. Unter den gegebenen Umständen war es eben das, was er erreichen konnte. Zwei weitere Tote waren ein Fortschritt auf dem Weg zu einem Tag mit leeren Straßen, zur Stille eines Nichts.

Krait stieg aus dem Wagen und schloss ab. Heutzutage konnte man sich leider nicht mehr auf die Rechtschaffenheit anderer Leute verlassen.

Statt sich dem Hotel auf direktem Weg zu nähern, ging er zu dem Parkhaus nebenan.

Carriers Wagen stand da, wo er es erwartet hatte: in der südwestlichen Ecke des Erdgeschosses.

Falls ein Wachmann im Parkhaus patrouillierte, befand er sich momentan in einer anderen Etage. Wahrscheinlich verließ man sich im Hotel jedoch auf Überwachungskameras, von denen Krait mehrere registrierte.

Die Kameras schreckten ihn nicht ab. Elektronische Bilder konnten verloren gehen, Computersysteme einen Crash erleiden.

In einer Welt, die sich täglich stärker von der Wahrheit abkoppelte, hielten sich immer mehr Menschen an das Virtuelle statt an das Reale, und alle virtuellen Dinge waren veränderbar.

Aus demselben Grund machte Krait sich nie Sorgen um Fingerabdrücke oder DNA-Spuren. Das waren lediglich Muster, die von Hautfett hinterlassen beziehungsweise in der Struktur von Makromolekülen zu finden waren.

Fachleute mussten diese Muster lesen und ihren Nutzen als Beweismittel beurteilen. Wenn man auf diese Fachleute Druck ausübte, waren sie durchaus bereit, ein bestimmtes Muster falsch zu deuten oder sogar zu verändern. Trotzdem setzte die Öffentlichkeit ein geradezu rührendes Vertrauen in sie.

Statt das Parkhaus durch den Ausgang neben der Einfahrt zu verlassen, nahm Krait eine zweite Tür, durch die er auf einen beleuchteten Weg an der Seite des Hotels gelangte.

Vom Wind geschüttelter roter Hibiskus stand am Wegrand. Diese Pflanzengattung war nicht giftig.

Gelegentlich musste sich Krait einer Giftpflanze bedienen, um eine seiner Missionen zu erfüllen. Stechapfel, Oleander und Maiglöckchen hatten ihm bereits gute Dienste geleistet.

Hibiskus hingegen war wertlos.

Er kam zu einer Tür. Dahinter befand sich ein Treppenhaus. Er stieg in den zweiten Stock hinauf.

22

Ein Geräusch weckte Tim aus unruhigen Träumen.

Vor langer Zeit hatte er gelernt, dass das Überleben unter Umständen davon abhing, dass man den Schlaf abwerfen konnte wie eine Decke. Deshalb war er sofort hellwach, setzte sich im Sessel auf und zog die Pistole aus dem Spalt zwischen Polster und Lehne.

Obwohl er aufmerksam lauschte, hörte er vorläufig nichts Auffälliges mehr. Manchmal gehörte so ein Geräusch zu einem Traum, und man wurde davon geweckt, weil man im wirklichen Leben bei genau diesem Geräusch gesehen hatte, wie jemand starb.

Die Digitaluhr zeigte die Zeit in grün leuchtenden Ziffern an: 3.44. Tim hatte etwa zwei Stunden geschlafen.

Er warf einen Blick auf die Balkontür.

Die Vorhänge hingen reglos herab.

Nun hörte er das Rauschen des Windes, nicht hämmernd oder aufdringlich, sondern rau, rhythmisch und beruhigend.

Nach kurzem Schweigen sagte Linda etwas, und da wurde Tim klar, dass es ihre vom Schlaf dumpfe Stimme war, die ihn geweckt hatte. »Molly«, sagte sie. »Oh, Molly, nein, nein.«

Ihre Worte klangen niedergeschlagen und sehnsüchtig.

Im Schlaf hatte sie sich auf die Seite gedreht. Sie lag zusammengerollt da, in den Armen ein Kissen, das sie fest an die Brust presste.

»Nein … nein … oh, nein«, murmelte sie, dann lösten ihre Worte sich in ein kaum hörbares Klagen auf, in einen kummervollen Ton, der kein Weinen war, sondern etwas Schlimmeres.

Während sich Tim langsam von seinem Sessel erhob, spürte er, dass Linda nicht im Bann eines bedeutungslosen Traums stand, sondern vom Schlaf in die Vergangenheit zurückversetzt worden war, in der jemand namens Molly gelebt hatte und vielleicht gestorben war.

Bevor Lindas Gemurmel irgendeine verborgene Wahrheit enthüllen konnte, störte ein anderes Geräusch die Ruhe des schlafenden Hotels. Es kam aus dem Flur.

An der Tür stehend, legte Tim das Ohr an den Spalt und lauschte. Er glaubte, das leise Quietschen der Tür zum Treppenhaus gehört zu haben.

Ein kühler Luftzug schlich sich an seiner Ohrmuschel entlang.

Im Flur draußen stellte sich wieder eine unruhige Stille ein. Nun hatte sie jedoch einen erwartungsvollen Charakter.

Falls Tim das Geräusch richtig gedeutet hatte, dann stand jemand im Treppenhaus und hielt die Tür auf, um in den Flur zu spähen.

Bestätigt wurde diese Vermutung durch das leise, aber unverkennbare Quietschen der Tür, die nicht einfach zufiel, sondern behutsam geschlossen wurde.

Ein zu so später Stunde heimkehrender Gast wäre niemals so rücksichtsvoll gegenüber seinen Nachbarn gewesen, und ein Hotelangestellter schon gar nicht.

Tim brachte das Auge an den Türspion. Durch die weitwinklige Linse hatte er einen verzerrten Blick auf den Flur.

Dies war nicht der Punkt, an dem es kein Zurück mehr gab, denn den hatte Tim bereits früher am Abend hinter sich gelassen. Als er von der Straße in Lindas Haus getreten war, und als er gesehen hatte, dass sie statt eines Fernsehers ein Bild davon besaß, hatte er einen Kurs eingeschlagen, der von da an unwiderruflich feststand.

Nun befand er sich an jenem Punkt in jedem gefährlichen Unterfangen, wo der Geist entweder scharf genug ist, um der wachsenden Herausforderung entgegenzutreten, oder wo er sich als zu stumpf für das Duell erweist. Hier zeigte sich, ob das Herz wie ein Kompass den Weg wies oder vor der Reise zurückschrak; hier entschied sich, ob Erfolg möglich war oder nicht.

In den Zerrspiegel des Bildes, das die Linse lieferte, trat ein Mann. Erst war nur sein Hinterkopf sichtbar, während er die Türen auf der anderen Seite des Flurs betrachtete, dann blickte er in Tims Richtung. Es war das Gesicht des Killers, der eine Vielzahl von Identitäten besaß.

Die glatte, rosige Gesichtshaut. Das ständige Lächeln. Die Augen, die wirkten wie ein offenes Abflussrohr.

Tim hätte eine stärkere Waffe gebraucht als die Neun-Millimeter-Pistole, um Kravet durch die Tür hindurch zu erschießen.

Außerdem war das ohnehin keine echte Lösung. Wenn dieser Killer tot war, wurde sicher ein anderer angeheuert, und dann hatte Tim nicht den Vorteil zu wissen, wie sein Gegner aussah.

Er trat einen Schritt von der Tür zurück, drehte sich um und eilte zum Bett, wo die schlafende Linda inzwischen verstummt war.

Mit einem Mal kam ihm sein Plan weniger wie eine Strategie, sondern eher wie ein Würfelspiel vor.

Als er Linda die Hand auf die Schulter legte, war sie so augenblicklich wach, als hätte sie dasselbe Überlebenstraining absolviert wie er.

Sie setzte sich auf, und als Tim sagte: »Er ist da«, stand sie schon.

23

Wenn es ums Ganze ging, fühlte Krait sich gottgleich und hatte weder Zweifel noch Bedenken. Er wusste, was er tun musste, und er wusste, was er schätzte. Augenblicke wie dieser stellten die Erfüllung seiner Bedürfnisse und Begierden dar.

Nachdem er aus dem Treppenhaus getreten war und die Tür behutsam hinter sich geschlossen hatte, zog er die Glock aus seinem neuen Schulterhalfter. Während er den Flur entlangging, ließ er den Arm damit locker herabhängen.

Rechts von ihm befanden sich Türen mit den ungeraden Zimmernummern, links die mit den geraden. An der fünften Tür stand die 308.

Laut der Information des Hotelbuchungssystems hatten Carrier und sein Schützling sich vor dreieinhalb Stunden an der Rezeption angemeldet. Im Gegensatz zu Krait hatten sie nicht in Erwartung dessen, was die Nacht bringen würde, bis um vier Uhr nachmittags geschlafen. Erschöpft, wie sie waren, hatten sie sich bestimmt eingeredet, vorläufig in Sicherheit zu sein.

Krait profitierte ungeheuer von der Tatsache, dass die Menschheit nicht viel Realität ertragen konnte. Sobald seine Zielperson sich dem Wunschdenken überlassen hatte, pirschte er sich heran, nahezu unsichtbar, weil er die Realität darstellte, die zu sehen man sich weigerte.

Auf dem Weg herauf hatte er einen kurzen Abstecher in den ersten Stock gemacht, um festzustellen, welche Sorte

Türschlösser es war. Das Hotel hatte die ursprüngliche Ausstattung durch elektronische Schlüsselkarten ersetzt.

Unter solchen Umständen war die nette, kleine Sperrpistole nutzlos. Deshalb hatte Krait sich entsprechend vorbereitet.

Ins Treppenhaus zurückgekehrt, war er stehen geblieben, um etwas aus seiner Brieftasche zu ziehen, das aussah wie die Kreditkarte eines Kaufhauses. In Wirklichkeit handelte es sich um einen analytischen Scanner, der den Code jedes elektronischen Schlosses lesen und wiedergeben konnte.

Anders als die Sperrpistole wurde dieses Gerät nicht einmal an Polizeibehörden verkauft. Genauer gesagt, konnte es niemand kaufen. Man bekam es geschenkt, als Gunst sozusagen.

An der Tür von Zimmer 308 angelangt, führte Krait die Karte sofort in den Schlitz ein. Als das Lämpchen von rot auf grün umsprang, zog er sie nicht wieder heraus; solange sie sich an Ort und Stelle befand, blieb das Schloss unweigerlich offen.

Die Schlüsselpistole machte kaum Geräusche, wenn man sie benutzte. Der analytische Scanner machte gar keine.

Durch einen Schalter am Schlitten der Pistole ließ sich einstellen, ob sie als halb- oder vollautomatische Waffe fungieren sollte. Obwohl Krait normalerweise eine simple Taktik und elementare Waffen vorzog, stellte er die Glock auf vollautomatisches Feuer.

Bestimmt war die Sicherheitskette vorgelegt. Die Pistole in beiden Händen, wich Krait ein Stück zurück und trat dann mit aller Kraft gegen die Tür. Dabei zielte er mit dem Schuh so hoch wie möglich.

Die Arretierungsplatte riss aus dem Rahmen, die Tür flog auf, und Krait rückte rasch ins Zimmer vor, halb geduckt, die Arme ausgestreckt, bereits ein wenig Druck auf dem Abzug. Er schwenkte die Mündung erst nach links und dann nach rechts, bevor er der Tür auswich, die gegen den an die Wand geschraubten Stopper krachte und zurückprallte.

Zwei Betten. Das eine leicht zerwühlt. Auf dem anderen war nur die Tagesdecke zurückgeschlagen. Ein Nachttisch mit einer Lampe.

Keine Spur von Mr. und Mrs. Vielleicht waren sie wach gewesen und hatten das Quietschen der Tür zum Treppenhaus gehört.

Nur zwei Fluchtmöglichkeiten. Der Balkon. Das Bad.

Die Badezimmertür stand halb offen. Dunkel da drin.

Krait beugte sich vor, um das Gewicht des Schalldämpfers auszugleichen, und feuerte eine kurze Salve durch den dunklen Spalt. Ein Spiegel zerbarst, wahrscheinlich auch ein paar Fliesen. Splitter prasselten durchs Badezimmer; ein Schuss streifte die Tür.

Ein schwacher Rückstoß, als ob der Schalldämpfer wie ein Rückstoßkompensator gewirkt hätte. Nicht genug Lärm, um einen Schläfer im Zimmer aufzuwecken, wäre einer da gewesen. Keinerlei Mündungsfeuer.

Keine Schreie aus dem Badezimmer. Das Feuer wurde nicht erwidert. Da drin war niemand. Abgehakt.

Die Balkontür war von Vorhängen verhüllt. Carrier hatte eine Waffe. Deshalb musste Krait auf Nummer sicher gehen, bevor er den Vorhang zur Seite riss.

So sehr er es auch bedauerte, ein derartiges Durcheinander zu hinterlassen, feuerte Krait eine weitere kurze Salve ab. Der Vorhang zuckte, die Glastür zerbarst, und irgendetwas machte *klack!* und *zing!*. Krait zog den Vorhang beiseite und trat hinaus. Unter seinen Sohlen knirschten Glassplitter.

In einem Wind, der so frisch vom Meer kam, dass er leicht nach Salz roch, stand Krait allein auf dem Balkon. Er trat ans Geländer und blickte hinab. Direkt unterhalb waren einige Felsen zu sehen, dann kamen der Strand und die Brandung. Alles etwa fünfzehn Meter tiefer. Zu tief, um hinunterzuspringen, ohne sich zu verletzen.

Dass die Informationen, die er erhalten hatte, zuverlässig waren, bezweifelte er keine Sekunde. Noch nie hatte er in all den Jahren auch nur den kleinsten Grund dafür gehabt.

Es musste eine andere Erklärung für das Verschwinden seiner Beute geben. Krait blickte links und rechts an der Fassade des Hotels entlang. Balkone. Nichts als identische Balkone mit Geländern. Verlassene Balkone.

Verlassen, aber *seit wann*?

Der nächste Balkon war kaum einen Meter entfernt. Wenn man schwindelfrei war, konnte man rasch von einem Balkon zum nächsten klettern.

Weil jeder Schritt von einem gläsernen Knirschen begleitet wurde, fühlte sich Krait, als wäre die Balkontür ein Spiegel, durch den er an einen Ort gelangt war, den bisher nur Alice gekannt hatte.

Ins Zimmer zurückgekehrt, bemerkte er ein wichtiges Detail, das ihm bisher entgangen war: das Fehlen sämtlicher persönlicher Sachen.

Als er die Tür zum Bad ganz aufstieß, fand er dort niemanden tot oder verwundet vor. Einige der Handtücher waren benutzt worden, aber auf der Ablage über dem Waschbecken standen keinerlei Toilettenartikel.

Carrier und sein Schützling waren nicht erst geflohen, als die Tür zum Treppenhaus gequietscht hatte. Schon vor einigen Stunden hatten sie ein leeres Zimmer ausfindig gemacht und es in Besitz genommen, natürlich ohne die Rezeption davon zu informieren.

Krait kehrte in den Flur zurück, zog seinen Scanner aus dem Schlitz und steckte ihn ein.

Die aufkrachende Tür und das splitternde Glas hatten natürlich mehrere Gäste geweckt. Zwei Männer – der eine in Unterwäsche, der andere im Schlafanzug – hatten sich auf den Flur gewagt.

Lächelnd richtete Krait seine Pistole auf die beiden.

Sie zogen sich in ihr jeweiliges Zimmer zurück und schlugen die Tür zu.

Inzwischen hatte sicher auch jemand an der Rezeption angerufen, um die Störung zu melden. Außerdem war mindestens einer der beiden Männer, die Krait bedroht hatte, gerade dabei, den Polizeiruf zu wählen.

Kraits Herzschlag war kaum schneller als sein durchschnittlicher Ruhepuls von vierundsechzig. Er sah auch ruhig aus, und er war ruhig.

Was in seinem Leben als Erstes gekommen war, der Anschein von Ruhe oder der tatsächliche Zustand, war nicht leichter zu beantworten als die Frage, ob Henne oder Ei zuerst da gewesen waren. Die Ursprünge seiner Persönlichkeit lagen im Dunkel der Zeit verborgen, und er hatte kein Interesse daran.

Wie in den meisten Orten Kaliforniens war die Polizei auch hier nur ungenügend ausgestattet, was das Personal anging. Falls sich nicht zufällig ein Streifenwagen in der Nähe befand, dauerte es sicher mindestens fünf Minuten, bis einer eintraf.

Außerdem kamen wahrscheinlich nur zwei, höchstens vier Beamte. Wenn Krait ein so großes Gebäude zur Verfügung stand, konnte er so lange Katz und Maus mit ihnen spielen, bis sich eine Gelegenheit ergab, sein an der Straße geparktes Auto zu erreichen.

Falls die Cops zu früh auftauchten, musste er sich den Weg eben freischießen. Damit hatte er auch kein Problem.

Von der Seite des Flurs, an der sich Zimmer 308 befand, gingen insgesamt elf Zimmer ab. An vier der sechs Türen linker Hand hingen Anhänger mit der Aufschrift BITTE NICHT STÖREN.

Es gab keinen Grund für die Annahme, dass die beiden Zimmer ohne Anhänger leer waren oder dass seine Beute sich in einem davon versteckt hatte. Schließlich konnte Carrier die Dinger umgehängt haben, um Krait zusätzlich zu verwirren.

Auf der anderen Seite von Zimmer 308 befanden sich vier Türen, und vor der letzten – es trug die Nummer 300 – lag ein Anhänger auf dem Boden. Krait starrte darauf. Dann betrachtete er die geschlossene Tür.

Er war sich so gut wie sicher, dass das Schild nicht auf dem Boden gelegen hatte, als er vor wenigen Minuten hier vorübergekommen war. Vielleicht hatte jemand es versehentlich abgestreift, als er hastig das Zimmer verlassen hatte.

Zimmer 300 lag nur drei Schritte von der Tür zum Treppenhaus entfernt.

Da Krait spürte, dass das clevere Paar bereits die Treppe hinuntergelaufen und aus dem Gebäude geflohen war, entschied er sich dagegen, die Tür zu öffnen und einen Blick hineinzuwerfen. Er ging zum Treppenhaus.

Bestimmt rannten die beiden zu dem im Parkhaus stehenden Wagen. Vielleicht hatten sie ihn sogar bereits erreicht.

Krait polterte nicht die Treppe hinab, denn Panik lag nicht in seiner Natur, aber er bewegte sich doch mit gemessener Eile vorwärts.

24

Wenige Sekunden, nachdem die Tür zu Zimmer 308 krachend aufgeflogen war, hatten Tim und Linda Zimmer 300 bereits verlassen und die Treppe erreicht.

Der Wind ließ rote Hibiskusblüten um ihre Füße wirbeln, ihre Schritte hallten von der niedrigen Decke des Parkhauses wider, und der Wagen begrüßte sie mit blinkenden Lichtern und einem Rufton, als Tim auf die Taste am Schlüssel drückte. Tim sprang auf den Fahrersitz, und Linda nahm ihm die Pistole ab, nachdem sie mit ihrer Reisetasche eingestiegen war.

Zimmer 300 war tatsächlich leer gewesen, als Tim vor einigen Stunden vom Balkon aus die Schiebetür aufgeschraubt hatte und eingedrungen war. Linda hatte er durch die Tür zum Flur hereingelassen und dann das Schild mit der Aufschrift BITTE NICHT STÖREN an den Knauf gehängt.

Anschließend hatte er zwei Stunden lang geschlafen. Der Schlaf war allerdings eine dunkle Straße gewesen, auf der sich unruhige Träume getummelt hatten.

Nun startete er den Motor, schaltete die Scheinwerfer ein, verließ das Parkhaus und wandte sich auf der Küstenstraße nach Süden. An der nächsten Kreuzung bog er nach links ab, landeinwärts.

»Na«, sagte sie, »jetzt bin ich doch tatsächlich außer mir.«

»Das sieht man dir aber gar nicht an.«

Sie drehte sich um und spähte durch die Heckscheibe. »Glaub mir. Erinnerst du dich an die Szene, in der Richard

Dreyfuss am Heck seines Bootes steht, nachdem ihm der Weiße Hai fast ins Gesicht gesprungen ist? So fühle ich mich. Wie hat dieser Typ uns bloß gefunden?«

»Ich glaube, das lag an der Kreditkarte.«

»Bloß weil er ein Cop ist, hat er doch nicht die Leute bei MasterCard an den Eiern.«

»Die Karte war von Visa.« Tim bog nach rechts in eine Wohnstraße ab. »Außerdem ist er wesentlich mehr als nur ein Cop.«

»Egal, wer man ist, braucht man nicht einen Gerichtsbeschluss oder wenigstens irgendeine Vollmacht, um solche Nachforschungen anzustellen?«

»Dringen nicht dreizehnjährige Hacker in praktisch jedes System ein, an dem sie Interesse haben, ohne dass ihnen jemand eine Vollmacht ausgestellt hätte?«

»Also meinst du, es handelt sich um einen Supercop mit einem computerverrückten Neffen, der sich rund um die Uhr bereithält, um sich in die Computer jeder beliebigen Kreditkartenfirma zu hacken?«

»Vielleicht gibt es irgendwo einen ganzen Bau voller Typen, die früher einmal solche Neffen waren und sich in die Computer irgendwelcher Fernsehsender gehackt haben, um obszöne Nachrichten für Leute wie Nikki Cox zu hinterlassen. Jetzt sind sie fünfzehn Jahre älter und haben sich auf die Seite der dunklen Macht gestellt.«

»Ein ganzer Bau voll?« Linda schüttelte den Kopf. »Wen, sagst du, haben wir da als Gegner?«

»Ich sage gar nichts. Ich habe nämlich keine Ahnung.«

Ein Hügel ging in den nächsten über. Tim folgte keiner direkten Route, sondern fuhr im Zickzack durch Straßen mit Häusern, die trotz ihrer architektonischen Vielfalt allesamt eine stille Bedrohung auszustrahlen schienen.

»Hör mal«, sagte Linda, »ich hab inzwischen so den Eindruck, dass du jemand bist, der sich ziemlich gut auskennt.«

»In solchen Dingen nicht. Die sind mir ein paar Nummern zu groß.«

»Das ist mir bisher noch nicht aufgefallen.«

»Weil ich bisher ein bisschen Glück gehabt habe.«

»Ach, so nennst du das?«

Vom Wind zerzauste Pfefferbäume überragten die Straßenlaternen. Auf dem Pflaster zuckten die Schatten der Äste wie angespannte Nerven.

»Wer ist eigentlich Nikki Cox?«, fragte Linda.

»Die war der Star einer Fernsehserie mit dem hübschen Titel *Auf schlimmer und ewig.*«

»Eine gute Serie?«

»Sarkastisch, aber meistens mittelmäßig. Eine andere Figur war ein sprechender Plüschhase mit Schlappohren.«

»Ach, du lieber Himmel.«

»Ich hatte damals gerade die Pubertät hinter mir und einen Hormonspiegel, dass ich fast geplatzt wäre. Da hab ich bei jeder Folge mit hängender Zunge vor dem Fernseher gehockt.«

»Der Hase muss ja ganz schön sexy gewesen sein.«

Zwischen den Kreuzungen sah man in jeweils zwei oder drei Häusern Licht hinter den Vorhängen. Zu der Zeit, als Nikki Cox und jener sarkastische Plüschhase im Fernsehen gelaufen waren, hätte man um diese frühe Morgenstunde kaum ein Drittel so viele erleuchtete Fenster gesehen. Offenbar war dies das Jahrzehnt – vielleicht auch das Jahrhundert – der Schlaflosigkeit.

»Wo fahren wir eigentlich hin?«, wollte Linda wissen.

»Das habe ich noch nicht entschieden.«

»Wo auch immer wir hinfahren, über eines sollten wir uns einig sein.«

»Und das wäre?«

»Kein einziges Wort mehr über diese verfluchte Nikki Cox!«

»Dabei ist mir gerade der Name des Hasen eingefallen: Mr. Floppy.«

»Über den darfst du gerne reden.«

»Ich glaube, vorläufig ist es besser, wenn wir in Bewegung bleiben. Keine Hotels mehr.«

»Einverstanden. Ich bin ohnehin froh, dass du nicht vom Balkon in den Tod gestürzt bist.«

»Ich auch. Wir fahren also für eine Weile einfach durch die Gegend und versuchen, uns dabei eine Strategie auszudenken.«

»Ich hab tatsächlich gedacht, du würdest abstürzen. Wenn das geschehen wäre, dann wäre ich schuld gewesen.«

»Wieso denn das?«

»Schließlich wärst du nicht hier, wenn mich nicht jemand umbringen lassen wollte.«

»Dann hör doch einfach auf, Dinge zu tun, die andere Leute auf solche Ideen bringen.«

»Hm. Gut, ich werde mich bemühen.«

Mit jeder neuen Straße wuchs in Tim die Überzeugung, dass die Sicherheit, in der sie sich momentan scheinbar befanden, in Wirklichkeit nur ein brüchiges Drahtseil war, das sich zwischen zwei rostigen Haken über einen Abgrund spannte. Jeden Augenblick konnte sich einer dieser Haken lösen.

Immer wieder sah er in den Rückspiegel und die Seitenspiegel, um festzustellen, ob ein Verfolger aufgetaucht war.

»Drüben in Dana Point«, sagte Linda, »wohnt eine Freundin von mir. Teresa. Sie ist gerade eine Woche unterwegs. Ich weiß, wo sie ihren Ersatzschlüssel versteckt.«

Vom Wind getrieben, huschten dicke Magnolienblätter durch den Rinnstein wie aufgeregte Ratten.

»Tim? Könnten wir uns nicht in Teresas Haus verschanzen?«

Obwohl der Tacho nur dreißig Meilen anzeigte, spürte Tim intuitiv, dass er zu schnell fuhr und so in ein Schlamassel geraten würde, ohne es rechtzeitig zu erkennen. Er ließ die Geschwindigkeit so weit absinken, dass sie nur noch dahinschlichen.

»Was ist denn?«, fragte Linda und spähte in die Nacht.

»Spürst du es nicht?«

»Ich spüre, dass du es spürst, aber ich weiß nicht, was es ist.«

»Ein Fels«, sagte er.

»Ein Fels?«

»Denk an einen hohen, steilen Abhang.«

Die in Nord-Süd-Richtung verlaufenden Straßen waren wie die Zähne eines Kamms angeordnet; sie endeten alle an einem Ost-West-Rücken. Als Tim nach links auf diesen abbog, stellte er fest, dass er an der Abzweigung der letzten Querstraße endete.

»An einen Abhang?«, wiederholte Linda fragend.

»Einen Abhang, der so hoch ist, dass du seine Oberkante nicht sehen kannst; die verschwindet hoch oben im Nebel. Außerdem ist der Abhang nicht nur hoch, er hat auch einen Überhang wie eine sich brechende Welle. Wir befinden uns jetzt ganz unten, im Schatten dieses Überhangs.«

Er bog nach links, in die letzte Straße des Wohnviertels ein. Auf beiden Seiten Häuser. Die Scheinwerfer glitten über mehrere Personenwagen, die am Bordstein geparkt waren.

»Manchmal lösen sich große Felsen hoch oben am überhängenden Teil des Hangs«, fuhr Tim fort. »Das tun sie, ohne ein Geräusch zu machen.«

Er fuhr noch ein wenig langsamer.

»Man kann sie nicht kommen hören, diese urplötzlich lautlos herabstürzenden Felsen, aber ihr Gewicht ... vielleicht presst es die Luft darunter zusammen, und das spürt man.«

Bisher war jede der Straßen drei Häuserblocks lang und auf beiden Seiten bebaut gewesen. Im zweiten und dritten Drittel dieser letzten Straße standen jedoch nur noch links Häuser.

Zur Rechten breitete sich ein öffentlicher Park mit mehreren Sportplätzen aus, der offenbar ziemlich groß und zu dieser Stunde dunkel war.

Ein lautlos herabstürzender Fels, eine schweigende Flutwelle, die ihr eigenes Getöse überholte, ein loser Untergrund, in den man bei jedem Schritt einbrechen konnte ...

Tims früher messerscharfes Gespür für Bedrohungen war in den letzten Stunden zurückgekehrt. Nun spitzte es sich weiter zu.

Der wollige Himmel und der stetig zunehmende Wind hätten Tim eigentlich auf ein nahendes Gewitter vorbereiten sollen. Doch als mehrere Blitze die Wolken zerrissen, schrak er zusammen und wäre fast aufs Bremspedal getreten.

Die Häuser, die Bäume und die parkenden Autos schienen vor dem stechenden Licht zurückzuzucken, einmal und dann immer wieder, während unablässig Blitze, gefolgt von heftigem Donner, durch den Himmel fuhren.

Obwohl die Nacht voll verwirrender Schatten war, die der Wind zum Zittern brachte, enthüllten die Blitze etwas, das die weit auseinanderstehenden Straßenlaternen nicht erfasst hatten. Im Schutz eines riesigen Indischen Lorbeerbaums stand ein dunkel gekleideter Mann, den Rücken an den Stamm gelehnt.

Als der Mann sich ein kleines Stück weit vorbeugte, um dem nahenden Wagen entgegenzublicken, versilberte ein Blitz sein Gesicht, sodass es aussah wie die geschminkte Maske eines Pantomimen. Es war Kravet, der auch als Krane, Kerrington, Konrad und unter weiteren unbekannten Namen auftrat, und der so allgegenwärtig schien, als wäre er nicht nur ein Mann mit hundert Namen, sondern hundert Männer, die alle nur einen Gedanken und ein Ziel hatten.

Auch Linda sah das gespenstische Gesicht, das im Takt der grellen Blitze immer wieder auftauchte und verschwand. »Unmöglich«, flüsterte sie.

Das Rätsel dieser Erscheinung konnte später gelöst werden. Vor irgendwelchen Spekulationen ging es ums nackte Überleben.

Tim riss das Lenkrad nach rechts und trat aufs Gaspedal.

Im selben Augenblick kam der Killer aus dem Schutz des Baumes und hob dabei die Waffe wie ein böser Geist, der lange in der Erde geruht hatte und nun von einem Blitzschlag wieder zum Leben erweckt worden war.

25

Schon ein kurzes Zögern hätte zu einem anderen, blutigeren Ergebnis geführt, doch der bullige Wagen sprang gerade in dem Augenblick über den Bordstein, als Kravet aus der Deckung trat. Noch bevor er seine Waffe vollständig heben und das Feuer eröffnen konnte, war er gezwungen, zurückzuspringen, um nicht über den Haufen gefahren zu werden.

An dem Killer vorbeizufahren oder gar den Rückwärtsgang einzulegen, hätte mit Sicherheit zu einer Salve durch die Windschutzscheibe oder die Fenster der Beifahrerseite geführt. Direkt auf ihn zuzurasen, bot die besten Aussichten.

Als Kravet sich hastig rückwärts bewegte, stolperte er und fiel hin.

Tim kurvte auf ihn zu, in der Hoffnung, ihm die Knöchel, die Knie oder sonst etwas zu brechen. Als es dem Killer gelang, den Rädern auszuweichen, lenkte Tim den Wagen geradewegs in den Park hinein und beschleunigte.

Picknicktische und Bänke aus Beton. Wippen, ein Klettergerüst. Gespenstisch bewegten sich Schaukeln im Wind.

Das Heckfenster zerbarst, und Tim spürte, wie sich ein Geschoss in die Rückseite seines Sitzes bohrte.

Noch bevor er Linda zurufen konnte, sie solle sich ducken, tat sie das bereits.

Ein weiteres Geschoss prallte von Metall ab, und vielleicht wurde der Wagen auch noch ein drittes Mal getroffen, doch eine Kanonade aus Donnerschlägen übertönte die Wirkung des kleineren Kalibers.

Da sie sich inzwischen außerhalb der normalen Reichweite der Pistole befanden, waren sie nur noch durch Zufallstreffer gefährdet. Die Waffe, das hatte Tim gesehen, besaß einen verlängerten Lauf. Wahrscheinlich war das ein Schalldämpfer, durch den ihre Leistung verringert wurde.

Außerdem stand Kravet bestimmt nicht mehr an derselben Stelle und versuchte es mit einem Glückstreffer. Er war jemand, der ständig in Bewegung blieb.

So schnell, wie er es auf dem trügerischen Untergrund wagen konnte, lenkte Tim den bulligen Wagen durch den Park, auf der Suche nach dessen Ende oder irgendeinem anderen Ausweg.

Im zuckenden Gewitterlicht kam eine leere Tribüne in Sicht, dann ein Ballfanggitter und der dazugehörige Baseballplatz.

Obwohl der letzte, explosive Donner sich laut genug angehört hatte, um einen Damm zu brechen, fiel immer noch kein Regen.

Linda setzte sich wieder auf. Sie musste fast brüllen, um den Wind, der am zerborstenen Heckfenster tobte, zu übertönen. »Jetzt ist es gerade mal zehn Minuten her, seit wir aus dem Hotel geflohen sind! Wie hat er uns da bloß gefunden?«

»Er wird uns immer wieder finden.«

»Aber wie ist es möglich, dass er da hinten schon *gewartet* hat?«

»Er hat ein Navi-System am Armaturenbrett, und zwar kein gewöhnliches.«

»Was für ein System? Mit solchem Zeug kenne ich mich nicht aus.«

»GPS. Mit einem elektronischen Stadtplan. Offenbar hat er das Muster der Straßen studiert und sich gedacht, dass wir irgendwann da hinten landen. Und das haben wir getan.«

Sie rumpelten durch eine breite Drainagemulde. »Du meinst, er kann uns auf einem Bildschirm sehen?«

»Ja, das ist mir gerade klar geworden. Mein Wagen ist mit einem Transponder ausgestattet. Das war ein Extra, für den Fall, dass er gestohlen wird. Dadurch kann die Polizei den Dieb per GPS verfolgen.«

»Und das dürfen die selbst dann, wenn das Auto gar nicht gestohlen ist?«

»Das dürfen sie genauso wenig, wie in ihrer Freizeit Auftragsmorde zu begehen, um sich ein kleines Zubrot zu verdienen.«

Die Drainagemulde endete an einem langen, flachen Hang. Tim fuhr hinauf, während das Licht der Blitze alles Grün aus dem im Wind zitternden Gras blich.

»Die Firma, die dieses System betreibt, wird doch nicht einfach mit irgendeinem kriminellen Cop zusammenarbeiten. Hättest du den Wagen nicht als gestohlen melden müssen, bevor das Gerät aktiviert wird?«

»Wahrscheinlich hat er sich gar nicht an die Firma gewandt.«

»An wen dann?«

»Tja, da kommt wieder der Bau voll erwachsen gewordener Neffen ins Spiel. Die haben sich offenbar in den Computer der Firma gehackt und leiten die GPS-Informationen nun an Kravets Wagen weiter.«

»Ich hasse diese Typen«, sagte Linda.

Am oberen Ende des Hangs ging es ein Stück bergab auf einen Fußballplatz zu. In der Ferne sah Tim Straßenlaternen, steuerte auf sie zu und trat aufs Gas.

»Also gibt es keine Möglichkeit, ihn abzuschütteln«, stellte Linda fest.

»Richtig.«

Die ersten dicken Regentropfen zerplatzten so laut wie gepanzerte Insekten an der Windschutzscheibe.

»Sobald wir anhalten, weiß er genau, wo wir sind. Er weiß es, und dann kommt er.«

»Oder«, sagte Tim, »er sieht etwas auf seinem Display, das heißt die Richtung, die wir wahrscheinlich nehmen werden.«

»Und dann wartet er irgendwo wieder auf uns.«

»Das macht mir noch mehr Sorgen.«

»Wo ist dieser Transponder? Können wir nicht anhalten und ihn rausreißen?«

»Ich habe keine Ahnung, wo der ist.«

»Wo könnte man ihn denn am ehesten platziert haben?«, grübelte Linda.

»Ich glaube, das tut man an vielen unterschiedlichen Stellen, damit ein Dieb nicht weiß, wo er ihn problemlos finden kann.«

Sie kamen wieder an einem Bereich mit Picknicktischen, Bänken und Müllbehältern aus Beton vorbei.

»Wenn man auf diesem Betonzeug sitzt«, sagte er, »fühlt man sich wahrscheinlich wie bei einem Picknick im Straflager.«

»Als ich klein war, gab es in Parks noch Holzbänke. Daran erinnere ich mich genau.«

»Bis irgendwelche Leute angefangen haben, die zu klauen.«

»Und Betonmöbel will keiner haben.«

»Haben wollen die so etwas schon«, sagte er. »Sie können sie nur nicht schleppen.«

Endlich hatten sie das Ende des Parks erreicht. Sie überquerten den Gehsteig und rumpelten über den Bordstein auf die Straße.

Die Regentropfen waren nicht mehr fett und fielen auch nicht mehr sporadisch. Tim schaltete die Scheibenwischer ein.

»Etwas Zeit haben wir immerhin gewonnen«, sagte er. »Wenn der Kerl einen normalen Pkw fährt, wie er ihn vorher hatte, und keinen Geländewagen, dann wird er es nicht wagen, die Abkürzung durch den Park zu nehmen. Das heißt, er muss um ihn herumfahren.«

»Was nun?«

»Ich will noch mehr Zeit gewinnen.«

»Ich auch. So etwa fünfzig Jahre wären mir recht.«

»Und ich will nicht in die Richtung zurück, aus der wir kommen. Sonst biegen wir um eine Ecke, und dahinter hat er mit seinem Wagen die Straße blockiert, damit er uns genüsslich abknallen kann. Deshalb fahren wir weiter aufwärts.«

»Kennst du die Gegend gut?«

»Schön wär's. Und du?«

»Gut ist zu viel gesagt.«

An der nächsten Kreuzung wandte Tim sich nach rechts. Die nasse, ansteigende Straße glänzte, wenn der Himmel aufloderte.

»Ich will bis ganz nach oben fahren«, sagte Tim, »bis da hin, wo keine Häuser mehr stehen. Vielleicht verläuft da eine alte Landstraße, auf der wir rasch nach Süden kommen.«

»Wahrscheinlich sind da oben nur noch Wald und Gestrüpp.«

»Dann gibt es Wege für die Feuerwehr.«

»Wieso nach Süden?«, wollte Linda wissen.

»Die Richtung ist mir weniger wichtig als die Zeit, die wir brauchen. Ich will fünf Minuten Vorsprung haben, bevor wir den Wagen stehen lassen.«

»Wieso denn das?«

»Muss sein. Wenn wir und dieser Kerl einfach weiterfahren, bis einer von uns kein Benzin mehr hat, dann sind das wahrscheinlich wir. Das heißt, wir könnten uns die Stelle, an der wir zu Fuß losgehen, nicht aussuchen.«

»Als wir in das Hotel gekommen sind«, sagte sie, »da habe ich gedacht, wir hätten etwas Ruhe, um einen Plan zu schmieden.«

»Ruhe werden wir keine finden, bis es vorbei ist. Das sehe ich nun klar und deutlich. Eigentlich hätte ich es schon früher sehen sollen. Bis es vorbei ist, steht alles auf des Messers Schneide.«

»Ich habe gar kein gutes Gefühl.«

»Dafür gibt es auch keinen Grund.«

»Alles fliegt auseinander.«

»Wir schaffen das schon«, sagte Tim.

»Das stinkt zwar nicht direkt nach Bockmist, aber es ist welcher.«

Er wollte sie nicht belügen. »Ich dachte bloß, du willst nicht, dass ich sage, wir sind schon so gut wie tot.«

»Nicht, bevor wir es tatsächlich sind. Dann kannst du's gerne sagen.«

»Ich glaube, wir sind es noch nicht.«

»Gut. Das ist doch schon mal was.«

26

Im Scheinwerferlicht sah der silbrige Regen wie Lametta aus, aber weihnachtliche Gefühle kamen trotzdem nicht auf.

Obwohl das Straßenpflaster glatt genug zum Schlittenfahren war, kümmerte Tim sich nicht um die Stoppschilder.

Bestimmt nahm Kravet an, dass sie inzwischen draufgekommen waren, weshalb er sie verfolgen konnte. Das hieß, er wusste auch, dass sie um jeden Preis versuchen würden, genügend Vorsprung zu gewinnen, bevor sie ihr Fahrzeug stehen ließen. Er würde ihnen also dicht auf den Fersen bleiben, um sich nicht abhängen zu lassen, wenn sie zu Fuß losliefen.

»Du hast deine Pistole nachgeladen«, sagte Tim.

»Stimmt. Das Magazin ist voll.«

»Ist in deiner Handtasche noch mehr Munition?«

»Nicht viel. Ich glaube, vier Patronen. Höchstens sechs.«

»Ich will es sowieso nicht auf einen Schusswechsel ankommen lassen. Das Ding, das er dabeihatte, sah nach einer Automatik aus.«

»Klingt gar nicht gut.«

»In deren Magazin können über dreißig Patronen stecken. Wenn er will, kann er die innerhalb weniger Sekunden abfeuern und so einen großen Bereich bestreichen.«

»Das spricht definitiv gegen einen freiwilligen Schusswechsel.«

»Dazu kommen kann es allerdings schon.«

Sie schwieg. »Mir schwant gerade was richtig Übles«, sagte sie dann.

»Verrat es mir ruhig.«

»Können wir eigentlich sicher sein, dass er momentan auf eigene Rechnung arbeitet?«

»In der Kneipe kam es mir so vor. Wenn jemand von Staats wegen andere Leute umbringt, dann bekommt er dafür ein Monatsgehalt, keinen Umschlag mit Bargeld.«

»Aber wenn er diese ganzen Hacker und wer weiß was für Leute hat, die ihn technisch unterstützen, wieso ist er dann der Einzige, der uns konkret verfolgt?«

»Offenbar haben ihn Leute angeheuert, die nicht mit deiner Ermordung in Verbindung gebracht werden wollen. Deshalb liefern sie ihm Unterstützung, vermeiden es jedoch, ihre eigenen Vollstrecker loszuschicken. Sie ziehen nur die Fäden im Hintergrund.«

»Mag sein, aber eigentlich haben die sich ja gedacht, alles geht glatt, und es sollte so aussehen, als hätte mich irgendein anonymer Einbrecher umgebracht. Jetzt hat die Lage sich geändert.«

»Kann man wohl sagen«, gab Tim zu.

»Wenn sie also der Meinung sind, die Lage sei außer Kontrolle geraten, dann schicken sie vielleicht doch ein paar Leute mehr los. Und was dann?«

»Dann sind wir geliefert.«

Sie kamen zu einer Kreuzung, an der es geradeaus nicht mehr weiterging. Die neue Straße, auf die sie gestoßen waren, führte in nördlicher und südlicher Richtung an der letzten besiedelten Anhöhe entlang.

Tim wandte sich nach rechts, also nach Süden, und beschleunigte. Hier waren die Häuser größer und nobler als auf den unteren Hängen. Zwei Kreuzungen weiter gerieten sie in eine Sackgasse.

»Scheiße«, murmelte er, während er den Korallenbaum auf der Verkehrsinsel in der Mitte des Rondells umkreiste. Wohl wissend, wie viel Zeit sie verloren hatten, raste er zurück zu der Kreuzung, an der sie eingebogen waren, und dort weiter geradeaus.

Drei Querstraßen später endete auch der nördliche Teil der Straße in einer Sackgasse.

Wenn sie den Hügel auf derselben Route verließen, die sie heraufgekommen waren, dann fuhren sie direkt auf Kravet zu. Der aber würde sie auf seinem Bildschirm kommen sehen.

Tim umkreiste wieder einen Korallenbaum, verließ das Rondell und lenkte den Wagen ein kurzes Stück weiter an den Straßenrand. Dann schaltete er Scheinwerfer und Motor aus und sagte: »Gib mir die Pistole.«

»Was haben wir vor?«

»Die restlichen Patronen aus deiner Handtasche. Die brauche ich auch. Schnell!«

Sie kramte in ihrer Tasche und fand fünf Patronen.

Er ließ die Munition in seine Brusttasche fallen. »Uns bleiben vielleicht zwei Minuten. Nimm die Reisetasche, die Handtasche und die Taschenlampe.«

»Warum drückst du nicht auf die Hupe? Wir könnten die Leute ringsum aufwecken!«

»Nein. Los, komm!«

»Dann gäbe es zu viele Zeugen. Er würde es nicht wagen zu schießen.«

»Doch, das würde er«, sagte Tim. »Und wir wollen doch nicht, dass irgendjemand von den Leuten hier zu Tode kommt.«

Er stieß die Tür auf und trat in den peitschenden Regen. Dann drehte er sich um und ging zu dem Rondell zurück, wo sie gerade gewendet hatten. Schon nach einem halben Dutzend Schritten war er völlig durchnässt.

Für einen Tag im Mai war ein solches Unwetter hier in Südkalifornien recht ungewöhnlich. Der Regen war nicht warm, brachte Tim jedoch auch nicht zum Frösteln.

Alle fünf Häuser, die am Rondell standen, hatten einen ähnlichen architektonischen Stil. Manche sahen exakt so aus wie eine toskanische Villa, andere waren zumindest davon inspiriert.

Die Häuser standen hinter schmalen Rasenflächen auf Grundstücken, zwischen denen jeweils eine knapp zwei Meter hohe Mauer verlief. Offenbar achtete man hier sehr auf seine Privatsphäre. Die Durchgänge zwischen Haus und Mauer, die in die Gärten an der Rückseite führten, waren mit einem Tor geschützt. Wahrscheinlich war zumindest ein Teil dieser Tore abgeschlossen.

Bei einem solchen Wetter hatte man sicher keinen Hund draußen gelassen, der bellen und sie verraten konnte. Außerdem lagen die Hunde in einer derart teuren Gegend nicht draußen an der Kette oder hausten in einem Zwinger; sie gehörten zur Familie und hatten ihren Schlafplatz drinnen.

Fünf rückwärtige Gärten. Kravet würde von Tor zu Tor gehen und jeden Garten durchsuchen. Dies waren erstklassige Grundstücke mit Meerblick, weshalb man sich keine großen Gärten leisten konnte. Um alle zu durchsuchen, brauchte man höchstens fünf Minuten.

Die Sackgasse endete an einem Canyon. Jenseits der Gärten waren also steile, unwegsame Hänge zu erwarten, voll wilder Ranken und Gestrüpp.

Solche Canyons waren ein idealer Lebensraum für Klapperschlangen, Kojoten und Luchse. Berglöwen wagten sich zwar nur selten so nah an menschliche Siedlungen heran, aber gelegentlich tauchten die gefährlichen Katzen doch auf.

Wenn sie einen Weg die Schlucht hinunter suchten, mussten sie anfangs auf die Taschenlampe verzichten, um nicht von Kravet gesehen zu werden. Das Ganze ohne Licht zu wagen, kam jedoch nicht infrage.

Die Gärten boten also nur den Anschein von Sicherheit, und der Canyon war ebenfalls eine Sackgasse.

Linda hatte ihn eingeholt. Nass bis auf die Haut. Wunderschön.

Mit lautem Krachen spaltete sich der Himmel. Grelles Licht stach heraus. In den Pfützen tanzten Funken.

Tim hätte schwören können, dass er durch die Rückwand seiner Armbanduhr die Bewegung des Sekundenzeigers spürte, mit der die Zeit davonjagte.

Vor einem eher modern gehaltenen Bau hatte ein Makler ein Schild mit der Aufschrift ZU VERKAUFEN aufgestellt. In beiden Stockwerken waren sämtliche Jalousien heruntergelassen, was darauf hinwies, dass das Haus wahrscheinlich bereits unbewohnt war.

In dem kleinen Rahmen am Briefkasten, in dem man ein Schildchen mit der Hausnummer und dem Namen einschieben konnte, war nur die Nummer zu sehen. Den Namen hatte man entfernt.

Tim reichte Linda die Pistole, die sie ohne Kommentar entgegennahm.

Er zerrte das Maklerschild aus dem Boden. Die beiden Stützen bestanden aus Stahlstäben, die lediglich fünfzehn oder zwanzig Zentimeter weit in die Erde getrieben worden waren.

Nebenan führte ein gekrümmter Weg mit Kopfsteinpflaster – unwillkürlich registrierte Tim das gewollt unregelmäßige Muster und die Betonumrandung – zu einem der Häuser im klassisch toskanischen Stil.

Tim trug das Schild auf den dortigen Rasen und bohrte die Stützen in den nassen Boden, der kaum Widerstand bot. Am Ende stand das Schild ein wenig schief, aber das machte nichts.

Ein Haus weiter hatte ein Kind sein Fahrrad auf dem Rasen liegen lassen. Tim schnappte es sich, trug es zu der Stelle, an der er das Schild aus dem Boden gezogen hatte, und legte es dort hin.

Linda beobachtete ihn, ohne eine Frage zu stellen oder einen Kommentar abzugeben. Dabei schaute sie nicht verblüfft drein, sondern hatte leicht die Stirn gerunzelt wie eine gute Schülerin, die eine mathematische Gleichung an der Tafel studiert.

Wieder einmal merkte Tim, wie leicht er sich in sie verlieben könnte. Vielleicht hatte er das sogar schon getan.

Noch bevor er um die Waffe bitten konnte, streckte Linda sie ihm schon hin.

»Komm«, sagte er, und sie eilten gemeinsam auf das Haus zu, das er für unbewohnt hielt.

Der Himmel erwies sich als gut bestücktes Arsenal. Ein Blitzstrahl nach dem anderen fuhr herab, begleitet von heftigen Erschütterungen. Die Luft roch regelrecht versengt.

Wie überall befand sich auch hier ein Gartentor zwischen Haus und Grenzmauer. Es wurde nur von einem einfachen Klappverschluss zugehalten.

Sie hasteten den Gang dahinter entlang. An seinem Ende kam eine überdachte Veranda, die Schutz vor dem Regen bot.

Hinter zwei Fenstern hingen Faltjalousien bis zum Fensterbrett herab. Wahrscheinlich befanden sich dahinter die Küche und das Frühstückszimmer. Die anderen Fenster waren mit Vorhängen verhüllt.

Nur eine zweiflügelige Glastür ein Stück weiter war durch nichts gegen neugierige Blicke geschützt. Als Linda die Taschenlampe darauf richtete, wurde ein unmöbliertes Fernsehzimmer mit einem riesigen, an die Wand montierten Bildschirm erkennbar.

Tim packte die Pistole am Lauf, wartete, bis das Gewitter das nächste Mal die weißen Zähne bleckte, und koordinierte das Geräusch des brechenden Glases mit dem folgenden Donnerschlag. Er griff durch das Loch in der Scheibe, fand das Schloss und öffnete die Tür.

Sobald er hineingeschlüpft war, folgte Linda ihm und zog die Tür wieder zu. Einen Augenblick standen sie da und lauschten, doch die fehlenden Möbel waren Beweis genug. Hier wohnte niemand mehr.

»In einem solchen Haus«, sagte Tim, »gibt es natürlich eine Alarmanlage. Aber weil hier drin nichts zu holen ist und die Anlage dem Makler nur Probleme machen würde, hat man sie ausgeschaltet.«

Linda blickte durch die Glastür. Hinter der Veranda, dem dunklen Swimmingpool und dem Zaun am Rand des Canyons, der dalag wie ein schwarzes Loch, kamen erst die sorgfältig aufgereihten Straßenlaternen auf den niedrigeren Hängen und dann, ganz hinten, die Küste mit den im Regen schimmernden Lichtern der Stadt. »Wie kann es nur sein, dass dies alles hier geschieht, in einer Gegend mit so luxuriösen Häusern, mit Blick auf so ein Lichtermeer …«

»Hast du nicht gesagt, die Zivilisation sei so zerbrechlich wie Glas?«

»Vielleicht ist es noch schlimmer«, sagte sie, »und das, was wir für unsere Zivilisation halten, ist nur ein Trugbild.«

»Ach, es gibt immer Leute, die gern allen anderen das Licht abdrehen würden. Bisher hatten wir Glück, denn sie waren immer knapp in der Minderheit.«

Sie wandte sich von dem Panorama ab, als würde es ihr Schmerzen bereiten. »Sind wir hier in Sicherheit?«

»Nein.«

»Ich meine, wenigstens eine kleine Weile?«

»Nein. Nicht einmal das.«

27

Krait fuhr an dem Wagen vorbei, den Carrier und sein Schützling verlassen hatten. Statt am Straßenrand zu parken, hielt er neben der Verkehrsinsel in der Mitte des Rondells, wo Parkverbot herrschte.

Der Regen ärgerte ihn. Für seine Kleidung war so etwas eine Katastrophe.

Tja, an diesem Gewitter konnte er nichts ändern. Schon vor einiger Zeit war er widerstrebend zu dem Schluss gekommen, dass er keine Kontrolle über das Wetter hatte.

Davor hatte er eine Weile den Eindruck gehabt, womöglich in der Lage zu sein, die Elemente zu beeinflussen. Dieser Verdacht war ihm gekommen, weil sich so häufig genau das Wetter einstellte, das er brauchte, um einen Mord zu planen und durchzuführen.

Er hatte mehrere Bücher über Psychokinese gelesen, über die Einwirkung des Geistes auf Materie. Zum Beispiel konnten manche Leute Löffel verbiegen, ohne diese zu berühren. Die mit solchen Phänomenen befassten Parapsychologen behaupteten, man könne Gegenstände von einem Ort an einen anderen versetzen, indem man sich diesen Vorgang einfach vorstellte.

Einmal hatte auch Krait einen Löffel verbogen, allerdings nicht mit der Kraft seines Geistes, sondern aus Frust. Er hatte sogar einen Knoten in das verfluchte Ding gebunden.

Anschließend hatte er überlegt, ob er dem Autor, der ein bestimmtes Buch mit Tipps zur Entfaltung psychokinetischen Talents geschrieben hatte, einen Besuch abstatten sollte.

Er wollte den Kerl dazu zwingen, den verknoteten Löffel zu schlucken.

Krait genoss es, andere Leute Dinge schlucken zu lassen, die niemand schlucken wollte. Wieso ihm das so gefiel, wusste er nicht, aber soweit er sich erinnern konnte, hatte ihm nichts je mehr Vergnügen bereitet.

Wegen der ungewöhnlichen Form und Größe mancher dieser Gegenstände kamen die Leute, denen er sie in den Schlund stopfte, oft zu Tode, während sie schluckten. Deswegen hatte er sich inzwischen darauf eingestellt, einen gemeinsamen Abend nicht mit diesem besonderen Vergnügen zu beginnen, sondern es sich für später aufzusparen.

Sobald jemand tot war, konnte man schließlich nichts mehr mit ihm anfangen.

Ein Autor, der über Psychokinese schrieb, hatte auch Bücher darüber verfasst, wie man die Zukunft vorhersagen konnte. Vielleicht waren die nützlicher als die Sachen übers Löffelverbiegen, aber Krait hatte kein Interesse daran.

Die Zukunft kannte er nämlich bereits. Er schuf sie selbst.

Den meisten Leuten würde die Zukunft nicht gefallen, aber Krait konnte sie kaum erwarten. Er wusste, dass er sich darin pudelwohl fühlen würde.

Nun stieg er aus dem Wagen und stand im Regen. Er stellte sich einen klaren Himmel mit Sternen vor, und es regnete einfach weiter, wie er es erwartet hatte, aber ein hoffnungsvoller kleiner Versuch ab und zu kostete ihn schließlich nichts.

Menschen, nicht Löffel oder das Wetter, waren sein Arbeitsmaterial. Menschen konnte er antun, was er wollte, und momentan wollte er zwei davon umbringen.

Auf seinem GPS-Bildschirm war der Punkt, der Carriers Wagen darstellte, eine Minute und vierzig Sekunden, bevor Krait in diese Straße eingebogen war, stehen geblieben. In einer Minuten und vierzig Sekunden konnten sie nicht weit gekommen sein.

In die Schlucht, die hinter den Häusern begann, waren sie sicher nicht hinabgestiegen, nicht bei solchem Regen und nachts.

Wären sie in südlicher Richtung zur Kreuzung zurückgelaufen, dann hätte er sie gesehen, als er die Straße heraufgekommen war.

Krait stand auf der Verkehrsinsel unter den Zweigen des großen Korallenbaums und betrachtete die fünf Häuser. Hinter keinem einzigen Fenster brannte Licht.

Um zehn nach vier Uhr morgens hätte niemand, der alle Tassen im Schrank hatte, auf ein Läuten seiner Türglocke reagiert und zwei Fremde hereingelassen.

Neben jedem Haus führte ein Tor in den rückwärtigen Garten. Er hoffte, nicht alle fünf Grundstücke durchsuchen zu müssen.

Während er von der Verkehrsinsel auf die Straße trat, ließ er den Arm mit der Automatik locker herabhängen. Der Schalldämpfer war noch aufgeschraubt. Er umrundete das Rondell, um jedes Grundstück genau zu betrachten und nach verräterischen Anzeichen Ausschau zu halten.

Ein Blitzstrahl entfloh dem Himmel und glitt, sich spiegelnd, über den glänzenden Asphalt.

Krait wollte schon lange einmal sehen, wie jemand vom Blitz getroffen wurde, direkt und richtig heftig. Wäre er doch in der Lage gewesen, das Wetter zu beherrschen, so hätte er eine ganze Reihe spektakulärer Einäscherungen arrangiert.

Er hatte einmal einen Geschäftsmann, der in der Badewanne lag, durch einen Stromschlag hingerichtet, aber das war überhaupt nicht vergleichbar. Die Augäpfel des Mannes waren nicht geschmolzen, sein Haar hatte nicht Feuer gefangen, und auch sonst war nichts Interessantes passiert.

Das flackernde Licht lenkte Kraits Aufmerksamkeit auf ein Schild mit der Aufschrift ZU VERKAUFEN. Es stand im Vorgarten eines Hauses im Stil einer toskanischen Villa, das für seinen Geschmack nicht schlicht genug gehalten war. Auch das Schild war nicht ordentlich aufgestellt. Es war nicht genau der Straße zugewandt, und es neigte sich leicht zur Seite.

Die Fenster im oberen Stock waren von Vorhängen verhüllt, aber einige der Fenster im Erdgeschoss waren frei einsehbar. In den pechschwarzen Zimmern dahinter sah er kein bleiches Gesicht, das zu ihm herausspähte.

Nebenan stand ein moderneres Haus, das ihm gefiel. Vielleicht brachte er dort irgendwann einmal ein Wochenende zu, wenn die Bewohner verreist waren, um sie samt ihrer Träume, Hoffnungen und Geheimnisse kennenzulernen. Vorausgesetzt, es handelte sich um reinliche Zeitgenossen.

Auf dem Rasen lag ein Fahrrad. Für den Zustand des Hausinnern ließ das nichts Gutes erahnen. Wenn man einem Kind nicht beigebracht hatte aufzuräumen, dann waren die Eltern wahrscheinlich selbst schlampig.

Allerdings hatte Krait das sichere Gefühl, dass Leute, die eine Architektur mit derart klaren Linien schätzten, in ihrem Privatleben nicht unordentlich sein konnten.

In beiden Stockwerken waren hinter allen Fenstern die Jalousien heruntergelassen.

Neben der Haustür stand ein elegantes Pflanzgefäß aus Kalkstein, das eigentlich ein Bäumchen hätte enthalten sollen, geschmückt mit jahreszeitlich passenden Blumen am Fuß des Stammes. Doch das Gefäß war leer.

Krait betrachtete die Fenster, das Pflanzgefäß. Er senkte den Blick auf das Fahrrad und ließ ihn von dort aus zu dem Schild im Vorgarten des Nachbarhauses wandern.

Der Regen hatte zwar seine Garderobe ruiniert, doch er beruhigte ihn und machte seinen Kopf klar. Krait fühlte sich bemerkenswert hellsichtig.

Mit der linken Hand ergriff er das Fahrrad am Lenker und zog es beiseite.

Auf dem Rasen befanden sich dort, wo das Rad gelegen hatte, zwei helle Flecke. Als er sich hinhockte, um sich die Sache genauer anzuschauen, entdeckte er zwei Kreise aus abgestorbenem Gras mit etwa zehn Zentimetern Durchmesser.

Im Zentrum jedes Kreises war ein dunklerer Fleck. Als er einen davon mit den Fingern betastete, entdeckte er ein Loch im Boden. Die beiden Löcher waren etwa so weit auseinander wie die beiden Stäbe des Schildes im Nachbargarten.

Timothy Carrier hatte gewusst, dass Krait sofort dieses Haus da durchsucht hätte, wenn es offensichtlich unbewohnt gewesen wäre. Für einen Maurer besaß er ungewöhnlich scharfe Instinkte.

Als Krait vom Rasen wieder rückwärts auf den Gehsteig trat, spürte er etwas, das versuchte, unter seiner Schuhsohle wegzurollen.

Das gezackte Licht am Himmel züngelte durch das über den Gehsteig laufende Wasser und liebkoste ein gelbliches Metallobjekt, das sich kurz in Silber verwandelte.

Krait hatte sich gerade gebückt, um es aufzuheben, als ihm der nächste Blitzstrahl ganz in der Nähe einen identischen Gegenstand zeigte. Zwei Neun-Millimeter-Patronen.

Hier erlebte er wieder einen jener Momente, in denen er wusste, dass er sich nicht nur von der Menschheit unterschied, sondern ihr auch überlegen war. Er war tatsächlich insgeheim ein Fürst, und das Schicksal bestätigte seinen Adel, indem es ihm diese unverbrauchten Geschosse präsentierte, als Beweis dafür, dass seine Beute sich an dieser Stelle auf den Boden gekniet hatte.

Damit nicht genug: Womöglich enthielten die beiden verlorenen Patronen ja genau die Kugeln, die Krait verwundet oder gar getötet hätten, nachdem Carrier seine gesamte übrige Munition verbraucht hatte. Vielleicht wies ihm das

Schicksal also nicht nur den Weg zur erfolgreichen Erfüllung dieser Mission, sondern versicherte ihm auch, dass er – zumindest in dieser Nacht – unverwundbar war. Eventuell war er sogar unsterblich, aber das musste sich erst noch herausstellen.

Blitz und Donner schienen ihn zu verherrlichen.

Er steckte die Patronen in seine Hosentasche.

Wenn alles glatt ging und er genügend Zeit hatte, wollte er die Frau zwingen, die Kugeln zu schlucken, bevor er ihr das dämliche Poster in den Schlund stopfte.

Carrier lebendig dingfest zu machen, konnte er nicht riskieren. Der Maurer war zu groß und außerdem unerwartet gefährlich.

Hatte Krait jedoch Glück und konnte Carrier mit einem Schuss ins Rückgrat kampfunfähig machen, dann würde er den Kerl mit Vergnügen zwingen, ebenfalls etwas zu schlucken. Eine Möglichkeit bestand darin, dem Maurer ein ausgesuchtes Stück seiner eigenen Anatomie zu servieren, auf eine Gabel aufgespießt.

28

Da Carrier und die Frau nur wenig Zeit und kein raffiniertes Einbruchswerkzeug zur Verfügung hatten, waren sie bestimmt hinters Haus gegangen, wo man sie von der Straße aus nicht sehen konnte. Dort hatten sie ein Fenster oder eine Glastür eingeschlagen.

Erfolgreich ins Innere gelangt, waren sie entweder ins Obergeschoss gegangen, um sich im Flur zu postieren und von dieser vermeintlich überlegenen Position aus die Treppe zu verteidigen.

Oder sie behielten den Weg – Fenster oder Tür –, durch den sie eingedrungen waren, im Blick, weil sie hofften, Krait erschießen zu können, wenn er ihnen folgte. Als ob er je so durchschaubar vorgegangen wäre!

An der seitlichen Garagentür setzte Krait leise seine geliebte Schlüsselpistole ein.

Drinnen schaltete er das Licht an. Drei Fahrzeuge passten in die Garage, aber momentan stand kein einziges darin.

Hochwertige Wandschränke aus Schichtholz sorgten für Ordnung. Krait zog ein paar Türen auf. Sämtliche Fächer waren leer.

Beweise zur Genüge. Hier wohnte derzeit niemand.

Die Tür zwischen Garage und Haus führte wahrscheinlich in eine Waschküche oder einen ähnlichen Raum. Dort hatten Carrier und die Frau wohl kaum Schutz gesucht.

Krait setzte erneut die Schlüsselpistole an. Das Schnappen und Klicken verlor sich im Lärm des Unwetters. Er steckte das Werkzeug ins Halfter zurück.

Im von der Garage her eindringenden Licht sah er eine Waschküche, die so großzügig gestaltet war, dass sie auch Platz für eine Nähmaschine und einen speziellen Tisch zum Verpacken von Geschenken bot. An die Wand waren mehrere Rollen mit schickem Einwickelpapier montiert.

Die Tür an der gegenüberliegenden Wand war geschlossen.

Als Krait in den Raum gekommen war, hatte er sofort einen in die Wand eingebauten Bildschirm entdeckt. Wie es sich für ein derart teures Haus ziemte, war die Haustechnik computergesteuert.

Er berührte den Bildschirm, der aufleuchtete und ihm eine Auswahl an Kontrollsystemen bot, darunter ALARMANLAGE, LICHT, MUSIK …

Nachdem er auf LICHT gedrückt hatte, erschien eine Liste aller Zimmer und Außenflächen. Von der Waschküche aus und von den Touchscreens anderswo im Haus konnte er also sämtliche Lampen ein- und ausschalten.

Zu den letzten Optionen gehörten GESAMTE INNENBELEUCHTUNG AN und GESAMTE AUSSENBELEUCHTUNG AN. Carrier und sein Schützling erwarteten sicher, dass Krait im Dunkeln kam, weshalb sie vorhatten, das zu ihrem Vorteil zu nutzen. Weil Krait versuchte, nie das zu tun, was sein Gegner erwartete, drückte er auf GESAMTE INNENBELEUCHTUNG AN, um augenblicklich Licht in jedem Raum des Hauses zu machen.

Durch die Tür gegenüber gelangte er in einen Flur. Die Glock in beiden Händen und die Arme ausgestreckt, ging er ihn entlang.

Krait betrat ein unmöbliertes Fernsehzimmer, in dem eine ganze Wand mit einem Entertainment-Center ausgestattet war. Das Zentrum bildete ein gewaltiger Plasmabildschirm. Auch die aus Granit gestaltete Bar war recht hübsch.

Eine Scheibe der zweiflügeligen Gartentür war herausgebrochen, der Natursteinboden mit Glasscherben übersät.

Wie Krait waren auch Carrier und sein Schützling bis auf die Haut durchnässt gewesen. Sie hatten eine Menge Wasser auf dem fahlen Kalkstein hinterlassen, der da, wo er dieses aufgenommen hatte, dunkler geworden war.

Angespannt schwenkte Krait die Glock nach links und dann nach rechts, wobei er auf jede Bewegung am Rand seines Blickfelds achtete. Als keine zu sehen war, stieß er in die große Küche vor, die ohne Türen mit dem Fernsehzimmer verbunden war. Wieder Natursteinboden, wieder Wasser.

Im Esszimmer standen keine Möbel, doch es war mit einem weißen Teppichboden ausgelegt. Darauf befand sich Schmutz, der Kraits Aufmerksamkeit auf sich zog.

Nachdem das Paar zwei Schritte ins Esszimmer vorgedrungen war, hatte es sich offenbar kräftig die Füße an dem blütenreinen Teppichboden abgewischt. Krait überlegte, weshalb die hochwertige Wolle so aggressiv versaut worden war.

Als er durch einen Bogen getreten war und in der Mitte des ebenfalls mit Teppichboden versehenen Wohnzimmers stand, wurde ihm klar, dass die beiden ihre Schuhe gereinigt hatten, um weniger Spuren zu hinterlassen. Wasser allein war auf dem Gewebe des Teppichs nicht ohne weiteres sichtbar, weil es die Färbung der Fasern nicht veränderte. Der Weg, den sie von hier aus eingeschlagen hatten, war nun nicht mehr zu erkennen.

In der rechten Wand des Wohnzimmers befand sich ein weiterer Durchgang mit Bogen, durch den man in den Hausflur gelangte. Von ihm gingen mehrere Türen ab; eine Treppe führte ins Obergeschoss.

Links, an der anderen Seite des Wohnzimmers, wartete hinter einer Doppeltür ein weiterer Raum.

Krait hatte das sichere Gefühl, dass seine Beute nach oben gegangen war. Da es ihm jedoch widerstrebte, einen unerforschten Bereich im Rücken zu haben, zog er vorsichtig die Tür auf. Dann trat er rasch, geduckt und mit gehobener Waffe hindurch, aber hier war nur eine Bibliothek, die weder Bücher noch Eindringlinge aufwies.

Er rückte in den Hausflur vor. Auf dem Parkettboden schimmerten Wassertropfen. Leider waren sie zu weit verteilt, um eine deutliche Fährte erkennen zu lassen.

Eine weitere Tür führte in einen Fitnessraum, der groß genug war, um genügend Geräte für ein anständiges Zirkeltraining aufzustellen. Geräte waren zwar momentan nicht vorhanden, aber drei Wände waren vom Boden bis zur Decke mit Spiegeln verkleidet.

Solche riesigen Spiegelflächen ließen Krait immer eine Weile innehalten.

Durch ihre subtile Umkehrung aller Bilder schienen Spiegel Fenster zu einer anderen Welt darzustellen, die im Gegensatz zur hiesigen stand. Es war eine Welt, wo alles vertraut aussah, aber in Wirklichkeit grundverschieden war.

Alles, was auf dieser Seite des Glases als böse galt, hielt man auf der anderen Seite für gut. Was hier als Wahrheit angesehen wurde, mochte dort Lüge sein, und vielleicht geschah die Zukunft dort vor der Vergangenheit.

Der Panoramaspiegel, vor dem er nun stand, erregte ihn mehr als alle anderen Spiegel, die er je gesehen hatte. In ihm wurde durch die mehrfache Reflexion nämlich nicht nur eine fremde Welt sichtbar, sondern viele davon. Jede war in allen anderen enthalten, jede versprach die vollkommene Macht, nach der er sich sehnte, die er auf dieser Seite des Spiegels jedoch nicht ganz erreichen konnte.

Er stand vor zahlreichen Kraits, die alle ihre eigene Pistole hielten und nicht wie Reflexionen aussahen, sondern wie Reproduktionen. Alle waren ebenso bewusst wie er, nur dass sie ein jeweils anderes Bewusstsein in anderen Dimensionen besaßen. Er war zu einer ganzen Armee geworden und spürte die *Macht*, viele zu sein, die grimmige Wildheit des Rudels und die Bösartigkeit eines stachelbewehrten

Schwarms. Das hob seine Stimmung und erfrischte seinen Geist.

Plötzlich fiel ihm auf, wie er aussah, was ihm einen erheblichen Dämpfer versetzte. Der Regen hatte seine Kleidung völlig formlos werden lassen. Man konnte nicht mehr sehen, dass es sich um qualitativ hochwertige Stücke handelte. Das Haar klebte ihm am Schädel.

So hätte ihn jeder mit einem Penner verwechseln können, der sich ohne einen Cent haltlos herumtrieb. Er schämte sich seines Aussehens.

Diese Beschämung erinnerte ihn an das peinliche Gefühl im Hotel, wo er von Carrier überlistet worden war.

Alle Kraits in allen Welten innerhalb der Spiegel sprachen im Chor, doch sie waren nur in ihrem jeweiligen Bereich hörbar. Nur eine einzige Stimme eines einzelnen Krait sprach laut die Worte aus, die von den schweigenden Mündern der anderen geformt wurden: »Er hat es wieder getan.«

Krait trat aus dem Fitnessraum in den Hausflur.

Er ging nicht zur Treppe. Die war ihm völlig schnuppe. Der Maurer und das Miststück waren gar nicht im Obergeschoss, um von der vermeintlich überlegenen Position aus die Treppe zu verteidigen. Da waren sie nie gewesen.

Sie waren abgehauen, als das Licht angegangen war.

Die Haustür war nicht verschlossen. Kein Wunder. Schließlich hatten die beiden keinen Schlüssel, um sie von außen zu versperren.

Krait öffnete die Tür. Regen trieb herein.

Ohne die Tür hinter sich zu schließen, ging er durch den Vorgarten zur Straße.

Carriers Wagen war verschwunden.

Der Wind peitschte den Regen härter als vorher durch die Luft. Die Tropfen stachen Krait ins Gesicht.

Obwohl es am Himmel ruhig geworden war, zerriss ein letzter Blitzstrahl die Nacht, und Krait zuckte zusammen. Er dachte, er würde getroffen.

Er betrachtete das Fahrrad. Das Schild mit der Aufschrift ZU VERKAUFEN.

Er nahm die beiden Neun-Millimeter-Patronen aus der Hosentasche. Dieses eine zusätzliche Detail war zu offensichtlich gewesen. Die Patronen waren Carrier nicht aus der Tasche gefallen, sie waren absichtlich auf dem Gehsteig platziert worden.

Krait steckte sie wieder in seine Hosentasche. Er hatte noch Verwendung dafür.

Er ging zu der Verkehrsinsel in der Mitte des Rondells. Der dunkelblaue Chevrolet wartete dort, wo er ihn abgestellt hatte.

Nachdem er das Fahrzeug umkreist und die Reifen intakt vorgefunden hatte, setzte er sich ans Lenkrad und schlug dem Unwetter die Tür vor der Nase zu.

Schon beim ersten Drehen des Zündschlüssels sprang der Motor an. Das hatte Krait nicht erwartet.

Die Anzeigen am Armaturenbrett leuchteten auf, aber nicht so vollständig wie vorher. Carrier hatte den GPS-Bildschirm zerschossen.

Natürlich hätte Krait eine verschlüsselte Textnachricht senden können, um seine Lage zu erklären. Dann hätte das Team, das zu seiner technischen Unterstützung bereitstand, an seiner Stelle die Bewegung von Carriers Fahrzeug überwacht, damit er es mit leichter Verzögerung weiterverfolgen konnte.

Vergebliche Liebesmüh. Die beiden hatten den Wagen nur benutzt, um aus dem Viertel zu entkommen. Bestimmt stellten sie ihn in wenigen Minuten ab, um in irgendein anderes Fahrzeug umzusteigen, das sie auftrieben.

Das bedeutete keineswegs, dass Kraits Mission gescheitert war. Sie hatte gerade erst begonnen.

Ein unbedeutenderer Mensch hätte sich womöglich seinen Emotionen hingegeben, dem Zorn, der Verzweiflung, der Furcht. Krait erlaubte sich nichts dergleichen.

Die Demütigung, die er verspürt hatte, als ihm klarwurde, was geschehen war, hatte er bereits überwunden. Ohnehin war *Demütigung* nicht der richtige Ausdruck. Krait hatte nichts Schlimmeres gespürt als leichten Ärger.

Er fuhr um die Verkehrsinsel herum und verließ das Rondell.

In Wahrheit war auch das Wort *Ärger* zu stark, um zu beschreiben, was er im Augenblick der Erkenntnis vor den Spiegeln gespürt hatte. *Unbehagen* war ein genauerer Ausdruck. Die Vorstellung, dass er von den beiden auf dem Gehsteig platzierten Patronen getäuscht worden war, hatte ihm Unbehagen bereitet.

Eine psychisch reife Persönlichkeit sucht in jeder Lage nach einem positiven Aspekt, denn keine Erfahrung war ausschließlich negativ.

Die neuesten Ereignisse hatten Krait Zeit geschenkt, über die Lektionen der vergangenen neun Stunden nachzudenken. Nachdenken war etwas Positives.

Während er an der Kreuzung abbog, um auf die niedriger gelegenen Hügel und die Küste zuzufahren, kam er zu dem Schluss, dass selbst *Unbehagen* nicht der Ausdruck war, nach dem er suchte.

Er war enttäuscht gewesen. Genau, das war das Wort. Überdies war er nicht so sehr von sich selbst enttäuscht gewesen wie vom Universum, das immer noch gelegentlich seine Energien darauf zu verwenden schien, Kraits Pläne zu durchkreuzen.

Um wirklich konstruktiv nachdenken zu können, brauchte er einen Ort, an dem er sich wohlfühlte und entspannen konnte. Restaurants, Kneipen und Cafés hatten ihm nie besonders zugesagt.

Er war ein häuslicher Mensch, und so ziemlich jedes Haus kam infrage, vorausgesetzt, es entsprach seinen Vorstellungen von Reinlichkeit.

29

Nachdem er um halb eins Uhr mit Tim telefoniert hatte, um ihn über den Anruf von Hitch Lombard zu informieren, legte Pete Santo sich zwei Stunden lang aufs Ohr, bevor er seine Onlinesuche nach der wahren Identität des geheimnisvollen Unbekannten fortsetzte.

Die schüchterne Zoey weigerte sich, aufs Bett zu springen und zu seinen Füßen zu schlafen. Sie rollte sich in ihrem Hundekorb in der Ecke zusammen.

Ihre Weigerung, sich zu ihm zu gesellen, sagte zuverlässig voraus, dass ihn allerhand heftige Träume erwarteten. Vielleicht ging dem Versinken in einen bestimmten Traumzustand eine feine Veränderung der Körperchemie voraus, die Hunde, deren Geruchssinn tausendmal besser war als der von Menschen, wahrnehmen konnten. Oder Zoey war hellseherisch veranlagt.

An einen Berg aus Daunenkissen gelehnt, sagte Pete: »Nun mach schon! Komm rauf!«

Zoey hob den Kopf. Ihre seelenvollen braunen Augen betrachteten ihn mit einem Ausdruck, bei dem es sich um Unglauben handeln konnte. Oder um Mitleid.

»Keine Alpträume, versprochen! Hat dein Herrchen dich je angelogen? Ich mache doch bloß ein Nickerchen.«

Zoey senkte den Kopf und legte das Kinn zwischen die Vorderbeine.

Ihre Lefzen wölbten sich über ihre Pfoten, und sie schloss die Augen.

»Heute Nacht riechen meine Füße besonders gut«, sagte

er. »Wenn du die Schnauze danebenlegst, schläfst du bestimmt ganz prima.«

Zoey hob eine Braue, ohne die Augen zu öffnen. Sie leckte sich die Lefzen, senkte die Augenbraue, gähnte und seufzte. Einladung abgelehnt.

Daran gewohnt, abgewiesen zu werden, stieß Pete ebenfalls einen Seufzer aus und knipste das Licht aus.

Er schlief augenblicklich ein. Das tat er immer. Einzuschlafen bereitete ihm nie Schwierigkeiten. Das Problem bestand allerdings darin, die Nacht durchzuschlafen.

Natürlich träumte er. Hunde kannten sich eben aus.

Vögel starben im Flug und fielen herab, abgetrennte Babyköpfe sangen eine süße, melancholische Melodie, während die Frau ihr Haar an den Wurzeln ausriss und es als Opfer darbrachte, weil sie sonst nichts zu geben hatte.

Um 2.48 Uhr wachte er nach Licht hungernd auf und knipste die Nachttischlampe an.

Von ihrem Korb aus beobachtete Zoey ihn mit trauriger Miene.

Er stellte sich kurz unter die Dusche, zog sich an und kochte sich eine Kanne Kaffee, der so stark war, dass er fast die Kaffeemaschine zerfressen hätte.

Um 3.22 Uhr saß er wieder im Arbeitszimmer an seinem Schreibtisch, surfte durchs Internet, trank das pechschwarze Gebräu und knabberte von seiner Mutter gebackene Walnusskekse.

Seine Mutter war eine schlechte Köchin. Backen konnte sie noch weniger. Die Kekse schmeckten zwar gar nicht übel, waren jedoch hart genug, um Zähne zerbröseln zu lassen.

Er aß das Zeug trotzdem. Stolz auf ihre vermeintlichen Backkünste, hatte sie ihm einen großen Teller mit einem ganzen Berg Kekse geschenkt. Er konnte die Dinger ja schlecht wegschmeißen, schließlich war sie seine Mutter.

Nachdem die Gefahr übler Träume vorüber war, zwängte Zoey sich unter den Tisch und legte sich auf Petes Füßen schlafen. Sie bettelte nicht um einen Keks. Kluger Hund.

Der Anruf von Hitch Lombard war eindeutig durch Petes Versuch ausgelöst worden, Kravets viele Decknamen mit den Datenbanken abzugleichen, in denen das Personal verschiedener lokaler, regionaler und nationaler Polizeibehörden verzeichnet war. Diesmal wollte Pete auf solche Ressourcen, zu denen nur autorisierte Personen Zugang hatten, verzichten, denn dort lösten die besagten Namen offenbar einen Alarm aus, der den Nachforschenden als möglichen Störenfried brandmarkte.

Die Namen zu googeln und dann die Ergebnisse durchzukämmen, versprach eine äußerst mühsame Angelegenheit zu werden. Zum Beispiel gab es bestimmt eine Menge Leute, die den Namen Robert Krane trugen.

Aus diesem Grund musste er jeden Namen mit einigen zusätzlichen Suchbegriffen kombinieren. Die meisten Identitäten waren mit einer kalifornischen Adresse und einem in Kalifornien ausgestellten Führerschein verbunden. Das war ein Hinweis, selbst wenn die Angaben gefälscht waren, weshalb Pete *Kalifornien* hinzufügte.

Was weitere Informationen anging, war Tim ziemlich geizig gewesen. Offenbar befürchtete er, durch weitere Fakten könne die Frau, die bei ihm war, noch größere Probleme bekommen, als sie ohnehin schon hatte. *Papagei*, *Kaffeebecher* und *Eiercremekuchen* waren keine sinnvollen Suchbegriffe.

Wer auch immer der Mann mit den vielen Namen war, logischerweise musste er mit irgendeiner Polizeibehörde zu tun haben, egal, ob er nun auf der Seite des Gesetzes stand oder nicht. Deshalb fügte Pete den Suchbegriffen noch *Polizei* hinzu und betätigte die Eingabetaste.

Einige Namen später – es war inzwischen 4.07 Uhr – stieß er auf eine Verbindung zu dem brutalen Mordfall, der intern unter der Bezeichnung *Cream & Sugar* lief. Achtundvierzig Stunden lang hatte die Polizei einen gewissen Roy Kutter aus San Francisco als »Person von Interesse« geführt, was inzwischen als neutraler, politisch korrekter Ersatz für die Bezeichnung von Leuten verwendet wurde, die man früher schlicht »Verdächtige« genannt hatte.

Zu den Identitäten des Mannes mit dem gruseligen Lächeln gehörte auch die von Roy Lee Kutter.

Während Pete alle Medienberichte durchsah, die er über den Mordfall finden konnte, schlug seine detektivische Intuition Alarm. Um zu erkennen, dass dieser Fall zum Himmel stank, war der überlegene Geruchssinn von Hunden absolut nicht vonnöten.

Nachdem er einmal Blut geleckt hatte, machte er sich umso eifriger an die Arbeit. Dabei betrachtete er jeden Medienbericht wie eine Reihe von Schnappschüssen, aus denen er ein größeres Bild des Falls zusammenstellte.

Um 4.38 Uhr erschien eine Fehlermeldung auf dem Bildschirm. Die Verbindung zum Internet war zusammengebrochen.

Petes Provider war recht zuverlässig. Im Normalfall dauerte eine solche Unterbrechung nicht lange.

Um die Zeit, bis er weitersurfen konnte, zu nutzen, ging er erst einmal auf die Toilette.

Dann goss er sich in der Küche einen neuen Becher Kaffee ein.

Als er sich mit dem vollen Becher von der Kaffeemaschine abwandte, sah er, dass Zoey ihm gefolgt war.

Ihr scharfer Blick, ihr gehobener Kopf und ihr nervöser Gesichtsausdruck wiesen darauf hin, dass sie den Garten aufsuchen musste. Allerdings wedelte sie nicht mit dem Schwanz, was bisher immer Bestandteil ihres Codes mit der Bedeutung *Gassi gehen* gewesen war.

Pete stellte seinen Becher ab und holte ein Badetuch aus der Waschküche. Wenn der Hund aus dem Regen zurückkam, musste er ihn trockenreiben.

»Na dann«, sagte er und öffnete die Hintertür. »Geh schon und tu, was du nicht lassen kannst.«

Zoey näherte sich der Tür, blieb jedoch an der Schwelle stehen und starrte über die Veranda auf den Garten.

»Zoey?«

Ihre Ohren stellten sich auf. Die schwarzen Nasenlöcher blähten sich und zitterten, während sie schnupperte.

Donner und Blitz hatten aufgehört. Ohnehin hatten Gewitter ihr noch nie Angst eingejagt. Wie die meisten Apportierhunde liebte sie Regen, aber offenbar jetzt gerade nicht.

»Ist da draußen etwa ein Kojote?«, fragte Pete.

Sie wich von der offenen Tür zurück.

»Ein Waschbär?«, schlug er vor.

Zoey trottete aus der Küche in den Flur.

Pete schaltete die Verandabeleuchtung ein und trat hinaus. Er sah nichts Ungewöhnliches und hörte nur den Regen.

Als er nach Zoey suchte, fand er sie im Wohnzimmer. Sie stand an der Haustür.

Als er auch diese Tür öffnete, starrte sie wieder in die Nacht hinaus. Über die Schwelle trat sie nicht.

Aus ihrer Kehle kam ein tiefer Ton, den man fast für ein Knurren hätte halten können. Zoey knurrte nie.

Das Telefon läutete. Um 4.46 Uhr am frühen Morgen.

Mit aufgestellten Ohren, gehobenem Kopf und eingeklemmtem Schwanz huschte Zoey ins Arbeitszimmer, und Pete folgte ihr.

Das Telefon läutete zum zweiten Mal.

Er stand da und betrachtete es. Der Anrufer hatte die Rufnummernanzeige blockiert.

Beim vierten Läuten ging Pete ins Schlafzimmer. Sein Schulterhalfter und seine Dienstpistole lagen in einem der Fächer des Kleiderschranks, daneben eine Munitionstasche mit zwei Ersatzmagazinen.

Während er sich das Halfter überstreifte, hörte das Telefon auf zu läuten.

Ins Arbeitszimmer zurückgekehrt, setzte er sich noch einmal an den Schreibtisch.

Zoey wollte nicht wieder unter den Tisch kriechen, wo sie es vorher doch so gemütlich gefunden hatte. Wachsam blieb sie neben Pete stehen und sah ihn an. Es hatte den Anschein, als erwartete sie einen Alptraum.

Die Internetverbindung war immer noch nicht wiederhergestellt.

Pete schaltete den Computer aus. Einen Moment lang saß er da und dachte über den Cream & Sugar-Fall nach.

Das Telefon läutete wieder.

Petes Geldbörse und das Etui mit seiner Dienstmarke lagen auf dem Tisch. Er steckte beides in seine Gesäßtaschen.

Aus dem Kleiderschrank neben dem Schreibtisch holte er einen gefütterten Anorak mit Kapuze und schlüpfte hinein.

Zoey folgte ihm in die Küche, wo er sich seinen Schlüsselbund vom Haken schnappte.

Das Telefon hörte auf zu läuten.

In der Garage sagte er: »Anziehen!«, worauf die Hündin sofort kam, um sich ihr Halsband umlegen zu lassen. Er klinkte eine Leine daran.

Als er die Hecktür seines Geländewagens öffnete, sprang Zoey ohne weitere Aufforderung in den Kofferraum.

Die Tür, die von der Garage ins Haus führte, schloss er ebenso ab, wie er die vordere und hintere Haustür verschlossen hatte. Die Lichter hatte er absichtlich nicht ausgeschaltet.

Bei jeder neuen Aktion bewegte er sich schneller und ökonomischer. Er war jetzt auf Touren. Vielleicht war er schnell genug.

30

Der alternde Linienbus, der auf der Küstenstraße nach Süden rumpelte, parfümierte die Regennacht mit den Ausdünstungen erneuerbaren Brennstoffs. In diesem Monat lief er vielleicht mit einer Äthanolmischung, mit Erdnussöl, mit wieder aufbereitetem Fett aus Fastfoodlokalen oder mit irgendeinem Extrakt aus gentechnisch veränderten Riesensojabohnen.

Tim überholte das Monstrum, raste fünf Kreuzungen weiter und hielt vor einem Restaurant. Dort ließen sie den Wagen stehen, diesmal womöglich für immer.

Sie waren an drei Bushaltestellen vorbeigefahren. Nun rannten sie zwei lange Häuserblocks weit nach Norden zur nächsten Haltestelle, wo sie auf ihr duftendes neues Transportmittel warteten.

Der Wind blies Regen unter das Dach des Wartehäuschens und sprühte ihn den beiden ins Gesicht.

Eine Stunde vor Anbruch der Morgendämmerung herrschte nun bereits mehr Verkehr. Das Zischen der Autoreifen auf dem überspülten Straßenpflaster war ein eisiges Geräusch. Es klang wie über verkrusteten Schnee sausende Schlittenkufen.

Sie bestiegen den Bus, vergewisserten sich, dass er mindestens bis Dana Point fuhr, und marschierten tropfend durch den Mittelgang, während der Fahrer sich wieder in den Verkehr einfädelte.

Dies war einer der ersten Busse des Tages, weshalb sich an Bord nur wenige Fahrgäste befanden. Die meisten waren

Frauen auf dem Weg zu schweren Jobs, bei denen man früh anfangen musste.

Alle Leute, die im Bus saßen, waren trocken. Sie hatten Regenschirme. Manche betrachteten Tim und Linda mit Mitgefühl. Anderen gelang es nicht, ein süffisantes kleines Lächeln zu unterdrücken.

Linda ging voraus zu den Sitzen ganz hinten, wo sie einen gewissen Abstand zu den anderen hatten und ungestört miteinander sprechen konnten.

»Sag mal, was sollte das eigentlich?«

»Wovon redest du?«

»Konnten wir nicht näher an einer Haltestelle parken?«

»Nein.«

»Damit er nicht merkt, dass wir in einen Bus gestiegen sind?«

»Zumindest soll er es nicht sofort merken. Er wird sowieso ziemlich rasch auf den Trichter kommen.«

Nach Dana Point wollten sie, weil dort Teresa wohnte, die Freundin, von der Linda gesprochen hatte. Sie war für eine Woche nach New York gefahren, weshalb ihr Haus kurz als Unterschlupf dienen konnte.

»Meinst du tatsächlich, die würden den Bus aufspüren und den Fahrer befragen?«

»Das meine ich tatsächlich.«

»Der würde sich doch nicht an uns erinnern«, sagte Linda.

»Sieh uns mal an. Wir sind patschnass.«

»Na ja, schließlich regnet es.«

»Er wird sich an uns erinnern.«

»Da, wo wir aussteigen, sind wir noch mehrere Straßen von Teresas Haus entfernt. Also werden sie keine Ahnung haben, wo wir hin sind, außer, dass es irgendwo in Dana Point ist.«

»Vielleicht haben die computerverrückten Neffen Zugang zu den Rechnern der Telefongesellschaften. Wann hast du das letzte Mal mit Teresa telefoniert?«

Linda runzelte die Stirn. »Oh. Die könnten alle Nummern herausbekommen, die ich regelmäßig in Dana Point anrufe.«

»Bingo.«

»Und über die Nummern kommen sie an die Adressen.«

»Genau. Und wenn er uns das nächste Mal so knapp auf den Fersen ist, werden wir es nicht mehr so leicht schaffen, ihn reinzulegen.«

»Leicht ist mir das eigentlich nicht vorgekommen.«

»War es auch nicht. Deshalb sollten wir dafür sorgen, dass er nicht in unsere Nähe kommt, bevor wir dafür bereit sind.«

»Wir werden dafür bereit sein?«

»Schon möglich.«

»Ich weiß nicht recht, wie man für jemanden wie ihn bereit sein kann.«

Tim antwortete nicht.

Eine Weile saßen sie schweigend da.

»Ich zermartere mir ständig den Kopf«, sagte sie. »Was hab ich bloß getan? Gar nichts habe ich getan!«

»Es geht nicht um etwas, das du getan hast.«

»Das ist doch nicht möglich.«

»Es geht um etwas, das du weißt«, sagte er.

Der Blick der grünen Augen wurde wieder so scharf, als versuchte er, Tim aufzuschlitzen wie eine Konservendose.

»Offenbar weißt du etwas, womit du jemandem, der wichtig ist, ernsthaft schaden könntest.«

»Ich tue doch seit Jahren nichts anderes, als Romane zu schreiben, in denen ich mich selbst bespiegle. Über andere Leute weiß ich nicht das Mindeste.«

»Da gibt es bestimmt etwas ... von dem dir nur nicht bewusst ist, dass du es weißt.«

»Zumindest das ist sonnenklar.«

»Etwas, das du gehört oder gesehen hast. Damals ist es dir völlig unwichtig vorgekommen.«

»Wann – damals?«

Tim zuckte die Achseln. »Letzten Monat. Vor einem Jahr. Irgendwann.«

»Das ist aber ein weites Feld, das ich da erforschen müsste.«

»Es ist völlig sinnlos, zu versuchen, sich daran zu erinnern. Wenn es dir damals belanglos vorgekommen ist, wird es dir auch jetzt nicht wichtig erscheinen.«

»Du meinst, die wollen mich wegen etwas umbringen, das so unwichtig ist, dass ich mich nicht mal mehr daran erinnern kann?«

»Es ist nicht unwichtig, sondern wichtig. Aber nur für diese Leute, nicht für dich. Ich bin mir ziemlich sicher, dass das der Grund sein muss, und ich habe darüber nachgegrübelt, seit dieser Kerl in dem Hotel aufgetaucht ist.«

»Du hast darüber nachgegrübelt, seit ich dir die Tür geöffnet und dich zum ersten Mal gesehen habe«, korrigierte Linda.

»Tja, du hast doch gesagt, wenn jemand einen so großen Kopf hat wie ich, muss da ein bisschen Gehirnmasse drin sein. Ist dir kalt?«

»Mich fröstelt richtig. Aber nicht, weil ich durchnässt bin. Der Knoten zieht sich immer enger zu, nicht wahr?«

»Mag sein«, sagte er, »aber egal, wie eng ein Knoten wird, man kann den Strick immer durchschneiden.«

»Wenn es wichtig genug ist, gibt es vielleicht keinen Ausweg.«

»Es gibt immer einen Ausweg«, sagte er. »Über manche dieser Wege will man nur lieber nicht nachdenken.«

Sie stieß ein kurzes, leises Lachen aus.

Wieder schwiegen sie für eine Weile.

Tim saß mit geballten Fäusten auf den Oberschenkeln da, und nach einer oder zwei Meilen legte sie ihre linke Hand auf seine rechte Faust.

Er öffnete die Hand, drehte sie nach oben und schloss sie um ihre.

Ab und zu hielt der Bus. Immer stiegen mehr Leute ein als aus. Keiner der neuen Fahrgäste sah irgendwie mordlüstern aus.

31

In der Straße, wo er wohnte, saß Pete Santo in angemessener Entfernung zu seinem Haus geduckt am Steuer seines Wagens.

Nachdem er die Scheinwerfer und den Motor ausgeschaltet hatte, war Zoey aus dem Kofferraum auf den Beifahrersitz geklettert.

Gemeinsam beobachteten sie die Straße und warteten. Ab und zu kraulte er Zoey im Nacken oder hinter den Ohren.

Die nächste Straßenlaterne war zu weit weg, um Licht ins Wageninnere zu werfen. Selbst wenn die Sonne aufging, würden die ausladenden Äste der Zirbelkiefer, unter der Pete geparkt hatte, den Wagen eine Weile in Schatten hüllen.

Noch vor einer Stunde hätte er sich nicht vorstellen können, eines Tages sein eigenes Haus zu observieren. Inzwischen hatte sich herausgestellt, dass man sich im Hier und Jetzt nur dann so richtig wohlfühlen konnte, wenn man ein Fan paranoider Gewaltfantasien war.

Pete erwartete bei weitem nicht bis Sonnenaufgang herumsitzen zu müssen, bis man seinem Haus einen Besuch abstattete. Tatsächlich kamen die Besucher schon zehn Minuten, nachdem er sich unter der Kiefer postiert hatte.

Ein schicker Van hielt vor seinem Haus, direkt unter einer Straßenlaterne und ohne sich darum zu scheren, dass er anders herum stand als alle anderen auf dieser Seite parkenden Fahrzeuge. Offenbar sahen die Insassen keinen Grund, sich diskret zu verhalten.

Drei Männer stiegen aus dem Wagen. Trotz ihrer Regenjacken und der Entfernung war erkennbar, dass es sich nicht um Büroangestellte handelte.

Pete verlor sie aus dem Blick, als sie auf sein Haus zugingen. Von seiner Warte aus konnte er nur die Straße davor sehen.

Wahrscheinlich nahm einer der drei den Umweg zur Hintertür.

Egal, welche Dienstausweise sie dabeihatten, sie waren sicher eindrucksvoller als seine eigene Dienstmarke. Vielleicht vom FBI oder der National Security Agency, vielleicht auch vom Secret Service oder dem Geheimdienst des Heimatschutzes.

Pete glaubte fast zu hören, wie seine Türglocke läutete.

Wahrscheinlich hatten die Ausweise nicht mehr Substanz als die vielen Führerscheine, die Kravet in der Tasche trug.

Wäre Pete nicht mit Zoey geflohen, so hätte er dennoch mit diesen Männern so umgehen müssen, als wären sie, was sie zu sein behaupteten. Schließlich waren sie es vielleicht doch.

Egal, ob sie nun echt waren oder nicht, sie kamen mit einer Botschaft: Pfoten weg von dem grinsenden Kerl mit den zahlreichen Identitäten, und für den Cream & Sugar-Fall gilt dasselbe.

Sie hätten entweder behauptet, Pete würde sich in eine wichtige, äußerst delikate Ermittlung irgendeiner Bundesbehörde einmischen, oder sie hätten ihm erklärt, es handle sich um eine Angelegenheit, bei der die nationale Sicherheit in Gefahr sei. In beiden Fällen hätte es sich um eine Sache gehandelt, bei der ein einfacher Cop seine Kompetenzen überschritt.

Wäre Pete zu Hause geblieben, so hätten die Besucher seine Möglichkeiten, Tim und Linda zu unterstützen, vermutlich erheblich beeinträchtigt.

Nun standen sie bestimmt vor der Haustür, läuteten zum zweiten Mal und diskutierten über ihren nächsten Schritt.

Zoey fing an, ängstlich zu hecheln, vorläufig allerdings nur leicht.

»Ruhig, Zoey«, sagte Pete. »Braver Hund.«

Er bezweifelte, dass seine Besucher ein drittes Mal läuteten.

Eine Minute verging. Zwei. Drei.

Das waren keine Typen, die es sich in den Liegestühlen auf der Veranda bequem machen würden, um über Baseball und das Wetter zu quatschen, während sie auf Petes Heimkehr warteten.

Offenbar waren sie bereits ins Haus eingedrungen. Was immer sie behaupteten zu sein, sie waren es nicht. Sie standen auf der anderen Seite.

Vielleicht bauten sie gerade die Festplatte von Petes Computer aus, um festzustellen, was er getan hatte, bevor er ihnen durch die Suche nach Kravets Identitäten aufgefallen war.

Es war auch möglich, dass sie im Haus Drogen versteckten, und zwar an einem Ort, wo er sie nicht finden würde. Wenn sie ihn dann später aus dem Verkehr ziehen mussten, konnten sie eine Hausdurchsuchung arrangieren, bei der eine Drogenmenge zum Vorschein kam, die Pete als Dealer klassifizierte.

»Braver Hund. Braver, guter Hund.«

Pete ließ den Motor an, wendete und schaltete die Scheinwerfer ein, während er aufs Gas trat.

Der Regen zischte auf dem Asphalt wie siedendes Öl.

Zwei Querstraßen weiter läutete Petes Mobiltelefon.

Sein Verstand riet ihm, es zu ignorieren. Dennoch klappte er es zumindest auf, weil es sich schließlich auch um Tim handeln konnte.

Auf dem Display stand Hitch Lombard. Diesmal würde Petes Chef bestimmt nicht mehr so tun, als sei er um die Gesundheit seines Mitarbeiters besorgt.

Pete klappte das Telefon zu, ohne den Anruf anzunehmen.

Zoey hörte auf zu hecheln. Sie spähte aus dem Fenster der Beifahrertür. Autofahren machte ihr Spaß.

Aus ihrer Sicht hatte die Nacht sich plötzlich zum Besseren gewendet.

Womöglich nahmen die Eindringlinge nicht nur Petes Festplatte mit, sondern auch die Kekse seiner Mutter, ohne vorher einen zu kosten. Trotz allem, was gerade geschah, glaubte Pete noch immer an die Existenz einer ausgleichenden Gerechtigkeit.

32

Krait fuhr gemächlich durch die Gegend und suchte ein geeignetes Haus. Irgendwelchen Luxus oder Blick aufs Meer brauchte er nicht. Ein einfaches Eigenheim war absolut ausreichend.

Manche Leute arbeiteten zwar in Los Angeles, wohnten aber lieber hier in Orange County, wo es ruhiger war. In bestimmten Branchen begann der Arbeitstag sehr früh, und wer eine lange Anfahrt hatte, brach bereits gegen fünf Uhr morgens auf.

Auf der Fahrt durch eine reizende Straße mit charaktervollen Eigenheimen erspähte er ein schick gekleidetes, jüngeres Paar unter zwei stabilen Regenschirmen. Die beiden gingen von einem kleinen, aber hübschen Haus mit rustikalem Flair zu einer in der Einfahrt stehenden Limousine.

Sowohl der Mann wie auch die Frau trugen eine Aktentasche. Allem Anschein nach wollten sie sich von dem unfreundlichen Wetter nicht davon abbringen lassen, sich mit Enthusiasmus in die geschäftlichen Abenteuer des neuen Arbeitstags zu stürzen.

Krait hatte den Eindruck, dass es sich um äußerst ehrgeizige Persönlichkeiten handelte, die von einem raschen, mit einem eleganten Büro und lukrativen Aktienoptionen belohnten Aufstieg träumten. Obwohl er ihren Materialismus und ihre verqueren Prioritäten ganz und gar nicht billigte, wollte er ihnen die Gunst erweisen, ihr Haus aufzusuchen.

Er fuhr einige Straßen weit hinter den beiden her. Als er sich sicher war, dass sie eine Autobahnauffahrt ansteuerten, kehrte er zu ihrem Haus zurück und parkte direkt davor.

Obwohl es noch ziemlich dunkel war, hatten sie kein Licht angelassen. Das hieß, es war niemand mehr im Haus, denn die beiden waren zu jung, um schon Kinder im Teenageralter zu haben, und selbst karrierebewusste Streber wie sie hätten jüngere Kinder um diese Tageszeit wohl kaum allein gelassen. So, wie Krait sie einschätzte, hatten sie gar keine Kinder, und das billigte er durchaus.

Er ging direkt zur Haustür und öffnete das Schloss. Nachdem er eine Minute im lichtlosen Flur gestanden und einer Stille gelauscht hatte, die nur durch das Rauschen des Regens auf dem Dach beeinträchtigt wurde, wusste er, dass er allein war.

Dennoch trat er in alle Räume, schaltete das Licht an und sah sich um. Die beiden hatten tatsächlich keine Kinder. Außerdem war das Bett im Gästezimmer nicht bezogen; es übernachtete also momentan auch niemand hier.

Krait zog sich splitternackt aus und stopfte seine ruinierten Sachen in einen Müllbeutel, den er in einem Badezimmerschrank gefunden hatte. Er stellte sich unter die Dusche, drehte das Wasser so heiß auf, wie es gerade noch erträglich war, und obwohl ihn die Seife nicht zufriedenstellte, fühlte er sich anschließend erfrischt.

Rasieren musste er sich nicht. Er hatte seinen Bart mittels Elektrolyse dauerhaft entfernen lassen. Denn nichts ließ einen Mann so ungepflegt und unsauber aussehen wie Bartstoppeln.

Im Schlafzimmerschrank entschied er sich für einen Morgenmantel aus Kaschmir. Er passte ihm wie angegossen.

Das Haus roch zwar nach dem Zitronenduft von elektrischen Luftreinigern, aber das hatte nicht den Zweck, irgendeinen Mief zu überdecken. Alles sah ordentlich, ja geradezu penibel aus, und sauber genug war es hier ebenfalls.

Immer noch barfuß, nun jedoch anständig verhüllt, trug er den Müllbeutel mit seiner Kleidung, die Glock, die Schlüsselpistole und andere persönliche Gegenstände in die Küche. Mit Ausnahme seines Mobiltelefons und der Waffe legte er alles auf den in der Ecke stehenden Sekretär.

Die Waffe platzierte er auf einem der Stühle am Esstisch, um sie gleich bei der Hand zu haben.

Am Tisch sitzend, schickte er eine kodierte Textnachricht, um eine komplette neue Garderobe samt Schuhen anzufordern. Man kannte seine Konfektionsgrößen und seine modischen Vorlieben.

Einen neuen Wagen mit einem funktionierenden GPS-Gerät forderte er nicht an. Da Carrier über solche Geräte zweifelsohne Bescheid wusste, würde er sich nicht noch einmal auf diese Weise verfolgen lassen.

Stattdessen verlangte Krait, über den Standort von Carriers Wagen informiert zu werden, sobald dieser sich länger als fünf Minuten nicht bewegte.

Nachdem er vom Sekretär einen Stapel ungeöffnete Post genommen hatte, setzte er sich an den Tisch, um den Inhalt jedes Umschlags zu studieren. Er wollte mehr über seine Gastgeber erfahren.

Die hießen Brittany und James Valdorado. Offenbar arbeiteten sie bei einer Investmentbank namens Leeward Capital. Ihre Limousine war geleast, ihre Bankkonten waren ausgeglichen, und sie hatten O abonniert, die Frauenzeitschrift von Oprah Winfrey.

Sie hatten eine Postkarte von einem befreundeten Paar namens Judi und Frankie bekommen, das momentan durch Frankreich reiste. Auf der Postkarte stand eine taktlose Bemerkung über die französische Kultur, die Krait missfiel, aber Judi und Frankie waren vorläufig leider außer Reichweite.

Während er mit der Post beschäftigt war, überkam ihn das Verlangen nach heißer Schokolade. Er fand alle Zutaten, darunter eine Dose mit qualitativ hochwertigem dunklem Kakao.

Das war ja herrlich! Er fühlte sich jetzt ganz ruhig. Diese kleine Rast zum Nachdenken hatte er gebraucht.

Brittany und Jim besaßen einen Vierscheibentoaster mit breiten Schlitzen, in die auch Brötchenhälften und Waffeln gepasst hätten. Unwiderstehlich war jedoch ein frischer, nach Zimt duftender Laib Rosinenbrot.

Krait nahm die Butter aus dem Kühlschrank und stellte sie daneben, damit sie weicher wurde.

Während das köstliche Aroma getoasteten Rosinenbrots in die Luft stieg, stellte er einen Topf auf die Kochplatte und goss frische Milch hinein. Die Gasflamme stellte er auf eine niedrige Stufe.

Daheim. In einer Welt, die grenzenlose Abenteuer und Sensationen bot, war es daheim doch immer noch am besten.

Da diese Häuslichkeit sein Herz erfreute, begann er eine fröhliche Melodie zu summen, als plötzlich eine Frauenstimme hinter ihm sagte: »Ach, das tut mir aber leid! Ich wusste gar nicht, dass die Kinder einen Gast haben.«

Lächelnd, aber nicht mehr summend, drehte Krait sich um.

Der Eindringling, eine attraktive Frau um die sechzig, hatte Haare, die so weich und weiß wirkten wie Taubenflügel. Ihre Augen waren enzianblau.

Sie trug eine schwarze Hose und eine blaue Seidenbluse, die wunderbar zu ihren Augen passte. Die maßgeschneiderte Hose war fusselfrei und makellos gebügelt. Der Saum der Bluse steckte im Hosenbund.

Offenbar hatte die Frau Schirm und Regenmantel auf der vorderen Veranda gelassen, bevor sie die Haustür aufgesperrt hatte.

Ihr Lächeln war weniger selbstsicher als das von Krait, aber nicht weniger sympathisch. »Ich bin Cynthia Norwood.«

»Brittanys Mutter!«, rief Krait aus und sah, dass er richtig geraten hatte. »Sehr erfreut! Ich habe schon so viel von Ihnen gehört. Mein Name ist Romulus Kudlow, und ich bin ganz verlegen. Da kommen Sie herein und sehen aus, als wären Sie geradewegs aus einer Modezeitschrift getreten, und ich bin völlig« – er deutete auf seinen Kaschmirbademantel – »derangiert! Bestimmt denken Sie: *Was für ein Ungeheuer haben Brittany und Jim da unter ihrem Dach aufgenommen!*«

»Aber nein, ganz und gar nicht!«, beruhigte sie ihn hastig. »Entschuldigen sollte eigentlich ich mich, weil ich so hereingeplatzt bin.«

»Mrs. Norwood, Sie können gar nicht hereinplatzen. Sie sind so leichtfüßig wie eine Tänzerin eingetreten.«

»Ich wusste, dass die Kinder schon zur Arbeit gefahren sind, und dachte, sie hätten vergessen, das Licht auszumachen.«

»Das wäre wohl nicht das erste Mal gewesen.«

»Ganz und gar nicht«, sagte sie. »Ich möchte nicht wissen, wie hoch deren Stromrechnung wäre, wenn ich nicht direkt gegenüber wohnen würde.«

»Die beiden haben einen sehr anstrengenden Beruf«, sagte er. »Da hat man irrsinnig viel im Kopf. Ich weiß gar nicht, wie sie das überhaupt schaffen.«

Sie sah ihn an. »Ich mache mir auch Sorgen um die Kinder. Immer nur Arbeit und kein Vergnügen.«

»Das lieben sie eben. Sie genießen die Herausforderung.«

»Tja, sieht ganz so aus«, stimmte sie zu.

»Und es ist ein Segen, wenn man einen Beruf hat, den man liebt. Wie viele Menschen verbringen ihr Leben in Jobs, die sie hassen, und das ist viel schlimmer!«

Das Rosinenbrot sprang aus dem Toaster.

»Ich wollte Sie wirklich nicht beim Frühstück stören«, sagte sie.

»Meine Liebe«, erwiderte Krait, »ich weiß nicht recht, ob Rosinentoast mit Butter und heißer Schokolade als Frühstück gelten kann. Ein Ernährungsberater würde mir auf die Finger klopfen und mein Verhalten als zügellose Schlemmerei brandmarken. Wollen Sie sich nicht zu mir setzen?«

»O nein, das geht doch nicht.«

»Es ist ja noch dunkel«, sagte er. »Da haben Sie bestimmt noch nicht gefrühstückt.«

»Nein, noch nicht, aber ...«

»Ich möchte wirklich nicht die Gelegenheit versäumen, all die hübschen Geschichten darüber zu hören, was Brittany als kleines Mädchen angestellt hat. Jim und sie lassen sich so gern über *mein* törichtes Benehmen aus, dass ich unbedingt ein wenig Munition brauche, um mich wehren zu können.«

»Tja, an einem solchen Regentag ist heiße Schokolade keine schlechte Idee, aber ...«

»Leisten Sie mir doch Gesellschaft, meine Liebe. Bitte!« Er deutete auf einen Stuhl. »Setzen Sie sich doch. Wir werden ein wunderbares Schwätzchen halten.«

Sie gab sich geschlagen. »Während Sie die Schokolade zubereiten, streiche ich Butter auf den Toast.«

Wäre sie auf die andere Seite des Tischs gekommen, hätte sie die Pistole auf dem Stuhl liegen sehen.

»Nein, nein, nun setzen Sie sich doch endlich«, drängte er. »Ich bin gestern Abend ganz kurzfristig hier hereingeschneit, aber die beiden waren trotzdem unheimlich liebenswürdig zu mir. Eigentlich sind sie immer liebenswürdig. Deshalb würde ich es mir jetzt nicht verzeihen, wenn ich auch noch zuließe, dass Brittanys Mutter mir mein Frühstück macht. Setzen Sie sich! Ich bestehe darauf.«

Sie ließ sich auf den Stuhl nieder, auf den er gezeigt hatte. »Wie hübsch, dass Sie meine Tochter Brittany nennen«, sagte sie. »Sonst darf niemand ihren ganzen Namen benutzen.«

»Dabei ist es ein so wunderschöner Name!«, sagte er, während er aus einer Schublade Kunststoff-Sets und Papierservietten holte.

»Nicht wahr? Malcolm und ich haben so viel Zeit darauf verwendet, über den richtigen Namen nachzudenken. Ich glaube, wir haben tausend andere verworfen.«

»Ich sage ihr immer, *Britt* reimt sich auf *Kitt*«, sagte Krait, während er sich auf die Suche nach Tellern und Bechern machte.

»Sie meint eben, *Britt* klinge mehr nach einer ambitionierten Geschäftsfrau.«

»Und ich sage ihr, *Britt* reimt sich auf *Splitt*. Und auf Schlimmeres.«

Cynthia lachte. »Sie sind wirklich amüsant, Mr. Kudlow.«

»Nennen Sie mich Romulus oder Rommy. Nur meine Mutter nennt mich Mr. Kudlow.«

Erneutes Lachen. »Ich bin so froh, dass Sie hier sind. Ab und zu haben die Kinder ein wenig Humor nämlich dringend nötig.«

»Jim war früher sehr humorvoll.«

»Wie schön, dass Sie ihn Jim nennen!«

»Dieses hochtrabende *James* kann er sich für seine Bankerkollegen aufsparen«, sagte Krait. »Ich kannte ihn schon, als er einfach Jim hieß, und so wird er für mich auch immer heißen.«

»Im Leben geht es uns doch am besten«, sagte sie, »wenn wir unsere Wurzeln im Blick behalten und nach Einfachheit streben.«

»Ich habe zwar keine Ahnung von meinen Wurzeln«, sagte Krait, »aber was Einfachheit angeht, haben Sie völlig Recht. Ich liebe Einfachheit. Und wissen Sie, was? Dieses Haus liebe ich auch. Ich fühle mich hier ganz und gar daheim.«

»Das klingt aber schön«, sagte sie.

»Daheim zu sein, ist sehr wichtig für mich, Mrs. Norwood.«

»Wo sind Sie denn daheim, Rommy?«

»Daheim«, erwiderte Krait, »ist der Ort, an dem man aufgenommen werden muss, wenn man dort ankommt.«

33

Durch die vom Regen verschmierten Busfenster sah die Welt aus, als wäre sie im Schmelzen begriffen. Als würde alles, was die Menschheit und die Natur geschaffen hatten, durch ein Loch im Boden des Universums auslaufen und nichts als eine unendliche Leere hinterlassen. Durch diese Leere fuhr der Bus, bis auch er zu schmelzen schien, wobei er sein ganzes Licht mitnahm und seine Insassen in vollkommener Finsternis treiben ließ.

Weil Linda Tims Hand hielt, fühlte sie sich an etwas gebunden, das nicht wegschmelzen konnte.

Lange Zeit hatte sie es nicht nötig gehabt, sich an irgendjemandem festzuhalten. Sie hatte es nicht gewagt.

Auch hatte es noch längere Zeit niemanden gegeben, der ihr mit solcher Überzeugung und Zuverlässigkeit seine Hand angeboten hätte. Obwohl kaum zehn Stunden vergangen waren, vertraute sie Tim so, wie sie seit ihrer Kindheit keinem Menschen mehr vertraut hatte.

Sie wusste wenig über ihn, hatte aber trotzdem das Gefühl, ihn besser zu kennen als alle anderen Personen in ihrem Leben. Sie begriff, was wesentlich an ihm war, welche Einstellung er tief in seinem Innern hatte und dass er sich davon leiten ließ.

Zugleich blieb er für sie ein Geheimnis. Und obwohl sie alles über ihn wissen wollte, hoffte sie, er möge immer ein wenig geheimnisvoll bleiben, egal, welche Beziehung sich zwischen ihnen entwickelte.

Um das für sie zu tun, was er tat, musste sich in seinem

Innersten etwas Magisches befinden. Deshalb wollte sie nicht irgendwann entdecken, dass sein Mentor doch kein Zauberer war wie Merlin, sondern ein ganz gewöhnlicher Lehrer, der ihn beeindruckt hatte, und dass er nicht deshalb Mut bewies, weil er von einem Rudel Löwen aufgezogen worden war, sondern weil er als Junge massenhaft Superhelden-Comics verschlungen hatte. Solche Erklärungen hätten nur bewirkt, dass ihr das Gute so banal erschienen wäre wie das Böse.

Von ihrer Sehnsucht nach einem bleibenden Geheimnis war sie selbst ziemlich überrascht. Schließlich hatte sie geglaubt, die Romantikerin in ihr wäre bereits vor mindestens sechzehn Jahren auf dem Scheiterhaufen verbrannt worden.

Während der Bus sich dem Stadtrand von Dana Point näherte, fragte Tim: »Wer ist Molly?«

Seine Frage jagte ihr einen Schauer über den Rücken, und sie musterte ihn erstaunt.

»Im Hotel hast du im Schlaf gesprochen.«

»Ich spreche nie im Schlaf.«

»Schläfst du denn nie allein?«

»Ich schlafe immer allein.«

»Wie willst du das dann wissen?«

»Was habe ich denn gesagt?«

»Nur den Namen. Molly. Und: *Nein.* Du hast gesagt: *Nein, nein.*«

»Das war ein Hund. Mein Hund. Wunderschön. Unheimlich lieb.«

»Und ihm ist etwas zugestoßen.«

»Ja.«

»Wann war das?«

»Wir haben Molly bekommen, als ich sechs war. Sie wurde weggegeben, da war ich elf. Das ist jetzt achtzehn Jahre her und tut noch immer weh.«

»Wieso habt ihr sie weggegeben?«

»Wir konnten sie nicht mehr behalten. Angelina mochte keine Hunde und hat gesagt, wir hätten kein Geld für das Futter und den Tierarzt.«

»Wer ist Angelina?«

Linda blickte hinaus auf die sich auflösende Welt.

»Das Schlimmste an der Sache war eigentlich … Molly war ein Hund. Sie hat nichts begriffen. Sie hatte mich lieb, und ich habe sie weggegeben, und das konnte ich ihr nicht erklären, weil sie eben nur ein Hund war.«

Tim wartete. Zusätzlich zu all den Dingen, die er wusste, ahnte er auch, wann es abzuwarten galt. Das war eine seltene Gabe.

»Wir konnten niemanden finden, der Molly aufnahm. Sie war wunderschön, aber keiner wollte sie nehmen, weil sie nicht irgendein beliebiger Hund war, sondern *unser* Hund.«

Der Kummer war kein Rabe, der wie bei Edgar Allan Poe hartnäckig auf einer Kammertür hockte. Er war ein Ding mit Zähnen, und obwohl er sich mit der Zeit zurückzog, kehrte er wieder, sobald man seinen Namen flüsterte.

»Ich kann noch immer Mollys Augen in dem Moment sehen, in dem wir sie weggegeben haben. Verwirrt. Ängstlich. Flehentlich. Niemand hat sie bei sich aufgenommen, deshalb musste sie ins Tierheim.«

»Bestimmt hat sie dort jemand entdeckt und mitgenommen«, sagte Tim.

»Das weiß ich nicht. Ich hab es nie erfahren.«

»Es muss einfach so sein.«

»So oft habe ich mir vorgestellt, wie sie in einem Käfig liegt, in einem Zwinger voller trauriger, ängstlicher Hunde. Wie sie sich fragt, wieso ich sie weggegeben habe und was sie wohl getan hat, um meine Liebe zu verlieren.«

Linda wandte den Blick vom Fenster ab und betrachtete ihre Hand, die in der von Tim lag.

Das kam ihr wie eine Schwäche vor, dieses Bedürfnis, sich an ihm festzuhalten, und schwach war sie nie gewesen. Sie wäre lieber tot als ängstlich gewesen in einer Welt, in der man die Schwachen oft nur so zum Spaß quälte.

Merkwürdigerweise fühlte es sich jedoch nicht wie Schwäche an. Aus irgendeinem Grund kam es ihr eher wie eine trotzige Auflehnung vor.

»Wie einsam Molly gewesen sein muss«, fuhr sie fort. »Und falls man sie im Tierheim wirklich nicht weitervermitteln konnte … hat sie da an mich gedacht, als man ihr die Nadel ins Fleisch gestochen hat?«

»Nein, Linda. Nein. So ist es sicher nicht gelaufen.«

»Wahrscheinlich schon.«

»Und falls doch«, sagte er, »dann wusste sie nicht, was die Spritze bedeutete. Sie wusste nicht, was kam.«

»O ja, sie hätte es gewusst. Hunde wissen so etwas. Ich will mir da gar nichts vormachen, dadurch würde es nur noch schlimmer.«

Die Druckluftbremsen schnauften, und der Bus wurde langsamer.

»Von allem, was damals geschah, ist das komischerweise das Schlimmste. Weil niemand anderer von mir erwartet hat, dass ich ihn oder sie rette. Ich war nur ein Kind, aber für die arme Molly war ich mehr als das. Wir waren die besten Freunde. Ich war so wichtig für sie, und ich habe sie im Stich gelassen.«

»Du hast Molly nicht im Stich gelassen«, sagte Tim. »Das hört sich eher so an, als ob die Welt euch beide im Stich gelassen hätte.«

Zum ersten Mal nach über zehn Jahren fühlte sie sich in der Lage, darüber zu sprechen. Offenbar hatte sie ihren ganzen Zorn beim Schreiben ihrer bitteren Bücher aufgebraucht, und vielleicht konnte sie jetzt objektiv und ruhig bleiben. Sie hätte Tim in diesem Augenblick sogar alles erzählen können, was damals vorgefallen war, aber dafür war keine Zeit.

Aus dem überfluteten Rinnstein stieg eine Wasserfontäne auf, als der Bus die Haltestelle ansteuerte. Klappernd ging die Falttür auf. Sie traten in den Regen hinaus.

Der Wind war dem Donner und den Blitzen nach Osten gefolgt. Nun prasselte der Regen senkrecht herab, silbern in der Luft und schmutzig auf dem Straßenpflaster. Bald wurde es hinter den Wolken hell. Dass Linda das noch einmal sehen würde, hatte sie kaum zu hoffen gewagt.

34

»*Schmeckt Ihnen die heiße* Schokolade, Cynthia?«

»Ich glaube, das ist die beste, die ich je getrunken habe.«

»Der Clou bei der Sache ist dieser winzige Tropfen Vanilleextrakt.«

»Wie raffiniert!«

»Darf ich Ihren Toast für Sie in Viertel schneiden?«

»Gern. Vielen Dank, Rommy.«

»Ich tunke gerne ein«, sagte er.

»Ich auch.«

»*James* wäre davon wohl gar nicht begeistert.«

»Wir erzählen es ihm einfach nicht«, sagte sie.

Sie saßen über Eck am Küchentisch. Wenn sie mit den Teelöffeln in der heißen Schokolade rührten, stieg von den dampfenden Bechern ein köstliches Aroma auf.

»Romulus – was für ein ungewöhnlicher Name.«

»Ja, er klingt selbst in meinen Ohren ungewöhnlich. In den Sagen der Antike ist Romulus der Gründer Roms.«

»Mit so einem Namen müssen Sie sich aber ganz schön nach der Decke strecken.«

»Romulus und sein Zwillingsbruder Remus wurden nach der Geburt ausgesetzt, von einer Wölfin gesäugt und von einem Schäfer aufgezogen. Als Romulus die Stadt Rom gründete, hat er Remus getötet.«

»Was für eine schreckliche Geschichte!«

»Tja, Cynthia, so geht es eben zu auf der Welt, nicht wahr? Nicht das mit der Wölfin, aber der Rest. Die Menschen können so grässlich zueinander sein. Deshalb bin ich so dankbar für meine Freunde.«

»Wie haben Sie Brittany und James eigentlich kennengelernt?«

»Jim«, korrigierte er und hob mahnend den Finger.

Lächelnd schüttelte sie den Kopf. »Was das angeht, hat er mich einer regelrechten Gehirnwäsche unterzogen.«

»Wir haben uns über gemeinsame Freunde kennengelernt. Kennen Sie Judi und Frankie?«

»Oh«, antwortete sie, »Judi und Frankie finde ich großartig!«

»Kein Wunder.«

»Die beiden sind ein so sympathisches Paar.«

Er seufzte wehmütig. »Wenn ich so eine Liebe finden könnte, Cynthia, dann würde ich dafür töten.«

»Sie werden bestimmt jemanden finden, Rommy. Auf jedes Töpfchen passt ein Deckelchen.«

»Ja, vielleicht schlägt eines Tages der Blitz ein. Das würde ich wirklich gern erleben, das kann ich Ihnen sagen.«

Sie tunkten ihren Toast ein und aßen.

Ein trüber, grauer Morgen brach hinter den Fenstern an. Bei dem verregneten Wetter war die Küche besonders gemütlich.

»Wussten Sie, dass die beiden gerade in Paris sind?«, fragte er.

»Judi und Frankie lieben Paris.«

»Das tut doch jeder. Ich sollte sie diesmal begleiten, aber ich hatte unerwartet viel zu tun.«

»Es macht bestimmt Spaß, mit den beiden zusammen zu reisen.«

»Ach, sie sind einfach entzückend. Wir waren gemeinsam in Spanien. Sogar am Stierlauf haben wir teilgenommen.«

Cynthias enzianblaue Augen weiteten sich. »Judi und Frankie waren beim Stierlauf dabei – wie bei Hemingway?«

»Na ja, Judi nicht, aber Frankie hat darauf bestanden. Und wenn Frankie etwas will, kann man einfach nicht widersprechen, das wissen Sie ja.«

»Da staune ich aber. Allerdings sind die beiden tatsächlich recht sportlich.«

»Manchmal wird es mir fast zu viel«, sagte er.

»Ist es denn nicht gefährlich, vor den Stieren herzulaufen?«

»Tja, es ist besser, vor den Stieren herzulaufen, als von ihnen überrannt zu werden. Am Ende hatte ich ganz weiche Knie.«

»Was Stiere angeht«, sagte sie, »reicht es mir völlig, wenn ich sie in Form von Filet mignon zu Gesicht bekomme.«

»Sie sind einfach großartig!« Er tätschelte ihr den Arm. »Ich amüsiere mich köstlich. Es ist so nett. Ist es nicht nett?«

»Ja, das ist es. Aber ich hätte nie gedacht, dass Judi und Frankie sich zu so gefährlichen Unternehmungen hinreißen lassen würden. Das traut man ihnen gar nicht zu.«

»An Judi liegt es eigentlich nicht. Wer die Gefahr liebt, ist Frankie. Manchmal mache ich mir direkt Sorgen um ihn.«

Er tunkte und aß, doch sie saß da, ohne ein bereits eingetunktes Stück Toast ganz zum Mund zu führen. Vielleicht war ihr gerade eingefallen, dass sie auf Diät war, und nun steckte sie im Dilemma von Appetit und Selbstverleugnung.

»Waren Sie schon einmal in Paris, Cynthia?«

Langsam legte sie das Stück Toast wieder auf den Teller zurück.

»Ist etwas nicht in Ordnung, meine Liebe?«, fragte er.

»Ich muss … jetzt gehen. Ein Termin. Den hatte ich ganz vergessen.«

Als sie den Stuhl zurückschieben wollte, legte er seine Hand auf ihre. »Sie können doch jetzt nicht einfach weglaufen, Cynthia!«

»Mein Gedächtnis ist wirklich wie ein Sieb. Ich hatte ganz vergessen, dass …«

Krait packte ihre Hand fester. »Jetzt bin ich aber neugierig. Was war mein Fehler?«

»Ihr Fehler?«

»Sie zittern, meine Liebe. Tja, Sie können sich eben nicht gut verstellen. Was war mein Fehler?«

»Es ist ein Termin beim Zahnarzt.«

»Wann denn – um halb sieben Uhr morgens?«

Verdutzt blickte sie zur Wanduhr.

»Cynthia? Cindy? Ich wüsste wirklich gerne, welchen Fehler ich gemacht habe.«

Den Blick noch immer auf die Uhr gerichtet, erwiderte sie: »F-Frankie ist kein Mann.«

»Und Judi hört sich erst recht nach keinem Mann an. Aha. Ich verstehe. Ein sympathisches *lesbisches* Paar. Tja, das ist schon in Ordnung. Damit habe ich überhaupt kein Problem. Ich bin sogar total dafür.«

Er tätschelte ihr erneut die Hand und griff nach dem Stück Toast, von dem sie nicht mehr hatte abbeißen können. Er tunkte es ein.

Unfähig, ihn anzusehen, heftete sie den Blick auf ihren Teller. »Haben Sie ihnen etwas angetan?«, fragte sie.

»Brittany und Jim? Natürlich nicht, meine Liebe. Die sind zur Arbeit gefahren, genau wie Sie dachten, um dort nach Bonussen und Aktienoptionen zu gieren. Ich bin erst hier eingedrungen, als sie fort waren.«

Er biss von dem Toast ab. Einmal, dann noch einmal. Den Rest steckte er sich ganz in den Mund.

»Darf ich gehen?«, fragte sie.

»Meine Liebe, lassen Sie mich Ihnen das Ganze erklären. Der Regen hat meine Kleidung ruiniert. Ich warte hier auf eine Lieferung mit frischen Sachen. Für eine Begegnung mit der Polizei habe ich leider keine Zeit.«

»Ich würde einfach nach Hause gehen«, sagte sie.

»Wissen Sie, Cynthia, ich habe nie gelernt, anderen Menschen zu vertrauen.«

»Ich werde nicht die Polizei rufen. Einige Stunden lang.«

»Was meinen Sie, wie lange Sie wohl warten könnten?«

Sie hob den Kopf und sah ihm in die Augen. »So lange, wie Sie es mir sagen. Ich gehe einfach nach Hause und setze mich hin.«

»Sie sind eine sehr liebenswürdige Person, Cynthia.«

»Ich wollte immer nur ...«

»Was wollten Sie immer nur, meine Liebe?«

»Ich wollte immer nur, dass alle es gut haben.«

»Natürlich wollten Sie das. So sind Sie eben. Ganz genau so. Und wissen Sie was? Ich glaube, Sie würden vielleicht wirklich tun, was Sie sagen.«

»Ganz gewiss!«

»Ich glaube, Sie würden vielleicht einfach nach Hause gehen und stundenlang still dasitzen.«

»Ich gebe Ihnen mein Wort. Ja, das tue ich!«

Er beugte sich zur Seite und nahm die Pistole vom Stuhl.

»Oh, bitte«, sagte sie.

»Nun ziehen Sie bitte keine voreiligen Schlüsse, Cynthia!«

Sie warf einen Blick auf die Wanduhr. Er wusste nicht, was sie dort zu sehen hoffte. Die Zeit war niemandes Freund.

»Kommen Sie mit, meine Liebe.«

»Weshalb? Wohin?«

»Nur ein paar Schritte. Kommen Sie.«

Sie versuchte aufzustehen, doch sie hatte keine Kraft.

Vor ihrem Stuhl stehend, streckte er ihr die linke Hand hin. »Lassen Sie mich Ihnen helfen.«

Statt vor seiner Berührung zurückzuschrecken, nahm Cynthia seine Hand und hielt sich daran fest. »Danke.«

»Wir gehen nur durch die Küche zu der Toilette dort drüben. Das ist nicht weit.«

»Ich kann das nicht …«

»Was können Sie nicht, meine Liebe?«

»Ich kann das einfach nicht verstehen.«

Er zog sie auf die Füße. »Nein, das können Sie nicht. So viele Dinge auf der Welt übersteigen unser Vorstellungsvermögen, nicht wahr?«

35

Die Bücherei, ein gedrungener Backsteinbau mit schmalen, vergitterten Fenstern, erinnerte an eine Festung. Vielleicht hatten vorausschauende Bibliothekarinnen für den Fall vorsorgen wollen, dass man die Bücher eines Tages gegen den Angriff barbarischer Horden verteidigen musste.

Kurz vor der Morgendämmerung parkte Pete Santo in der Nähe des Eingangs.

Im letzten Februar hatte ein fehlgeleiteter Jugendlicher – wie die Medien ihn anschließend bezeichneten – sich über Nacht in der Bücherei versteckt. Eine Benefizaktion zum Erwerb neuer Bücher hatte gerade vierzigtausend Dollar eingebracht, die er rauben wollte, um sich damit ein schönes Leben zu machen.

Wären die Medienvertreter ehrlich gewesen, so hätten sie ihn als hirnverbrannten Trottel bezeichnet, aber das hätte den Knaben womöglich so gekränkt, dass er endgültig auf die schiefe Bahn geraten wäre.

Obwohl er bereits achtzehn war, hatte der junge Mann nicht kapiert, dass das Geld in Form von Schecks eingegangen und in einer Bank deponiert worden war. Er traute den Banken nämlich nicht. Wie er bei der Vernehmung sagte, würden die von Leuten betrieben, die »einen aussaugen wie Vampire«. Deshalb bewahrte er seine spärlichen finanziellen Mittel in bar auf und nahm an, jeder, der so clever wäre wie er – oder noch cleverer – würde das Gleiche tun.

Als er bei der Durchsuchung des Gebäudes nur eine Metallkassette mit ein wenig Wechselgeld fand, beschloss er zu warten, bis morgens die erste Bibliothekarin aufkreuzte. Der wollte er seine Pistole unter die Nase halten und die vierzigtausend verlangen.

Zu seiner Überraschung trafen stattdessen schon um fünf Uhr morgens drei Männer einer Putzkolonne ein, um vier Stunden lang ihrer Arbeit nachzugehen. Kurz entschlossen bedrohte er eben diese mit seiner Pistole und verlangte ihre Geldbeutel.

Womöglich hätte er die Sache erfolgreich durchgezogen, hätten die Putzmänner nicht die ruinierten Bücher gesehen. Sie gerieten in Wut.

In den einsamen Stunden, die vergangen waren, seit der fehlgeleitete Jugendliche die Suche nach den vierzigtausend aufgegeben hatte, war er nicht untätig gewesen. Er hatte allerhand Bücher zusammengetragen, die seiner Meinung nach »voller falscher Ideen« steckten. Die Urteile hatte er aufgrund der Titel und der Einbandillustrationen gefällt.

Die Putzkolonne bestand keineswegs aus glühenden Buchliebhabern. Die drei Männer waren wütend auf den Burschen, weil er die Bücher nicht zerrissen oder angezündet, sondern drauf gepinkelt hatte, und es war ihr Job, diese Schweinerei zu beseitigen.

Sie lenkten ihn erst ab, stürzten sich dann auf ihn, nahmen ihm die Waffe ab und prügelten ihn windelweich. Anschließend riefen sie die Polizei.

Pete Santo, der bei diesem Einsatz dabei gewesen war, hatte den Männern damals einen strengen, aber nicht ganz ehrlichen Vortrag darüber gehalten, dass es nicht ratsam sei, das Gesetz in die eigenen Hände zu nehmen.

Nun ließ er Zoey im Wagen, schloss ab und lief durch den Regen zum schützenden Vordach. Durch die Glasscheiben in den Türen sah er Licht und machte sich durch lautes Klopfen bemerkbar.

Hinter den Scheiben tauchte ein Putzmann auf. Pete hielt seine Dienstmarke ans Glas, aber der Mann ließ ihn ein, ohne diese genauer zu studieren. »Hallo, Detective Santo«, sagte er. »Was tun Sie denn hier? Heute Nacht hat niemand auf die Bücher gepinkelt.«

»Haben Sie gehört, dass er die Bücherei verklagt hat?«, fragte Pete.

»Wahrscheinlich streicht er damit ein paar Millionen ein.«

»Wenn das tatsächlich funktioniert, pinkle *ich* mal auf ein paar Bücher.«

»Da werden Sie nicht der Einzige sein.«

»Hören Sie, ich weiß, dass die Bücherei erst in ein paar Stunden aufmacht, aber ich muss einen der Computer hier benutzen.«

»Hat die Polizei denn keine eigenen?«

»Es geht um eine persönliche Angelegenheit. Im Büro kann ich das nicht machen, und mein Computer zu Hause ist abgestürzt.«

»Na, meine Erlaubnis brauchen Sie sicher nicht. Dürfen Cops nicht überall hin, wo sie wollen, egal, zu welcher Tageszeit?«

»In der Verfassung steht es zwar ein wenig anders, aber so in etwa stimmt es schon.«

»Sie wissen doch, wo die Computer sind, oder?«

»Klar. Das weiß ich noch.«

Man hatte dem Teufel des Analphabetismus einen Vorposten im Tempel des Wortes eingeräumt. Zwei Reihen Bücherregale waren versetzt worden, um Platz für sechs Bildschirmarbeitsplätze zu schaffen.

Pete setzte sich, fuhr den Computer hoch und begab sich erneut ins Netz. Bald war er wieder mit den Cream & Sugar-Morden beschäftigt.

36

Cynthia Norwood war eine vitale Sechzigerin gewesen, bis das Gespräch beim Thema Stierlauf eine ungeahnte Wendung genommen hatte. Anschließend schien sie innerhalb einer Minute um zwanzig Jahre gealtert zu sein.

Ihre zuvor lebhaften Augen wirkten trüb. Aller Charme war aus ihrem Gesicht gewichen. Nun waren ihre Züge so schlaff, dass sie den Eindruck machte, unter Drogen zu stehen.

Ihre Beine waren wackelig. Sie schaffte es nicht, die Füße zu heben. Selbst mit Kraits Unterstützung schlurfte sie mehr, als dass sie gegangen wäre.

Mit kleinlauter, verwirrter Stimme fragte sie: »Wieso gehen wir zur Toilette?«

»Weil die kein Fenster hat.«

»Die hat kein Fenster?«

»Nein, meine Liebe.«

»Aber wieso?«

»Ich weiß nicht wieso, meine Liebe. Wenn es nach mir gegangen wäre, dann hätte man bestimmt ein Fenster eingesetzt.«

»Ich meine, wozu? Wieso können wir denn nicht hierbleiben?«

»Sie wollten doch nichts mehr essen, erinnern Sie sich nicht?«

»Ich will nur noch nach Hause.«

»Ja, ich weiß. Sie sind genauso gern daheim wie ich.«

»Sie müssen das nicht tun.«

»Irgendjemand muss es tun, Cynthia.«

»Ich habe nie jemandem etwas angetan.«

»Ach, das weiß ich doch. Tja, es ist nicht richtig. Das ist es wirklich nicht.«

Während er sie vor sich her durch die Tür der Toilette schob, spürte er sie unter seiner Hand heftig zittern.

»Ich wollte später einkaufen gehen«, sagte sie.

»Wo kaufen Sie denn gerne ein?«

»Fast überall.«

»Was mich angeht, ich bin kein großer Shopping-Fan.«

»Ich brauche ein hübsches Sommerkostüm«, sagte sie.

»Sie haben Geschmack und Flair.«

»Mit Mode habe ich mich schon immer gern beschäftigt.«

»Treten Sie in die Ecke da, meine Liebe.«

»Das passt überhaupt nicht zu dem Eindruck, den Sie sonst machen.«

»O doch, das passt sehr gut zu mir.«

»Ich weiß, Sie sind ein guter Mensch.«

»Nun ja, ich bin zumindest gut in allem, was ich tue.«

»Sie sind im Herzen gut, das weiß ich. Jeder ist das.« Sie starrte in die Ecke, in der sie inzwischen stand. »Bitte.«

»Drehen Sie sich um und sehen Sie mich an, meine Liebe.«

»Ich habe Angst.« Ihre Stimme brach.

»Drehen Sie sich um.«

»Was haben Sie vor?«

»Drehen Sie sich einfach um.«

Sie gehorchte und sah ihn an. Tränen liefen über ihr Gesicht. »Ich war gegen den Krieg.«

»Gegen welchen Krieg denn, meine Liebe?«

»Malcolm war dafür, aber ich war immer dagegen.«

»Aber Cynthia, Sie sind ja ganz verwandelt!«

»Und ich spende gern. Für viele Dinge.«

»Einen Moment lang haben Sie so alt ausgesehen, so traurig und alt.«

»Um die Adler und die Wale zu retten ... und gegen den Hunger in Afrika.«

»Aber nun sind Sie nicht mehr alt. Ganz ehrlich, in Ihrem Gesicht ist jetzt keine einzige Falte mehr. Wie ein Kind sehen Sie aus.«

»O Gott.«

»Es überrascht mich, dass Sie so lange dazu gebraucht haben.«

»O Gott. O Gott.«

»Dafür ist es jetzt reichlich spät, meine Liebe.«

Er legte mit dem Daumen den Hebel am Schlitten um, um die Pistole auf Halbautomatik zu stellen, weil er nur einen Schuss brauchte. Aus kurzer Entfernung schoss er Cynthia in die Stirn.

Am Ende hatte sie wahrhaftig wie ein Kind ausgesehen, was nun allerdings nicht mehr der Fall war.

Krait verließ die Toilette und zog die Tür zu.

Nachdem er sich noch eine heiße Schokolade und zwei Scheiben frischen Toast zubereitet hatte, setzte er sich an den Tisch. Alles war köstlich, doch so behaglich wie vorher fühlte er sich nicht mehr. Die richtige Stimmung wollte sich einfach nicht mehr einstellen.

Laut der Wanduhr wurde seine Kleidung erst in einer Stunde und zwanzig Minuten geliefert.

Bisher hatte er nur einen raschen Rundgang durchs Haus gemacht. Während er auf die Lieferung wartete, konnte er es genauer erforschen.

Es war zwar nicht zu fassen, aber aus dem Wohnzimmer rief plötzlich eine Männerstimme: »Cynthia!« Dann noch einmal, nun fragend: »Cynthia?« Schritte kamen näher.

37

Teresa Mendez, die momentan mit zwei Freundinnen New York unsicher machte, wohnte in einer Doppelhaushälfte. Einen Ersatzschlüssel bewahrte sie in einem kleinen Schlüsseltresor mit Kombinationsschloss auf, der an der Unterseite eines auf der Terrasse stehenden Holzstuhls befestigt war.

Linda schloss die Hintertür auf und betrat als Erste das Haus. Sie nahm die Pistole aus ihrer Handtasche und legte sie auf den Küchentisch. Reise- und Handtasche deponierte sie im Spülbecken, damit das Regenwasser ablaufen konnte.

Ungläubig starrte Tim auf die Pfütze, die sich rund um seine Füße bildete. »Sieht aus, als wären wir in einen Pool gefallen.«

»Ich hole ein paar Handtücher.« Linda schälte sich aus ihrer Jacke und hängte sie über einen Freischwinger aus Chrom und Kunstleder. Dann streifte sie die Schuhe ab und ging hinaus.

Tim fühlte sich tollpatschig und noch größer als sonst, als wäre er in dem Unwetter aufgequollen wie ein Schwamm.

Als Linda wiederkam, war sie barfuß und trug einen Bademantel. Auf den Armen hatte sie eine Decke und einen Stapel Handtücher, die sie auf die Arbeitsplatte neben Tim legte.

Hinter einer Falttür in der Ecke verbarg sich eine Waschmaschine samt Trockner. »Zieh deine Sachen aus und wirf sie in den Trockner«, sagte Linda. »Die Decke kannst du als Umhang verwenden.«

Sie griff sich eines der Handtücher, trat zum Spülbecken und machte sich daran, ihre Reisetasche abzutrocknen.

»Sag mal, habe ich eigentlich kein Recht auf ein wenig Intimsphäre?«, fragte er.

»Du meinst wohl, ich wäre scharf darauf, mir deinen nackten Hintern anzuschauen, was?«

»Das wäre dir schon zuzutrauen.«

»Ich gehe gleich nach oben, um mich kurz unter die Dusche zu stellen.«

»Ich habe nämlich meinen Stolz.«

»Das ist mit das Erste, was mir an dir aufgefallen ist, gleich nach deinem Quadratschädel. Wie lange sind wir hier in Sicherheit?«

»Länger als zwei Stunden sollten wir nicht bleiben. Besser nur anderthalb.«

»Hier unten ist ein zweites Badezimmer, falls du dich auch duschen willst. Wenn deine Jeans und dein Hemd aus dem Trockner kommen, können wir die Sachen aufbügeln.«

»Irgendwie komme ich mir komisch vor«, sagte er.

»Ich verspreche, nicht zurückzuschleichen, um dich heimlich zu beobachten.«

»Darum geht's gar nicht. Ich finde es nur komisch, das Haus einer Fremden einfach so in Beschlag zu nehmen.«

»Das ist keine Fremde, sondern eine Freundin von mir.«

»Für mich ist sie aber durchaus eine Fremde. Wenn das alles vorbei ist, werde ich was richtig Nettes für sie tun müssen.«

»Du könntest ihre Hypothek bezahlen.«

»Das wäre eine teure Dusche.«

»Ich hoffe, du legst es nicht darauf an, immer möglichst billig davonzukommen. Mit einem billigen Typen könnte ich nie zusammenleben.«

Ihre zwei Gepäckstücke in den Händen, verließ sie die Küche.

Einen Augenblick stand er da und dachte über das letzte Wort nach, das sie so lässig hingeworfen hatte: *zusammenleben*. Wenn er intensiv genug darüber nachdachte, brauchte er seine Sachen wahrscheinlich gar nicht in den Trockner tun, dann trockneten sie ihm am Leib.

Statt es auszuprobieren, zog er sich aus, deponierte alles im Trockner und wischte mit einem Handtuch den Boden sauber. Die anderen Handtücher nahm er mit ins Badezimmer.

Das warme Wasser fühlte sich gut an. Womöglich hätte Tim länger unter der Dusche gestanden, hätte der Ablauf im Boden ihn nicht an Kravets erweiterte Pupillen erinnert, die nach Licht gierten, außerdem kam ihm die Duschszene aus Hitchcocks *Psycho* in den Sinn.

Gewaschen, abgetrocknet und in die Decke gehüllt, kehrte er in die Küche zurück. Nun hatte er Hunger, fühlte sich aber nicht berechtigt, in einem fremden Kühlschrank zu stöbern.

Er setzte sich auf einen Küchenstuhl, um zu warten, und zog die Decke wie eine Mönchskutte fest um sich.

Am Abend hatte es in Lindas Haus, bevor sie ihre Flucht begonnen hatten, einen Moment gegeben, in dem ihr Anblick ihn mit allerhand Sehnsüchten, aber auch mit Furcht erfüllt hatte. Da hatte er sich selbst eingeschärft, immer an diesen sich enger zuziehenden Knoten des Schreckens und den sich lockernden Knoten wilder Begeisterung zu denken, an diese beiden Dinge, die ihn zugleich zu fesseln und zu befreien schienen.

Für dieses Gefühl war ihm damals keine Bezeichnung eingefallen. Eines hatte er jedoch begriffen: Wenn er es irgendwann benennen konnte, dann würde er verstehen, wieso er unvermittelt aus dem ruhigen Leben, in das er sich zurückgezogen hatte, in ein neues Dasein getreten war, das kein sicheres Geländer besaß.

Inzwischen wusste er, worum es ging. Um einen Sinn im Leben.

Den hatte sein Leben früher schon einmal besessen. Damals hatte er sich durchaus wohl dabei gefühlt, Verpflichtungen einzugehen.

Aus guten Gründen hatte er sich dann in ein Leben zurückgezogen, das aus einem monotonen Beruf, unschuldigen Vergnügungen und so wenig Nachdenken bestand, wie man es sich überhaupt nur leisten konnte.

Eine Art Erschöpfung des Herzens hatte sich über ihn gelegt, eine unbestimmte Desillusioniertheit und ein Gefühl der Vergeblichkeit. Nichts davon war in reiner Form dagewesen; alles hatte sich mit anderen Gefühlen gemischt, die er nicht so leicht definieren konnte. Bloße Erschöpfung, pure Desillusioniertheit und ein klares Gefühl der Vergeblichkeit hätte er vielleicht überwinden können, aber die Unbestimmbarkeit dieser Emotionen führte dazu, dass es schwieriger war, mit ihnen umzugehen.

Sobald der wichtigste Zweck seines Daseins darin bestanden hatte, Stein auf Stein und Ziegel auf Ziegel zu schichten, ein Heft mit Kreuzworträtseln zu lösen und mit Freunden beim Abendessen zu sitzen, hatte die Erschöpfung sich verflüchtigt. In diesem unbedeutenderen Leben, das keiner großartigen Unternehmung mehr verpflichtet war, gab es nichts mehr, was ihn hätte desillusionieren können. Keine der Herausforderungen, die es noch gab, war groß genug, um Zweifel zu wecken und das Gefühl von Vergeblichkeit hervorzurufen.

Als er am Abend zuvor in der Kneipe gesessen hatte, da hatten seine Jahre im selbst gewählten Exil plötzlich ein Ende gefunden. Er begriff nicht vollständig, wieso er sich entschieden hatte, die Mauern niederzureißen, hinter denen er sich so bequem eingerichtet hatte, aber auf jeden Fall hatte das Foto von Linda etwas damit zu tun.

Es war nicht so, dass er sich auf den ersten Blick in sie verliebt hätte. Schließlich hatte er seine Zeit nicht damit verbracht, nach einer Frau wie Linda zu suchen. Anfangs war ihm ihr Gesicht zwar attraktiv vorgekommen, aber es hatte ihn nicht verzaubert. Die Gefühle, die er jetzt für sie hegte, hätte er sich damals überhaupt nicht vorstellen können.

Vielleicht verhielt es sich so: Der Name einer Person, die ermordet werden sollte, war einfach irgendein Name, aber durch das Gesicht wurde der Preis der Gewalttat konkret, denn wenn man den Mut hatte, wirklich hinzuschauen, dann konnte man in jedem Gesicht seine eigene Verwundbarkeit erkennen.

Als Linda wieder in die Küche trat, sah sie ganz und gar nicht verwundbar aus. Sie trug Bluejeans und ein schwarzes T-Shirt, offenbar Sachen aus ihrer Reisetasche.

»Im Wohnzimmer ist ein offener Gaskamin«, sagte sie und griff nach Tims nassen Arbeitsstiefeln. »Wenn ich unsere Schuhe davorstelle, trocknen sie sicher rasch, und während wir darauf warten, könnten wir schnell etwas essen.«

Hinter den Fenstern war grau und matt die Dämmerung angebrochen. Der Wolkenbruch hatte sich zu einem Nieseln abgeschwächt.

Als Linda aus dem Wohnzimmer zurückkam, sagte sie: »Weißt du was? Du siehst glücklicher aus, als es angesichts unserer Lage vernünftig wäre.«

38

Mit seiner hohen Stirn, den buschigen weißen Augenbrauen, dem kantigen Kiefer und der wettergegerbten Haut sah der Mann, der nach Cynthia suchte, wie ein Schiffskapitän aus einem härteren Jahrhundert aus. Solche Typen hatten früher weiße Wale gejagt, erlegt und zerstückelt, um mit einem Schiff voller Tran und Ambra in den Hafen zurückzukehren.

Er blieb an der Schwelle zur Küche stehen und sah Krait, der am Tisch saß, stirnrunzelnd an. »Wer sind Sie?«, fragte er geradeheraus.

»Rudyard Kipling. Und Sie sind bestimmt Malcolm.«

»Rudyard Kipling – das ist doch ein toter Schriftsteller.«

»Genau. Ich wurde nach ihm benannt, und ich mag seine Werke gar nicht, bloß ein oder zwei Gedichte.«

Vor Argwohn hatten die beiden buschigen Augenbrauen sich zu einer zusammengezogen. »Was tun Sie hier?«

»Britt und James haben mich eingeladen. Wir kennen uns über Judi und Frankie, mit denen wir alle sehr befreundet sind.«

»Judi und Frankie sind in Paris.«

»Ich sollte die beiden eigentlich begleiten, musste aber leider absagen. Haben Sie schon gefrühstückt, Malcolm?«

»Wo ist Cynthia?«

»Cynthia und ich, wir haben vorübergehend alle Furcht vor Kohlenhydraten über Bord geworfen. Wir schlemmen heiße Schokolade und Rosinenbrot mit Butter. Mit Ihrer Frau kann man sich wirklich wunderbar unterhalten!«

Krait musste den alten Mann in die Küche locken. Die Pistole lag auf dem Stuhl, wo Cynthia sie nicht gesehen hatte. Malcolm konnte sie aus seiner jetzigen Perspektive ebenso wenig sehen. Griff Krait jedoch danach, so machte der ohnehin argwöhnische Alte womöglich kehrt, und wenn er die Waffe sah, nahm er mit Sicherheit Reißaus.

Finster stierte Malcolm auf den Tisch, wo Cynthias Teller und Becher standen. »Und wo ist sie?«, fragte er.

»Ein dringendes Bedürfnis«, sagte Krait und deutete auf die geschlossene Tür der Toilette. »Wir haben gerade darüber gesprochen, dass Cynthia sich für die Rettung der Adler und Wale engagiert. Das finde ich äußerst bewundernswert.«

»Wie bitte?«

»Adler und Wale. Und gegen Hunger in Afrika. Bestimmt sind Sie stolz, eine so großherzige Frau zu haben.«

»Brittany und Jim haben nie was von einem Rudyard Kipling erzählt.«

»Ehrlich gesagt, bin ich kein besonders interessanter Zeitgenosse, Malcolm. Über Judi und Frankie könnte man tausend Geschichten erzählen, über mich höchstens eine.«

Der alte Mann hatte stahlgraue Augen und einen messerscharfen Blick. »Irgendwas stimmt mit Ihnen nicht«, sagte er.

»Tja«, sagte Krait, »meine Nase hat mir selbst auch noch nie gefallen.«

»Cynthia!«, rief Malcolm.

Keiner der beiden sah zu der Tür der Toilette hinüber. Sie behielten sich gegenseitig im Blick.

Krait griff nach der Pistole.

Der Alte nahm Reißaus.

Während Krait so rasch aufsprang, dass sein Stuhl umfiel, legte er mit dem Daumen den Hebel auf Vollautomatik um und richtete die Pistole auf die Tür. Malcolm war bereits verschwunden.

Krait machte sich an die Verfolgung.

Nachdem der Alte mit unglaublicher Geschwindigkeit durchs Esszimmer gerannt war, stieß er im daran anschließenden Wohnzimmer an einen Beistelltisch, stolperte und griff nach einer Sessellehne, um sich aufzurichten.

Krait feuerte ihm eine kurze Salve in den Rücken, vom Hinterteil bis zum Halsansatz. Der Schalldämpfer schluckte das Knattern so vollständig, dass ein Blasrohr mehr Lärm gemacht hätte.

Der alte Mann fiel vornüber auf den Boden und blieb liegen, den Kopf zur Seite gewandt. Sein sichtbares Auge war weit geöffnet, doch konnte man seinen starren Blick nun nicht mehr als scharf bezeichnen.

Über Malcolm stehend, leerte Krait das verlängerte Magazin. Der Körper auf dem Boden zuckte, aber nicht, weil er noch lebendig gewesen wäre, sondern nur unter dem Einschlag der Geschosse.

Zwanzig oder mehr Patronen für einen Toten zu vergeuden, war nicht praktisch, aber es war notwendig.

Ein unbedeutenderer Mensch als Krait, der über weniger Selbstbeherrschung verfügte, hätte das leere Magazin womöglich durch ein neues ersetzt und dieses auch noch leergeschossen. Zu Kraits wichtigsten Charakterzügen gehörten zwar Beherrschung und Nachsicht, doch selbst seine ausgeprägte Geduld konnte an die Belastungsgrenze kommen.

Er zog die Haustür auf und sah Cynthias Regenmantel über der Hollywoodschaukel auf der Veranda hängen. Ihr Schirm und der von Malcolm lagen auf dem Boden. Krait holte alles herein und schloss die Tür ab.

Den Mantel hängte er an die Garderobe im Flur. Auch die Schirme brachte er dort unter.

In die Küche zurückgekehrt, setzte er sich an den Tisch, zog sein Handy aus der Tasche und überprüfte seine Textnachrichten. Während er mit Cynthia geplaudert hatte, war die Information eingetroffen, dass Carriers Wagen auf dem Parkplatz eines Restaurants stand.

In der Umgebung des besagten Restaurants hatte zwar noch niemand einen Autodiebstahl gemeldet, aber vielleicht dauerte es noch einige Stunden, bis jemand sein Fahrzeug vermisste.

Auch die Benutzung eines Busses kam infrage. Krait schickte dazu eine SMS los. Zu dieser Stunde waren noch nicht viele Busse unterwegs. Man musste also nur eine kleine Anzahl von Fahrern aufspüren und befragen.

Nachdem er sein Handy ans Ladegerät angeschlossen hatte, spülte er das Frühstücksgeschirr, stellte es weg und wischte den Tisch ab.

Die Schweinerei in der Toilette und im Wohnzimmer zu beseitigen, hatte er nicht vor. Cynthia und Malcolm hatten hier herumgeschnüffelt, weil ihre Tochter und ihr Schwiegersohn es offenbar versäumt hatten, Grenzen zu ziehen, um ihre Privatsphäre zu schützen. Das ging ihn jetzt nichts mehr an, sondern war eine Familienangelegenheit.

Nachdem er die Küche in Ordnung gebracht hatte, ging er hinauf ins Schlafzimmer, um festzustellen, ob Brittany und Jim pornographische Videos oder interessante Sexspielzeuge besaßen.

Er entdeckte weder Erotika noch irgendetwas anderes, das ihm irgendwelche Einblicke vermittelt hätte, um welche Sorte von Leuten es sich hier handelte. Jim faltete seine Socken zusammen, statt eine Rolle daraus zu machen. Einige von Brittanys Slips waren mit einem süßen, rosa Häschen bestickt. Nicht viel zu holen für die Boulevardzeitungen.

Das Interessanteste, was die Schubladen im Badezimmer hergaben, waren die Menge und die große Auswahl an Abführmitteln. Entweder nahmen diese Leute keinerlei Ballaststoffe zu sich, oder ihr Dickdarm war so ineffizient wie der Abfluss mancher öffentlichen Toiletten.

Brittany und Jim waren ein derart langweiliges Paar, dass Krait sich fragte, weshalb so interessante Gestalten wie Judi und Frankie wohl etwas mit ihnen zu tun haben wollten.

Ihre Zahnbürsten waren rosa und blau. Er benutzte das rosa Exemplar, das wahrscheinlich Brittany gehörte. Allerdings griff er zum Herren- statt zum Damendeodorant.

Anschließend war er gezwungen, die Zeit totzuschlagen, indem er sich in die Küche setzte und in Oprah Winfreys Zeitschrift blätterte, die in der Post gewesen war.

Punkt Viertel nach sieben öffnete er die Haustür und lächelte, als er den Kleidersack sah, der ordentlich auf der Hollywoodschaukel lag. Daneben stand eine kleine Reisetasche. Seine frische Garderobe war geliefert worden.

Der Regen hatte inzwischen ganz aufgehört. Nur die Bäume tropften noch. Die Sonne war durch die Wolken gebrochen, und die nasse Straße dampfte.

Frisch gekleidet betrachtete er sich eine Viertelstunde später in dem geschliffenen Spiegel, der die gesamte Innenseite der Badezimmertür ausfüllte.

Wenn Brittany nackt in diesem Raum stand, wurde sie vielleicht von Gestalten aus der Spiegelwelt bewundert, ohne es zu merken. Krait konnte diese Bewohner einer umgekehrten Realität zwar nicht sehen, aber das hieß noch lange nicht, dass sie – falls es sie gab – ebenfalls einer derartigen Beschränkung unterworfen waren.

Er stieg die Treppe hinab, und als er gerade auf die Haustür zuging, hörte er einen Schlüssel im Schloss. Der Riegel schnappte zurück, und die Tür ging auf.

Eine Frau trat ins Haus, stieß einen überraschten Laut aus, als sie ihn sah, und sagte: »Sie haben mich aber erschreckt!«

»Sie mich auch. Brittany und Jim haben mir nicht gesagt, dass jemand kommen würde.«

»Ich bin Nora von nebenan.«

Sie war eine kleine, dralle Frau mit einem frechen Haarschnitt und blauem Nagellack, den er missbilligte.

»In diesem Haus geht es zu wie in einer von diesen Comedy-Serien«, sagte Krait. »Da platzt auch ständig jemand herein, ohne zu klopfen oder an der Tür zu läuten.«

»Ich betätige mich ein wenig als Haushaltshilfe«, sagte Nora. »Genauer gesagt, bereite ich jede Woche fünf Gerichte fürs Abendessen zu und stelle sie in den Gefrierschrank. Montags fülle ich den Kühlschrank auf, und dienstags koche ich frisch.«

»Dann haben wir es sicher Ihnen zu verdanken, dass wir gestern Abend so lecker gespeist haben.«

»Ach, Sie sind eine Weile zu Besuch?«

»Ich bin einer dieser Gäste, die praktisch ohne Vorwarnung hereinschneien, doch die liebe Britt behauptet immer, sie würde sich freuen, mich wiederzusehen. Mein Name ist Richard Kotzwinkel, aber alle nennen mich einfach Ricky.«

Er trat einen Schritt zurück, um sie hereinzulocken, aber auch, um ihr den Blick ins Wohnzimmer zu verstellen, wo Malcolm auf dem Boden lag.

»Also, Ricky, ich möchte Sie wirklich nicht stören …«

»Das tun Sie nicht im Mindesten. Nur herein! Cynthia und ich haben gerade ausgiebig gefrühstückt und herrlich miteinander geplaudert, nachdem meine fleißigen Gastgeber frühzeitig zur Arbeit aufgebrochen sind, um ihre Finanzen zu vermehren.«

»Cynthia ist hier?«

»In der Küche. Vor einer Weile hat auch Malcolm kurz hereingeschaut.« Er senkte die Stimme zu einem Flüstern. »Verglichen mit der lieben Cindy, ist er allerdings ein ziemlicher Miesepeter.«

Sie kam ganz herein und schloss die Haustür. »War es wirklich lecker?«

»Wie bitte? Ach, Sie meinen das Essen. Köstlich. Es war ganz köstlich.«

»Was hat sie denn aufgewärmt?«, wollte Nora wissen.

Ihre Augen funkelten blau. Sie hatte volle Lippen und glatte Haut.

»Hühnchen«, sagte er. »Wir haben Hühnchen gegessen.«

Er überlegte, ob er sie vergewaltigen sollte, aber er brachte sie einfach nur um. Zur Abwechslung benutzte er seine Hände.

Kollateralschäden sahen die Leute, die ihn mit solchen Missionen beauftragten, nicht besonders gern, weshalb er bei der Verfolgung seines Ziels nur selten Unbeteiligte kaltmachte. In diesem Fall hatten seine großzügigen Auftraggeber allerdings sicher Verständnis. Manchmal lief es eben nicht so glatt.

Auf der Veranda stehend, zog er die Haustür zu und verwendete Noras Schlüssel, um sie abzusperren, obwohl solche Vorkehrungen hier ja offenbar niemanden daran hinderten, unangekündigt hereinzukommen.

39

Sie waren fast mit dem Frühstück fertig, als Pete Santo anrief. Tim stellte sein Handy auf Lautsprecher und lehnte es an die Schale mit den Waffeln.

»Ich rufe nicht von zu Hause aus an«, sagte Pete, »sondern vom Handy.«

»Also ist etwas vorgefallen«, sagte Tim. »Was genau?«

»Ich habe einfach Google benutzt, um nach Kravets verschiedenen Namen zu suchen. Auf irgendwelche behördlichen Datenbanken, zu denen ich nur dienstlich Zugang hätte, habe ich verzichtet. Tatsächlich bin ich da auf etwas gestoßen, habe mich eine Weile damit beschäftigt ... und dann ist meine Internetverbindung zusammengebrochen.«

»Vielleicht ein Zufall«, sagte Tim.

»So ungefähr, wie wenn am vierundzwanzigsten Dezember der Weihnachtsmann auftaucht. Übrigens, was das angeht: Keine halbe Stunde später, gegen fünf Uhr, haben mir drei Kerle einen Besuch abgestattet.«

»Doch nicht etwa die Heiligen Drei Könige?«

»Heilig war an denen nichts.«

»Und was wollten sie?«, mischte sich Linda ein.

»Ich war schon draußen, als sie kamen. Hab sie vom Auto aus beobachtet. Vorläufig fahre ich jedenfalls nicht wieder nach Hause.«

»Du hast doch nicht etwa Zoey dort gelassen?«, fragte Linda.

»Die ist bei mir.«

»Worauf bist du eigentlich gestoßen?«, erkundigte sich Tim.

Statt darauf einzugehen, sagte Pete: »Hör mal, Hitch Lombard kennt meine Handynummer, also kennen diese Typen sie auch. Vielleicht kennen sie auch deine.«

»Die kennen sie tatsächlich«, bestätigte Tim. »Du willst damit doch nicht etwa sagen, dass sie uns abhören können?«

»Normale Polizisten könnten das nicht, aber solche Kerle vielleicht schon. Wer weiß. Bekanntlich werden die immer geschickter.«

Linda räusperte sich. »Und den Standort eines Handys festzustellen, ist zwar nicht so leicht, wie eine Festnetznummer zu lokalisieren, aber machbar ist es durchaus.«

Tim warf ihr einen Blick zu.

Sie hob das Kinn. »Wer Bücher schreibt, muss manchmal eben recherchieren«, sagte sie.

»Du musst dir ein Wegwerfhandy kaufen«, sagte Pete, »damit du eine Nummer hast, die sie nicht kennen. Dann rufst du mich auf einem anderen Telefon an, von dem sie keine Ahnung haben.«

»Willst du mir dessen Nummer etwa telepathisch mitteilen?«, fragte Tim.

»Pass auf. Erinnerst du dich noch an den Kerl, der seine Jungfräulichkeit verloren hat, als er als Shrek verkleidet war?«

»Der Kerl, der inzwischen fünf Kinder hat.«

»Genau der.«

»Von dem hab ich aber keine Telefonnummer.«

»Ruf ihn einfach bei der Arbeit an. Die Nummer steht im Telefonbuch. Frag nach ihm, sag deinen Namen, dann wird man dich durchstellen. Ich bin in einer Stunde bei ihm.«

Tim legte auf. Dann schaltete er das Handy aus.

»Von wem war denn da gerade die Rede?«, erkundigte sich Linda.

»Von Santiago. Das ist ein Cousin von Pete.«

»Und der hat sich mal als Shrek verkleidet?«

»Das war bei einem Kostümfest. Ich glaube, jeder musste als Figur aus irgendeinem Zeichentrickfilm kommen. Ich war nicht dabei.«

»Als was war *sie* verkleidet?«

»Als Jessica Rabbit aus *Falsches Spiel mit Roger Rabbit*. Sie heißt Mina. Er hat sie geheiratet. Die Kinder sind wirklich süß und grün.«

Sie schob ihren Stuhl zurück. »Wir müssen schleunigst hier weg.«

Tim nahm seine Sachen aus dem Trockner und bügelte sie auf, während Linda das Geschirr abspülte. Die durchnässten Schuhe waren noch nicht ganz getrocknet, aber einigermaßen tragbar.

In der Doppelgarage stand Teresas vier Jahre alter Honda. Zum Flughafen war sie mit einer ihrer Freundinnen gefahren.

Linda hatte den Schlüssel in einer Küchenschublade gefunden, reichte ihn jedoch an Tim weiter.

»Falls irgendwelche fahrerischen Kunststücke nötig sein sollten wie heute Nacht«, sagte sie, »dann solltest lieber du am Steuer sitzen.«

Obwohl Tim nicht genügend Beinfreiheit hatte, mochte er den mittelgroßen Wagen. Der war unauffällig und besaß bestimmt keine Diebstahlsicherung, über die man sie per GPS verfolgen konnte.

Während das Garagentor aufging, wartete Tim geradezu darauf, dass in der Einfahrt der lächelnde Killer stand, eine Automatik in den Händen.

Vereinzelte Sonnenstrahlen bohrten sich durch die unregelmäßige Wolkendecke und befreiten das Land von der Düsternis des abgezogenen Unwetters.

»Wo bekommen wir denn um diese Zeit ein Wegwerfhandy her?«, überlegte Linda.

Tim hatte den Weg nach Osten eingeschlagen, um dort irgendwo auf die Autobahn zu kommen. »Die Coop-Großmärkte machen früh auf. Über die Gewerkschaft bin ich da Mitglied. Allerdings habe ich nicht besonders viel Geld in der Tasche.«

Sie zog einen dicken Umschlag aus ihrer Handtasche. »Ich habe fünftausend in Hundertern.«

»Wann hast du denn mal eben eine Bank überfallen?«

»Ich hab zu Hause auch noch Goldmünzen versteckt. Aber als ich rasch was mitnehmen musste, kam mir Bargeld praktischer vor.«

»Traust du den Banken nicht?«

»Doch, ich habe auch Geld auf der Bank. Aber da kommt man nicht immer so schnell ran, wie man es braucht. Das ist meine Notreserve, falls es zur Katastrophe kommt.«

»Zu welcher Katastrophe?«

»Zu irgendeiner.«

»Meinst du etwa, das Jüngste Gericht steht vor der Tür?«

»Irgendwie ist diese Katastrophe doch jetzt eingetreten, oder nicht?«

»Eigentlich schon«, gab er zu.

Sie runzelte grimmig die Stirn. »Ich werde nie wieder hilflos sein«, sagte sie.

»Wir stecken zwar in der Klemme, aber hilflos sind wir nicht«, sagte er beruhigend.

»Ich spreche nicht von jetzt.« Sie steckte das Geld in ihre Handtasche zurück.

»Du meinst, dass du damals hilflos warst ... als das mit Molly geschehen ist. Und das war offenbar nicht das Einzige.«

»Genau.«

»Willst du darüber sprechen, was noch passiert ist?«

»Nein.«

»Von Molly hast du mir aber erzählt.«

»Das hat schon weh genug getan.«

Tim lenkte den Wagen auf die Autobahnauffahrt. Oben herrschte starker, aber flüssiger Berufsverkehr. Ein Wagen nach dem anderen raste in rücksichtslosem Tempo durch eine Wohngegend, die ein Immobilienmakler wohl als »paradiesisch« bezeichnet hätte.

»Am Ende«, sagte er, »sind wir alle hilflos, wenn wir der nackten Wahrheit ins Gesicht sehen.«

»Ich mag die nackte Wahrheit. Aber, verdammt noch mal, am Ende will ich wirklich noch nicht sein.«

Daraufhin fuhren sie schweigend bis zu der Ausfahrt, über die man zu dem von Tim angepeilten Großmarkt gelangte.

Das Schweigen war angenehm. Egal, wie weit ihre gemeinsame Reise sie noch führen würde, über jene Art von Schweigen, die sie als peinlich empfunden hätten, waren sie offenbar schon hinweg.

Einmal würden sie aber doch noch verlegen werden – wenn sie endlich bereit wären, sich gegenseitig das zu erzählen, was vorläufig noch ein Geheimnis auf Gegenseitigkeit war.

40

Als Krait vor Brittanys und Jims Haus in seinem Wagen saß, verschickte er erst einmal eine kodierte Textnachricht, um das Team, das ihn unterstützte, über die drei Leichen im Haus zu informieren.

Er machte keinen Vorschlag, was man diesbezüglich unternehmen sollte. Derartige Entscheidungen fielen nicht in seine Zuständigkeit. Ihm ging es nur darum, dass man Bescheid wusste.

Er tippte: BEDAURE DIE BESCHERUNG, WAR JEDOCH UNVERMEIDLICH. Zum Abschluss zitierte er T.S. Eliot: DEM LEBEN KANN MAN SICH ENTZIEHEN, DEM TOD NICHT.

Obgleich er nie jemanden von den Männern und Frauen seines Teams kennengelernt hatte, stellte er sich vor, dass sie ihn als legendäre Gestalt empfanden, überlebensgroß und mächtig wie der Tod. Von Zeit zu Zeit sandte er ihnen gern literarische Zitate wie das von Eliot, um ihnen unter die Nase zu reiben, dass er nicht nur ein äußerst fähiger Vollstrecker, sondern auch sehr gebildet war. Dadurch waren sie sicher noch motivierter, ihm die nötigen Dienste zu leisten.

Falls er jemals zur Schule gegangen war, hatte er das in seiner Kindheit und Jugend getan, aber er hatte keine Erinnerung daran. Überhaupt erinnerte er sich an nichts, was vor seinem neunzehnten Lebensjahr geschehen war. Er war jedoch ein ausgezeichneter Autodidakt und hatte sich viel selbst beigebracht.

T. S. Eliot war zwar kein Autor, den Krait schätzte, doch selbst jemand, der so hartnäckig das Falsche dachte, konnte gelegentlich eine gelungene Zeile zustande bringen. Wäre der Kerl noch am Leben gewesen, hätte Krait ihn umgebracht.

Wahrscheinlich war es dem Team ohnehin am liebsten, wenn Brittany und Jim die Leichen entdeckten. Im Verlauf der polizeilichen Ermittlungen konnte man dann alle forensischen Spuren, die Krait belasteten, zerstören oder verfälschen. Außerdem konnte man DNA-Spuren, Haare und Gewebefasern einschmuggeln, um die Polizei so zu verwirren, dass sie schließlich in einer Sackgasse landete.

Den Namen der Organisation, zu der das Team gehörte, kannte Krait nicht, weshalb er sie im Stillen als Gentlemen's Club oder einfach als Club bezeichnete. Er hatte keine Ahnung, was dieser Club darstellte, was das eigentliche Ziel seiner Mitglieder sein mochte und weshalb sie bestimmte Leute umbringen lassen wollten. Das brauchte er auch nicht zu wissen.

Zu Anfang seiner Laufbahn hatte Krait über ein Jahrzehnt lang im Auftrag der Mafia getötet. Tätig geworden war er ferner für Bittsteller, denen er von dankbaren Leuten empfohlen worden war, für die er streitsüchtige Ehepartner, reiche Eltern oder andere Hindernisse für ein gutes Leben aus dem Weg geräumt hatte. Dann hatte ihn vor sieben Jahren ein Mitglied des Clubs kontaktiert und der Hoffnung Ausdruck gegeben, er möge regelmäßig für die Organisation tätig werden.

Das Gespräch hatte nachts auf dem Rücksitz einer fahrenden Stretchlimousine stattgefunden, in Chicago. Da die Innenbeleuchtung nicht eingeschaltet gewesen war, hatte Krait den Vertreter des Clubs, der auf der anderen Seite der luxuriös gepolsterten Kabine gesessen hatte, nur als schemenhafte Gestalt in einem Kaschmirmantel wahrgenommen.

Aufgrund des Akzents hatte Krait den Mann als Angehörigen der Bostoner High Society eingeordnet. Er war redegewandt gewesen, und sein Verhalten hatte darauf schließen lassen, dass er aus einer reichen, angesehenen Familie stammte. Obwohl er seine geheimnisvollen Partner nur als »unsere Leute« bezeichnet hatte, empfand Krait ihn als Gentleman, weshalb er auf den Namen Gentlemen's Club gekommen war.

Als der Gentleman die exzellente Unterstützung beschrieben hatte, die man Krait zukommen lassen würde, war dieser beeindruckt gewesen. Außerdem war das ein weiterer Beweis dafür, dass er zwar vielleicht doch keiner anderen Spezies angehörte, gewöhnlichen Menschen aber zumindest deutlich überlegen war.

Das Beste an dem ihm zugeteilten Team war, dass es ihm nicht nur zu Diensten stand, wenn er im Auftrag des Gentlemen's Clubs tötete, sondern auch dann, wenn er für die Mafia oder irgendwelche anderen Bittsteller tätig war. Man forderte keine Exklusivität von ihm, aber man war *immer* für ihn da.

Für diese Großzügigkeit hatten die Mitglieder des Clubs gute Gründe. Zum einen hatten sie natürlich Kraits einzigartiges Talent erkannt. Sie wollten dafür sorgen, dass er nie unverfügbar war, weil er gerade im Gefängnis saß.

Zum anderen wollten sie offenbar nicht, dass Krait anhand der Personen, die er umbringen sollte, ein bestimmtes Schema erkannte und daraus Vermutungen über die Absichten und das Ziel des Clubs ableitete. Deshalb bezahlte der Club auch in Bargeld, das von Männern überbracht wurde, die Krait nicht von den Kurieren verschiedener Mafiaorganisationen oder von heimtückischen Ehegatten, Söhnen und Geschäftsfreunden unterscheiden konnte.

Natürlich bezahlten sie ihn auch in bar, damit keine finanzielle Verbindung zwischen ihnen und ihrem Vollstrecker nachgewiesen werden konnte, falls dieser eines Tages trotz ihrer umfassenden Unterstützung zu Fall kam.

Nach der Limousinenfahrt in Chicago war Krait nie wieder einer Person begegnet, die er mit Sicherheit als Mitglied des Clubs hätte einordnen können.

Im Grunde war es ihm auch egal, wer zum Club gehörte und wer lediglich als Geldbote fungierte. Er liebte es zu töten, er wurde gut dafür entlohnt, und er war der Meinung, dass er jedem seiner Bittsteller die Gnade der Vergesslichkeit schuldete. Deshalb löschte er die Gesichter all jener, die ihm Geld überbracht hatten, auch für immer aus seinem Gedächtnis.

Krait besaß nämlich die bemerkenswerte Fähigkeit, alles, woran er sich nicht mehr erinnern wollte, unwiederbringlich aus seinem Gehirn zu tilgen. Das galt nicht nur für die Gesichter der Geldboten, sondern auch für unbefriedigende Erfahrungen, selbst wenn diese über einen relativ langen Zeitraum hinweg andauerten.

Auch am Telefon sprach er nie mit einem Mitglied des Clubs. Die Kommunikation bestand ausschließlich aus kodierten Textnachrichten. Die Analyse einer Stimme konnte vor Gericht als Beweismaterial verwendet werden, aber niemand konnte zweifelsfrei beweisen, wessen Finger eine SMS getippt hatten.

Als er in der Kneipe fälschlicherweise diesen verfluchten Maurermeister für den Bittsteller gehalten hatte, da hatte er angenommen, diese Mission sei kein Auftrag des Clubs. Der Bostoner Gentleman und seine Leute hätten Krait nie mitgeteilt, er solle die Hälfte des Geldes als Nichttötungsgebühr behalten. Sie änderten ihre Meinung nie. Wenn sie jemanden umbringen lassen wollten, so war das unwiderruflich.

Inzwischen bezweifelte Krait noch immer, dass der Club am Tod von so jemand wie Linda Paquette interessiert war. Die Frau kam ihm einfach zu belanglos vor. Nach so einer

Person blickten sich Gentlemen mit Geld und Macht nicht einmal um, geschweige denn, dass sie um ihre Beseitigung baten.

Nachdem Krait die Nachricht abgeschickt hatte, fuhr er zur Küstenstraße und dann südwärts zu dem Restaurant, vor dem Carrier seinen Wagen abgestellt hatte. Er durchsuchte das Fahrzeug gründlich, fand jedoch nichts, was ihn weiterbrachte.

Kurz bevor er fertig war, vibrierte sein Mobiltelefon. Das Unterstützungsteam teilte ihm mit, ein Busfahrer erinnere sich daran, ein Paar, auf das die Beschreibung passte, in Dana Point abgesetzt zu haben.

Krait machte sich zu dem besagten Ort auf, während das Team sich mit den gespeicherten Verbindungsdaten von Paquettes heimischem Telefonanschluss beschäftigte, um herauszubekommen, ob sie dort jemanden kannte.

Die Wolken zogen sich zurück, der blaue Himmel setzte sich endgültig durch, und die Sonne vergoldete das Küstengebirge, die Strände und das schuppige Meer.

Krait fühlte sich herrlich lebendig. Ein wunderbares Feuer erfüllte ihn so, wie auch ein Ofen von Feuer erfüllt war, ohne davon verzehrt zu werden. Das lag daran, dass er den Tod brachte.

41

Im Großmarkt gab es ein unwiderstehliches Mayonnaise-Angebot – Fünfliterkanister im Sechserpack –, und für eine bescheidene Summe konnte man genügend Blöcke Tofu kaufen, um damit ein Einfamilienhaus zu bauen.

Da Tim und Linda lediglich nach einem Wegwerfhandy suchten, verzichteten sie auf einen der Einkaufswagen, die groß genug waren, um im Notfall ein lahmes Pferd darin zu transportieren. Andere Kunden hatten ihre Wagen mit mehreren Zwölferpackungen Toilettenpapier, Strumpfhosen en gros und ganzen Fässern mit eingelegten Perlzwiebeln beladen.

Ein junges Paar steuerte zwei Einkaufswagen, in deren Kindersitzen je ein dreijähriges, wunderhübsches Mädchen saß. Vielleicht lockten irgendwo Zwillinge im Sonderangebot.

Manchmal machte Tim sich Sorgen, seine Landsleute könnten schon so an den herrschenden Überfluss gewöhnt sein, dass sie meinten, dieser Lebensstandard sei immer schon die Norm gewesen und existiere inzwischen überall, die rückständigsten Winkel der Erde einmal ausgenommen. Eine Gesellschaft aber, die zu wenig Sinn für Geschichte hatte und sich einseitiger Propaganda hingab, statt sich der Komplexität und der schrecklichen Schönheit der Vergangenheit bewusst zu sein, konnte nur allzu leicht unvermittelt in sich zusammenbrechen.

In der Elektroabteilung angelangt, besorgten sie sich ein geeignetes Handy und einen elektrischen Rasierapparat für

Tim. Die Kassiererin, die sich sichtlich über den bescheidenen Einkauf wunderte, hob gnädig nur eine Augenbraue, um ihre Missbilligung über diese unamerikanische Zurückhaltung auszudrücken.

Tim lenkte den Honda zu einem nahen Autohandel, während Linda mit seinem normalen Mobiltelefon die Nummer anwählte, über die das soeben erworbene Wegwerfhandy aktiviert werden konnte. Weil dieses auf Prepaid-Basis funktionierte, brauchte man dabei keine Kreditkartennummer und keinen Namen angeben.

Dieses gesetzlich noch nicht verbotene System war von großem Vorteil für Schurken aller Art, die damit ohne jede Überwachungsmöglichkeit telefonieren oder die Geräte als Bombenzünder verwenden konnten.

Glücklicherweise war es selbst braven Bürgern gestattet, sich dieser benutzerfreundlichen Technologie zu bedienen.

Das Autohaus war ein weitläufiger Komplex mit zahlreichen Händlern, die fahrbaren Untersatz praktisch jeder Sorte verhökerten. Ihre Verkaufsflächen waren nebeneinander entlang einer breiten Stichstraße angeordnet. Wimpel flatterten im leichten Wind, Banner verkündeten Sonderangebote, und Tausende von Fahrzeugen standen auf den Asphaltflächen wie Edelsteine in der Samtauslage eines Juweliers.

Alle Händler benötigten ihr gesamtes Areal für die zum Verkauf stehenden oder auf eine Reparatur wartenden Fahrzeuge. Die Autos der Angestellten, abholbereite Fahrzeuge und frisch eingetroffene Gebrauchtwagen, die noch nicht zum Wiederverkauf bereit waren, waren deshalb an der gemeinsamen Stichstraße abgestellt.

Tim, der langsam diese Straße entlanggefahren war, parkte direkt hinter einem etwa zwei Jahre alten, silberfarbenen Cadillac. Aus Lindas Reisetasche holte er seinen Werkzeugbeutel.

Linda blieb im Wagen, um festzustellen, ob die auf der Packung des Handys angepriesene »sofortige Aktivierung«

Minuten oder erst Stunden später als versprochen stattfand.

Nicht verstohlen, sondern scheinbar völlig unbekümmert, schraubte Tim rasch, aber ohne jede Hast die Nummernschilder von Teresas Honda ab. Er legte sie in den Kofferraum.

Kein zufällig vorbeikommender Zeitgenosse hätte sich über einen Mann gewundert, der auf diesem Gelände an einem Fahrzeug hantierte. Verdacht hätte nur das Personal in den Ausstellungsräumen schöpfen können, aber die waren so weit entfernt, dass man die an der Straße geparkten Wagen von dort aus nicht im Blick hatte.

Tim schlenderte zu dem silbernen Cadillac. Die Türen waren verschlossen. Als er durch die Fenster spähte, sah er keine persönlichen Gegenstände. Das Handschuhfach stand offen und schien leer zu sein.

Allem Anschein nach handelte es sich um einen gerade in Zahlung gegebenen Wagen, der noch nicht verkaufsfertig war. Womöglich würde sich mehrere Tage lang niemand darum kümmern. Das war wichtig, denn je früher jemand mit dem Wagen fahren wollte, desto eher wären die fehlenden Nummernschilder aufgefallen. Die waren am Fahrzeug geblieben, wie das in Kalifornien üblich war.

Es dauerte nicht lange, bis Tim die Schilder vom Cadillac abgeschraubt und am Honda angebracht hatte.

Als er sich wieder ans Lenkrad setzte, sagte Linda: »Immer noch kein Netz. Wenn ich noch Schriftstellerin wäre, würde ich ein Buch über einen Psychopathen schreiben, der jemanden verfolgt, weil der eine versprochene Garantie nicht eingehalten hat.«

»Was für eine Garantie?«

»Sofortige Aktivierung natürlich.«

»Und was tut der Psychopath, wenn er den Kerl findet?«

»Er deaktiviert ihn.«

»Du bist immer noch eine Schriftstellerin«, sagte Tim.

Sie schüttelte den Kopf. »Ich weiß nicht recht. Und wenn *ich* es nicht weiß, wie willst *du* es dann wissen?«

Tim ließ den Motor an. »Weil wir sind, was wir sind.«

»Das ist echt tiefgründig. Wenn ich je wieder ein Buch schreiben sollte, werde ich den Spruch bestimmt verwenden.«

»Ich zum Beispiel dachte, ich könnte einfach nur ein Maurer sein. Nun bin ich zwar ein Maurer, klar, aber ich bin auch noch das, was ich früher war.«

Während er losfuhr, spürte er den Blick der grünen Augen überall auf seinem Gesicht.

»Und was warst du früher?«, fragte sie.

»Mein Vater ist auch Maurermeister, und ein verflucht guter dazu. Maurer zu sein, prägt ihn auf eine Weise, wie es mich offenbar nicht vollständig prägt, obwohl ich wünschte, es wäre anders.«

»Dein Vater ist ein Maurermeister«, sagte sie fast verwundert, als hätte er ein tiefes Geheimnis offenbart.

»Wieso ist das denn so erstaunlich? Handwerker geben ihren Beruf doch oft an ihre Kinder weiter – oder sie versuchen es zumindest.«

»Hm. Das dürfte jetzt ziemlich dämlich klingen, aber seit du an meiner Haustür aufgetaucht bist, ist alles so schnell gegangen … und da habe ich nie darüber nachgedacht, dass du einen Vater hast. Magst du ihn?«

»Ob ich ihn mag? Wieso sollte ich ihn denn nicht mögen?«

»Väter und Söhne, das läuft nicht immer so blendend.«

»Er ist ein toller Typ. Ehrlich.«

»Mein Gott, dann hast du ja auch eine Mutter, oder?«

»Tja, mein Dad ist keine Amöbe, die sich einfach geteilt hat, und da war ich.«

»O mein Gott«, sagte sie leise und ein wenig ehrfürchtig, »wie heißt denn deine Mutter?«

»O mein Gott, ihr Name lautet Mary.«

»Mary«, wiederholte Linda, als hätte sie den Namen nie zuvor gehört und würde seinen Klang nun auf der Zunge kosten. »Ist sie auch so toll?«

»Sie ist so toll, dass es kaum auszuhalten ist.«

»Wie heißt dein Vater?«

»Walter.«

»Walter Carrier?«

»Logisch, oder?«

»Hat er auch einen so großen Schädel wie du?«

»Soweit ich mich erinnern kann, ist er kein Stückchen kleiner.«

»Walter und Mary«, sagte sie. »O mein Gott.«

Verblüfft sah er sie an. »Worüber grinst du eigentlich so?«

»Ich dachte, du wärst ein fremdes Land.«

»Was für ein fremdes Land?«

»Dein eigenes Land, ein exotisches Reich, in dem es unheimlich viel zu erforschen gibt. Aber du bist kein fremdes Land.«

»Ach nein?«

»Du bist eine ganze *Welt*!«

»Ist das wieder mal eine Anspielung auf meinen Quadratschädel?«

»Hast du Brüder oder Schwestern?«

Tim bog auf die Hauptstraße ein. »Schwestern habe ich keine, aber einen Bruder. Zach. Er ist fünf Jahre älter als ich und hat einen normalgroßen Kopf.«

»Walter, Mary, Zach und Tim«, kombinierte Linda und sah entzückt drein. »Walter, Mary, Zach und Tim.«

»Nur der Vollständigkeit halber, da momentan offenbar alle derartigen Informationen von Bedeutung sind: Zach ist mit einer Frau namens Laura verheiratet, und die beiden haben eine kleine Tochter, die Naomi heißt.«

Lindas Augen glänzten, als würde sie Tränen zurückhalten, aber sie sah überhaupt nicht wie eine Frau aus, die gleich losheulen wollte. Ganz im Gegenteil.

Tim spürte, dass er mit dieser Frage womöglich einen wunden Punkt berührte, aber er sprach sie trotzdem aus. »Wie steht es eigentlich mit deinen Eltern?«

Das Wegwerfhandy läutete. Sie nahm den Anruf entgegen, sagte »Ja«, offenbar als Antwort auf eine Frage, dann noch einmal »Ja« und schließlich: »Danke.«

Die Nummer war aktiviert worden.

42

Aus dem Inhalt des Schreibtischs im Arbeitszimmer, das vom Wohnzimmer abging, erfuhr Krait eine Menge über Teresa Mendez, das ihm nicht gefiel. Sie hatte völlig falsche Wertvorstellungen.

Die wichtigste Information über die zweiunddreißigjährige, verwitwete medizinische Assistentin entdeckte Krait in dem kleinen Terminkalender, den sie dagelassen hatte. Sie befand sich momentan mit zwei anderen Frauen namens Gloria Nguyen und Joan Applewhite auf einer Urlaubsreise in New York.

Am Sonntag war sie abgeflogen. Heute war Dienstag. Sie kam erst am kommenden Sonntag zurück.

In der Küche hing in einem Schränkchen unter der Spüle ein Geschirrhandtuch. Es fühlte sich feucht an.

Auf dem Boden der beiden Duschen im Erdgeschoss und im oberen Stock standen Wassertropfen. Auch die Fugen zwischen den Fliesen waren feucht.

Im Wohnzimmer hatte der Gaskamin vor nicht allzu langer Zeit gebrannt. Die Ziegel an der Seite waren immer noch ein wenig warm.

Die Doppelgarage enthielt kein einziges Fahrzeug. Womöglich war Witwe Mendez mit ihrem Auto zum Flughafen gefahren, um nach New York zu starten. Wenn sie jedoch einen Zweitwagen besaß, dann hatten den jetzt Carrier und sein Schützling in den Fingern.

Krait schickte eine Textnachricht an sein Unterstützungsteam, um Informationen über auf Mendez angemeldete Fahrzeuge anzufordern.

Während er wenig später seine Neugierde befriedigte, indem er den Kühlschrankinhalt der Witwe inspizierte, erhielt er bereits die Antwort. Mendez besaß nur einen Honda.

Das Kennzeichen wurde ihm ebenfalls mitgeteilt, aber für einen Mann, der ohne volle behördliche Befugnisse arbeitete, war das von geringem Nutzen. Schließlich konnte Krait keine Ringfahndung anordnen.

Vorläufig hatte er die Spur seiner Zielpersonen also verloren. Das machte ihm allerdings keine allzu großen Sorgen. Die beiden konnten nur vorübergehend irgendwo Unterschlupf finden. Dies war Kraits Welt. Er war ein geheimer Fürst, und die beiden gehörten zum einfachen Volk; er würde sie eher früher als später finden.

Nachdem er sechzehn Stunden lang tätig gewesen war, ohne zu schlafen, wurde ihm klar, dass hier womöglich das Schicksal in seinem Sinne eingegriffen hatte. Es gab ihm eine Chance, sich vor dem letzten Showdown zu erfrischen.

Er brühte sich eine Kanne grünen Tee auf.

In der schmalen Speisekammer fand er eine Packung einfacher Kekse. Er arrangierte ein halbes Dutzend davon auf einem Teller.

In einem Hängeschrank entdeckte er eine hübsch verzierte kleine Thermoskanne, blau mit schwarz-weiß gemusterten Zierstreifen oben und unten. Als der Tee fertig war, füllte er ihn ein.

Die wohlverdiente Rast, die er sich im Haus von Brittany und Jim erhofft hatte, erwartete ihn nun hier, im bescheideneren Heim der Witwe Mendez.

Er nahm die Thermoskanne Tee, einen Becher, den Teller mit Keksen und zwei Papierservietten mit nach oben ins Schlafzimmer. Dort stellte er alles auf den Nachttisch.

Nachdem er sich ausgezogen und seine Sachen sorgfältig über einen Stuhl gehängt hatte, damit sie keine Falten bekamen, ging er zum Kleiderschrank der Witwe. Keiner der beiden Bademäntel, die er darin entdeckte, konnte ihrem verstorbenen Gatten gehört haben.

Der eine war gefüttert, mit einem rosa Blumenmuster versehen und völlig stillos. In einer der Taschen fand Krait ein nach dem Gebrauch zusammengeknülltes Papiertaschentuch, vor dem ihn ekelte, und eine halbe Rolle Halspastillen.

Glücklicherweise war ihm das zweite Exemplar, ein blauer Seidenmantel, zwar zu klein, aber er passte trotzdem einigermaßen und fühlte sich vor allem äußerst angenehm an.

Er schlug die Tagesdecke zurück und baute sich aus vier dicken Kissen eine Rückenstütze, bevor er noch einmal an den Kleiderschrank trat. Dort hatte er einen Korb mit schmutziger Wäsche entdeckt. Offenbar war die Witwe nicht mit ihrem Haushalt fertig geworden, bevor sie nach New York aufgebrochen war.

Aus der schmutzigen Wäsche suchte er sich einen Stretch-BH ohne harte Ösen, zwei T-Shirts und drei Slips heraus. All das drapierte er auf dem obersten Kissen des Stapels, an den er sich lehnen wollte, während er seinen Tee genoss, und auf dem schließlich sein Gesicht ruhen würde, wenn es Zeit war zu schlafen.

Der einzige Lesestoff im Schlafzimmer der Witwe bestand aus Zeitschriften, die Krait nicht besonders interessierten. Er erinnerte sich daran, im Arbeitszimmer ein Bücherregal gesehen zu haben, und ging, eingehüllt in aufregend schimmernde Seide, hinunter, um dessen Inhalt zu prüfen.

Offenbar war Teresa Mendez keine große Leserin. Die meisten Bücher im Regal gehörten zu den Sparten populäre Psychologie, Selbsthilfe, spirituelle Suche und medizinische Ratgeber. Krait fand sie samt und sonders langweilig.

Die einzigen Bücher, die dem Umschlag nach interessant sein mochten, waren sechs Romane. Ihre Titel fand Krait durchaus faszinierend: *Verzweiflung, Die Hoffnungslosen und die Toten, Herzwurm, Verdorben …*

Besonders anziehend fand Krait den Titel *Eine unerbittliche Krebserkrankung.* Er nahm das Buch vom Regal.

Der Name des Autors, Toni Zero, hatte ein hübsch nihilistisches Flair. Es handelte sich eindeutig um ein Pseudonym, das dem Leser zu sagen schien: *Du bist ein Narr, wenn du Geld für so etwas bezahlst, aber ich bin mir sicher, dass du es tun wirst.*

Die Umschlagillustration erschien Krait kunstvoll, brutal und trostlos zugleich. Sie versprach ein ätzendes Porträt der Menschheit als wertlose, heuchlerische Horde.

Als er das Buch umdrehte, um die Rückseite zu betrachten, versetzte ihm das Autorenfoto einen Schock. Toni Zero war Linda Paquette.

43

Während Tim auf den leeren Parkplatz eines Einkaufszentrums einbog, das erst in einer guten Stunde aufmachte, erkundigte Linda sich bei der Auskunft nach der Nummer des Restaurants, das Santiago alias Shrek, dem Cousin von Pete Santo, gehörte. Benannt hatte er es nach dem mexikanischen Bundesstaat Jalisco.

Als sie dort anrief und Tims Namen nannte, wurde sie sofort zum Büro des Wirts durchgestellt, wo jedoch nicht Santiago, sondern Pete Santo den Anruf entgegennahm. Er klang überrascht, als er ihre Stimme statt der von Tim hörte.

»Ich stelle auf Lautsprecher um«, sagte sie.

»He, Moment mal, ich muss erst was wissen!«, protestierte Pete.

»Und was?«

»Was denkst du?«

»Worüber?«

»Über ihn. Was denkst du über ihn?«

»Wieso geht dich das etwas an?«

»Es geht mich nichts an, da hast du schon Recht, aber ich möchte es einfach gerne wissen.«

Tim machte sich bemerkbar, indem er fragend die Augenbrauen hob.

»Ich denke«, sagte sie zu Pete, »er hat einen recht hübschen Kopf.«

»Hübsch? Da sprechen wir sicher nicht über denselben Sandhund.«

»Den Ausdruck habe ich schon mal gehört. Was heißt das eigentlich?«

»Ich will mithören«, sagte Tim ungeduldig. »Stell auf Lautsprecher!«

Sie gehorchte. »Deine Bemerkungen sind jetzt öffentlich«, informierte sie Pete.

»Mir wird allmählich klar, wieso von deiner Ehe nicht mehr übrig ist als ein ausgestopfter Speerfisch«, sagte Tim.

»Schon möglich, dass ich nicht viel mehr zu bieten habe als einen toten Fisch und einen schüchternen Hund, aber die beiden nörgeln wenigstens nie an mir rum.«

»Ach, du armer Kerl! Also, was hast du rausbekommen?«

»Erinnert ihr euch an ein Café namens Cream and Sugar, das es mal in Laguna gab?«

»Da muss ich passen«, sagte Tim.

»Ich kenne es«, sagte Linda. »Das heißt, ich kannte es. Ich war früher ziemlich oft da, weil es nicht weit von meinem Haus weg war. Es hatte eine schöne Terrasse.«

»Und tollen Apfelkuchen«, ergänzte Pete.

»Mit Mandeln.«

»Mir läuft das Wasser im Mund zusammen«, sagte Pete. »Aber leider ist das Café eines frühen Morgens kurz vor dem Aufmachen abgebrannt. Das ist jetzt etwa eineinhalb Jahre her.«

»Es war ein Inferno«, erinnerte sich Linda.

»Die Feuerwehr meint, dass ein Brandbeschleuniger benutzt wurde, aber nicht das übliche Zeug, sondern was extrem Raffiniertes, weshalb man es chemisch nicht analysieren konnte.«

»Ach, jetzt fällt's mir auch wieder ein«, sagte Tim. »Ich war allerdings nie drin. Bin nur daran vorbeigefahren.«

»Als man das Feuer gelöscht hatte«, sagte Pete, »fand man vier verkohlte Leichen.«

»Die eine war der Wirt, Charlie Chou«, sagte Linda. »Ein ganz lieber Mensch. Hat nie einen einzigen Namen vergessen und seine Stammgäste behandelt, als gehörten sie zur Familie.«

»Eigentlich hieß er Ching-Wen Chou«, sagte Pete, »aber er nannte sich Charlie, schon seit über dreißig Jahren. War aus Taiwan eingewandert. Ein cleverer Geschäftsmann und, das stimmt, ein netter Mensch.«

»Bei zwei der anderen Leichen handelte es sich um seine Söhne«, sagte Linda.

»Michael und Joseph. Ein Familienbetrieb. Das vierte Opfer war eine Nichte namens Valerie.«

Obwohl sie von einer riesigen, leeren Asphaltfläche umgeben waren, ließ Tim ständig den Blick über den Parkplatz schweifen. Auch die Rückspiegel vernachlässigte er nicht.

Hier unten regte sich kaum eine Lüftchen, aber am Himmel trieb der Wind ein zerfetztes Wolkenmeer ostwärts. Die Schatten gespenstischer Galeonen segelten über das Pflaster.

»Zu Tode gekommen sind alle in dem Kühlraum, wo Milch und andere verderbliche Waren gelagert wurden. Bei der Obduktion kam heraus, dass sie erschossen worden waren, bevor man den Brand gelegt hat.«

»Genau wegen solcher Sachen verzichte ich auf die Nachrichten«, sagte Tim. »Und deshalb will ich auch täglich irgendeine Mauer bauen.«

»Das Café stand in einem Geschäftsviertel, wo ziemlich viel los ist, aber niemand hat irgendwelche Schüsse gehört.«

»Er ist ein Profi«, sagte Tim. »Er besitzt die entsprechende Ausrüstung.«

»Allerdings haben zwei Leute gesehen, wie jemand das Café verließ, etwa zehn Minuten, bevor es in Flammen aufging. Der Mann, den sie gesehen haben, ging über die Straße zu einem direkt gegenüber stehenden Motel, gab seinen Zimmerschlüssel ab und fuhr davon. Er hatte dort in Zimmer vierzehn übernachtet. Sein Name war Roy Kutter.«

»Die Anfangsbuchstaben!«, sagte Linda. »Einer von Kravets Decknamen.«

»Ich habe einen Ausdruck seines Führerscheins. Danach wohnt er in San Francisco. Das Foto zeigt den üblichen grinsenden Schweinehund.«

»Aber wenn jemand ihn gesehen hat …«, sagte Tim.

»Zwei Tage lang galt er als verdächtig. Die Polizei wollte mit ihm sprechen. Als man ihn tatsächlich gefunden hatte, sagte er, die Zeugen hätten sich geirrt. Er sei nicht aus dem Café gekommen, weil er gar nicht hineingegangen sei. Klar, er sei rübergegangen, um sich einen Becher Kaffee zu besorgen, aber die Tür war noch abgeschlossen. Er konnte keine zwanzig Minuten warten, bis der Laden aufmachte, weil er einen wichtigen Termin wahrnehmen musste.«

»Einen Termin?«, fragte Tim. »In welcher Branche ist er denn tätig?«

»Krisenmanagement.«

»Was soll das denn heißen?«

»Wer weiß. Angeblich war er im Auftrag irgendeiner Bundesbehörde tätig.«

»Welcher?«

»Darüber haben die Medien bezeichnenderweise nichts Genaues berichtet.«

»Aber er hat glaubhaft gewirkt?«, fragte Linda. »Man hat ihn als unverdächtig laufen lassen?«

»An der Stelle der Berichte habe ich angefangen, zwischen den Zeilen zu lesen«, sagte Pete. »Man merkt, dass der ermittelnde Kollege etwas gerochen hat, und sein Vorgesetzter auch. Sie wollten offenbar Druck auf diesen Kutter ausüben, ja sogar eine Möglichkeit finden, ihn vorläufig festzunehmen.«

»Und wieso haben sie das nicht getan?«

»Da lese ich vielleicht zu sehr zwischen den Zeilen, aber ich habe das Gefühl, jemand hat Druck auf *sie* ausgeübt, während sie versuchten, Kutter unter Druck zu setzen.«

»So, wie jemand Druck auf Hitch Lombard ausgeübt hat«, sagte Tim.

»Genau. Jedenfalls war Roy Kutter ziemlich bald nicht mehr von Interesse für die Polizei.«

Vereinzelt bogen Pkws auf den riesigen Parkplatz ein und blieben in verschiedenen Reihen stehen. Bei den Leuten, die ausstiegen, handelte es sich offenbar um Angestellte, vielleicht um die Manager der einzelnen Geschäfte, die schon eine Stunde vor der Öffnungszeit eintrafen. Keiner von ihnen schien Interesse an dem Honda zu haben.

»Aber«, sagte Linda, »wieso ist es so wichtig, dass ich dort ab und zu Kaffee getrunken habe? Kurz vor dem Brand war ich sicher nicht da, ich glaube sogar, eine ganze Woche vorher nicht. Wieso will mich jemand umbringen lassen, weil ich gelegentlich im Cream and Sugar war?«

In der Küche des Jalisco sah die Welt sicher geordneter und normaler aus als hier draußen, wo Kravet wahrscheinlich gerade mit irgendeiner geheimnisvollen Technik versuchte, Teresas Honda aufzuspüren. Deshalb war es nur zu verständlich, dass Pete Santo seinen Ohren nicht traute. »Wie bitte?«, fragte er. »Willst du mich auf den Arm nehmen, oder meinst du tatsächlich, dass dich jemand umbringen will?«

»Ich habe den Eindruck, es ist jetzt wirklich an der Zeit, dir reinen Wein einzuschenken«, sagte Tim.

»Den Eindruck habe ich schon längst.«

In aller Kürze berichtete Tim, wie er in der Kneipe zweimal für den Falschen gehalten worden war.

»Du lieber Himmel, Türsteher!«

»Tja, da sitzen wir nun«, sagte Tim, »ohne beweisen zu können, was vorgefallen ist. Inzwischen sieht es sogar so aus, dass man dem Kerl selbst dann kein Haar krümmen würde, wenn wir auf Video aufgenommen hätten, wie er auf uns schießt.«

»Das heißt, inzwischen ist noch mehr passiert«, vermutete Pete.

»Das kann man wohl sagen.«

»Sagst du es mir?«

»Ich bin zu müde, um alles der Reihe nach zu erzählen. Sagen wir einfach, Linda und ich ... wir haben es uns redlich verdient, noch am Leben zu sein. Ehrlich gesagt, staune ich, dass wir es noch sind.«

»Wahrscheinlich ist es euch ohnehin schon klar, aber selbst wenn ihr Glück habt und ihn erwischt, ist es trotzdem nicht vorbei. Ihr müsst auch die erwischen, für die er arbeitet.«

»Stimmt. Leider hab ich den Eindruck, die lassen sich nicht so leicht erwischen.«

»Und was machen wir nun?«, mischte sich Linda ein. »Nach allem, was wir erlebt haben, komme ich mir vor wie auf dem Präsentierteller. Egal, wo wir uns verstecken, er findet uns.«

In ihrer Stimme lag keine Furcht, und auch äußerlich sah sie ruhig aus.

Tim fragte sich, was sie wohl so stark gemacht hatte.

»Ich habe noch etwas für euch«, sagte Pete. »Vielleicht ist es von Bedeutung. Bei der Polizei von Laguna habe ich einen Freund namens Paco. Ein absolut zuverlässiger Bursche. Vor einer halben Stunde habe ich ihn angerufen, natürlich inoffiziell, und ihn über den Cream-and-Sugar-Fall ausgehorcht. Ich weiß, sage ich, dass die Sache noch nicht abgeschlossen ist, aber wird zurzeit aktiv ermittelt? Nein, sagt er, ermittelt wird nicht. Dann erzählt er mir, Lily Chou sei so außer sich vor Trauer, dass sie Verschwörungstheorien ersinnt. Sie meint, die Leute, die ihre Familie umgebracht haben, wären immer noch am Werk.«

»Lily ist die Frau von Charlie«, erklärte Linda. »Seine Witwe.«

»Was soll damit gemeint sein, dass die immer noch am Werk sind?«, fragte Tim.

»Na ja, Lily Chou ist offenbar steif und fest der Ansicht, innerhalb der vergangenen eineinhalb Jahre, also seit dem

Brand, seien mehrere frühere Stammgäste des Cafés unter verdächtigen Umständen zu Tode gekommen.«

Linda verschränkte die Arme und zitterte, als wäre es plötzlich Winter geworden.

»Unter verdächtigen Umständen?«, wiederholte Tim. »Was für Leute waren das?«

»Das hat Paco nicht gesagt, und ich wollte ihn nicht so unter Druck setzen, dass er Verdacht schöpft. Klar ist jedenfalls, dass man Lily Chou nicht ernst nimmt. Nachdem sie ihre ganze Familie verloren hat, wäre es durchaus verständlich, wenn sie vor Trauer nicht mehr klar denken könnte und sich irgendwelche wirren Geschichten ausmalen würde. Aber vielleicht wollt ihr ja trotzdem mit ihr sprechen.«

»Auf jeden Fall«, sagte Linda. »Ich weiß, wo die Chous früher gewohnt haben. Kann sein, dass Lily immer noch im selben Haus lebt.«

»Laut Paco ja. Er sagt, sie kann die Vergangenheit nicht ruhen lassen. Als könnte sie die Toten wieder zurückholen, wenn sie sich nur hartnäckig genug an sie klammert.«

In Lindas ausdrucksstarken grünen Augen sah Tim volles Verständnis für die hartnäckige Trauer, die Pete gerade beschrieben hatte.

»Nennt mir mal eure neue Handynummer«, sagte Pete. »Ich gehe gleich los, um mir selbst so ein Ding zu kaufen. Dann melde ich mich wieder. Ruft hier nicht noch mal an. Eigentlich hätte ich Santiago ohnehin nicht in die Sache hineinziehen dürfen, nicht einmal ansatzweise.«

»Ich weiß nicht, was du noch für uns tun könntest«, sagte Tim.

»Wenn ich nicht noch wesentlich mehr tun kann, als ich bisher getan habe, dann wäre ich eine ziemlich traurige Gestalt. Los, sagt mir schon die Nummer!«

Linda las sie von der Anmeldung ab.

»Ach, eines musst du noch wissen. Aber wahrscheinlich weißt du's schon.«

»Was denn?«, fragte Tim.

»Mit dir rede ich gar nicht, Türsteher. Ich spreche mit deiner hübschen Begleiterin. Hörst du mir zu, Hübsche?«

»Mit beiden Lauschern, Heiliger.«

»Wie gesagt, wahrscheinlich weißt du es schon, aber du könntest nie in bessere Hände kommen als in die, in denen du gerade bist.«

Linda sah Tim in die Augen. »Das weiß ich«, sagte sie zu Pete, »seit er gestern Abend mein Haus betreten und erklärt hat, er verstünde nichts von moderner Kunst.«

»Das leuchtet mir jetzt aber nicht so recht ein«, sagte Pete.

»So ist es einfach«, erklärte Linda, »er hätte auch etwas ganz anderes oder gar nichts sagen können, und ich hätte trotzdem gewusst, dass ich ihm vertrauen kann.«

44

Aufrecht im Bett sitzend las Krait *Eine unerbittliche Krebserkrankung* von Toni Zero. Seinen grünen Tee und die Kekse hatte er dabei bald vergessen. Der erzählerische Schwung der Autorin war stark, ihre Prosa strahlend und sicher. Sie wusste um die Notwendigkeit von Understatement, aber auch um den Wert der Übertreibung.

Vor allem jedoch gefielen ihm die verführerische Verzweiflung, die tief sitzende Hoffnungslosigkeit und die zersetzende Bitterkeit. Angesichts einer derart düsteren Weltsicht wären selbst dem größten Optimisten die Argumente ausgegangen.

Hingegen hätte Wormwood, der eifrige Teufelslehrling in C. S. Lewis' *Dienstanweisung für einen Unterteufel*, aus diesem Buch viel darüber lernen können, wie man unschuldige Seelen auf die schiefe Bahn brachte. Womöglich hätte selbst sein Onkel, der alte Screwtape, noch den einen oder anderen Trick aufgeschnappt.

Erfreulich fand Krait auch den Zorn der Autorin. Dieser war der Verzweiflung zwar immer untergeordnet, doch sie servierte ihn in kleinen Portionen, die berauschend boshaft und rachsüchtig waren.

Eine Weile dachte Krait, er habe die größte Schriftstellerin des Jahrhunderts entdeckt. Zumindest nahm er an, sie würde seine Lieblingsautorin werden.

Mit der Zeit wurde jedoch deutlich, dass die Autorin frustriert von der vorsätzlichen Ignoranz war, zu der die Menschheit unvermeidlich neigte. Dazu gesellte sich Entrüstung über die Grausamkeiten, die Menschen einander zufügten. Offenbar empfand die Autorin die Welt als hoffnungslos, glaubte aber wohl, das müsse nicht so bleiben.

Schlimmer noch, sie sehnte sich anscheinend nach einer Welt, in der Versprechen gehalten wurden, in der Vertrauen nicht enttäuscht wurde, in der Ehre etwas galt und in der Mut zu neuem Mut anspornte. Aus diesen Gründen verlor sie schließlich Kraits Bewunderung.

Die Verzweiflung in ihrem Buch entsprach eindeutig nicht dem, was sie wirklich fühlte. Eher hatten üble Erfahrungen sie davon überzeugt, dass sie sich so fühlen *sollte*. Die Momente des Zorns, die im Text aufloderten, waren durchaus real, aber für Kraits Geschmack weder intensiv noch zahlreich genug.

Als er am Abend einen Rundgang durch Paquettes Haus gemacht hatte, da hatte er auch einen Blick auf das Bücherregal im Wohnzimmer geworfen, dort aber keinen einzigen Roman von Toni Zero gesehen. Offenbar hatte sie ihre Bücher in einen Schrank oder auf den Dachboden verbannt, was vermuten ließ, dass sie ihre mangelnde Überzeugungskraft inzwischen selbst eingesehen hatte.

Auch das historische Ford Coupé, die Sammlung von Romanen bestimmter anderer Schriftsteller und die Einrichtung des Hauses wiesen darauf hin, dass diese Frau ein ärgerlich hoffnungsvolles Herz besaß.

Krait trug ihr Buch ins Badezimmer und warf es in die Toilettenschüssel. Dann leerte er seine Blase. Statt die Spülung zu betätigen, schloss er den Deckel, damit der Roman sich ordentlich vollsaugen konnte.

Ein solches Verhalten stand zwar nicht im Einklang mit seinem Reinlichkeitsempfinden, doch es war notwendig.

Ins Bett zurückgekehrt, stellte er fest, dass die Thermoskanne den Tee schön warm gehalten hatte. Die Kekse waren lecker.

Als er sich zu einem zwei- bis dreistündigen Nickerchen ausstreckte, nahm er die Pistole mit unter die Decke. Sein Mobiltelefon behielt er lose in der Hand.

Er würde genau in der Haltung aufwachen, in der er eingeschlafen war, mit dem Telefon in der Hand. Er träumte nie und hatte auch nie einen unruhigen Schlaf. Anders gesagt, er schlief wahrhaftig wie ein Toter.

45

Diesmal saß Linda am Steuer, während Tim das Kabel seines neuen Rasierapparats in den Zigarettenanzünder steckte, um sich zu rasieren.

Als er fertig war, sagte er: »Ich kann dieses Gefühl einfach nicht ausstehen.«

»Welches Gefühl?«

»Das von den Stoppeln; die jucken dermaßen. Komischerweise macht es mir dagegen überhaupt nichts aus, wenn meine Kleider so voller Schweiß sind, dass es zum Himmel stinkt.«

»Vielleicht sollte es dir was ausmachen.«

»Läuse, aufgesprungene Lippen, Hitzepickel, dieser trockene graue Hautpilz und riesige Kakerlaken – das halte ich alles aus, solange mich mein Bart nicht juckt.«

»Hm. Die meisten Typen verschweigen beim ersten Date, dass sie auf trockenen grauen Hautpilz stehen.«

Tim legte den Rasierapparat in seine Schachtel zurück. »Das erste Date dauert auch meistens nicht so lange.«

»Wo gibt es eigentlich riesige Kakerlaken?«

»Das willst du gar nicht wissen. Erzähl mir lieber was über Mrs. Chou.«

»Die ist unglaublich dynamisch. Wie der Rest der Familie hat sie im Café gearbeitet. Normalerweise war sie ab mittags bis zum frühen Abend da. An dem Morgen, als es passiert ist, war sie noch zu Hause.«

Das Haus der Chous war ein eleganter, moderner Bau in

den Hügeln von Laguna, der mit einer Seite über den Rand eines Canyons ragte.

Königinpalmen flankierten den mit Schiefer gepflasterten Weg und warfen rabenschwarze Flügelschatten auf den unregelmäßigen Stein.

Lily Chou kam sofort an die Tür. Sie war gut fünfzig Jahre alt, klein, schlank und hatte eine porzellanglatte Haut, deren Farbe an altes Elfenbein erinnerte. Gekleidet in eine schwarze Seidenhose und eine dazu passende Bluse mit Stehragen, war sie eine Erscheinung, die ihre geringe Körpergröße Lügen zu strafen schien.

Bevor die beiden Gelegenheit hatten, sich vorzustellen, fragte sie: »Ach, sind Sie nicht ... Linda? Doppelter Espresso mit Zitronenschale?«

»Genau«, sagte Linda. »Wie können Sie sich bloß nach so langer Zeit daran erinnern?«

»Das Café war unser Leben. Es war so schön zu sehen, dass die Leute zufrieden mit dem waren, was wir Ihnen serviert haben.«

Ihre Stimme war melodisch. Die Worte klangen wie gesprochene Musik.

»Sie waren auf jeden Fall kein Stammgast«, sagte sie zu Tim. »Aber selbst wenn Sie nur ab und zu mal da gewesen wären, hätte ich bestimmt nicht vergessen, was so ein Riese bestellt hat. Wie mögen Sie Ihren Kaffee?«

»Schwarz, als Espresso oder intravenös.«

Lily Chou sah Linda an und lächelte. »An den hätte ich mich auf jeden Fall erinnert!«

»Er hinterlässt einen Eindruck wie ein plötzlich lautlos herabfallender Stein«, sagte Linda.

»Schön formuliert«, meinte Lily Chou.

Linda stellte Tim vor. »Mrs. Chou ...«, sagte sie dann.

»Lily.«

»Gern. Lily, wenn ich Ihnen verrate, weshalb wir hier sind, dann halten Sie mich hoffentlich nicht für verrückt.

Das würden die meisten Leute nämlich tun. Ich habe den Verdacht, dass jemand versucht, mich umzubringen … weil ich früher bei Ihnen Kaffee getrunken habe.«

Die klaren, dunklen Augen der kleinen Frau wurden weder weiter noch schmaler. »Ja, das ist durchaus möglich.«

Lily Chou führte die beiden in ein Wohnzimmer, dessen abgestufte Decke einen Ton heller war als die aprikosenfarben schimmernden Wände.

Glänzende, bronzefarbene Vorhänge umrahmten eine Fensterwand, durch die man das im Morgenlicht purpurn leuchtende Meer mit der Insel Catalina sah. Am Himmel standen nur noch ein paar Wolkenfetzen.

Das Panorama im Blick, setzten Linda und Tim sich auf dunkle Sandelholzsessel mit roten Sitzkissen und Pfingstrosenmedaillons in den breiten Rückenlehnen.

Ihre Gastgeberin entschuldigte sich ohne weitere Erklärung. Die in Pantoffeln steckenden Füße machten weder auf den Teppichen noch auf dem Parkett irgendein Geräusch.

Aus dem Canyon, über dessen Rand das Haus ragte, stieg ein Rotschwanzbussard auf und glitt in einer langsam größer werdenden Spirale durch die Luft.

Im Wohnzimmer standen auf hohen Räuchersäulen zwei aus Stein geschnitzte chinesische Drachen. Sie schienen Tim zu beobachten, während er selbst den Bussard beobachtete.

Eine gewichtige Stille sammelte sich im Haus. Tim hatte das Gefühl, es wäre nicht nur unhöflich, sondern sogar grob gewesen, sie zu stören.

So rasch, dass eine Espressomaschine bereits einsatzbereit gewesen sein musste, kam Lily mit drei doppelten Portionen in weißen Tassen zurück. Diese standen auf einem roten Lacktablett, das sie auf ein Sandelholztischchen mit gebogenen Beinen und eleganten Zierstreben stellte.

Das Panorama im Rücken, setzte sie sich auf ein schmales chinesisches Bett, das als Sofa diente. In die Rücken-

und Seitenlehnen waren Drachen geschnitzt, das rote Polster passte zu dem der Sessel.

Sie nahm einen Schluck Espresso, dann sagte sie: »Der liebe Dr. Avarkian war Stammgast bei uns.«

»Wir haben ein paar Mal auf der Terrasse miteinander geplaudert, wenn unsere Tische nebeneinanderstanden«, erinnerte sich Linda.

»Ein Universitätsprofessor«, sagte Lily zu Tim. »Er ist an einem Herzinfarkt gestorben, obwohl er noch recht jung war.«

»Wie jung?«, fragte Tim.

»Sechsundvierzig. Das war drei Monate nach dem Brand.«

»Gut, das ist wirklich noch ziemlich jung, aber selbst in dem Alter haben manche Leute einen Herzinfarkt.«

»Die nette Evelyn Nakamoto …«

»Ach, die kannte ich auch.« Linda beugte sich auf ihrem Sessel vor. »Sie hatte eine Kunstgalerie an der Forest Avenue.«

»Fünf Monate nach dem Brand«, sagte Lily. »Bei einem Besuch in Seattle wurde Evelyn auf einem Zebrastreifen überfahren. Der Schuldige hat Fahrerflucht begangen.«

»Aber Seattle …«, sagte Tim.

»Wenn jemand so weit weg stirbt«, sagte Linda, »dann sieht es weniger danach aus, dass sein Tod im Zusammenhang mit irgendwelchen Ereignissen hier bei uns steht. Genau deshalb hat man sie vielleicht in Seattle ermordet.«

»Und Jenny Nakamoto«, sagte Lily Chou.

»Das war die Tochter von Evelyn«, erklärte Linda. »Die beiden haben oft zusammen Kaffee getrunken. Ein hübsches Mädchen.«

»Ja. Jenny. So lieb, so fröhlich. Sie war Studentin in Los Angeles. Hatte in Westwood ein kleines Apartment über einer Garage. Jemand hat dort auf sie gewartet und sie vergewaltigt, als sie nach Hause kam. Anschließend hat der Kerl sie umgebracht.«

»Schrecklich.« Linda schauderte. »Das wusste ich noch gar nicht. Wann ist das passiert?«

»Vor acht Monaten, fünf Monate nach dem Tod ihrer Mutter in Seattle.«

Tim hatte den Eindruck, dass der starke, perfekt zubereitete Espresso inzwischen bitter schmeckte.

Lily stellte ihre Tasse auf das Lacktablett zurück. Sie beugte sich vor, faltete die Hände im Schoß und sagte: »Der Mord an Jenny war sehr hässlich.«

Mitten im Kreisen hatte der Bussard offenbar eine Beute erspäht und stürzte sich in die Schlucht. Nun war der Himmel leer.

Lily starrte auf ihre gefalteten Hände. »Sie ist an Münzen erstickt.«

Tim glaubte, nicht recht gehört zu haben. »An Münzen?«, wiederholte er fragend.

Was geschehen war, empfand Lily offenbar als so grässlich, dass sie nicht in der Lage war, den beiden in die Augen zu schauen. Den Blick weiter auf ihre Hände gerichtet, antwortete sie: »Er hat Jenny an Händen und Füßen gefesselt, dann hat er sie aufs Bett gepresst und ihre eine Rolle Münzen in den Hals gesteckt.«

»Mein Gott«, stieß Linda aus.

Tim war sich sicher, dass das Letzte, was Jenny Nakamoto unter Tränen gesehen hatte, jene erweiterten Pupillen gewesen waren, die nach Licht gierten, nach Jennys und dem aller anderen.

»Ein Herzinfarkt, ein Autounfall, ein Sexualverbrechen«, sagte er. »Auch wenn ich verstehe, dass die Polizei da keine Verbindungen sieht, glaube ich, dass Sie Recht haben, Lily.«

Sie sah ihm in die Augen. »Es waren nicht nur die drei. Auch der nette Mr. Shotsky, ein Anwalt, und seine Frau. Sie waren oft gemeinsam bei uns im Café.«

»Die kannte ich nicht«, sagte Linda, »aber ich habe davon in den Nachrichten gehört. Er hat sie erschossen und dann mit derselben Waffe Selbstmord begangen.«

»Das glaube ich eben nicht«, sagte Lily Chou. »Mr. Shotsky hat einen Abschiedsbrief hinterlassen, in dem steht, er hätte sie mit einem anderen Mann nackt ihm Bett erwischt. Man hat zwar ... tut mir leid, aber es gehört dazu ... man hat Sperma in ihr gefunden, das nicht von ihrem Mann stammte, sagt die Polizei. Aber wenn Mr. Shotsky es über sich gebracht hat, seine eigene Frau zu erschießen, wieso hat er dann nicht auch den Mann erschossen? Wieso hätte er ihn laufen lassen? Und wo ist dieser Mann?«

»Sie sollten Detektivin sein, Lily«, sagte Tim.

»Ich sollte Frau und Mutter sein, aber das bin ich nicht mehr.«

Obwohl Lilys Stimme bei diesen Worten zitterte, blieben ihr porzellanglattes Gesicht und ihre dunklen Augen ruhig.

Vielleicht war es der Kummer, der die Stille in diesem Haus so tief und dicht werden ließ. Was in der Atmosphäre noch mitschwang, war die stoische Akzeptanz eines unerbittlichen Schicksals.

Die steinernen Drachen hatten die Ohren aufgestellt, als lauschten sie auf die Schritte des Manns mit dem steinernen Blick.

46

Aus einer Wiese mit goldenem Gras ragten schwarze Bambusstämme auf. Dazwischen standen Kraniche mit schwarzen Beinen, Hälsen und Schnäbeln.

Der sechsflächige Paravent in Lily Chous Wohnzimmer wurde von Gold in unterschiedlichen Schattierungen beherrscht. Die schwarzen Elemente darauf sahen fast kalligraphisch aus. Dazu kamen die weiß gefiederten Körper der Kraniche, deren weiße Köpfe und ein Gefühl des Friedens.

»Aus Sicht der Polizei«, sagte Lily, »sind diese fünf Todesfälle nicht mal ein merkwürdiger Zufall. Einer von den Leuten dort hat zu mir gesagt: ›Da gibt's keine Verschwörung, Mrs. Chou. So ist einfach das Leben.‹ Wie kommen die bloß auf solche Gedanken – dass es irgendwie in der Natur des Lebens liegt, wenn man eines unnatürlichen Todes stirbt oder ermordet wird?«

Tim sah sie an. »Hat man bei den Ermittlungen zum Mord an Ihrer Familie eigentlich irgendwelche Fortschritte gemacht?«

»Wenn man einen Bären jagt, kann man keine Fortschritte machen, indem man nur der Fährte von Rehen folgt. Anders gesagt, die Polizei sucht einen Einbrecher, aber den gab es nicht.«

»Ist denn kein Geld verschwunden?«, fragte Linda.

»Was da war, ist verbrannt, aber es gab ohnehin nichts, was es sich zu stehlen lohnte. Morgens war in der Kasse nur Wechselgeld. Wegen vierzig Dollar in Münzen und kleinen Scheinen bringt doch niemand vier Menschen um!«

»Manche tun das für weniger«, sagte Tim. »Aus Hass. Aus Neid. Aus gar keinem Grund. Nur, um zu töten.«

»Und dann legen sie sorgfältig ein Feuer? Verschließen hinter sich die Tür und richten es so ein, dass das Feuer erst ausbricht, wenn sie schon eine Weile weg sind?«

»Also hat die Polizei einen Zeitzünder gefunden?«, fragte Linda. »Einen Brandsatz?«

»Die Hitze war extrem. Da war kein Brandsatz mehr auffindbar, nur noch gewisse Hinweise darauf. Deshalb diskutiert man bei der Polizei ständig hin und her. Abwechselnd heißt es, da war einer und da war keiner.«

In dem weiten Himmel jenseits der Fenster löste sich ein letzter, feiner Wolkenfetzen auf und versank im Dunkelblau.

»Woher wissen Sie eigentlich, dass jemand Sie umbringen will?«, fragte Lily.

Linda warf Tim einen kurzen Blick zu. »Ein Mann hat versucht, mich in einer Gasse zu überfahren. Später hat er auf uns geschossen.«

»Waren Sie bei der Polizei?«

Tim schüttelte den Kopf. »Wir haben Grund zu der Annahme, dass dieser Mann Beziehungen zu irgendeiner Polizeibehörde hat. Deshalb wollen wir mehr erfahren, bevor wir etwas unternehmen.«

Lily beugte sich vor. »Wissen Sie schon einen Namen?«

»Ja, aber der ist gefälscht. Seinen richtigen Namen kennen wir nicht.«

»Und wie haben Sie von mir erfahren? Woher wussten Sie, dass ich einen solchen Verdacht hege?«

»Den falschen Namen, den wir kennen, hat man vorübergehend mit dem Mord an Ihrer Familie in Verbindung gebracht.«

»Roy Kutter.«

»Stimmt.«

»Aber der Name war echt. Angeblich hat man herausbekommen, dass er nichts mit der Sache zu tun hatte.«

»Ja«, sagte Linda, »aber das ist nicht seine wahre Identität.«

»Weiß die Polizei hier bei uns davon?«

»Nein«, sagte Tim, »und ich bitte Sie dringend, denen vorläufig auch nichts von dem zu verraten, was wir Ihnen gesagt haben. Von Ihrer Verschwiegenheit hängt womöglich unser Leben ab.«

»Die würden mir sowieso nicht zuhören«, sagte Lily. »Sie meinen, ich sei vor lauter Trauer völlig wirr geworden.«

»Das wissen wir«, sagte Tim. »Wir haben gehört, dass Sie wegen des Tods der fünf Gäste dort vorstellig geworden sind. Deshalb sind wir hier.«

»Wirr bin ich durch meine Trauer nicht geworden. Sie hat mich nur zornig und ungeduldig gemacht. Und entschlossen. Ich will Gerechtigkeit. Ich will die Wahrheit wissen.«

»Wenn wir Glück haben, finden wir zumindest die Wahrheit heraus«, sagte Tim. »Aber Gerechtigkeit ist heutzutage noch schwerer zu finden als Wahrheit.«

Lily erhob sich von ihrem Sofa. »Ich bete jeden Abend und jeden Morgen für meinen toten Mann, für meine Söhne und für meine Nichte. Von nun an werde ich auch für euch beide beten.«

Während sie ihrer Gastgeberin zur Tür folgten, warf Tim noch einmal einen Blick auf den Paravent mit den Kranichen und dem schwarzem Bambus. Da entdeckte er etwas, das ihm bislang nicht aufgefallen war: Im goldenen Gras verborgen stand geduckt ein goldener Tiger.

Obwohl er nicht recht wusste, ob das angebracht war, beugte er sich an der Haustür zu Lily Chou hinunter, um sie zu umarmen.

Offenbar hielt sie es durchaus für angebracht, denn sie stellte sich auf die Zehenspitzen und gab ihm einen Kuss auf die Wange. »Vorhin habe ich gesehen, wie Sie den Wandschirm bewundert haben«, sagte sie.

»Stimmt. Gerade habe ich ihn übrigens noch einmal bewundert. Ich finde ihn fantastisch.«

»Was gefällt Ihnen besonders daran – die Schönheit der Kraniche?«

»Zuerst war es das, ja. Aber jetzt gefällt mir noch mehr, wie ruhig die Kraniche in Gegenwart des Tigers sind.«

»Nicht jeder sieht den Tiger«, sagte sie, »doch er ist da. Er ist immer da.«

Als sie im Wagen saßen, sagte Linda: »Seit dem Brand des Cafés sind weitere fünf Menschen ermordet worden. Wegen etwas, das sie wussten, ohne es zu wissen?«

»Offenbar ist irgendetwas geschehen, während ihr alle eines Tages zur selben Zeit dort wart. Als ihr auf der Terrasse Kaffee getrunken habt, jeder an seinem eigenen Tisch.«

»Aber auf der Terrasse ist nie etwas passiert!«, protestierte Linda. »Nichts Besonderes jedenfalls. Wir haben unseren Kaffee getrunken und ein Stück Kuchen oder ein Sandwich gegessen. Haben Zeitung gelesen und den Sonnenschein genossen … und dann sind wir nach Hause gegangen.«

Tim trat aufs Gaspedal. »Der Tiger war da, aber niemand hat ihn gesehen.«

Sie fuhren durch die Hügel zur Küste hinunter. »Was nun?«, fragte Linda.

»Weiß noch nicht.«

»Wir haben nur zwei Stunden geschlafen. Bestimmt finden wir ein Motel, wo man sich nicht wundert, wenn du bar bezahlst.«

»Ich glaube nicht, dass ich einschlafen könnte.«

»Ich eigentlich auch nicht. Also … wie wäre es dann, wenn wir zu einem Café fahren, das eine Terrasse hat? Setzen wir uns doch dort draußen hin. Vielleicht brauche ich nur genügend Sonne und Espresso, um mich zu erinnern.«

47

Nachdem Krait kaum mehr als zwei Stunden geschlafen hatte, wurde er um Viertel vor elf von dem vibrierenden Handy geweckt, das er noch immer in der Hand hielt.

Augenblicklich wach schlug er die Decke zurück und setzte sich auf die Kante von Teresa Mendez' Bett, um zu lesen, was sich als ärgerliche Textnachricht von seinem Unterstützungsteam entpuppte.

Man hatte zwei Fragen. Zum einen wollte man wissen, weshalb er im Haus von Brittany und Jim drei Personen getötet hatte.

Noch nie hatte man ihn gebeten, einen Kollateralschaden zu erklären. Er ärgerte sich über diese Frage, weil sie anzudeuten schien, er habe womöglich unnötigerweise jemanden eliminiert.

Wäre er seinem ersten Impuls gefolgt, so hätte er geantwortet: Eigentlich seien die drei besser dran, weil sie nun tot waren, was für jeden gelte, der momentan am Leben sei, denn dann fiele er der Welt nicht weiter zur Last. Wenn man ihm schon derart arrogante Fragen stelle, so solle man nicht fragen, wieso er diese drei, sondern wieso er noch nicht *jedermann* getötet habe.

Außerdem wollte man wissen, wieso die Verfolgung von Linda Paquette ihn ausgerechnet in das Haus geführt hatte, wo jetzt drei Leichen lagen.

Diese Frage wollte er auf keinen Fall beantworten, weil sie eine geradezu unverschämte Verletzung seiner Privatsphäre darstellte. Man hatte ihn *gebeten*, eine bestimmte

Gnade zu gewähren. Ein *Knecht* war er deshalb noch lange nicht. Er war Herr über sein eigenes Leben, das gut war, weil es sich der Kunst des Todes widmete.

Solange man letzten Endes die Gnade empfing, um die man ihn gebeten hatte, und das war in diesem Fall der Tod von Linda Paquette, solange hatte man keinerlei Anrecht, ihn ob seiner Handlungen zur Rechenschaft zu ziehen. Empörend war das!

Abgesehen davon konnte Krait diesen Leuten nicht mitteilen, weshalb er in das Haus von Brittany und Jim eingedrungen war, denn sie wussten nicht, dass er kein eigenes Zuhause hatte. Sie dachten, er würde seinen Wohnort geheim halten, was für einen Mann mit einem derart blutigen Beruf nur vernünftig gewesen wäre.

Wenn er seine unkonventionelle Lebensweise erklärte, würde man ihn sicher nicht verstehen und die Beziehungen zu ihm vermutlich abbrechen. Schließlich waren diese Leute gewöhnliche Menschen; keiner von ihnen war ein Fürst der Erde wie er.

Statt eines eigenen Heims besaß er Millionen von Residenzen. Normalerweise wohnte er mit solcher Umsicht im Zuhause anderer Leute, dass diese seinen Besuch anschließend nicht einmal bemerkten.

Ab und zu kam er jedoch in eine Situation, aus der er sich nicht herausreden konnte. Dann schoss er sich den Weg eben frei.

Bisher hatte der Gentlemen's Club sich hinsichtlich solcher Angelegenheiten nicht neugierig gezeigt. Dass es diesmal anders war, lag womöglich an der Menge: ein dreifacher Kollateralschaden im Rahmen einer einzigen Mission.

Er beschloss, beide Fragen zu ignorieren und nur mit einem Vers von Wallace Stevens zu antworten, einem Dichter, den er mochte, aber nicht begriff: DER EINZIGE KAISER IST DER KAISER DER EISKREM.

Wenn er Wallace Stevens las, wollte Krait manchmal nicht nur alle Menschen auf der Welt umbringen, sondern auch sich selbst. Das schien ihm der beste Beweis dafür zu sein, dass es sich um große Lyrik handelte.

DER EINZIGE KAISER IST DER KAISER DER EISKREM.

Darüber sollten diese Typen ausgiebig nachdenken, und wenn sie helle genug waren, kamen sie zu dem Schluss, dass sie mit ihren Fragen eine Grenze überschritten hatten.

Inzwischen fand Krait es durchaus wahrscheinlich, dass ihn doch der Club und nicht irgendjemand anders gebeten hatte, Linda Paquette zu beseitigen. Wenn die Mitglieder des Clubs wegen dieser drei Toten derart irritiert waren, so konnte das daran liegen, dass man sich Sorgen machte, weil die Zielperson ihm wiederholt entwischt war, denn das war bislang noch nie vorgekommen.

Gelang es ihm nun rasch, die Frau zu finden und zu vernichten, dann waren die Sorgen des Clubs Makulatur. Sobald Paquette tot war, würde der Tod von Cynthia, Malcolm und Nora als unvermeidlicher Kollateralschaden akzeptiert werden und bald vergessen sein.

Krait warf Teresas Unterwäsche wieder in den Korb im Kleiderschrank und machte das Bett. Dann brachte er Becher, Thermoskanne und den leeren Keksteller in die Küche, um alles abzuspülen und wegzustellen.

Ins Schlafzimmer zurückgekehrt, zog er sich an. Das Poster aus Paquettes Haus war vom Regen durchweicht worden, weshalb er es auseinandergefaltet und auf dem Teppichboden ausgebreitet hatte. Da es inzwischen trocken war, konnte er es problemlos wieder falten und in sein Jackett stecken.

Die Automatik in der Hand, begab er sich in Teresas kleines Arbeitszimmer. Dort schaltete er den Computer ein und ging ins Internet.

Die Regel, keine Fragen zu stellen, hatte Krait bisher nur Vorteile gebracht. Je weniger er über die Zielpersonen des

Clubs wusste, desto besser. Begriff er, wieso man diesen Leuten den Tod wünschte, dann wusste er schon zu viel. Er hatte oft genug erlebt, was mit Männern geschehen war, die zu viel wussten, und für Fürsten auf dieser Erde galt das womöglich ebenfalls.

Obwohl man ihn gebeten hatte, Paquette zu töten und nicht Carrier, hatte er es für klug gehalten, die besagte Regel auch auf ihn anzuwenden. Da er von ihm jedoch mehr als einmal überlistet worden war und da der Club offenbar plötzlich nervös wurde, beschloss Krait, seine Strategie diesmal zu ändern.

Er gab eine einfache Kombination aus Suchbegriffen ein, um festzustellen, ob im Internet irgendwelche Informationen über Carrier existierten. Dabei erwartete er nicht, viel mehr als das zu finden, was er bereits wusste. Das Gegenteil war der Fall.

48

Die breite Krone eines Eisenholzbaums beschirmte die Hälfte der Caféterrasse, die näher zur Straße hin lag. Um diese Jahreszeit waren die majestätischen Zweige nicht von purpurroten Blüten bedeckt.

Tim und Linda saßen in der Sonne an dem Tisch, der am weitesten von der Straße entfernt war. Hinter ihnen erhob sich eine weiß getünchte, mit bunt getupften Ranken bewachsene Ziegelmauer.

Auf dem Tisch standen Tassen mit Espresso und ein Teller mit Schokoladenkeksen, denen die Sonne einen feinen Pistazienduft entlockte.

Sie hatten ein paar Sätze über die dunkelrosa blühenden Ranken gewechselt, danach war eine Pause entstanden. Dann sagte Linda unvermittelt: »Mein Vater hieß Benedict. Alle haben Benny zu ihm gesagt.«

Tim hatte die Vergangenheitsform registriert und wartete.

»Er hatte Entwicklungspsychologie studiert. Da geht's um Säuglinge und Kleinkinder.«

»Bei dir hat er sie offenbar erfolgreich angewandt.«

Ein schmales Lächeln kam und ging. »Und meine Mutter hieß Renée.«

»Hast du Bilder von ihnen?«, fragte Tim spontan.

Linda griff nach ihrer Handtasche, zog ihre Geldbörse heraus und klappte sie auf. Zum Vorschein kam ein herausnehmbarer Einsatz mit transparenten Fotofächern.

»Ihre Gesichter gefallen mir«, sagte er.

»Die beiden waren sanfte, liebe Menschen. Und lustig.«

»Du ähnelst deiner Mutter.«

»Die hatte Erziehungswissenschaft studiert«, sagte Linda.

»Lehrerin?«

»Sie haben beide erst in einer Tagesstätte gearbeitet und später einen Kindergarten gegründet.«

»Hört sich so an, als hätten sie Erfolg damit gehabt.«

»Am Ende gehörten ihnen drei.«

Sie wandte das Gesicht der Sonne zu und schloss die Augen.

Ein Kolibri summte heran, um an einem der rosa Blütenkelche zu saugen.

»In einem war ein fünfjähriges Mädchen namens Chloe.«

Auf einem der Fotos hatte Benny einen lustigen Hut aufgesetzt und schnitt für Linda eine Grimasse.

»Chloes Mutter hatte die Kleine bereits auf Ritalin gesetzt.«

Auf demselben Foto lachte Linda begeistert.

»Meine Eltern haben ihr den Rat gegeben, es abzusetzen.«

Die Frühlingssonne ließ ihr Gesicht von innen her leuchten.

»Chloe war ziemlich schwierig. Deshalb wollte die Mutter dabei bleiben.«

»Es heißt ja, inzwischen lässt man es schon fast die Hälfte aller Kinder schlucken«, sagte Tim.

»Vielleicht haben meine Eltern es ungewollt geschafft, dass die Mutter Schuldgefühle bekam.«

»Oder sie mussten es gar nicht schaffen. Vielleicht hat die Mutter sich ohnehin schon schuldig gefühlt.«

»Egal. Jedenfalls hat sie es ihnen übelgenommen, dass sie darauf zu sprechen kamen.«

Der Kolibri war schillernd grün. Seine Flügel sah man nur verschwommen, so schnell bewegte er sie.

»Eines Tages ist Chloe auf dem Spielplatz hingefallen und hat sich das Knie aufgeschürft.«

Inzwischen fand Tim, dass die Fotos traurig aussahen. Sie waren Erinnerungen an einen Verlust.

»Meine Eltern haben die Wunde gesäubert.«

Tim steckte die Fotos in die Brieftasche zurück.

»Dabei haben sie Jod verwendet. Das hat natürlich gebrannt, und Chloe hat geschrien und getobt.«

Mit lautem Surren flog der Kolibri zu einer neuen Blüte.

»Anschließend hat sie ihrer Mutter erzählt, sie hätte es nicht gemocht, wie man sie angefasst hat.«

Tim schüttelte den Kopf. »Die Mutter hat doch bestimmt kapiert, dass damit das Jod gemeint war.«

»Vielleicht hat sie es missverstanden. Weil sie es missverstehen *wollte*.«

Lindas Gesicht verdüsterte sich, obwohl die Sonne immer stärker schien.

»Jedenfalls ist sie zur Polizei gegangen.«

Die schwirrenden Vogelflügel erzeugten ein leises, unerbittliches Geräusch.

»Daraufhin hat man meine Eltern befragt und festgestellt, dass es keinen Grund gab, gegen sie vorzugehen.«

»Aber das war nicht das Ende der Geschichte, oder?«

»Der Bezirksstaatsanwalt hatte damals Probleme. Seine Wiederwahl war gefährdet.«

»Das heißt, es ging nicht mehr um Recht und Gesetz, sondern nur noch um Politik«, sagte Tim.

Linda drehte ihr Gesicht von der Sonne weg, hielt die Augen jedoch weiterhin geschlossen.

»Der Staatsanwalt hat einen Psychiater angeheuert, der die Kinder befragen sollte.«

»Alle, nicht bloß Chloe?«

»Alle. Und dabei kamen allerhand wilde Geschichten in Umlauf.«

»Zum Beispiel?«

»Nacktspiele. Nackte Tänze. Im Spielzimmer getötete Tiere.«

»Tieropfer? So was hat man geglaubt?«

»Angeblich seien Hunde und Katzen getötet worden, um die Kinder so einzuschüchtern, dass sie den Mund hielten.«

»Mein Gott …«

»Zwei Kinder haben sogar gesagt, ein kleiner Junge sei zerstückelt worden.«

»Und das hatten sie ihren Eltern nie erzählt?«

»Verdrängte Erinnerungen. Man hätte ihn zerstückelt und im Garten vergraben.«

»Dann hätte man doch nur an der besagten Stelle graben müssen, um das zu überprüfen.«

»Das hat man auch getan, natürlich ohne etwas zu finden.«

»Und das war immer noch nicht das Ende?«

»Man hat die Tapeten von den Wänden gerissen, um nach Kinderpornographie zu suchen.«

»Ohne welche zu finden«, sekundierte Tim.

»Natürlich. Und man hat nach Gegenständen gesucht, wie man sie bei satanischen Ritualen verwendet.«

»Das klingt ja nach einer modernen Hexenjagd!«

»Manche Kinder haben behauptet, man hätte sie gezwungen, Bilder des Teufels zu küssen.«

»Und Kinder lügen nie«, sagte Tim.

»Ich mache ihnen keine Vorwürfe. Sie waren klein … und leicht beeinflussbar.«

»Ein Psychiater kann seinen Patienten unwissentlich falsche Erinnerungen einpflanzen, habe ich einmal gelesen.«

»Vielleicht geschieht das nicht immer unwissentlich. Übrigens, die abgehängten Zimmerdecken hat man auch heruntergerissen.«

»Alles wegen eines aufgeschürften Knies.«

»Der Boden wurde aufgerissen, um nach geheimen Kellerräumen zu suchen.«

»Die es nicht gab.«

»Nein. Trotzdem hat man meine Eltern vor Gericht gestellt. Aufgrund der Zeugenaussagen.«

Linda öffnete die Augen, denen man ansah, dass sie in die Vergangenheit blickte.

»Jetzt dämmert es mir allmählich«, sagte Tim. »Gab es damals nicht viele solcher Fälle?«

»Stimmt. Massenhaft. Es war eine landesweite Hysterie.«

»Manches muss ja gestimmt haben.«

»Schon, aber in mindestens fünfundneunzig Prozent der Fälle war es Humbug.«

»Trotzdem war das Leben vieler Menschen ruiniert, und manche kamen unschuldig ins Gefängnis.«

Linda schwieg. »Ich musste auch mit dem Psychiater sprechen«, sagte sie dann.

»Mit demselben, der die Kinder aus dem Kindergarten befragt hatte?«

»Ja. Der Staatsanwalt hat es verlangt. Das Jugendamt übrigens auch.«

»Hat man dich deinen Eltern weggenommen?«

»Man hat es versucht. Der Psychiater sagte, er könne mir helfen.«

»Inwiefern?«

»Er könne mir helfen mich zu erinnern, weshalb ich schlimme Träume hatte.«

»Hattest du denn welche?«

»Hat die nicht jedes Kind? Ich war damals zehn Jahre alt. Er hatte eine sehr eindringliche Art.«

»Der Psychiater?«

»Eine eindringliche Art, eine verführerische Stimme. Damit hat er es geschafft, dass man ihn mochte.«

Je höher die Sonne stieg, desto kleiner wurden die Schatten der Tassen auf dem Tisch.

»Er brachte einen dazu, dass man bestimmte Dinge glauben wollte ... Dinge, die vielleicht verborgen und vergessen waren.«

Sie faltete beide Hände um die kleine Espressotasse.

»In seinem Behandlungszimmer herrschte gedämpftes Licht. Er war geduldig. Sprach in leisem Ton.«

Sie hob die Tasse, ohne etwas zu trinken.

»Irgendwie hat er einen dazu gebracht, ihm in die Augen zu schauen.«

Tim spürte eine feine Schweißschicht im Nacken, die ihn frösteln ließ.

»Er hatte so schöne, traurige Augen. Und weiche, sanfte Hände.«

»Wie weit hat er dich auf diesem Weg geführt ... zu diesen falschen Erinnerungen?«

»Womöglich weiter, als ich mich erinnern will.«

Sie trank den letzten Schluck Espresso.

»Bei unserer vierten Sitzung hat er sich vor mir entblößt.«

Während sie sprach, stellte sie klappernd die Tasse auf der Untertasse ab.

Tim griff nach seiner Papierserviette, um sich den kalten, feuchten Nacken abzuwischen.

»Er hat mich gebeten, es zu berühren«, fuhr sie fort. »Es zu küssen. Aber ich wollte nicht.«

»Puh. Hast du es jemandem erzählt?«

»Niemand hat mir geglaubt. Man hat behauptet, meine Eltern hätten mich dazu angestiftet, so etwas zu sagen.«

»Um ihn in Verruf zu bringen.«

»Daraufhin hat man mich meinen Eltern tatsächlich weggenommen. Ich musste zu Angelina.«

»Wer war das?«

»Die Tante meiner Mutter. Molly und ich, mein Hund Molly ... ausgerechnet zu Angelina.«

Sie starrte auf ihre Handrücken. Dann auf ihre Handflächen.

»An dem Tag, als man mich weggebracht hat, haben sie unser Haus mit Steinen beworfen. Mehrere Fenster sind zerbrochen.«

»Wer hat das getan?«

»Jemand, der an geheime Zimmer und an Satanismus glaubte.«

Sie legte die Hände auf dem Tisch übereinander.

Ihre bemerkenswerte Ruhe hatte sie nicht verlassen.

»Fünfzehn Jahre lang habe ich nicht darüber gesprochen«, sagte sie.

»Du musst nicht weitersprechen«, sagte er.

»Doch, das muss ich. Aber ich brauche noch etwas Koffein, um mir Mut zu machen.«

»Dann besorge ich noch Espresso.«

»Danke.«

Er trug die benutzten Tassen zwischen den Tischen hindurch über die Terrasse. An der Tür des Cafés blieb er stehen und wandte sich nach Linda um.

Die Sonnenstrahlen schienen sie stärker zu erfassen als alles andere um sie herum. Hätte man nur dem Augenschein nach geurteilt, so wäre man vielleicht auf die Idee gekommen, die Welt sei nie unfreundlich zu ihr gewesen. So ruhig und schön war ihr Gesicht, das Tims Blick magnetisch anzog.

49

Wieder unterwegs fuhr Krait wohlgemut dahin. Die Ereignisse zeigten, dass er nicht nur ein Fürst, sondern sogar der König der Welt war.

Timothy Carrier war ein mächtiger Gegner, das musste man zugeben. Aber der Maurer hatte eine Schwäche, die ihn ihm ans Messer liefern würde.

Krait musste das flüchtige Paar nicht mehr aufspüren. Er konnte Carrier – und seinen Schützling – dazu zwingen, zu ihm zu kommen.

Während er Richtung Laguna Niguel fuhr, kam ihm eine Idee, die er ungemein faszinierend fand. Vielleicht war die umgekehrte Welt, die er in Spiegeln sah und so gern erforscht hätte, seine eigentliche Welt – die, aus der er gekommen war.

Wenn er keine Mutter hatte, was seine fehlende Erinnerung an eine eigentlich bewies, wenn sein Leben also scheinbar plötzlich im Alter von achtzehn Jahren begonnen hatte und alles davor ein Geheimnis blieb, dann lag es nahe, dass er nicht aus einem Mutterschoß auf diese Welt gekommen war, sondern aus einem Spiegel.

Seine Sehnsucht nach Spiegeln war also vielleicht die Sehnsucht nach seinem wahren Zuhause.

Das war außerdem eine mögliche Erklärung dafür, warum er sich in dieser Welt nie ein eigenes Haus gekauft hatte. Unbewusst hatte er erkannt, dass kein Ort auf dieser Seite des Spiegels sein Bedürfnis nach Heim und Herd ganz befriedigen konnte, weil er hier immer ein Fremder in einem fremden Land sein würde.

Er war also anders als die Bewohner dieser rückständigen Welt – und ihnen überlegen –, weil er aus einem Land kam, wo alles so war, wie es sein sollte. Alles war vertraut, auf ewig unveränderlich und rein, und niemand musste getötet werden, weil alle schon tot geboren wurden.

In Laguna Niguel angelangt, fuhr er durch die Straßen einer gutbürgerlichen Gegend. Hübsche, in einheitlichem Stil gebaute Eigenheime wurden eifrig und mit stillem Stolz instand gehalten, und die Familien besaßen mehr Fahrzeuge, als in ihre Garagen passten.

An einigen wenigen Häusern war über dem Garagentor ein Basketballkorb befestigt. Die Netze hingen schlaff herab, bereit für ein kleines Spiel nach der Schule.

Amerikanische Flaggen gab es weder in größerer noch in kleinerer Zahl als Basketballkörbe. Sie flatterten nicht kühn im Wind, sondern hingen feierlich herab. Ein Stern verbarg den anderen, und die Streifen verzogen sich zu Falten.

Kurz gemähter, grüner Rasen, sauber eingefasste Beete mit üppig rot und lila blühendem Springkraut, geometrische Spaliere, an denen sich Kletterrosen emporrankten – dies alles zeugte von Häuslichkeit und einem Bedürfnis nach Ordnung.

Krait, der hier ein Fremder war, wünschte all diesen Leuten den Tod. Straße für Straße, Meile für Meile sollten sie zu Millionen sterben; ihre Häuser sollten zu Asche verbrennen und die ganzen Rasenflächen zu Staub zerfallen.

Gut möglich, dass diese Welt der falsche Ort für ihn war, aber wenigstens war er zur richtigen Zeit hier angelangt, an der Schwelle eines Zeitalters voller Gewalt und Massenmord.

Bald hatte er das Haus ausfindig gemacht, das ihn in diese hügelige Vorstadtgegend gebracht hatte. Zweistöckig, buttergelb angestrichen und mit weiß lackiertem Holz verziert. Mansarden. Holzschindeldach. Ein Erkerfenster. Geranientöpfe auf der Veranda.

Nachdem er am Bordstein geparkt und das Fenster der Beifahrertür heruntergelassen hatte, setzte er einen Kopfhörer auf. Von dem Sitz neben sich nahm er ein kleines Richtmikrofon und zielte damit auf eines der Fenster im Obergeschoss.

Bei seinem letzten Halt hatte er das exzellente Mikrofon bereits aus dem Koffer hinten im Wagen geholt. Es war einer von mehreren Gegenständen, die er in weiser Voraussicht bei seinem Unterstützungsteam bestellt hatte, nachdem sein erster Wagen bedauerlicherweise in Flammen aufgegangen war.

Auf eine maximale Entfernung von fünfzig Metern konnte das Richtmikrofon durch ein geschlossenes Fenster Gespräche auffangen, die für das menschliche Ohr eigentlich völlig unhörbar gewesen wären. Wehte Wind, so wurde die Leistung vermindert, und bei starkem Regen war das Gerät wertlos. Im Moment jedoch war der Himmel klar und die Luft so still wie in einer Leichenhalle.

Nacheinander überprüfte er die Fenster dort oben, ohne ein einziges Geräusch zu vernehmen.

Im Erdgeschoss hingegen erklang Gesang. Es war eine Frau, die eine helle, angenehme Stimme hatte. Sie sang leise vor sich hin, was vermuten ließ, dass sie sich gerade mit irgendwelchen Hausarbeiten beschäftigte. Der Song war »I'll Be Seeing You«, ein Evergreen.

Krait hörte mehrere Klicklaute und ein leises Klappern. Vielleicht befand sich die Frau in der Küche.

Eine zweite Stimme war nicht zu hören, nur ihre. Das hieß, sie war allein zu Hause, was er aufgrund seiner Recherchen bereits erwartet hatte.

Nachdem er das Richtmikrofon abgeschaltet und das Fenster geschlossen hatte, fuhr er bis zur übernächsten Querstraße, wo er seinen Wagen abstellte.

Einen Stoffbeutel in der Hand, ging er zu dem gelb-weißen Haus zurück.

Die von der Sonne beschienenen Wohnstraßen wirkten wie in einem Traum. Bienen summten träge über Girlanden aus gelben Buschwindröschen, das filigrane Blattwerk Kalifornischer Pfefferbäume schien vor Vergnügen zu leuchten, während es sich dem warmen Licht hingab. Auf einer Verandatreppe schlief eine gescheckte Katze, drei Lerchen hockten auf dem Rand eines Vogelbads, als betrachteten sie ihr Spiegelbild im Wasser …

Der Weg, der auf das gelb-weiße Haus zuführte, war mit Quarzitsteinen gepflastert, die in einem komplexen, ansprechenden Muster verlegt waren.

Die Haustür war nicht verriegelt. Das einfache Sicherheitsschloss sprang beim Einsatz der Sperrpistole sofort auf, ohne viel Lärm zu machen.

Krait steckte die Sperrpistole ein, trat mit seinem Stoffbeutel in den schmalen Flur und zog leise die Tür hinter sich zu.

Aus einem der hinteren Räume drang die helle Frauenstimme. Nun sang sie »I Only Have Eyes for You«.

Einen Moment lang blieb Krait stehen und genoss den Klang.

50

Der Kolibri widmete sich immer noch den dunkelrosa Blütenkelchen.

In weiß glänzenden Tassen dampfte frischer schwarzer Espresso.

»Wie viele Kinder gingen in den Kindergarten?«, fragte Tim.

»Zweiundfünfzig.«

»Und wie viele hat man dazu gebracht, sich an Dinge wie Nacktspiele zu erinnern?«

»Siebzehn. Das Büro des Staatsanwalts hat die schlüpfrigen Einzelheiten unter der Hand an die Presse weitergegeben.«

»Wurden die Kinder ärztlich untersucht?«

»Anfänglich hat der Psychiater behauptet, durch so eine Untersuchung würden sie traumatisiert.«

»Wenn der Staatsanwalt darauf eingegangen ist, hat er offenbar schon vermutet, dass doch nichts zu finden war.«

»Vielleicht wollte er den Fall zu den Akten legen, nachdem er damit genügend Wind gemacht hatte, um wiedergewählt zu werden.«

»Aber die Sache hat einen zu großen Medienwirbel ausgelöst«, vermutete Tim.

Auf der Oberfläche der schwarzen Flüssigkeit in den Tassen schillerten Schlieren im Sonnenlicht.

»Genau. Schließlich hat der Psychiater mehrere Monate damit verbracht, die siebzehn Kinder zu befragen.«

»Du sprichst immer noch von dem, der sich vor dir entblößt hat.«

»Ja. Am Ende hat er einer ärztlichen Untersuchung vor Beginn des Gerichtsverfahrens zugestimmt.«

Ein an der Leine gehender Hund führte seinen pfeifenden Besitzer an der Veranda vorüber.

Linda beobachtete das mit dem Schwanz wedelnde Tier, bis es außer Sichtweite war.

»Bei zwei kleinen Mädchen fand man Hinweise darauf, dass sie missbraucht worden waren.«

An einem anderen Tisch schabten Stuhlbeine kreischend über den Steinboden.

»Vernarbtes Weichgewebe«, fuhr Linda fort. »Eines der Mädchen war Chloe.«

»Deren Mutter das Ganze losgetreten hatte.«

»Inzwischen bekam Chloe nicht nur Ritalin.«

»Was meinst du damit?«

»Ihre Eltern hatten den Psychiater beauftragt, sie langfristig zu therapieren.«

»Mein Gott.«

Die dunkelrosa Blüten wippten in einer leichten Brise.

»Er hat Chloe weitere Medikamente verabreicht. Als Teil ihrer Therapie.«

»Und diese zwei Mädchen haben behauptet, es hätte noch etwas anderes stattgefunden als … Nacktspiele?«

»Sie haben anschaulich geschildert, wie sie angeblich missbraucht wurden.«

An einem Tisch neben dem Stamm des Eisenholzbaums erklang das Lachen junger Frauen.

»Sie sagten, meine Mutter hätte sie festgehalten, während mein Vater …«

Eine der lachenden Stimmen klang silberhell, die anderen waren schrill.

Drei von ihrem Zweig aufgeschreckte Spatzen flogen auf.

»Die Aussagen der Mädchen wurden vom Staatsanwalt auf Tonband aufgenommen«, sagte Linda.

Die Spatzen stiegen in die Höhe und verschwanden im Blau des Himmels.

»Während der Aufnahme war auch der Psychiater anwesend.«

»Sind solche Aufnahmen denn vor Gericht zulässig?«, fragte Tim.

»Eigentlich nicht, aber das hat der Richter ignoriert.«

»Grund genug, Berufung einzulegen.«

»Dafür gab's keine Hoffnung, wie sich herausgestellt hat.«

Wie ein Krummdolch segelte eine kleine braune Feder durch die Luft herab.

»Man hat meinen Vater zu zwanzig Jahren verurteilt. Er kam nach San Quentin.«

»Wie alt warst du da?«

»Zehn, als es losging. Zum Zeitpunkt des Gerichtsurteils fast zwölf.«

»Und deine Mutter?«

»Die wurde zu acht bis zehn Jahren verurteilt. In einem Frauengefängnis in Corona.«

Eine Weile war Linda mit ihrer Kaffeetasse beschäftigt.

Tim hätte gern die Hand auf ihren Arm gelegt, doch er spürte, dass sie seinen Trost zurückgewiesen hätte. Die Schwere der Ungerechtigkeit hatte sie lange aufrecht gehalten. Zorn war das Einzige, was sie tröstete.

»Mein Vater war gerade mal fünf Monate im Gefängnis, als ein anderer Häftling ihn umgebracht hat.«

Lindas Geschichte hatte ein Gewicht, das Tims Kopf niederdrückte.

»Vier Messerstiche in den Bauch, zwei ins Gesicht.«

Tim schloss die Augen, mochte die entstehende Dunkelheit jedoch gar nicht.

»Meine Mutter hat Bauchspeicheldrüsenkrebs bekommen. Der wurde im Gefängnis falsch diagnostiziert.«

Als Tim den Blick hob, sah er Linda auf die Feder starren, die auf dem Tisch liegen geblieben war.

»Im Krankenhaus hatte sie nicht mehr genug Kraft, um meine Hand festzuhalten.«

Ein junger Mann ging über die Terrasse. Er trug einen Rosenstrauß.

»Ich habe ihre Hand in beiden Händen gehalten, aber sie ist mir entglitten.«

Der junge Mann trat zu dem Tisch mit den lachenden Frauen.

»Durch die Rechtsanwaltskosten haben meine Eltern ihr gesamtes Vermögen verloren. Angelina hatte auch nicht viel Geld.«

Eine der Frauen stand auf, um dem jungen Mann einen Kuss zu geben. Er sah glücklich aus.

»Wir hießen Locadio, aber der Name war inzwischen berüchtigt.«

»Ich war damals auch noch ein Kind«, sagte Tim, »aber an den Namen erinnere ich mich.«

»Die anderen Kinder haben mich geschnitten. Manche Jungen haben obszöne Gesten gemacht.«

»Ist Paquette Angelinas Familienname?«

»Ja. Ich habe ihn übernommen und die Schule gewechselt. Aber das hat nichts genutzt.«

Der Kolibri war verschwunden gewesen. Nun kehrte er zurück.

»Deshalb wurde ich zu Hause unterrichtet.«

»Das hat dir offenbar nicht geschadet.«

»Weil ich alles wissen wollte. Um zu begreifen, *warum*.«

»Aber es gibt kein Warum«, sagte er. »Ein Teil der Welt ist eben finster.«

»Das zweite Mädchen, das missbraucht worden war, hat vor zwei Jahren Kontakt mit mir aufgenommen.«

»Also hat sie sich von den falschen Erinnerungen frei machen können?«

»Sie hatte nie welche. Sie hat einfach gelogen, weil man sie dazu gezwungen hat.«

»Du meinst … der Psychiater? Hatte sie Angst vor ihm?«

»Furchtbare Angst. Er hat sie bei den Gesprächen missbraucht.«

»Das vernarbte Gewebe …«

»Sie hat gelitten. Scham. Furcht. Schuldgefühle, weil mein Vater umgebracht wurde.«

»Was hast du ihr gesagt?«

»Dass ich ihr dankbar bin, weil sie sich überwunden hat, mich aufzusuchen.«

»Hat sie den Psychiater angezeigt?«

»Ja. Und er sagt, er wird sie wegen Verleumdung verklagen.«

»Was ist mit Chloe? Könnte sie die Aussage nicht unterstützen?«

»Als sie vierzehn war, hat Chloe Selbstmord begangen.«

Die Sonne war warm auf der Haut, und die ganze Natur schien sich daran zu freuen: der Kolibri und die dunkelrosa Blüten, der schwanzwedelnde Hund und sein pfeifender Besitzer, der junge Mann mit den Rosen und die lachenden Frauen. Aber trotz aller Schönheit und Lebensfreude war die Welt doch immer auch ein Kriegsschauplatz.

51

Während die Frau in der Küche vor sich hin sang, machte Krait sich mit dem Wohnzimmer vertraut.

Das blasse Gelb der Außenwände wiederholte sich im Innern, während alle Zierleisten und Einbauschränke glänzend weiß lackiert waren. Auf dem rötlichen Mahagoniparkett, das den Raum erdete, schwebte ein Teppich in Gelb- und Violett-Tönen. Sein Muster aus Palmetten und filigranen Blättern ließ erkennen, dass es sich um eine billigere moderne Version eines Persers handelte.

Die Möbel waren nichts Besonderes, aber auch nicht unbedingt scheußlich. Obwohl der Raum nicht mit blumigen Stoffen, Rüschen und Fransen verunstaltet worden war, vermittelte er eine warme, weibliche Atmosphäre.

Die meisten Leute hätten wohl gefunden, es handle sich um einen Stil, der familiäres Wohlbefinden erzeugte. Da Krait selbst keine Erfahrungen mit einer Familie hatte, konnte er das nicht beurteilen.

Die Frau hörte auf zu singen.

Krait legte den Stoffbeutel auf einen Sessel, öffnete den Reißverschluss und zog ein Instrument heraus, mit dem er die Frau ohne weitere Umstände unter Kontrolle bringen konnte.

Während er hantierte, achtete er darauf, ob sich Schritte näherten. Er hatte den Eindruck, dass die Frau innegehalten hatte und ebenfalls lauschte, aber nach einer Weile begann sie wieder zu singen. Diesmal war es »Someone to Watch over Me«.

Über dem offenen Kamin hing ein Gemälde, auf dem Kinder im Badeanzug über einen Strand liefen. Die Sonne ließ die Brandung leuchten, und die Kinder sahen fröhlich und ausgelassen aus.

Mit Kindern konnte Krait natürlich überhaupt nichts anfangen, aber dieses Bild fand er *derart* abstoßend, dass er paradoxerweise davon angezogen wurde.

Den Stil des Werks konnte man eigentlich nicht als gekünstelt, ja nicht einmal als sentimental bezeichnen. Der Künstler hatte ein realistisches Auge nicht nur für Form, Proportion und Detail, sondern auch für die Feinheiten des Lichts.

Je länger Krait das Bild betrachtete, desto mehr verabscheute er es. Die Gründe für seine Abneigung begriff er hingegen kein bisschen besser.

Instinktiv wusste er, dass dieses Bild etwas darstellte, wozu er immer in Opposition stehen musste. Es war etwas, gegen das er sich mit jeder Faser seines Körpers wehren und worauf er mit gnadenloser Gewalt reagieren musste.

In der Küche ging die Frau von »Someone to Watch over Me« zu »These Foolish Things« über, und Krait ließ das Bild Bild sein und ging weiter. Das war auch dringend nötig, um die Feindseligkeit zu dämpfen, die seine Nerven strapazierte. Er musste die übliche Gelassenheit zurückgewinnen, die auch viel besser zu einer Gestalt mit seinen Gaben und seinem Format passte.

Die Familie besaß einen Bücherschrank. Von den Titeln, mit denen Krait vertraut war, schätzte er keinen einzigen.

Neben Büchern enthielten manche der Regalbretter gerahmte Fotografien der Familie, sowohl Gruppenaufnahmen wie Porträts.

Auf manchen der Gruppenbilder waren auch Mutter und Vater zu sehen, doch am häufigsten tauchten die Gesichter der Kinder auf: Timothy und Zachary.

Die ältesten Fotos waren aufgenommen, als die Jungen etwa drei oder vier gewesen waren; auf den neuesten waren sie um die zwanzig. Einige Bilder wirkten gestellt, andere ganz natürlich.

Krait konnte sich nicht erinnern, je eine Bildauswahl gesehen zu haben, in der die Gesichter so fröhlich waren. Es schien, als hätte es bei den Carriers immer nur Frohsinn und Heiterkeit gegeben.

Na, das würde sich bald ändern.

Dritter Teil

Zur falschen Zeit am falschen Ort

52

Krait ging durch den Flur zur Küche und stellte sich in die offene Tür.

Die Frau stand an der Spüle. Sie hatte ihm den Rücken zugewandt und war damit beschäftigt, Äpfel zu schälen und zu entkernen.

»These Foolish Things« interpretierte sie wirklich hübsch. Sie sang es langsam und leicht, fast sprechend, und gab dem Song den nötigen melancholischen Klang.

Die Küche und das angrenzende Ess- und Fernsehzimmer gingen ineinander über. Den Übergang bildete ein großer Tisch aus Kiefernholz, an dem sechs rustikale Holzstühle mit Lehne standen.

Krait konnte sich vorstellen, wie Tim an diesem Tisch saß. So groß und kräftig, wie er war, musste Tim als Junge da eine Menge in sich hineingeschaufelt und den Geldbeutel der Familie erheblich strapaziert haben.

Über dem Tisch hing ein hübscher Kronleuchter aus Kupfer. Stilisierte Vögel flogen im Kreis um acht kerzenförmige Glühbirnen mit Schirmchen, die wie Federn geformt waren.

Wenn die Frau einen Apfel geschält hatte, nahm sie ein anderes Messer, um ihn zu halbieren und in Schnitze zu schneiden. Die ließ sie in eine Metallschüssel auf der Arbeitsfläche neben der Spüle fallen.

Sie hatte langgliedrige, geschickte Hände. Sie gefielen Krait sehr.

Als die Frau ihr Lied beendet hatte, sagte Krait: »Mary?«

Er hatte erwartet, dass sie zusammenschreckte. Stattdessen drehte sie sich einfach nur zu ihm um und zeigte keine andere Reaktion, als dass ihre Augen sich leicht weiteten.

Da sie etwa Mitte fünfzig war, hätte sie vom Alter her Kraits Mutter sein können, falls er denn eine gehabt hätte, doch sie war trotzdem eine adrette und attraktive Frau.

»Kennen Sie ›As Time Goes By‹ aus *Casablanca*?«, fragte er.

Sie sagte weder *Wer sind Sie?* noch *Was tun Sie hier?*, sondern starrte ihn nur an.

»Den Film habe ich zweiundvierzigmal gesehen«, fuhr Krait fort. »Ich schaue mir gern immer dieselben Filme an. Da weiß man, was man zu erwarten hat.«

Er spürte, wie sie über das Messer in ihrer Hand nachdachte. Außerdem berechnete sie die Entfernung zur Hintertür, obwohl sie nicht einmal ansatzweise einen Blick darauf warf.

Bevor sie die Lage verkomplizieren konnte, schoss Krait auf sie. Die Luftpistole, die er aus dem Stoffbeutel gezogen hatte, machte *pflopp-wusch*, nicht laut, und der Betäubungspfeil blieb in Marys rechter Brust stecken.

Sie trug eine blau-gelb karierte Bluse und wahrscheinlich auch einen Büstenhalter. Die beiden Stoffschichten würden die Wirkung des Mittels kaum verhindern.

Der Nadelstich ließ Mary vor Schmerz zischen. Sie zog sich den Pfeil aus der Brust und warf ihn auf den Boden, doch das extrem schnell wirkende Narkotikum war bereits injiziert worden.

»Vielleicht können Sie ja später ›As Time Goes By‹ singen«, sagte er. »Den Text kennen Sie bestimmt.«

Ihre freie Hand zuckte nach dem auf der Arbeitsfläche liegenden Schälmesser, das sie auf Krait schleuderte. Weit daneben.

Das andere Messer in der Hand, wandte sie sich der Hintertür zu, doch ihre Gelenke zitterten und ihre Beine versagten den Dienst. Sie griff nach der Kante neben sich, um sich festzuhalten.

Krait ging um die Arbeitsinsel in der Küchenmitte herum auf sie zu.

Als ihr Kopf nach vorne sackte, hob sie ihn mit Mühe wieder an. Ihre Augen waren glasig.

Das Messer glitt ihr aus der Hand und fiel klappernd auf die Bodenfliesen.

Krait kickte das Messer weg, und als Mary endgültig in Ohnmacht fiel, fing er sie auf, bevor sie auf den Boden stürzen konnte.

Er trug die bewusstlose Frau zu dem großen Holztisch. Sie war so schlaff, dass sie fast von dem Stuhl gerutscht wäre, in den er sie gehievt hatte. Er beugte sie vor, faltete ihre Arme auf der Tischplatte und legte den Kopf darauf. In dieser Position schien sie stabil zu sein.

Im Wohnzimmer zog er die Vorhänge zu. Dann nahm er den Stoffbeutel vom Sessel.

Nachdem er die Haustür abgeschlossen hatte, kehrte er in die Küche zurück. Den Beutel legte er auf den Tisch.

Aufgrund der Möglichkeit, dass die Carriers dieselbe Sorte unvermutet auftauchender Nachbarn hatten wie Brittany und Jim, ließ Krait auch die Jalousien in der Küche herunter und zog die Vorhänge im Esszimmer zu.

Er holte zwei Paar Polizeihandschellen aus dem Stoffbeutel. Mit einem fesselte er Marys linkes Handgelenk an die linke Armlehne ihres Stuhls.

Ohne den Kopf vom Tisch zu heben, begann sie zu schnarchen.

Mit den zweiten Handschellen kettete er ein Bein des Stuhls an ein Tischbein.

Anschließend machte er einen raschen Rundgang durchs Haus, nicht um seine Neugier zu befriedigen, sondern um sich zu vergewissern, dass er mit Mary tatsächlich allein war.

Abgesehen von ein paar Bildern von sich selbst in mehreren Spiegeln sah er niemanden. Einer der Spiegelungen zwinkerte er zu, einer anderen präsentierte er den gehobenen Daumen.

Zwei Fahrzeuge waren auf die Carriers angemeldet, beides bullige Geländewagen: ein sechs Jahre alter Chevrolet Suburban und ein neuerer Ford Expedition. Mit dem Chevy war Walter zur Arbeit gefahren, aber der Ford stand für Krait bereit.

In die Küche zurückgekehrt, nahm er einen Apfelschnitz aus der Metallschüssel neben dem Herd. Knackig und lecker. Er kostete ein zweites Stück.

Am Tisch gab Mary ein ersticktes Geräusch von sich und hörte auf zu schnarchen.

In seltenen Fällen konnte eine allergische Reaktion auf das Betäubungsmittel zu einem anaphylaktischen Schock mit Todesfolge führen.

Als er nachschaute, stellte er fest, dass sie noch atmete. Ihr Puls war langsam und stabil.

Er richtete sie auf ihrem Stuhl auf. Diesmal sank sie nicht nach vorne; allerdings neigte ihr Kopf sich zur Seite.

Nachdem er sich auf den Stuhl neben sie gesetzt hatte, strich er ihr das Haar aus dem Gesicht. Sie hatte reine, ziemlich glatte Haut. Nur an den Augenwinkeln zeigten sich ein paar Fältchen.

Er zog beide Augenlider hoch. Sie hatte graue, grün gesprenkelte Augen. Als er die Lider losließ, blieben sie einen Moment offen, schlossen sich dann jedoch langsam wieder.

Der Unterkiefer hing herab. Die Lippen standen offen. Sie hatte volle Lippen.

Krait fuhr mit den Fingerspitzen darüber, doch sie reagierte nicht darauf.

Aus dem Stoffbeutel zog er einen flexiblen Gummischlauch und eine blaue Kunststoffbox. Die Box enthielt zwei Injektionsspritzen sowie Ampullen mit einer bernsteinfarbenen Lösung.

Er zog die Schutzkappe von einer Kanüle und durchstach die Kappe einer der Ampullen. Nachdem er eine passende Dosis aufgezogen hatte, spritzte er etwas auf den Boden, damit keine Luft in der Kanüle blieb.

Nun musste er noch Marys rechten Arm umdrehen, sodass die Handfläche nach oben zeigte, und mit dem Gummischlauch den Oberarm abbinden. Er stach die Kanüle in eine deutlich hervorgetretene Vene, drückte langsam den Kolben nach unten, löste den Schlauch und sah zu, wie die bernsteinfarbene Flüssigkeit aus dem durchsichtigen Zylinder der Spritze verschwand.

Darauf, die Injektionsstelle mit Alkohol abzutupfen, hatte er verzichtet. Falls sich eine Blutvergiftung entwickelte, kam es erst in einigen Tagen zur Krise, und bis dahin hatte er Mary ohnehin nicht mehr am Hals.

Ihre Arme waren sehr weiblich, wohlgeformt, aber nicht weich. Sie hatte einen guten Muskeltonus.

Als er die Nadel herauszog, erschien ein Blutstropfen. Er starrte fasziniert darauf.

Es war das Blut der Mutter des gefährlichsten Gegners, auf den Krait jemals getroffen war und auf den er wahrscheinlich je treffen würde.

Der Duft ihrer Haut stieg ihm in die Nase, während er sich zu ihrer Armbeuge neigte und das Blut wegleckte.

Rational war nicht zu erklären, weshalb er sich bemüßigt fühlte, den purpurroten Saft zu kosten. Dennoch war er davon überzeugt, das Richtige getan zu haben.

Bei der bernsteinfarbenen Flüssigkeit handelte es sich um eine Substanz, die dem Narkotikum im Betäubungspfeil entgegenwirkte. Durch diese chemische Unterstützung würde sie nicht nur schneller aufwachen, sondern dann auch sofort bei klarem Verstand sein.

Krait lehnte sich auf seinem Stuhl zurück und beobachtete, wie ihre Augen unter den Lidern zu zucken begannen.

Sie bewegte den Mund, als wollte sie einen schlechten Geschmack loswerden. Ihre Zunge kam zum Vorschein und leckte über die Lippen.

Als sie zum ersten Mal die Augen öffnete, war ihr Blick verschwommen, und die Lider gingen wieder zu. Das wiederholte sich noch einmal.

»Tun Sie nicht so«, sagte er. »Ich weiß, dass Sie jetzt wieder bei Bewusstsein sind.«

Mary richtete sich auf ihrem Stuhl ein wenig auf und blickte auf die Handschellen, mit denen ihr linkes Handgelenk an die Armlehne gefesselt war. Dann wanderte ihr Blick auf die Injektionsstelle am rechten Arm und blieb schließlich auf der benutzten Spritze haften, die auf dem Tisch lag.

Als sie Krait schließlich in die Augen sah, hätte er die Frage erwartet, was er ihr angetan habe, doch sie sagte nichts. Sie starrte ihn nur an und wartete offenbar darauf, was er zu sagen hatte.

Beeindruckt schenkte er Mary ein Lächeln. »Meine Liebe, ich muss sagen, Sie sind ein ganz schönes Früchtchen.«

»Ich bin kein Früchtchen«, sagte sie.

53

Die Wellen rollten heran und brachen sich an Felsen, die aussahen wie Schildkrötenpanzer. Gischt spritzte auf den Stein. Das rhythmische Donnern und das Rauschen dazwischen klangen wie die Stimmen der unzähligen Toten, die das Meer verschlungen hatte und die jetzt in tausend verschiedenen Sprachen zugleich flüsterten.

Der Park erstreckte sich an der Steilküste entlang. An unter Palmen stehenden Picknicktischen saßen Leute, die Mittagspause machten und ihre Sandwiches auspackten. Jogger mit grimmigen Gesichtern trabten über die Wege.

Tim und Linda schlenderten von einem Aussichtspunkt zum nächsten, lehnten sich ans Geländer und sahen zu, wie das Meer anbrandete und von der Küste empfangen wurde.

Beide hatten eine nervenaufreibende Menge Koffein zu verarbeiten, während er auf sich wirken ließ, was Linda ihm erzählt hatte. Diese wiederum freundete sich mit der Tatsache an, dass sie zum ersten Mal seit mehr als fünfzehn Jahren über das Schicksal ihrer Familie gesprochen hatte.

»Merkwürdig«, sagte sie, »dass gerade dann, wenn ich mich bereit fühle zu leben, wirklich zu leben, jemand kommt, um mich umzubringen.«

»Der ist zwar gekommen, aber umbringen wird er dich nicht.«

»Woher nimmst du bloß deine Zuversicht?«, fragte sie.

Er hielt einen Papierbeutel mit den letzen Schokoladekeksen aus dem Café hoch, die sie mitgenommen und während des Spaziergangs verzehrt hatten.

»Zucker«, sagte er.

»Die Frage war ernst gemeint, Tim.«

Er beobachtete die Wellen, und obwohl Linda ihn nicht drängte, sagte er schließlich: »Seit über sieben Jahren weiß ich schon, dass etwas auf mich zukommt, womit ich fertig werden muss.«

»Und was genau?«

»Es würde zu hochtrabend klingen, wenn ich es Schicksal nennen würde.«

»Wir haben doch alle ein Schicksal.«

»Ja, aber es ist eher etwas ... das mir im Blut liegt.«

»Was liegt dir denn im Blut?«, wollte sie wissen.

»Nichts, worauf ich stolz wäre. Ich habe es mir nicht verdient. Es ist einfach etwas, das da ist.«

Sie wartete.

»Als ich es entdeckt habe, da hat es mir ein wenig Angst gemacht«, fuhr er fort. »Das tut es noch immer. Dazu kommt noch die Art und Weise, wie die Leute darauf reagieren. Das kann peinlich sein.«

Unter lautem Kreischen segelten Möwen durch den Himmel. Eine ließ sich fallen und verschwand im Meer.

»Ich habe mir eingeredet, das Maurerhandwerk sei eine gute und ehrliche Sache und das Beste für mich. Der Meinung bin ich auch tatsächlich.«

Zwischen zwei Wellen tauchte die Möwe wieder auf und stieg in die Höhe, im Schnabel einen Fisch.

»Aber früher oder später lässt sich der Teil von dir, den du versuchst zu unterdrücken, nicht länger niederhalten. Es liegt dir einfach im Blut und setzt sich irgendwann durch.«

Im Sprühnebel der Wellen, aber außerhalb von deren Reichweite, balancierten zwei Männer und eine Frau unten auf den Felsen. Sie sammelten Krebse und ließen sie in hellgelbe Plastikeimer fallen.

»Außerdem läuft das Leben irgendwie ohnehin so, dass es dich zwingt, der zu sein, der du bist.«

Das Wegwerfhandy läutete.

»Geh nicht dran«, sagte Linda. »Sag erst, was du sagen wolltest.«

»Das wird Pete sein«, meinte Tim, und so war es auch.

»Inzwischen hab ich mir auch so ein Wegwerfding besorgt«, sagte Pete. »Hast du was bei der Hand, um die Nummer aufzuschreiben?«

»Kuli und Papier?«, fragte Tim, und als Linda beides aus ihrer Handtasche zog, sagte er ins Telefon: »Los geht's.«

Nachdem Pete die Nummer genannt und wiederholt hatte, fragte er: »Wart ihr schon bei Lily Chou?«

»Waren wir. Und es war äußerst interessant.«

»Das muss ich hören. Aber nicht am Telefon.«

»Ich muss dir wohl die Beine brechen, um dich aus dieser Sache rauszuhalten, was?«

»Das würde nichts bringen. In der Schule war ich Turner. Ich kann auf den Händen laufen.«

»Also, wo sollen wir uns treffen?«

Pete fragte, wo die beiden gerade seien. »Ich komme zu euch«, sagte er dann. »In einer halben Stunde.«

»Wir sitzen an einem Picknicktisch.«

Tim steckte das Handy ein und schlenderte weiter den Weg entlang.

»He, du Betonkopf, du schuldest mir noch eine Erklärung!«, sagte Linda.

»Stimmt, aber mir fehlen momentan die Worte.«

»Also, *ich* habe meine Mauer niedergerissen.«

»Und ich weiß genau, wie schwer das war«, sagte Tim. »Aber meine Mauer ist aus Beton, der mit 'ner Menge Stahl verstärkt ist. Gehen wir einfach noch eine Weile hier entlang, während ich ein wenig vor mich hin brüte.«

Schweigend ging sie neben ihm her.

»Ich will nämlich nicht, dass sich an dem, was du über mich denkst, etwas ändert«, sagte er.

Sie ging neben ihm. Die Sonne überschritt ihren Zenit, die Bäume warfen allmählich Schatten, und sie ging neben ihm.

54

»*Er ist ein interessanter Bursche,* Ihr Sohn«, sagte Krait.

Mary antwortete nicht. Ihr Mund sah weniger voll aus als vorher. Ihre Lippen waren schmal.

»Bestimmt ist Zachary auch ein recht interessanter Bursche«, fuhr Krait fort, »aber ich meine Tim.«

Die Leute, die von Kraits Lächeln und seinem gewandten Auftreten eingenommen waren, wenn er die entsprechende Platte auflegte, diese Leute sahen ihm nur selten in die Augen, als wüssten sie unterschwellig, dass sie sich in ihm täuschten. Deshalb mieden sie seinen Blick, um weiter getäuscht zu werden.

Falls ihm doch jemand in die Augen sah, dann geschah das im Allgemeinen nicht besonders lange.

Mary hingegen besaß den prüfenden Blick einer Augenärztin. Jedesmal, wenn sie blinzelte, schien sie eine neue Seite in Kraits Gehirn aufzuschlagen.

»Meine Liebe, nur weil ich Sie auf schmerzlose Weise außer Gefecht gesetzt habe, heißt das noch nicht, dass ich Ihnen nicht wehtun werde, falls das nötig sein sollte.«

Keine Antwort.

»Wenn Sie sich als störrisch erweisen sollten, dann mache ich Sie gefügig, indem ich Ihnen Schmerzen zufüge, die Sie sich momentan nicht einmal vorstellen können.«

Sie sah ihm weiterhin unverwandt in die Augen.

»Nur Narren haben keine Angst«, sagte er, »und Narren sterben.«

»Ich habe Angst«, gab sie zu.

»Gut. Das freut mich zu hören.«

»Aber Angst ist nicht das Einzige, was ich empfinde.«

»Schauen wir mal, wie wir damit zurechtkommen.«

Sie fragte noch immer nicht, wer er war und was er wollte. Offenbar wollte sie keine Zeit für Fragen vergeuden, auf die sie entweder keine Antwort bekommen würde oder die er sowieso beantworten würde, ohne gefragt zu werden.

»Mein Name ist Robert Kessler. Sie können Bob zu mir sagen. Also, meine liebe Mary, Ihr Sohn hat etwas, das ich will, und er weigerte sich, es mir zu geben.«

»Dann sollten Sie es wahrscheinlich auch nicht bekommen.«

Krait lächelte. »Als er noch in der Schule war, haben Sie ihn bestimmt gegen jeden Lehrer verteidigt, der ihm eine schlechte Note gegeben hat.«

»Nein, das habe ich nie getan.«

»Und wenn ich Ihnen jetzt sagen würde, dass er sich eine beträchtliche Menge Kokain, die mir gehört, unter den Nagel gerissen hat?«

»Wenn Sie so dumm wären, mir das zu sagen, dann wüsste ich, dass Sie lügen.«

»Mary, Mary, Sie kommen mir eigentlich nicht naiv vor.«

»Dann behandeln Sie mich nicht so, als ob ich das wäre.«

»Niemand kann die tiefsten Geheimnisse eines anderen kennen«, sagte Krait. »Selbst eine Mutter weiß nicht, was ihr Sohn wirklich denkt.«

»Diese Mutter schon.«

»Also hat es Sie nicht überrascht, dass er andere Menschen ermorden konnte?«

Sie betrachtete Krait mit unverhohlener Verachtung. »Wie armselig. *Mord?* Das ist noch nicht einmal ein anständiger Sophismus.«

Er hob die Augenbrauen. »Ein *Sophismus*? Welch ein erstaunlicher Ausdruck für eine Frau und Mutter von Maurern.«

»Wir versuchen ja, einfach nur dämliche Proleten zu sein, aber dabei kommt uns ständig unser Hirn in die Quere.«

»Ich muss sagen, Mary, unter anderen Umständen könnten Sie mir fast sympathisch werden.«

Eine Weile betrachtete er sie schweigend.

»Sie werden es nicht schaffen, dass ich an meinem Sohn zweifle«, sagte sie. »Je länger Sie das versuchen, desto mehr bezweifle ich Ihre Ernsthaftigkeit.«

»Das wird ja wirklich interessant«, meinte Krait.

Er ging zum Herd, um die Schüssel mit den Apfelstücken zu holen. Dann setzte er sich wieder auf seinen Stuhl.

Nachdem er ein Stück gegessen hatte, fragte er: »Wozu sind die Äpfel denn gedacht?«

»Sie sind doch nicht hierhergekommen, um über Äpfel zu sprechen.«

»Aber die interessieren mich gerade, meine Liebe. Wollten Sie einen Kuchen backen?«

»Zwei Kuchen.«

Er mampfte ein zweites Stück. »Machen Sie den Teig selbst oder kaufen Sie ihn fertig im Supermarkt?«

»Ich mache ihn selbst.«

»Soweit es irgend geht«, sagte Krait, »ernähre ich mich von hausgemachtem Essen. Das ist gesünder und schmackhafter als Sachen aus der Tiefkühltruhe oder das, was man in Gaststätten bekommt, und wenn man an so vielen Orten zu Hause ist wie ich, genießt man eine grenzenlose Vielfalt.«

Er nahm einen dritten Apfelschnitz aus der Schüssel und warf ihn Mary ins Gesicht.

Sie zuckte zusammen. Der Schnitz blieb einen Augenblick an ihrer Stirn haften, dann glitt er herunter und fiel auf ihre Bluse.

Krait warf einen weiteren Schnitz, der sie an der Wange traf und auf ihren rechten Arm fiel. Sie schüttelte ihn ab.

»Versuchen Sie doch mal, das nächste Stück mit dem Mund zu fangen«, sagte Krait.

Das Wurfgeschoss prallte von ihren fest zusammengepressten Lippen ab.

»Ach, seien Sie doch keine Spielverderberin. Auf geht's!«

Weil sie den Mund geschlossen hielt und den Kopf hob, traf das Apfelstück sie am Kinn.

»Egal, was Sie von mir wollen«, sagte sie, »Sie werden es nicht bekommen, indem Sie mich erniedrigen.«

»Schon möglich, meine Liebe. Aber es macht mir Spaß.«

Er aß wieder einen Schnitz, dann warf er die nächsten zwei auf Mary.

»Um wie viel Uhr kommt Walter von der Arbeit nach Hause?«

Sie antwortete nicht.

»Mary, Mary, was sind Sie verstockt! Womöglich macht es Ihnen nicht mal etwas aus, wenn ich mir eine Rasierklinge suche und Ihnen das Gesicht aufschlitze, um Sie gefügig zu machen.«

Er zog seine Glock 18 aus dem Schulterhalfter unter seinem Jackett und legte sie auf den Tisch.

»Aber«, fuhr er fort, »wenn Walter hier unerwartet hereinschneit, dann erschieße ich ihn, sobald er durch die Tür tritt, und daran werden Sie schuld sein.«

Sie starrte auf die Waffe.

»Die ist mit einem Schalldämpfer ausgerüstet«, erklärte Krait. »Und es ist eine Automatik. Ich brauche nur einmal den Abzug zu betätigen, um ihm aus nächster Nähe vier, fünf, sechs Kugeln in den Hals und ins Gesicht zu jagen.«

Widerstrebend sagte sie: »Normalerweise zwischen vier und halb fünf.«

Am besten kam man an sie heran, wenn es um ihre Familie ging.

»Kommt er manchmal auch früher?«, fragte Krait.

»Nein, außer das Wetter wird plötzlich schlecht.«

»Erwarten Sie noch irgendjemand anderen?«

»Nein.«

»Aha. Ausgezeichnet. Ich werde Sie schon lange vor vier Uhr hier rausgeschafft haben.«

Er sah, wie sie auf die Aussicht, aus ihrem Haus entführt zu werden, reagierte, doch sie sagte nichts.

»Ich werde nachher Tim anrufen«, sagte er. »Timmy. Nennen Sie ihn Timmy?«

»Nein.«

»Haben Sie ihn Timmy genannt, als er ein kleiner Junge war?«

»Immer nur Tim.«

»So, so. Das hätte auch nicht recht gepasst. Also, ich werde Tim anrufen und ihm einen Deal vorschlagen. Dabei müssen Sie mit ihm sprechen.«

»Was für einen Deal?«

»Ach, jetzt sind Sie endlich doch neugierig!«

»Sagen Sie mir die Wahrheit. Nicht irgendwelchen Unsinn über Kokain.«

»Man hat mich beauftragt, eine Frau zu töten, eine Schriftstellerin. Falls genügend Zeit ist, soll ich sie vorher vergewaltigen. Und er versteckt sie vor mir.«

Die Mutter des Maurers sah Krait suchend in die Augen, dann senkte sie den Blick auf die Waffe, die auf dem Tisch lag.

»Es sollte so aussehen, als wäre ich zufällig in ihr Haus eingebrochen, aber das dürfte nun wahrscheinlich nicht mehr funktionieren. Falls es irgendwie geht, werde ich sie trotzdem vergewaltigen, weil sie mich so lange darauf hat warten lassen.«

Mary schloss die Augen.

»Hört sich das auch wie Unsinn an, Mary?«

»Nein. Es ist verrückt, aber es klingt nach der Wahrheit.«

»Wenn ihr euch wiederhabt, kann Tim Ihnen alle Einzelheiten erzählen. Die sind faszinierend. Er hat mich ganz schön an der Nase herumgeführt.«

Krait warf ein Stück Apfel auf Mary, damit sie die Augen öffnete.

»Sehen Sie mich an, Mary«, sagte er und rutschte mit seinem Stuhl näher an sie heran. »Ich muss Ihnen ein paar Dinge erklären.«

»Ich höre.«

»Nachher werde ich Sie fesseln und zu dem Wagen tragen, der in der Garage steht. Mit dem fahren wir weg. Ich werde Sie in den Kofferraum legen, und zwar auf den Rücken. Haben Sie Angst vor Spritzen, Mary?«

»Nein.«

»Gut. Ich werde Sie nämlich an eine intravenöse Infusionspumpe anschließen, ein raffiniertes kleines Ding. Wissen Sie, was das ist?«

»Nein.«

»Es ist wie ein Tropf im Krankenhaus, aber kompakter, und es funktioniert nicht mithilfe der Schwerkraft, sondern ist batteriebetrieben. Damit kann ich Sie kontinuierlich und fein dosiert mit einem Beruhigungsmittel versorgen. Sind Sie allergisch gegen irgendwelche Medikamente, meine Liebe?«

»Allergisch? Nein.«

»Dann ist es völlig ungefährlich. Sie werden schlafen, bis alles vorüber ist, was es für uns beide leichter macht. Ich werde eine Decke über Sie breiten und noch ein paar andere Dinge im Kofferraum unterbringen. Falls jemand zufällig hineinblickt, wird ihm nicht auffallen, dass Sie da drin liegen. Aber ich habe ein Problem. Sehen Sie mich an, meine Liebe!«

Sie hatte das Interesse daran verloren, in seinen Augen zu lesen, weil sie nun wusste, was er darstellte. Sie wusste, dass er für die Listen einer Mutter nicht im Geringsten anfällig war.

»Nach dem Stoff aus dem Betäubungspfeil habe ich Ihnen ein Gegenmittel verabreicht, damit wir diese kleine Unterredung führen konnten. Dieses Medikament befindet sich noch in Ihrem Blutkreislauf. Es wird die Wirkung des nächsten Betäubungsmittels, das Sie bekommen, etwa« – er warf einen Blick auf seine Armbanduhr – »eineinhalb Stunden lang beeinträchtigen, vielleicht auch eine Viertelstunde kürzer. Deshalb müssen wir vorerst hier warten. Können Sie mir folgen?«

»Ja.«

»Wenn wir also gleich Tim anrufen, werde ich ihm sagen, ich hätte Sie schon weggeschafft. Und ich habe Anweisungen für ihn. Sie werden mitspielen. Sie werden sagen, man hätte Sie schon vor einer ganzen Weile gekidnappt, und nun wollen Sie wieder nach Hause, und er solle doch bitte tun, was der böse Mr. Kessler ihm sagt.«

Bisher waren ihre Wangen vor Zorn und Erniedrigung gerötet gewesen. Nun waren sie endlich blass geworden.

»Das kann ich nicht«, sagte sie.

»Natürlich können Sie das, meine Liebe.«

»O Gott.«

»Sie sind bestimmt eine gute Schauspielerin.«

»Ich kann ihn nicht in diese Lage bringen.«

»In welche Lage?«

»Dass er sich entscheiden muss, wer sterben soll.«

»Ist das Ihr Ernst?«

»Das wäre schrecklich für ihn!«

»Es ist tatsächlich Ihr Ernst.«

»Ich kann es nicht.«

»Mary, es geht bloß um ein Flittchen, das er erst gestern kennengelernt hat.«

»Darauf kommt es nicht an.«

»*Erst gestern!* Sie sind seine *Mutter*. Für Ihren Sohn ist das eine leichte Entscheidung.«

»Aber er müsste damit leben. Wieso sollte er mit einer solchen Entscheidung leben müssen?«

»Was soll der Quatsch? Haben Sie etwa Angst, er könnte sich für das Flittchen entscheiden statt für Sie?« Krait hörte Zorn in seiner Stimme und mahnte sich zur Vorsicht.

»Ich kenne Tim, und ich weiß, er wird tun, was er für richtig und gut hält. Aber hier gibt es nichts, was richtig wäre, ohne dass es zugleich falsch ist.«

Krait atmete tief durch. Einmal und dann noch einmal. Ruhig. Er musste ruhig bleiben. Er stand auf. Er reckte und streckte sich. Dann blickte er lächelnd auf Mary hinab.

»Und wenn er sich für mich entscheidet«, sagte sie, »dann muss *ich* damit leben, dass ich diese Frau auf dem Gewissen habe, oder etwa nicht?«

»Tja, das Leben ist beschissen, Mary, aber die meisten Leute sind trotzdem der Ansicht, dass es besser ist als der Tod. Ich persönlich bin nicht dieser Ansicht. Ich finde, ihr hättet es alle besser, wenn ihr tot wärt, aber mit dieser Meinung stehe ich leider allein da.«

Sie sah ihm in die Augen, einen verwirrten Ausdruck im Gesicht.

Er nahm die Glock in die Hand und ging langsam um den Tisch. »Ich will Ihnen etwas erklären, meine Liebe. Wenn Sie sich weigern, werde ich Sie töten und hier liegen lassen, damit Walter Sie findet. Glauben Sie mir das?«

»Ja.«

»Anschließend werde ich mich an Ihren anderen Sohn wenden, den guten Zachary. Ich werde Tim die Wahl lassen – sein Bruder oder das Flittchen. Glauben Sie mir das?«

Sie sagte nichts.

»*Glauben Sie mir?*«

»Ja.«

»Sollte Zachary dumm genug sein, moralische Bedenken zu haben, werde ich auch ihn töten. Ist es das, was Sie hindert – moralische Bedenken?«

»Es geht mir nur um meinen Sohn.«

»Nachdem ich Zachary getötet habe, nehme ich mir seine Frau vor. Die heißt Laura, nicht wahr?«

Endlich fragte Mary: »Wer sind Sie?« Wobei sie eigentlich meinte: *Was sind Sie?*

»Robert Kessler. Haben Sie das schon vergessen? Sie können Bob zu mir sagen. Oder Bobby, wenn Sie wollen. Bloß Rob sollten Sie mich nicht nennen. Den Namen mag ich nämlich nicht.«

Mary sah zwar nicht weniger beherrscht aus als vorher, aber die Saat der Furcht, die Krait ihr eingepflanzt hatte, war wunderbar aufgegangen.

»Und falls Laura auch so eine irre, selbstgerechte Haltung an den Tag legen sollte, dann vergewaltige ich sie, töte sie und nehme mir Naomi vor. Wie alt ist Naomi eigentlich?«

Mary antwortete nicht.

»Ich weiß, es ist schwierig, meine Liebe. Sie waren gerade dabei, Apfelkuchen zu backen, alte Songs zu singen und sich einen schönen Tag zu machen, und nun *das*! Aber sagen Sie mir, wie alt Naomi ist, sonst blase ich Ihnen jetzt sofort das Hirn aus dem Schädel.«

»Sieben. Sie ist sieben.«

»Wenn ich einem siebenjährigen Mädchen sage, es soll seinen Onkel Tim anflehen, sein Leben zu retten, wird es das Ihrer Meinung nach wohl tun? Ich glaube schon, Mary. Ich glaube, es wird weinen, schluchzen und betteln, und damit wird es seinem Onkel das Herz brechen. Er wird auf das Flittchen verzichten. Vielleicht bringt er es sogar selbst um, damit er seine kleine Nichte unversehrt zurückbekommt.«

»Es reicht«, sagte Mary.

»Muss ich mich bis zu Naomi vorarbeiten?«

»Nein.«

Nachdem er den Tisch umrundet hatte, ging er zur Spüle, neben der ein Küchentuchhalter hing. Krait riss einige Papiertücher ab, befeuchtete eines davon und setzte sich wieder auf seinen Stuhl.

Er lächelte Mary an. Als er das feuchte Tuch nahm, um ihr die Apfelspuren vom Gesicht zu wischen, versagte sie ihm die Genugtuung, zusammenzuzucken.

Mit den trockenen Tüchern hob er die Apfelstückchen auf, die auf den Boden gefallen waren, dann warf er alles in den Mülleimer.

»Ich mag Ihr Haus, Mary«, sagte er, an den Tisch zurückgekehrt. »Hier würde ich gerne ein paar Tage wohnen. Das Einzige, was mich stört, ist das Bild im Wohnzimmer, diese Bälger, die über den Strand laufen. Das müsste ich in Stücke schneiden und im Kamin verbrennen, sonst würde ich nachts wahrscheinlich schreiend aufwachen, nur weil ich wüsste, dass es an der Wand hängt.«

55

Manche Leute waren der Ansicht, die heutige Jugend sei ungebildet und nicht fleißig genug, aber ein Angehöriger ebendieser Generation hatte sich bemüht, das zu widerlegen. Er hatte viel Mühe und Zeit darauf verwendet, einen obszönen Ausdruck in den Betontisch zu schnitzen, und er hatte das Wort sogar korrekt geschrieben.

Tim und Linda saßen auf der Bank vor dem Tisch, dem sie den Rücken zugewandt hatten, und beobachteten das Treiben: Inlineskater, Hunde und ihre Besitzer, händchenhaltende Paare, ein Priester, der im Gehen sein Brevier las, und ein bekiffter, gut fünfzigjähriger Mann, der durch den Park wanderte und versuchte, flüsternd mit den Palmen zu kommunizieren.

Tim grübelte noch immer darüber nach, wie er das, worauf Linda geduldig wartete, formulieren sollte. »Also, hör zu«, sagte er schließlich. »Ich werde es ein einziges Mal erzählen, aber ohne groß ins Detail zu gehen. Bestimmt hast du danach ein paar Fragen, was in Ordnung ist. Aber sobald wir das hinter uns haben, sprechen wir nicht mehr darüber. Das ist kein Thema für einen gemütlichen Abend. Also sag nicht, wenn wir irgendwann in der Zukunft mit anderen Leuten zusammensitzen: *Tim, erzähl doch mal, wie das damals war.* Denn ich werde es nicht noch einmal erzählen.«

»Irgendwann in der Zukunft …«, wiederholte Linda. »Das hört sich gut an. Na schön, also ein für alle Mal. Du machst die Sache ja echt spannend. Vielleicht solltest du

Bücher schreiben, und ich übernehme deine Maurerarbeiten.«

»Ich meine es ernst, Linda.«

»Ich auch.«

Er holte tief Luft, stieß sie wieder aus, holte erneut Luft – und dann läutete sein Handy.

Linda stöhnte.

Es war sein normales Telefon, nicht das neue. Auf dem Display erschien keine Nummer.

»Das muss er sein«, sagte Tim und ging dran.

»Na, wie geht's meiner Süßen?«, fragte der Killer.

Tim beobachtete den Baumflüsterer, ohne etwas zu erwidern.

»Hast du sie schon flachgelegt, Tim?«

»Ich werde auflegen, bevor du meinen Aufenthaltsort feststellen kannst«, sagte Tim. »Also sag schnell, was du zu sagen hast.«

»Ich habe nicht viel zu sagen, Tim. Hast du auf Lautsprecher gestellt?«

»Nein.«

»Gut, weil dieses Flittchen das nicht mitbekommen soll. Aber ich habe auf Lautsprecher gestellt, und Mary will mit dir reden.«

»Was für eine Mary?«

Die Stimme seiner Mutter sagte: »Tim?«

»O mein Gott.«

In der plötzlich viel zu hellen Sonne und in einer Luft, die so dicht war, dass er sie nur schwer einatmen konnte, erhob er sich von der Bank.

»Tu, was du für richtig hältst, Tim.«

»Mom. O Gott …«

»Tu, was du für richtig hältst. Hast du mich verstanden?«

Er brachte kein Wort mehr heraus. Neben ihm war Linda aufgestanden. Er konnte sie nicht ansehen.

»Tu, was du für richtig hältst«, wiederholte seine Mutter, »dann ist alles, wie es sein soll.«

»Wenn er dir etwas angetan hat …«

»Mir ist nichts geschehen. Ich habe keine Angst. Weißt du, wieso ich keine Angst habe?«

»Ich hab dich lieb«, sagte er.

»Weißt du, wieso ich keine Angst habe, Tim?«

Offenbar versuchte sie, ihn auf etwas hinzuweisen. »Wieso?«

»Weil ich gerade an dich und Michelle denke.«

Tim wurde ganz ruhig.

»Ich will zu eurer Hochzeit kommen, Tim.«

»Das wirst du auch«, sagte er. »Du wirst dabei sein.«

»Sie ist so lieb. Sie ist genau die Richtige für dich.«

»Sie erinnert mich an dich«, sagte er.

»Der Ring, den sie für mich gemacht hat, ist so schön.«

Die ungeduldige Stimme des Killers mischte sich ein: »Sagen Sie's ihm, Mary!«

»Ich schaue den Ring gerade an, Tim, er macht mir Hoffnung.«

»Mary«, sagte der Killer warnend.

»Tim, ach bitte, Tim, ich will wieder nach Hause.«

»Was hat er getan, wo hat er dich hingebracht?«

»Er will einen Deal mit dir machen.«

»Ja, und ich weiß schon, was er will.«

»Tim, ich kenne diese Frau nicht, hinter der er her ist.«

»Es ist ein Fehler, den ich gemacht habe, Mom. Ein großer Fehler.«

»Denk an mich und Michelle. Ich hab dich lieb.«

»Dir wird nichts geschehen, Mom.«

»Tu, was du für richtig hältst. Lass dich nicht einschüchtern.«

»Ich bringe dich nach Hause. Das schwör ich dir!«

Der Killer sagte: »Jetzt habe ich das Handy umgestellt, Tim. Sie hört dich nicht mehr.«

»Rühr meine Mutter nicht an!«

»Ich kann mit deiner Mutter machen, was ich will. Wir haben uns an einen einsamen Ort zurückgezogen, wo niemand sie schreien hören kann.«

Tim schluckte alles herunter, was ihm einfiel, denn nichts davon war nutzbringend.

»Du hast also vor zu heiraten«, sagte der Killer.

»Sag mir, was ich tun muss.«

»Wie heißt Michelle denn mit Familiennamen, Tim?«

»Das geht dich nichts an.«

»Ich könnte deine Mutter foltern, um es aus ihr herauszupressen.«

»Jefferson«, sagte Tim. Das war der Mädchenname von Michelle Rooney. »Michelle Jefferson.«

»Was wird Michelle wohl davon halten, dass du alles für irgendein Flittchen aufs Spiel setzt?«

»Lass Michelle aus der Sache raus.«

»Das hängt nur von dir ab, Tim.«

Durch den Park kam Pete Santo, lächelnd und winkend. Er führte Zoey an der Leine.

Tim spürte, dass er nicht so tun durfte, als würde er ohne Widerstand auf die Forderungen des Killers eingehen. Der würde ihm sonst nicht glauben und argwöhnisch werden. Das hieß, er musste Widerstand leisten und eine Alternative anbieten. Vor allem musste er erst einmal *nachdenken*.

»Wie könnte ich auf so einen Handel eingehen? Wie könnte ich das tun?«

»Du hast eine Schwachstelle, Tim.«

»Das wäre so, als würde ich eine der beiden selbst umbringen.«

»Du bist einer von den richtig guten Kerlen, Tim. Das ist dein wunder Punkt.«

»Ich bin keiner von den Guten. Ich lebe einfach nur vor mich hin.«

»Die Guten kommen immer als Letzte ins Ziel.«

»Vielleicht nicht, wenn sie im Rennen bleiben. Hör zu, wir müssen eine andere Möglichkeit finden. Was du von mir verlangst, kann ich nicht tun.«

»Doch, du kannst es.«

»Nein. Das nicht.«

»Du hast schon schwerere Dinge getan.«

»Noch nie. Nicht so etwas. Mein Gott. Ich kann es nicht.«

»Dann ist deine Mutter schon so gut wie tot.«

»*Ich kann es nicht tun!* Lass mir eine Minute zum Nachdenken!«

»Deine Familie könnte man wirklich im Zirkus vorführen.«

»Ich kann es nicht. Lass mich einfach ein wenig nachdenken!«

»Oder im Museum ausstellen«, sagte der Killer. »Hinter Glas.«

Als Pete näher kam, ging Linda auf ihn zu, um ihn abzufangen und daran zu hindern, etwas zu sagen, was vom Mikrofon des Handys übertragen würde.

»Tim, mach dir nichts vor. Ich muss sie töten, das weißt du doch.«

»Du könntest den Auftrag einfach wieder abgeben.«

»Nein, Tim. Ich habe ein Image zu bewahren.«

»Und dieses Image habe ich bereits beschmutzt, nicht wahr?«

»Bilde dir bloß nichts ein.«

»Wie sehr hasst du mich eigentlich?«

»Ach, Tim, das ist ein grenzenloser Hass.«

»Dann töte doch einfach mich.«

Das hatte Linda gehört und drehte sich zu Tim um. Ihre Augen waren so hell und scharf wie geschliffene Smaragde.

»Töte mich stattdessen«, wiederholte er.

»Wie soll sich das denn abspielen?«

»Du wählst einen Ort aus, an dem wir uns treffen. Ich komme unbewaffnet.«

»Ich habe bereits einen Ort für den Austausch der beiden ausgewählt.«

»Während meine Mutter von dir weggeht, auf einen wartenden Wagen zu, gehe ich in deine Richtung. Zeitlich muss das so laufen, dass der Wagen mit meiner Mutter genau in dem Moment wegfährt, in dem ich in deine Schussweite komme.«

»Aha, du legst es auf eine Schießerei an.«

»Nein.«

»Natürlich wirst du doch bewaffnet sein.«

»Nein. Ich komme in Unterhosen, mit sonst nichts. Keine Möglichkeit, eine Waffe zu verstecken. Ich habe einen Freund, der den Wagen fahren soll. Aber der kommt nicht in deine Nähe.«

»Hast du Angst vor dem Tod, Tim?«

»Das kannst du mir glauben. Aber er steht nicht ganz oben auf meiner Liste.«

»Du bist schon ein irrer Typ, Tim. Ein echtes Original.«

»Meine Mutter kann weiterleben. Linda bekommt einen Vorsprung, sie soll fliehen, mehr kann ich nicht für sie tun. Wenn ich Glück habe, das heißt, wenn Linda Glück hat, dann habe ich beiden das Leben gerettet.«

»Ohne dich wird sie nicht weit kommen«, sagte der Killer.

»Vielleicht doch. Sie ist zäh. Also, abgemacht?«

Hinter den Bäumen ließen ein Junge und sein Vater einen Lenkdrachen steigen, der passenderweise mit dem Bild eines zornigen chinesischen Drachens bedruckt war. Während das Fabeltier sich durch den Himmel schlängelte, war sein Gebrüll so lautlos wie das Schweigen im Telefon.

Endlich sagte der Killer: »Ich habe inzwischen allerhand über dich gelesen, Tim.«

»Glaub bloß nicht alles, was du liest.«

»Das tue ich sehr wohl. Deshalb habe ich ja den Eindruck, dass du es ernst meinst.«

»Das ist das Einzige, was ich tun kann. Bitte! Es ist wirklich das Einzige.«

»Offenbar hast du als Junge zu viele Abenteuerbücher gelesen, Tim. Das war nicht gut für dich. Du bist ein wirklich irrer Typ, und zwar in mehrerlei Hinsicht.«

»Ist mir egal. Also, sind wir uns einig? Du wirst mich an ihrer Stelle töten.«

»Kein Problem. Damit bin ich durchaus einverstanden.«

»Und was nun?«, fragte Tim.

»Kennst du dieses schicke Einkaufszentrum in Newport Beach?«

»Fashion Island? Das kennt doch jeder. Aber da ist zu viel los.«

»Der Austausch soll da auch nicht stattfinden, das ist nur der erste Schritt. Komm in exakt fünfundvierzig Minuten zu dem Becken mit den Koi-Karpfen dort.«

»Okay. Das schaffe ich.«

»Ich werde jemanden in der Nähe des Beckens postieren, und wehe, er sieht dich nicht. Dort wartest du. Ich rufe dich dann an, um dir zu sagen, wie es weitergeht.«

»In Ordnung.«

»Du solltest wirklich kommen, Tim.«

»Das werde ich.«

»Komm – oder ich schlitze deiner Mutter die Kehle auf.«

Der Killer legte auf, und Tim steckte sein Handy ein.

Der Baumflüsterer hob die Arme zu dem Drachen am Himmel empor, als wäre das in grellen Farben leuchtende Tier nur für ihn vom Himmel herabgekommen. Und das, was schon all die Jahre auf Tim zugekommen war, das war nun auch endgültig da.

56

Ein Verlobungs- und ein Ehering schmückten Marys linke Hand, die noch immer an die Armlehne gekettet war.

»Die Diamanten sind aber nicht sonderlich eindrucksvoll, meine Liebe.«

»Walter hatte nicht viel, als wir geheiratet haben.«

An ihrer rechten Hand steckte ein Ring mit einem großen, klaren, violetten Stein, der von gleichartigen kleineren Steinen umgeben war.

»Was für ein Mineral ist das?«, fragte Krait.

»Opalit«, sagte sie. »Ziemlich selten.«

»Opale kenne ich, aber den Namen habe ich noch nie gehört. Also hat Tims Verlobte den Ring gemacht?«

»Ja. Sie macht Schmuck. Sie ist sehr talentiert.«

»Wie heißt Michelle mit Nachnamen?«

»Tim wollte Ihnen das nicht sagen.«

»Aber er hat es mir gesagt. Ich möchte mich nur vergewissern.«

Sie zögerte.

»Ich könnte Ihnen den Ring wegnehmen«, sagte Krait, »und den Finger, an dem er steckt, gleich mit.«

»Jefferson«, sagte Mary.

»Wann soll die Hochzeit sein?«

»Im August.«

»Ich dachte, alle Frauen wollten im Mai oder Juni heiraten.«

»Die meisten schon. Deshalb waren alle Restaurants, wo man eine Feier veranstalten kann, zu der Zeit ausgebucht. Dann kam nur noch der August infrage.«

»Sie mögen Michelle sehr, nicht wahr?«

»Ich habe sie richtig lieb. Bitte ziehen Sie sie nicht in diese Sache hinein.«

»Das werde ich schon nicht tun, meine Liebe. Dazu besteht kein Anlass. Vielleicht habe ich mit Tim schon einen Deal gemacht. Darüber denke ich noch nach. Möchten Sie gern erfahren, worin der Deal besteht?«

»Nein«, sagte sie, nur um sich sofort zu widersprechen: »Doch, sagen Sie es mir.«

Kraits Handy vibrierte. »Einen Augenblick, Mary«, sagte er.

Er setzte sich an den Tisch, um die von seinem Unterstützungsteam stammende Nachricht zu studieren: SIND SIE IM HAUS DER CARRIERS? BITTE BESTÄTIGEN. WAS HAT DIE FAMILIE CARRIER MIT DIESER MISSION ZU TUN? ERKLÄRUNG ERBETEN.

Diese Einmischung in sein Vorgehen verblüffte Krait derart, dass er die Nachricht noch einmal von Anfang bis Ende durchlas. So etwas war noch nie vorgekommen.

Die Regel, keine Fragen zu stellen, an die er sich hielt, hätte eigentlich auch für das Team gelten sollen. Nun waren alle Zweifel beseitigt: diese Linda Paquette war tatsächlich ein Ziel des Gentlemen's Club.

Schlimmer als der Versuch, Kraits Strategie und Taktik infrage zu stellen, war die Tatsache, dass man ihn offenbar überwachte. Man wusste, wo er sich befand. Man blickte ihm über die Schulter. Unerträglich!

Anscheinend hatte man den blauen Chevy vor der Lieferung mit einem GPS-Transponder ausgestattet. Als Krait vor dem Haus der Carriers angehalten hatte, um das Richtmikrofon einzusetzen, hatte das Team die Adresse identifiziert und anschließend festgestellt, dass er zwei Straßen weiter geparkt hatte.

Für diese ungeheuerliche Entwicklung fiel Krait nur eine einzige Erklärung ein. Offenbar hatte der Gentlemen's Club dem Team vor kurzem ein neues Mitglied zugewiesen, einen ehrgeizigen jungen Schnösel, der sich Dinge anmaßte, zu denen er kein Recht hatte.

Mit einer Beherrschtheit, die er selbst bewundernswert fand, gewährte er dem Schnösel eine Antwort: MISSION FAST ERFÜLLT. ABSCHLUSSBERICHT FOLGT IN WENIGEN STUNDEN.

Um die Mitglieder des Teams daran zu erinnern, dass sie es mit jemandem zu tun hatten, der ihnen intellektuell weit überlegen war und sich eigentlich gar nicht mit einem solchen Bürokratenhaufen abgeben musste, fügte er vier Verse von Wallace Stevens hinzu: ALS MAN IHN SCHALT: »DU HAST EIN BLAUES INSTRUMENT/UND SPIELST DIE DINGE NICHT, WIE SIE SIND.«/DA SAGTE ER: »DIE DINGE, WIE SIE SIND/ VERÄNDERN SICH AUF MEINEM BLAUEN INSTRUMENT.«

Nachdem er die Nachricht abgeschickt und sein Handy weggesteckt hatte, merkte er, dass Mary ihn anstarrte. »Was ist passiert?«, fragte sie.

»Nichts, worüber Sie sich Ihren hübschen Kopf zerbrechen müssten.«

»Der Deal«, erinnerte sie ihn. »Sie haben einen Deal mit Tim gemacht.«

Krait erhob sich. »Er wird halbnackt zu einem Treffpunkt kommen, um zu beweisen, dass er unbewaffnet ist. Während er auf mich zugeht, werden Sie von mir weg zu einem wartenden Wagen gehen.«

Perplex sah sie ihn an. »Ich verstehe nicht.«

»Sie gehen auf diesen Wagen zu, während er auf mich zugeht, bis er in Schussweite ist. Und während man Sie davonfährt, um Sie in Sicherheit zu bringen, werde ich ihn töten.«

In ihrem Gesicht rangen Furcht und Verzweiflung miteinander.

»Mit seinem Leben erkauft er Ihres«, fuhr Krait fort. »Außerdem erkauft er dem Flittchen eine Chance zur Flucht. Hört sich das nach Ihrem Sohn an?«

»Ja.« In ihren Augen standen Tränen.

»Was für eine Mutter sind Sie eigentlich, Mary? Erzieht man seinen Sohn dazu, für einen zu sterben? Was für verquere Werte haben Sie ihm da bloß beigebracht? Der Ausdruck *dominante Mutter* ist da noch eine Untertreibung!«

57

Sie berieten sich im Gehen. Zoey führte sie an der gespannten Leine an, während sie zum südlichen Ende des Parks zurückkehrten. Dort hatten Tim und Pete geparkt.

»Michelle hat meinen Eltern einen Kronleuchter geschenkt«, sagte Tim. »Im Kreis fliegende Vögel aus Kupfer. Ein Kreis ist ein Ring. Meine Mutter hat gesagt: ›Ich schaue den Ring gerade an, Tim, er macht mir Hoffnung.‹ Das heißt, sie ist noch zu Hause.«

»Vielleicht nicht mehr lange«, sagte Pete.

Sie gingen quer über die Wiese, um nicht in Hörweite der Skater und Spaziergänger zu kommen.

»Ich kann in zwanzig, spätestens fünfundzwanzig Minuten dort sein«, sagte Tim.

»Aber wenn sie nicht mehr dort ist?«, fragte Linda besorgt.

»Sie ist dort.«

»Momentan vielleicht schon. Aber wenn sie dann, wenn wir ankommen, schon fort ist, schaffen wir es nicht rechtzeitig bis zu diesem Einkaufszentrum, wo er uns anrufen will.«

»Das mit dem Einkaufszentrum ist Blödsinn. Damit will er mich nur beschäftigen und in die Irre leiten. Dort herrscht einfach viel zu viel Trubel, selbst wenn es nur eine Zwischenstation darstellen soll. Also hat er dort auch niemanden am Karpfenbecken postiert.«

»Klingt logisch«, stimmte Pete zu.

»Und was, wenn Ihr beide Unrecht habt?«

»Er wird meine Mutter nicht umbringen, bloß weil ich zu spät dort aufkreuze. Dafür ist sie viel zu wertvoll für ihn.«

»Das ist aber sehr kühl berechnet«, sagte Linda.

Tim erkannte die Stimmung, in der er sich befand, wieder. Furcht und Wut gehörten dazu, aber sie standen nicht im Vordergrund.

Die Furcht hatte er gut unter Kontrolle, und die Wut konnte man eher als rechtschaffenen Zorn bezeichnen. Das eine verlieh ihm eine stahlharte Entschlossenheit, während das andere ein Bedürfnis nach Vergeltung weckte, aber auch nach Gerechtigkeit. Derart intensive Emotionen hätten eigentlich seinen Verstand trüben und ihn auch körperlich lähmen sollen, doch während Furcht und Zorn immer reiner und stärker wurden, klärten sich seine Gedanken, und er wurde sich seines Körpers und dessen Fähigkeiten besser bewusst.

Das lag ihm im Blut, diese Klarheit in einer Krise und diese hartnäckige Entschlossenheit, wenn er in der Klemme saß. Er konnte darauf weder stolz sein noch sich darüber beschweren.

Das erste der beiden Fahrzeuge, das in Sichtweite kam, war Petes, der sagte: »Wir nehmen meinen Wagen.«

»Ich fahre allein«, sagt Tim.

Linda klappte die Hecktür auf. »Vergiss es«, sagte sie.

»Es geht schließlich um *meine* Mutter.«

»Fang bloß nicht an, hier irgendein Revier abzustecken, du Dickschädel. Ich habe keine Mutter mehr, und ich glaube, deine wird mir gefallen. Deshalb erhebe auch ich Ansprüche auf sie.«

Während Zoey in den Kofferraum sprang, sagte Tim: »Sei doch vernünftig! Du kannst nicht mitkommen.«

Sie baute sich vor ihm auf. »Ich will ja gar nicht mit ins Haus kommen, Herrgott noch mal! Schließlich wüsste ich gar nicht, wie ich mich verhalten soll, während du das wohl wissen wirst. Aber ich werde auf keinen Fall hier in diesem verfluchten Park herumhocken, mir Sorgen um dich machen und zuschauen, wie der Knallkopf da hinten sich mit den Palmen unterhält.«

»Da wir beide wissen, wie wir uns in deinem Elternhaus verhalten müssen«, sagte Pete, »gehen wir gemeinsam da rein.«

»Der Kerl hat eine Automatik«, protestierte Tim. »Da wird es eng.«

»Wird es nicht immer eng, Türsteher?«

Linda schlug die Heckklappe zu. »Wir vergeuden unsere Zeit«, sagte sie, öffnete eine Seitentür und setzte sich auf den Rücksitz.

Pete hielt Tim den Schlüssel hin. »Willst du fahren?«

»Du kennst doch den Weg.«

Sie zogen die Türen zu, während der Wagen sich schon in Bewegung setzte.

Tim bat Linda um ihre Pistole. Wortlos nahm sie die Waffe aus der Handtasche und reichte sie nach vorne.

»Ist das eine Damenwaffe?«, fragte Pete argwöhnisch.

»Keineswegs«, beruhigte ihn Tim.

»Die Pistole hat eine sehr niedrige Laufachse, deshalb gerät die Mündung kaum ins Flattern«, sagte Linda. »Geladen ist sie mit Hohlspitzgeschossen. Sie ist also durchaus geeignet.«

Tim brauchte nicht zu fragen, ob Pete eine Pistole trug, denn der war immer bewaffnet, egal, ob er im Dienst war oder nicht. »Ich will gar nicht, dass es zu einer Schießerei kommt«, sagte er. »Dazu ist es im Haus zu eng, ganz abgesehen davon, dass meine Mutter getroffen werden könnte.«

»Wenn wir uns hineinschleichen können, ohne dass er etwas davon merkt, erwischen wir ihn vielleicht gefahrlos von hinten«, sagte Pete.

»Das ist die einzige Möglichkeit. Aber hoffen wir, dass es uns gelingt, ihn lebend zu überwältigen. Schließlich müssen wir erfahren, wer ihn angeheuert hat.«

Linda räusperte sich. »Meint ihr nicht, es wäre jetzt vielleicht so weit, dass wir die Polizei informieren sollten? Für so was gibt es doch Spezialeinheiten.«

»Nein«, sagten Tim und Pete gleichzeitig, dann erklärte Pete: »Ein Berufskiller hat nicht die Absicht, ins Gefängnis zu kommen.«

»Dieser Typ schon gar nicht«, sagte Tim. »Der ist viel zu tollkühn. Bei dem geht es um alles oder nichts, was heißt, dass er versuchen wird, sich den Weg freizuschießen.«

»Wenn eine Spezialeinheit anrückt, setzt die zuerst einen Unterhändler ein«, ergänzte Pete. »In dieser Situation wird Tims Mutter für den Killer sofort zu einem Klotz am Bein. Er weiß, dass man ihm nie erlauben wird, unbehelligt mit ihr abzuziehen, weshalb er sie umbringen wird, sobald er eine Sirene hört. Dann will er nämlich schnell sein.«

»Gut, dass du darauf zu sprechen kommst«, sagte Tim. »Tritt mal ein bisschen aufs Gas.«

58

Entzückend, diese ungehindert fließenden Tränen. Entzückend auch die Schluchzer, die Mary unterdrücken wollte, weshalb sie sich als ersticktes Glucksen und als kurzes, spastisches Schaudern äußerten.

Nachdem er die Glock in sein Schulterhalfter gesteckt hatte, trug Krait den Stoffbeutel, den Gummischlauch, die Injektionsspritzen und die Schüssel mit Apfelstücken zu der Kochinsel in der Küchenmitte. Auf dem Tisch blieb nichts liegen, was Mary mit ihrem ungefesselten Arm hätte erreichen können.

Er stellte sich neben ihren Stuhl und blickte auf sie hinab, während sie sich mit dem Handrücken über die feuchten Wangen wischte.

»Tränen machen eine Frau nur schöner«, sagte er.

Sie schien zornig auf sich zu sein, weil sie weinte. Ihre feuchte Hand ballte sich zur Faust, die sie an die Schläfe presste, als könnte sie ihre Verzweiflung durch einen Willensakt bezwingen.

»Ich mag den Geschmack von Tränen im Kuss einer Frau.«

Ihr Mund war schlaff vor lauter Pein.

»Ich würde Sie gern küssen, Mary.«

Sie wandte das Gesicht ab.

»Womöglich stellen Sie erstaunt fest, dass es Ihnen gefällt.«

Mit jäher Wut hob sie den Kopf und sah ihn an. »Und Ihnen gefällt es vielleicht, wenn ich Ihnen die Lippe abbeiße.«

Diese Zurückweisung war so gehässig, dass ein weniger beherrschter Mann als Krait zugeschlagen hätte. Er jedoch starrte Mary nur an und fand nach einer Weile sogar sein Lächeln wieder.

»Ich habe noch etwas zu tun, Mary, aber ich bin gleich nebenan. Wenn Sie um Hilfe rufen, wird niemand außer mir Sie hören, und dann muss ich Ihnen einen Lappen in den Mund stopfen und Ihre Lippen mit Paketband zukleben. Das wollen Sie doch nicht, oder?«

Der mörderische Ausdruck in ihren Augen hatte alle Tränen weggebrannt.

»Sie sind ein ganz schön harter Brocken, meine Liebe.«

Er dachte, sie würde ihn anspucken, doch das tat sie nicht.

»Einem Sohn beizubringen, dass er für seine Mutter sterben soll.« Krait schüttelte den Kopf. »Ich frage mich wirklich, was für ein Mensch Ihr Mann wohl ist.«

Sie machte den Anschein, als wollte sie eine vernichtende Antwort geben. Er wartete einen Moment, doch sie entschied sich zu schweigen.

»Ich bin bald wieder zurück, um Sie zum Auto zu tragen und dort schlafen zu legen. Bleiben Sie inzwischen einfach hier sitzen, Mary, und denken Sie daran, wie gut es doch ist, dass Sie den richtigen Entschluss gefasst haben. Wäre doch schade, wenn Sie, Zachary, seine Frau und seine Tochter sonst sterben müssten.«

Er verließ die Küche, blieb jedoch im Flur stehen und lauschte.

Mary rührte sich nicht. Krait hätte erwartet, ein leises Klappern zu hören, weil sie den Sitz der Handschellen untersuchte, doch es blieb still.

Im Wohnzimmer hängte Krait das Ölgemälde mit den glücklichen Kindern ab, die über einen sonnigen Strand liefen. Er legte es auf den Boden und kniete sich daneben.

Aus der Hosentasche zog er ein Klappmesser. Damit löste er die Leinwand aus dem Rahmen, um sie anschließend in Streifen zu schneiden.

Er überlegte, ob er zum Bücherschrank gehen sollte, um alle Fotos, auf denen Tim abgebildet war, ebenfalls aus dem Rahmen zu nehmen und zu zerschnipseln. Aber da er bald den echten Tim umbringen würde, konnte er mit den restlichen Minuten im Haus der Carriers auch etwas Erfreulicheres anfangen.

59

Pete Santo bremste nicht ab, während er am Haus der Carriers vorbeifuhr.

Nichts an dem Gebäude sah auffällig aus bis auf die Tatsache, dass im Erdgeschoss alle Vorhänge zugezogen waren. Die ließ Tims Mutter immer offen.

Kurz vor der nächsten Kreuzung sagte Tim: »Hier kannst du parken.«

Pete lenkte den Wagen an den Straßenrand, wo sie vom Haus durch Bäume abgeschirmt waren. Dann ließ er die hinteren Fenster herunter und schaltete den Motor aus.

Auf der Fahrt war Zoey aus dem Kofferraum auf den Rücksitz geklettert, um bei Linda zu sein. Nun lag die Hündin da und hatte den Kopf in den Schoß ihrer neuen Herrin gelegt.

»Wann weiß ich, dass womöglich etwas schiefgegangen ist?«, fragte Linda.

»Wenn du eine Menge Schüsse hörst«, antwortete Tim.

»Und wenn ich nichts höre?«

Er drehte sich zu ihr um. »Wenn wir ihn nicht innerhalb von zehn Minuten haben, ist es danebengegangen.«

»Warte fünfzehn Minuten«, sagte Pete, »dann fährst du los.«

»Ich soll euch hierlassen? Das kann ich nicht.«

»Tu es einfach«, sagte Tim. »Warte fünfzehn Minuten, und dann fahr.«

»Aber ... wo soll ich denn hinfahren?«

Tim wurde klar, dass es tatsächlich keinen Ort gab, den sie ansteuern konnte.

Er griff nach dem Wegwerfhandy, das auf der Ablage zwischen den Sitzen lag, und streckte es ihr hin. »Nimm das. Verlass die Gegend hier und park irgendwo. Wenn dich keiner von uns in ein, zwei Stunden anruft, dann sind wir beide tot.«

Sie hielt seine Hand einen Augenblick ganz fest, bevor sie das Telefon entgegennahm.

Pete stieg aus und schlug die Fahrertür zu.

»Du hast eine Menge Bargeld in der Tasche«, sagte Tim. »Überleg dir, ob du noch einmal zu deinem Haus fahren willst, um die Goldmünzen zu holen, von denen du gesprochen hast. Ich würde das an deiner Stelle zwar nicht tun, aber das musst du entscheiden. Mit dem, was du hast, kannst du ein neues Leben beginnen, unter einem neuen Namen.«

»Es tut mir so leid, Tim. So verdammt leid.«

»Dir braucht gar nichts leidzutun. Wenn ich gewusst hätte, wie sich die Dinge entwickeln, hätte ich trotzdem genauso gehandelt.«

Er stieg ebenfalls aus, schlug die Tür zu und vergewisserte sich, dass die in seinem Gürtel steckende Pistole unter seinem Hawaiihemd verborgen war.

Im offenen Fenster sah er Lindas Gesicht. In seinem ganzen Leben hatte er noch nie ein schöneres gesehen.

Die Vordertür des Hauses würden er und Pete nicht nehmen. Die Grundstücke in diesem Viertel grenzten direkt aneinander an, ohne von einem rückwärtigen Fahrweg getrennt zu sein. Deshalb konnte man zur nächsten, parallel führenden Straße gehen, um sich durch einen Nachbargarten an Tims Elternhaus anzuschleichen.

Auf dem Weg zur nahen Kreuzung hätte Tim sich gern umgedreht, um Linda noch ein letztes Mal zu sehen. Das wollte er so sehr, dass es fast unerträglich war, aber jetzt ging es um etwas anderes. Es war soweit.

Als er hinter Pete um die Straßenecke bog, wäre er fast mit einem alten Mann zusammengestoßen. Der hatte seine

Hose so weit hochgezogen, dass das Ticken einer darin steckenden Taschenuhr ihm die rechte Brust gekitzelt hätte.

»Tim! Da soll mich doch die Laus befallen, wenn das nicht unser Tim ist!«

»Tag, Mickey. Wie siehst du denn aus?«

Mickey McCready, bald achtzig, wovon Büschel stacheliger weißer Ohrhaare zeugten, wohnte gegenüber von Tims Eltern. Er trug eine hellgelbe Hose und ein knallrotes Hemd.

»Das sind meine Spazierengehklamotten. Will schließlich nicht auf einem Zebrastreifen sterben. Na, wie geht's, Tim? Was macht die Arbeit? Hast du schon eine interessante Frau gefunden?«

»Das habe ich, Mickey. Eine sehr interessante.«

»Die hat aber Glück gehabt. Wie heißt sie denn?«

»Mickey, ich muss weiter. Hab gleich einen Termin. Bist du nachher zu Hause?«

»Wo soll ich sonst sein?«

»Ich komme dich besuchen. In einer Stunde oder so, in Ordnung?«

»Klar. Bin schließlich neugierig, was du über diese Frau zu erzählen hast.«

»Ich komme ganz bestimmt«, versprach Tim.

Mickey packte ihn am Arm. »Hey, ich hab alle meine Videos auf DVD überspielt. Dabei hab ich auch eine Scheibe über dich gemacht, unseren Tim, seit deiner Zeit als Krabbelkind!«

»Das ist toll, Mickey, aber ich muss jetzt wirklich weiter. Ich komme nachher vorbei.« Tim entzog sich dem Alten und eilte hinter Pete her.

»Wo bekommt der eigentlich Hemden her, die bloß zwanzig Zentimeter lang sind?«, fragte Pete.

»Er ist ein netter alter Kerl. Dient allen als liebster Ersatzonkel.«

An der nächsten Ecke wandten sie sich nach rechts. Nun befanden sie sich auf der Parallelstraße.

Am sechsten Haus stand ein Schild im Vorgarten, das nicht nur über den Namen der Bewohner – SAPERSTEIN – informierte, sondern auch mit einem männlichen und einem weiblichen Teddybären im Overall geschmückt war. Laut der Aufschrift auf den Lätzen hießen die Bären NORMAN und JUDY.

»Die sind sicher bei der Arbeit«, sagte Tim. »Ihre Kinder sind erwachsen. Also ist niemand zu Hause.«

Er führte Pete durch ein Tor an der Seite des Hauses in den Garten dahinter.

Sonnenlicht flimmerte auf dem Wasser eines Swimmingpools. Eine Katze, die sich auf den Ziegelfliesen der Terrasse wärmte, schreckte hoch und verschwand zwischen den Sträuchern.

Das Grundstück endete an einer knapp zwei Meter hohen Mauer, die über und über mit purpurrot blühenden Ranken bewachsen war.

»Sag mal, Türsteher«, fragte Pete, »hab ich dir eigentlich schon mal gesagt, dass du der hässlichste Typ bist, den ich je gesehen habe?«

»Und hab ich dir eigentlich schon mal gesagt, dass du der Dümmste bist?«

»Sind wir bereit?«

»Wenn wir warten, bis wir bereit sind, dann sind wir so alt wie Mickey.«

Die Ranken waren dick und klammerten sich so fest an die aus verputzten Betonsteinen errichtete Mauer, dass sie eine gute Leiter darstellten. Tim stieg darauf ein kleines Stück hoch, um über den Mauerrand in den Garten seiner Eltern spähen zu können.

An den Küchenfenstern und der verglasten Hintertür waren die Jalousien heruntergelassen. Auch die Vorhänge im Raum nebenan waren geschlossen.

Hinter allen Fenstern im Obergeschoss waren die Vorhänge hingegen offen. Dahinter war niemand zu sehen, der Wache hielt.

Tims kontrollierte Furcht, sein zielgerichteter Zorn und ein Brausen im Blut, das er hören konnte, ohne dass es irgendwelche anderen Geräusche übertönte – all das sagte ihm, dass dies ein günstiger Augenblick war, den er nutzen musste.

Kurz entschlossen kletterte er über die Mauer. Ein Regen aus purpurroten Blüten folgte ihm, als er auf den Rasen dahinter sprang. Pete kam sofort hinterher.

Tim zog die Pistole aus dem Gürtel, während er geduckt zum Haus lief und sich an der Wand neben der Küchentür postierte.

Seine Dienstpistole in der Hand, stellte sich Pete an die andere Seite, dann sahen sie sich an und lauschten. Im Haus war es still, aber das bedeutete gar nichts. Still war auch ein Jäger auf dem Hochstand. Und still war es im Leichenschauhaus.

Aus seiner Hosentasche holte Tim einen kleinen Schlüsselring mit drei Schlüsseln: für seine Wohnung, für den Werkzeugkasten auf dem Pick-up, mit dem er zur Arbeit fuhr, und für das Haus seiner Eltern, weil er sich darum kümmerte, wenn diese verreist waren.

Fast lautlos glitt der Schlüssel in den Schlitz. Tims Vater sorgte stets dafür, dass alle Schlösser gut geölt waren, weshalb auch der zurückschnappende Riegel kaum ein Geräusch machte.

Wenn man durch eine Tür trat, konnte man sich leicht eine Kugel einfangen oder auch mehrere; Türen waren immer problematisch, aber Tim hatte einen guten Instinkt dafür. Normalerweise wusste er, welche er gefahrlos öffnen konnte und hinter welchen die Hölle wartete.

Bei dieser Tür versagte sein Instinkt, vielleicht weil es sich nicht um eine gewöhnliche Durchsuchung handelte. Da drin war seine Mutter, seine Mutter und der Kerl mit den hungrigen Augen, weshalb es noch weniger Spielraum für einen Irrtum gab als sonst.

Nun klopfte sein Herz doch ein wenig, während sein Atem noch immer ruhig und tief ging. Seine Hände waren trocken. Dies war der Punkt, an dem er sich entscheiden musste; weiteres Zögern war schlechte Taktik, und deshalb drückte er die Tür auf.

Geduckt trat er rasch hindurch, in beiden Händen die Pistole, die für seine Hände eigentlich zu klein war, aber eine andere Waffe hatte er nun mal nicht zur Verfügung.

Hinter der Tür erwartete ihn niemand.

Während er die Mündung von links nach rechts schwenkte, sah er auf der Kochinsel in der Küchenmitte mehrere Spritzen liegen und ein Ding, das wie eine Betäubungspistole aussah. Und dann sah er hinter dem Visier der Waffe seine Mutter am Tisch sitzen; sie saß einfach da hinten am Tisch im kupfernen Licht des Kronleuchters mit den kreisenden Vögeln; sie hob den Kopf, weil sie jetzt erst wahrgenommen hatte, dass jemand eingetreten war, und sie sah ihn an.

60

Da er wahrscheinlich aus einem Spiegel in diese Welt getreten war, überlegte Krait, ob er eines Tages wohl auf dieselbe Weise in sein heimatliches Reich zurückkehren würde.

Er stand im Schlafzimmer vor einem hohen Spiegel, der innen an der offen stehenden Tür des Kleiderschranks befestigt war. Als er die rechte Hand ans Glas legte, hätte es ihn nicht gewundert, wenn die silberne Fläche gezittert und dann nachgegeben hätte, ohne mehr Widerstand zu bieten als die Oberflächenspannung eines Teiches.

Das Glas war kühl, aber fest unter seiner Haut.

Er hob auch noch die linke Hand und presste sie gegen die gehobene Hand des anderen Krait, der zu ihm herausblickte.

Vielleicht lief die Zeit in der umgekehrten Spiegelwelt rückwärts. Dann wurde er womöglich statt zu altern jünger, bis er wieder achtzehn war. In diesem Alter setzten seine Erinnerungen ein, und wenn er tatsächlich weiter in seine Jugend vordringen konnte, dann erfuhr er vielleicht, woher er gekommen und von wem er geboren worden war.

Aug in Auge mit seinem anderen Ich blickte er in dessen Düsternis hinab, und was er sah, gefiel ihm.

Er glaubte, nur leichten Druck auszuüben, doch plötzlich knackte es im Glas. Ein Riss zog sich von oben nach unten, ohne dass der Spiegel aus dem Rahmen fiel.

Nun waren die Hälften von Kraits Spiegelbild leicht verschoben. Ein Auge war ein winziges Stück höher als das andere, die Nase war entstellt. Auch eine Seite des Mundes sah so schief aus, als hätte er einen Schlaganfall erlitten.

Dieser andere, verschobene Krait verstörte ihn. Dieser gebrochene, unvollkommene Krait. Dieser ungewohnte Krait, dessen Lächeln kein Lächeln mehr war.

Er nahm die Hände vom Spiegel und schloss den anderen Krait rasch im Kleiderschrank ein.

Entnervt und ohne recht zu wissen, warum, beruhigte er sich, indem er die Schubladen des niedrigen Schranks daneben aufzog, um deren Inhalt zu erforschen. Wie üblich wollte er so viel wie möglich über das Leben seiner Gastgeber erfahren und Geheimnisse entdecken, die ihn freuten.

61

Die Tür zwischen Küche und Flur stand offen. Pete hatte seine Waffe darauf gerichtet.

Tim legte einen Finger an die Lippen, um seine Mutter zum Schweigen zu ermahnen, während er sich neben sie kniete. »Wo ist er?«, flüsterte er.

Sie schüttelte den Kopf. Offenbar wusste sie es nicht.

Als sie ihm mit der rechten Hand die Wange streichelte, drückte er einen Kuss darauf.

Ein Bein des Stuhls, auf dem sie saß, war an ein Tischbein gekettet. Am Stuhl hinderte eine Querstrebe Tim daran, die Handschelle einfach abzuziehen. Der Tisch wiederum hatte einen Kugelfuß in Form einer Raubtierpranke, der dicker war als die andere Schelle.

Marys linker Arm war an die Armlehne des Stuhls gefesselt.

Die Handschellen hatten ein einfaches Doppelschloss. Vielleicht war es möglich, eine Büroklammer oder etwas Ähnliches so zu verbiegen, dass man das Ding damit knacken konnte, aber dazu brauchte man Zeit.

Zwischen der Armlehne und der Sitzfläche des Stuhls befanden sich mehrere Streben. Die am Ende der Lehne war dicker als die anderen, aber abgesehen davon das Einzige, was die Handschelle am Heruntergleiten hinderte.

Obwohl es ihm lieber gewesen wäre, den Flur nicht unbewacht zu lassen, gab Tim ein Zischen von sich, um Pete auf sich aufmerksam zu machen. Dann winkte er ihn zu sich.

Beide mussten ihre Waffen weglegen.

Tim wollte unbedingt vermeiden, dass der Stuhl sich über den Boden bewegte, sonst hätten die übers Parkett scharrenden Beine ein lautes Geräusch verursacht.

Pete stützte eine Hand auf die rechte Armlehne und die andere auf die gebogene Rücklehne. Dann drückte er mit seinem ganzen Gewicht nach unten.

Die eine Hand an der linken Armlehne, packte Tim mit der anderen die vordere Strebe. Er drückte auf die Lehne und zog an der Strebe, mit aller Kraft, die er aufbringen konnte.

Die Strebe war ein Rundholz, das in Vertiefungen in Sitz und Lehne geleimt war. Theoretisch stellten die Enden Schwachstellen dar, die sich bei entsprechendem Zug aus ihren Löchern lösen konnten.

Tims rechter Arm schien vor Anstrengung anzuschwellen. Er spürte, wie sich seine Halsmuskeln verkrampften und wie das Blut in seinen Schläfen pochte.

Seine Eltern hatten den Tisch und die Stühle vor mindestens dreißig Jahren gekauft, als Möbel noch von Hand gefertigt worden waren und ein Leben lang halten sollten.

Der unbeobachtete Flur in Tims Rücken forderte Aufmerksamkeit, doch das musste er ignorieren und sich auf den Stuhl konzentrieren, auf diesen verfluchten, viel zu gut gemachten Stuhl.

Er spürte, wie ihm Schweiß auf die Schläfen trat, und dann löste sich die Strebe endlich aus ihrer Verankerung. Das dabei entstehende Knacken war wahrscheinlich bis ins nächste Zimmer hörbar, aber nicht viel weiter.

Pete schnappte sich seine Pistole vom Tisch und postierte sich rasch wieder an der Tür zum Flur.

Auch Tim griff nach seiner Waffe, während er den Arm um seine Mutter legte. Er warf Pete einen fragenden Blick zu, und als dieser nickte, zog er seine Mutter hoch und führte sie durch die Küche zur Hintertür.

Draußen eilte er mit ihr durch die helle Sonne zu dem Weg, der an der Schmalseite des Hauses entlangführte.

»Geh zur Straße und dann nach rechts«, flüsterte er.

»Aber du …«

»An der Ecke steht Petes Wagen. Den kennst du ja.«

»… du kannst doch nicht …«

»Im Wagen sitzt eine Frau mit einem Hund; warte bei den beiden.«

»Aber die Polizei …«

»Das regeln nur wir beide.«

»Tim …«

»Geh!«, sagte er.

Eine andere Mutter hätte argumentiert oder sich an ihm festgeklammert, aber sie war *seine* Mutter. Sie sah ihn liebevoll an, dann eilte sie am Haus entlang davon.

Tim kehrte in die Küche zurück, wo Pete immer noch den Flur beobachtete. Als Tim die Augenbrauen hob, schüttelte er den Kopf. Offenbar hatte das Knacken des Stuhls sie nicht verraten.

Die Hintertür ließ Tim offen stehen. Wenn irgendetwas schiefging, was auf mehr Arten möglich war, als man sich vorstellen konnte, dann brauchten sie einen guten Fluchtweg.

An der linken Seite des Flurs kam erst die Tür zum Esszimmer, dann folgten ein begehbarer Kleiderschrank und schließlich die Treppe. Rechts ging es in eine Toilette, ein kleines Arbeitszimmer und das Wohnzimmer.

Seit dem Jahr, als sie gemeinsam wieder heimgekommen waren, war Pete oft hier gewesen. Er kannte das Haus fast so gut wie Tim.

Sie standen da und lauschten dem Schweigen des Hauses, in dem Bedrohung und ein blindes Schicksal mitschwangen, und dann taten sie gemeinsam, was sie schon oft getan hatten, wenn auch nicht in jüngster Zeit. Leise gingen sie in dieses Schweigen hinein, von einer Tür zur anderen, mit hellwachen Sinnen und einem Geist, der auf alles vorbereitet war.

62

Nachdem Krait in den Schrankschubladen nichts Interessantes entdeckt hatte, ging er auf eine hohe, schmale Kommode mit Füßen zu, die vielversprechend aussah. Als er dabei am Fenster vorbeikam, sah er Mary im Vorgarten.

Sie rannte zum Gehsteig und wandte sich dort nach rechts. Von ihrem linken Handgelenk baumelten die Handschellen. Im nächsten Moment war sie bereits hinter den an der Straße stehenden Bäumen verschwunden.

Egal, wie sie sich von dem Stuhl befreit hatte, alleine hatte sie das nicht geschafft. Die Tatsache, dass niemand neben ihr herlief, bestätigte die Identität ihres Retters. Tim Carrier war nach Hause gekommen.

Die Frage nach dem Wie und Warum konnte warten. Jetzt war keine Zeit für Fragen, sondern für eine endgültige Lösung des Problems, das dieser Kerl darstellte.

Krait zog die Glock aus dem Schulterhalfter, während er rasch durchs Zimmer ging. An der offenen Tür hielt er kurz inne, dann schob er sich in den Flur.

Wäre der Maurer bereits hier oben gewesen, dann hätte er Krait schon gefunden und vielleicht sogar erschossen, während der sich vom Fenster abwandte.

Von der Schlafzimmertür aus war der obere Teil der Treppe bis zum Absatz in deren Mitte sichtbar. Von dort aus verliefen die Stufen in die Gegenrichtung und verschwanden aus dem Blickfeld.

Die Pistole auf die Treppe gerichtet, wartete Krait darauf,

dass ein Kopf erschien und ein Gesicht heraufblickte, um einen Kugelhagel zu empfangen.

Donnerndes Schweigen stieg von unten herauf, jene Art Schweigen, die durch den Körper bebte und Schweiß hervortrieb.

Krait kam zu dem Schluss, dass Carrier sich nicht die Stufen hoch wagen würde, ohne eine Taktik anzuwenden, die sich für ihn bewährt hatte. Dieser Kerl wusste, welche Gefahr eine Treppe darstellte.

Am oberen Treppenabsatz stehend befand sich Krait zwar scheinbar in einer überlegenen Position, doch er spürte, dass er nicht unangreifbar war. Deshalb wich er ein Stück zurück, bis er vom unteren Treppenabsatz aus nicht mehr gesehen werden konnte.

Er warf einen Blick in die andere Richtung des Flurs. Jenseits der Tür des Schlafzimmers, in dem er gerade gewesen war, gab es fünf weitere Türen. Eine führte bestimmt ins Badezimmer, eine zweite verbarg wahrscheinlich einen großen Kleiderschrank. Das hieß, es gab höchstens drei weitere Gäste- oder Kinderzimmer.

Obwohl Krait an sich stets entschlussfreudig war, stand er einen Augenblick lang mit untypischer Unentschlossenheit da.

Nun kam ihm das Schweigen nicht mehr wie ein Donnern vor, sondern wie eine alles ertränkende Flut. Es war auch nur ein Schweigen, keine Stille, denn durch diese Flut bewegte sich ein Gegner, wie er Krait noch nie begegnet war.

An den gegenüberliegenden Wänden des unteren Flurs arbeiteten Tim und Pete sich langsam vor. Sie achteten darauf, sich nicht gegenseitig in die Schusslinie zu kommen, während sie behutsam eine angelehnte Tür nach der anderen aufstießen, um einen Blick in die dahinterliegenden Räume zu werfen. Es dauerte nicht lange, dann hatten sie die Treppe erreicht.

Falls der Killer immer noch geglaubt hätte, mit Mary allein im Haus zu sein, dann wäre er wahrscheinlich nicht so still gewesen. Selbst wenn er mit sich selber Schach gespielt hätte, wäre ab und zu eine geschlagene Figur umgefallen, und beim Patiencelegen wären manche Karten auf den Tisch geknallt.

Die beiden hatten eine Reihe verschiedener Taktiken parat, um eine Treppe zu bezwingen. Dabei waren sie allerdings immer besser bewaffnet gewesen, aber irgendwie war das nicht der einzige Unterschied. Egal, wie oft sie schon eine Treppe erstürmt hatten, Tim war nicht scharf darauf, das hier zu wiederholen. Auf jeder einzelnen Stufe schien Gefahr zu lauern.

In Gestensprache schlug er Pete einen einfachen Plan vor, und das Nicken seines Freundes bestätigte ihm, dass er verstanden worden war. Er ließ Pete an der Treppe stehen und ging durch den Flur dorthin zurück, woher sie gerade gekommen waren.

Nachdem er sich wieder ins Schlafzimmer zurückgezogen hatte, öffnete Krait den Verschluss des vertikalen Schiebefensters, durch das er Mary auf der Flucht gesehen hatte. Dann hob er den unteren Teil an, der leise in seinen gewachsten Führungsschienen quietschte.

Während er sich übers Fensterbrett auf das Dach der Veranda schwang, erwartete er jederzeit einen Kugelhagel in den Rücken. Sobald er draußen war, trat er sofort zur Seite.

Auf der Straße fuhren zwei Autos vorbei. Keiner der Fahrer bemerkte, dass auf dem Verandadach der Carriers ein Mann mit einer Pistole stand.

Krait ging zur Kante, warf einen Blick hinab, sprang über eine Reihe Sträucher und landete auf dem Rasen.

Im Wohnzimmer griff Pete sich ein kleines Kissen vom Sofa und ein größeres Kissen von einem Sessel. Damit kehrte er zum Fuß der Treppe zurück.

Als er in Richtung Küche blickte, sah er, dass Tim bereits aus der offenen Hintertür getreten war.

Die Stufen waren mit einem Läufer belegt. Er fragte sich, wie laut sie wohl ächzen würden.

Aus dem Obergeschoss kam noch immer keinerlei Geräusch. Vielleicht fühlte der Kerl sich so sicher, dass er ein Nickerchen machte. Oder er war durch den zeitlich günstigsten Herzinfarkt aller Zeiten zu Tode gekommen.

Die Pistole in der rechten Hand, das größere Kissen unter dem linken Arm und das kleine in der linken Hand, probierte Pete die erste Stufe aus. Sie ächzte kein bisschen, ebenso wenig die zweite.

Das Südende der hinteren Veranda schloss mit einem Spalier ab, das Tim vor langer Zeit aus dickeren waagrechten und dünneren senkrechten Stäben gezimmert hatte. Ein simples Fertiggitter aus dem Baumarkt hätte seine Mutter nicht akzeptiert.

Die Kletterrosen, die im Sommer in verschiedenen Orangetönen blühten, waren zu dieser Jahreszeit noch nicht ganz ausgewachsen. Sie hatten jedoch bereits so viele Dornen, dass Tim froh war, ordentlich schwielige Hände zu haben.

Die waagrechten Streben hielten sein Gewicht leicht aus, und auch die senkrechten Stäbe brachen nicht. Allerdings ächzten sie lauter, als es ihm lieb war.

Auf dem Verandadach angekommen, zog er die Pistole aus dem Gürtel und schlich sich zum nächsten Fenster. Es gehörte zu seinem alten Kinderzimmer, das er immer noch benutzte, wenn er an Feiertagen bei seinen Eltern übernachtete oder aufs Haus aufpasste.

Der Raum sah verlassen aus.

Als Kind hatte er unzählige Abende hier auf dem Verandadach gelegen, um die Sterne zu betrachten. Da er immer viel frische Luft gebraucht hatte, war sein Fenster nie ganz geschlossen gewesen, und im Laufe der Jahre war der Riegel in der geöffneten Position eingerostet.

Beim letzten Mal, als er über Nacht bei seinen Eltern geblieben war, hatte sein Vater das Schloss zwar noch nicht ersetzt gehabt, doch Tim hätte sich nicht gewundert, wenn das Ding ausgerechnet jetzt repariert worden wäre. Aber sein Vater hatte Respekt vor der Tradition, und das unverriegelte Fenster ließ sich problemlos hochschieben.

Wie ein Fassadenkletterer auf Einbruchstour betrat er sein Zimmer. Manche der Bodendielen neigten zum Ächzen, doch er wusste, wo sie lauerten und wich ihnen aus, während er sich an der Wand entlang zur Tür vorarbeitete, die einen Spaltbreit offen stand.

Er lauschte auf irgendwelche Bewegungen, und als er keine hörte, zog er die Tür auf und spähte vorsichtig hinaus. Er hätte erwartet, dass sich der Killer vor der Treppe postiert hatte, doch der Flur war ebenso verlassen wie das Zimmer.

Auf halbem Weg zum mittleren Treppenabsatz hielt Pete inne und wartete. Als er sicher war, dass er Tim genügend Zeit gelassen hatte, um ins Obergeschoss zu gelangen, schleuderte er das Sofakissen auf den Absatz.

Ein nervöser Gegner hätte bestimmt auf alles gefeuert, was sich bewegte, aber niemand blies die Füllung aus dem Kissen.

Pete zählte bis fünf, dann warf er das wesentlich größere Kissen hinterher, denn ein Gegner, der nicht nervös genug war, um auf das kleine Kissen zu feuern, hätte vielleicht erwartet, dass auf das Täuschungsmanöver ein echter Angriff folgte. Stille. Womöglich war dieser Kerl überhaupt nicht nervös.

Tim schlich von einer Tür zur anderen und spähte in das Zimmer seines Bruders, den Kleiderschrank, das Gästezimmer und das Bad, ohne jemanden zu finden.

Während er sich dem Schlafzimmer seiner Eltern näherte, hörte er das schwere Kissen mit einem dumpfen Schlag auf dem Treppenabsatz landen. Er griff sich das Sitzkissen, das auf einem im Flur stehenden Stuhl lag, und schleuderte es die nahe Treppe hinunter.

Da Pete oft genug mit Tim zusammengearbeitet hatte, um den Wurf als Zeichen deuten zu können, dass die Luft rein war, kam er rasch, aber wachsam herauf. Die goldene Nachmittagssonne, die durch das hohe, runde Fenster im Treppenhaus fiel, brachte die Pistole in seinen ausgestreckten Händen zum Funkeln.

Tim deutete auf das Schlafzimmer seiner Eltern, und sie postierten sich links und rechts von der halb offen stehenden Tür, Tim auf der Seite der Klinke. Das war es jetzt, da musste der Kerl drin sein, und deshalb ging es ums Ganze.

Tim stieß die Tür ganz auf, sprang ins Zimmer und schwenkte seine Waffe von rechts nach links. Niemand. Während Pete ihm Deckung gab, schob er sich an der Wand entlang, aber auch auf der anderen Seite des Bettes verbarg sich niemand.

Das Fenster stand offen, und die Vorhänge hingen schlaff in der reglosen Luft. Das war nicht gut, dieses offene Fenster, überhaupt nicht gut, denn es wies darauf hin, dass ihr Gegner vielleicht im falschen Augenblick, als Mary durch den Vorgarten gelaufen war, hinausgeblickt hatte.

Oder es war eine List. Wenn sie zum Fenster traten, wandten sie den beiden Türen an den Seitenwänden den Rücken zu: der Tür zum Badezimmer, die einen Spaltbreit offen stand, und der des Kleiderschranks, die geschlossen war.

Tim wollte zum Fenster; er hatte das sichere Gefühl, dass das der richtige Weg war, aber man hielt sich aus einem guten Grund an die Vorschriften, und dieser Grund bestand darin, dass man dadurch in der Regel eher am Leben blieb als erschossen wurde.

Wenn der Killer das Haus verlassen hatte, um Tims Mutter zu verfolgen, dann zählte jede Sekunde, aber da waren die beiden Türen, und die mussten zuerst drankommen.

Pete übernahm den Kleiderschrank. Mit dem Rücken daneben an der Wand stehend, griff er nach dem Knauf und riss die Tür mit einem Ruck auf, ohne dass eine Salve herauskam. In die Decke des Schranks war eine zum Dachboden führende Falltür eingebaut, doch die war geschlossen, wie es sein sollte. Auf den Dachboden wäre der Kerl ohnehin nicht geflüchtet.

Tim stieß die Badezimmertür auf und spähte hinein. Durch den Vorhang vor dem Fenster fiel gerade genug Licht, um erkennen zu können, dass auch hier niemand war.

Während er sich zu Pete umdrehte, spürte er, wie nun sein Herz doch hämmerte. »Er ist hinter meiner Mutter her, gleich wird er sie und Linda finden«, sagte er. In seinem Mund war ein metallischer Geschmack.

Der direkte Weg über das Verandadach zum Garten war schneller, als die Treppe zu nehmen. Deshalb ging Tim, gefolgt von Pete, auf das Fenster zu, als er im Augenwinkel eine Bewegung wahrnahm und sich umdrehte.

Jenseits der offenen Tür fiel durch das hohe, runde Fenster im Treppenhaus ein großes, gedehntes Oval aus hellem Licht in den Flur, und in dieses Licht schlich etwas Dunkles, das aussah wie der verzerrte Schatten eines Dämons in einem Traum.

Offenbar hatte der Killer sich nach dem Sprung in den Garten doch nicht an die Verfolgung von Tims Mutter gemacht, sondern sich durch die Küchentür wieder ins Haus geschlichen. Nun kam er verstohlen die Treppe hoch.

Die Tür war offen, der Kerl hatte eine Automatik und würde wild feuernd hereinstürmen. Wenn sie nirgends in Deckung gehen konnten, waren sie erledigt, egal, ob sie ihn ebenfalls erwischten oder nicht.

Tim ließ die Pistole fallen, packte die hohe Kommode neben dem Kleiderschrank und wusste gar nicht, woher seine Kraft kam. Er war zwar groß und schwer, aber das war die Kommode auch, sie war voll gefalteter Pullover und Decken und wer weiß was; und dennoch gelang es ihm, das Ding vom Boden zu heben und sich damit umzudrehen, sodass es sich zwischen ihm und der Tür befand. Noch während er es absetzte, schlugen Hochgeschwindigkeitsgeschosse in die Front, sie fraßen sich ins Innere, und eine Kugel schaffte es durch das ganze Zeug in einer der Schubladen bis zur anderen Seite und kam so nahe neben seinem Gesicht zum Vorschein, dass ihm ein Splitter in die Wange fuhr.

Pete lag flach auf dem Boden, vielleicht war er getroffen, nein, er hatte sich unter die Kommode gerobbt, die auf hohen Beinen stand, und erwiderte das Feuer. Der Winkel war miserabel, da half kein Training, da konnte man nur aufs Geratewohl abdrücken, aber manchmal hatte man eben Glück, und der Kerl dort im Flur schrie auf.

Die Pistole mit dem Schalldämpfer hatte nur leise geknattert, aber die Kugeln hatten Holz splittern lassen, Lampen zerschmettert und Löcher in die Wände gefressen. Das alles hörte nun auf. Was blieb, war nur der Schrei, der sich zu einem hohen, dünnen Heulen abschwächte.

Vielleicht war dieser Schrei ein Trick, vielleicht steckte der Kerl gerade ein neues Magazin in seine Pistole, aber wenn man sich nicht an die Vorschriften halten konnte, weil die aktuelle Lage darin nicht vorkam, dann musste man eben seinem Instinkt folgen. Tim schnappte sich seine Waffe vom Boden und trat hinter der schützenden Kommode hervor. Als er niemanden in der offenen Tür sah, stürmte er hinaus auf den Flur.

Die Luft stank nach Schießpulver. Der Boden war mit Patronenhülsen übersät. Blut auf dem Teppichboden.

Ins Bein getroffen, war der Kerl aus der Kneipe zur Treppe zurückgewichen. Er hielt sich aufrecht, hatte sich allerdings an den Geländerpfosten gelehnt. Das Klicken eines neuen Magazins, das einschnappte. Die hungrigen Augen hoben sich, fanden Tim, und trotz des dünnen Heulens erschien das Lächeln.

Tim drückte zweimal ab und traf den Killer einmal in die linke Schulter, doch dessen rechter Arm war immer noch funktionsfähig und hob die Automatik. Das Loch der Mündung schwankte, es war so tief wie die erweiterten Pupillen dieser hungrigen Augen. Weil Tim den Kerl lebend haben wollte, bewegte er sich rasch auf ihn zu, denn man musste direkt auf das zugehen, wovor man nicht wegzurennen wagte. Die Mündung zuckte, ein Feuerstoß fuhr an Tims Kopf vorbei, und ein heißer Schmerz blühte auf.

Die zweite Salve ging daneben, weil der Killer inzwischen zwei Hände brauchte, um seine Waffe zu stabilisieren, und da hatte Tim ihn erreicht, griff mit seiner schwieligen Hand nach dem glühend heißen Lauf und riss die Pistole an sich. Sein Gegner fiel rücklings die Treppe hinunter und landete auf den Kissen, die auf dem Absatz lagen. Tot war er nicht, aber flüchten konnte er auch nicht mehr.

Tim griff sich an die rechte Seite seines Kopfs, die vor Schmerz pulsierte. Er spürte etwas Feuchtes. Da stimmte etwas mit seinem Ohr nicht. Er konnte damit noch hören, aber Blut rann ihm in den Gehörgang.

Ohne weiter darauf zu achten, ging er die Treppe hinunter, weil er den Namen des Mannes erfahren musste, der einen Hund namens Larry besaß und für Lindas Ermordung bezahlt hatte. Auf dem Absatz angekommen, hockte er sich neben den am Boden liegenden Killer, um ihn an den Haaren zu packen und seinen Kopf anzuheben.

Die Klinge eines Klappmessers blitzte auf. Tim spürte einen leichten Schmerz in der Fläche seiner ausgestreckten Hand; er fuhr zurück, und da versuchte der Killer sich auf seinem unverletzten Bein aufzurichten; das war ein Kerl, der nicht aufgab, also schoss Tim ihm zweimal aus nächster Nähe in die Kehle, und das war das Ende.

Krait stürzte rücklings in ein unendliches Labyrinth aus Spiegeln, umgeben von gelbem, trübem Licht. In zahllosen silbernen Flächen bewegten sich seltsame Gestalten, die ihn beobachteten; sie näherten sich und umkreisten ihn, huschten von einem Spiegel zum nächsten. Er kniff die Augen zusammen, um sie besser sehen zu können, aber je mehr er sich anstrengte, desto rascher verblasste das Licht, bis er schließlich in einer fühlbaren Finsternis lag, in einer Wildnis aus Spiegeln.

Die Messerklinge hatte Tims linke Handfläche nur angeritzt. Die Haut war aufgeschnitten, die Muskulatur jedoch unversehrt geblieben.

Sein rechtes Ohr hatte wesentlich mehr abbekommen.

»Da fehlt ein Stück«, sagte Pete.

»Ein großes?«

»Es geht. Dein Kopf wird deshalb nicht zur Seite hängen, aber du musst zum Arzt.«

»Das hat Zeit.« Tim hockte sich auf den Boden des Flurs und lehnte sich mit dem Rücken an die Wand. »Wegen einem abgerissenen Ohr verblutet man schließlich nicht.«

Er nestelte sein Mobiltelefon aus der Hosentasche und tippte die Nummer des Wegwerfhandys ein, das er Linda überlassen hatte. Er hielt das Gerät an sein verwundetes Ohr, zuckte zusammen und drückte es dann ans linke.

Als Linda sich meldete, sagte Tim: »Er ist tot, wir nicht.«

Erleichtert stieß sie mit einem Fluch die Luft aus. »Ich hab die ganze Zeit daran gedacht, dass ich dich noch kein einziges Mal geküsst habe.«

»Das können wir gerne nachholen, wenn du willst.«

»Tim, deine Mutter ist bei mir, aber die wollen uns aus dem Wagen holen. Wir haben die Fenster zugemacht und die Türen verschlossen, und jetzt versuchen sie schon die ganze Zeit, uns herauszulocken.«

»Was?«, fragte er verwirrt. »Wer?«

»Sie sind ganz plötzlich gekommen und haben die Straße abgesperrt, kurz nachdem wir die Schüsse gehört haben. Schau doch mal aus dem Fenster.«

»Moment.« Er stand auf und sah Pete an. »Wir haben offenbar Gesellschaft.«

Als sie ans offene Fenster des Schlafzimmers traten, bot sich ihnen ein unerwarteter Anblick. Die Straße war voll bulliger schwarzer Wagen mit dicken weißen Lettern auf dem Dach und den Vordertüren: FBI.

Hinter den Fahrzeugen und anderen Objekten, die Deckung boten, waren bewaffnete Männer in Stellung gegangen.

»Halt sie noch zwei Minuten hin«, sagte Tim zu Linda. »Dann sagst du ihnen, es ist vorbei, und wir kommen durch die Haustür zu ihnen raus.«

»Was hat das eigentlich zu bedeuten?«, überlegte Pete.

»Ich habe nicht die blasseste Ahnung«, sagte Tim und legte auf.

»Meinst du, das geht mit rechten Dingen zu?«

»Wohl kaum. Irgendwas stinkt da.«

Tim trat vom Fenster weg und tippte die Nummer der Auskunft ein. Als sich eine Telefonistin meldete, fragte er nach der Nummer von Michael McCready.

Die Dame bot ihm an, ihn für eine zusätzliche Gebühr automatisch durchzustellen, und dies war nicht der richtige Tag zum Pfennigfuchsen.

Es dauerte eine Weile, bis Mickey abhob.

»Hallo, Mickey«, sagte Tim. »Hör mal, ich muss den Besuch bei dir noch ein wenig aufschieben.«

»Heiliger Strohsack, Tim, was ist denn bei euch da drüben los?«

»Hast du deine Videokamera schon im Einsatz?«

»Und ob! Das ist besser als deine Kindergeburtstagspartys früher, das kannst du mir glauben.«

»Hör mal, Mickey, pass bloß auf, dass die dich nicht mit deiner Kamera sehen. Bleib hübsch im Haus. Aber versuch, so viele Gesichter wie möglich zu zoomen, damit man sie deutlich erkennen kann.«

Mickey schwieg einen Augenblick. Dann fragte er: »Ist das etwa ein Haufen Schweinehunde, Tim?«

»Gut möglich.«

63

Der Mann stellte sich als Steve Wentworth vor, was sein richtiger Name sein konnte oder nur einer von vielen.

Auf seinem Ausweis, der mit einem Passbild und überzeugenden holographischen Sicherheitsmerkmalen ausgestattet war, stand FEDERAL BUREAU OF INVESTIGATION.

Groß, athletisch, mit kurz geschorenem Haar und den asketischen Gesichtszügen eines aristokratischen Mönchs, sah er glaubwürdig aus. Vielleicht zu glaubwürdig.

Sein angeborener Südstaatenakzent war offenkundig während eines Studiums an einer der Eliteuniversitäten Neuenglands geglättet worden.

Wentworth wollte sich mit Tim in das kleine Arbeitszimmer neben der Küche zurückziehen, aber Tim bestand darauf, dass Linda dabei war.

»Was wir besprechen werden, ist nur für Ihre Ohren bestimmt«, sagte Wentworth.

»Sie gehört zu mir«, sagte Tim und ließ sich nicht umstimmen.

Man führte sie aus dem Esszimmer herein, wo man sie festhielt, offenbar, um sie zu verhören.

Im Haus wimmelte es von FBI-Agenten. Falls es tatsächlich welche waren.

Tim kamen sie eher wie die Orks aus Tolkiens *Herr der Ringe* vor.

Als Linda durch die Tür trat, sagte sie sofort zu Wentworth: »Er braucht jemanden, der ihm das Ohr verbindet.«

»Wir haben Sanitäter dabei«, sagte Wentworth, »aber die lässt er nicht an sich ran.«

»Es blutet doch kaum mehr«, meinte Tim.

»Weil es total verkrustet ist. Mein Gott, Tim!«

»Aber es tut nicht weh«, sagte er, was nicht stimmte. »Ich habe zwei Schmerztabletten geschluckt.«

Seine Mutter und Pete wurden im Wohnzimmer festgehalten.

Angeblich war man damit beschäftigt, ihre Aussagen aufzunehmen.

Seine Mutter dachte wahrscheinlich, alles sei in bester Ordnung. Vielleicht war es das auch.

Die Leiche des Killers hatte man in einen Sack gehüllt, auf eine Rolltrage geladen und aus dem Haus gebracht. Vorher war sie von niemandem fotografiert worden.

Falls Leute von der Spurensicherung dabei waren, dann hatten sie wohl vergessen, ihr Werkzeug mitzubringen. Es sah auch nicht so aus, als würden irgendwelche Indizien eingesammelt.

Während Wentworth die Tür zuzog, setzten Tim und Linda sich nebeneinander aufs Sofa.

Der vermeintliche Agent machte es sich auf einem Sessel gemütlich und schlug die Beine übereinander. Er sah so entspannt aus wie jemand, der die ganze Welt an einem Faden hält.

»Es ist mir eine Ehre, Sie kennenzulernen, Mr. Carrier.«

Tim spürte den analytischen Blick von Lindas ägyptisch grünen Augen. »Bitte lassen Sie das«, sagte er zu Wentworth.

»Ich verstehe. Aber ich habe es nicht ohne Grund gesagt. Wenn Sie irgendjemand anders wären, dann wäre ich nicht hier, und diese Sache wäre für Sie und Ms. Paquette noch nicht vorbei.«

»Das überrascht mich«, sagte Tim.

»Weshalb? Weil Sie meinen, wir stehen nicht auf derselben Seite?«

»Stehen wir das denn?«

Wentworth lächelte. »Egal, ob dem so ist oder nicht, auch wenn die Welt sich ständig ändert, muss manches unantastbar bleiben. Im Interesse einer prinzipiellen Rekonstruktion müssen bestimmte Dinge respektiert werden, und dazu gehören auch Männer wie Sie.«

»Was für eine prinzipielle Rekonstruktion?«

Wentworth zuckte die Achseln. »Wir brauchen unsere Slogans.«

»Ich verstehe nur Bahnhof«, sagte Linda.

»Er wird uns schon ein wenig aufklären«, sagte Tim.

»Ein wenig?«

»So wenig, wie er muss.«

»Ich würde Ihnen lieber gar nichts erzählen«, sagte Wentworth. »Aber *Sie* – Sie würden sich damit wohl niemals zufriedengeben.«

»Sie sind gar nicht vom FBI, nicht wahr?«, fragte Linda.

»Wir sind, was wir sein müssen, Ms. Paquette.«

Sein Anzug stammte offenbar von einer exklusiven Maßschneiderei, und für seine Armbanduhr hätte ein FBI-Agent ein ganzes Jahresgehalt auf den Tisch legen müssen.

»Unser Land, Mr. Carrier, muss gewisse Konzessionen machen.«

»Konzessionen?«

»Wir können nicht mehr so sein, wie wir einmal waren. Im Interesse des Wohlstands muss es Veränderungen geben. Zu viel Freiheit führt zu weniger Frieden.«

»Versuchen Sie mal, das im Wahlkampf zu verkaufen.«

»Wir verkaufen es bereits, Mr. Carrier. Indem wir in der Bevölkerung falsche Ängste wecken. Erinnern Sie sich an den Millennium-Bug? Angeblich sollten sämtliche Computer auf der Welt zu Beginn des neuen Jahrtausends Schlag Mitternacht gemeinsam abstürzen. Der Zusammenbruch der Hightech-Zivilisation. Unkontrollierbar in die Luft steigende Atomraketen! Dieses Schreckensbild hat man in unzähligen Fernsehsendungen und Zeitungsartikeln besser verkauft, als wir es uns je hätten träumen lassen.«

»Und dann ist überhaupt nichts passiert.«

»Das ist es ja gerade! Wie lange kommen nun schon in den Nachrichten nur noch Katastrophenmeldungen? Meinen Sie, das hätte keinen Grund? Überlandleitungen, die Krebs verursachen! Tun sie natürlich nicht. Fast alles, was man isst, bringt einen um, schließlich sind darin so viele Pestizide und Chemikalien enthalten! Trotzdem leben die Leute immer länger und gesünder, aber darum geht es nicht. Die Angst wirkt wie ein Hammer, und wenn man allen endlich die Überzeugung eingehämmert hat, dass ihre Existenz an einem seidenen Faden hängt, lassen sie sich überallhin führen, wo sie hin müssen.«

»Wohin müssen sie denn?«

»In eine verantwortungsbewusste Zukunft in einer korrekt organisierten Welt.«

Wentworth war ein Mann, der gänzlich ohne Gesten auskam. Seine Hände langen reglos auf den Sessellehnen. Die gepflegten Nägel glänzten, als wären sie mit Klarlack bepinselt.

»Eine verantwortungsbewusste Zukunft«, wiederholte Tim nachdenklich.

»Im Allgemeinen wählen die Leute nur Narren und Schwindler. Wenn Politiker Maßnahmen ergreifen, die unser Land auf die nötige Rekonstruktion seiner Systeme zuführen, dann kann man sie unterstützen, aber wenn sie schlechte Politik machen, dann muss man sie immer wieder sabotieren, und zwar von innen heraus.«

Tim starrte auf die dünne, verkrustete Blutspur, die das Messer über seine linke Handfläche gezogen hatte.

»Man muss nur abwarten«, fuhr Wentworth fort, »bis sich zum Beispiel die Bedrohung durch einen Asteroideneinschlag in den kommenden Jahren verstärkt. Die Menschheit wird zu unglaublichen Opfern bereit sein, wenn wir alle

Länder der Erde zusammenbringen, um im Weltraum ein gewaltiges Asteroidenabwehrsystem zu errichten.«

»Kommt denn ein Asteroid auf die Erde zu?«, fragte Linda.

»Theoretisch schon«, erwiderte Wentworth.

Tim betrachtete immer noch das getrocknete Blut in seiner Handfläche. »Weshalb sollte Linda sterben?«, fragte er.

»Vor zweieinhalb Jahren haben sich auf der Terrasse des Cream and Sugar zwei Männer getroffen und über eine Stunde lang miteinander konferiert.«

»Was für Männer?«

»Der eine war insgeheim für ein bestimmtes Mitglied des Senats tätig. Es war seine Aufgabe, Verbindungen zu ausländischen Kräften herzustellen, mit denen der Senator nicht öffentlich Kontakt aufnehmen wollte.«

»Ausländische Kräfte ...«

»Ich bin bereits zu offen Ihnen gegenüber, Mr. Carrier. Der andere Mann war ein Undercoveragent im Dienst einer dieser Kräfte.«

»Und die haben ausgerechnet im Cream and Sugar Kaffee getrunken.«

»Weil sie sich gegenseitig misstrauten, mussten sie an einem sicheren, öffentlichen Ort zusammenkommen.«

»Und ich saß an diesem Tag auch auf der Terrasse?«, fragte Linda.

»Richtig.«

»Aber ich erinnere mich nicht, dass mir die beiden aufgefallen wären! Und was sie gesagt haben, habe ich schon gar nicht gehört.«

Tim hatte Wentworth anfangs auf etwa vierzig geschätzt, doch bei längerer Betrachtung stellte sich heraus, dass er eher Mitte fünfzig war. Ganze fünfzehn Jahre waren mit Botox von seiner nun allzu glatten Stirn und aus den fältchenfreien Augenwinkeln gelöscht worden.

»Charlie Chou«, sagte Wentworth, »war sehr stolz auf seine Galerie.«

Linda runzelte die Stirn. »Sie meinen die Fotos seiner Stammgäste?«

»Er hat ständig mit seiner Digitalkamera geknipst, damit die Wand auf dem neuesten Stand war. Auch an jenem Tag hat er Sie und andere Stammgäste auf der Terrasse fotografiert.«

»Er hat mich mehr als einmal aufgenommen«, bestätigte Linda, »aber ich glaube, an diesen einen Tag kann ich mich noch ganz gut erinnern.«

»Der Mann des Senators und der ausländische Agent waren keine Stammgäste, weshalb sie von Mr. Chou auch nicht gebeten wurden, sich fotografieren zu lassen. Dass er von den anderen Schnappschüsse machte, fiel den beiden kaum auf.«

»Aber sie waren auf diesen Bildern im Hintergrund zu sehen«, folgerte Tim.

»Na und?«, sagte Linda. »Das wusste doch niemand!«

»Leider geschahen im Lauf des folgenden Jahres vier Dinge«, sagte Wentworth.

»Zuerst«, riet Tim, »wurde in politischen und journalistischen Kreisen bekannt, dass der eine Gesprächspartner für den Senator tätig war.«

»Genau. Und der ausländische Agent wurde öffentlich als wichtiger Stratege einer großen Terrororganisation identifiziert.«

»Was war das dritte?«, fragte Linda.

Wentworth schlug die Beine wieder übereinander. Er trug Designersocken mit einem blau-roten geometrischen Motiv.

»Die Söhne von Mr. Chou, Michael und Joseph, haben eine Website ins Netz gestellt. Sehr gut gemacht. Ein erster Schritt zur Gründung einer Kette namens Cream and Sugar.«

»Darüber wurde sogar in irgendeinem Wirtschaftsmagazin berichtet«, erinnerte sich Linda.

»Und die Website wurde von vielen Menschen aufgerufen. Sie enthielt eine Gästegalerie, in der etwa zweihundert von Mr. Chous Lieblingsfotos präsentiert wurden. Auf einigen waren die erwähnten Männer im Hintergrund zu sehen, problemlos identifizierbar.«

»Der Mitarbeiter eines Senators, der sich heimlich mit einem Topterroristen trifft – das könnte eine politische Laufbahn durchaus ruinieren«, sagte Tim.

»Sogar eine ganze Partei«, meinte Wentworth.

»Aber angesichts all der Mittel, über die Sie offenbar verfügen«, sagte Linda, »hätten Sie sich doch in deren Computer hacken und die Fotos löschen können.«

»Wir haben unser Bestes versucht, aber wenn etwas einmal ins Internet gelangt ist, bleibt es irgendwo erhalten. Außerdem hatte Mr. Chou seine Fotos auf CD gebrannt und im Safe des Cafés verwahrt.«

»Warum haben Sie nicht jemanden geschickt, um dort einzubrechen und die CDs zu stehlen?«

»Mr. Chou hat Gästen, die er fotografiert hatte, oft Kopien davon geschenkt.«

»Die hätte man doch auch stehlen können. Wieso musste man so viele Menschen umbringen?«

»Wenn ein ehrgeiziger Staatsanwalt oder ein rebellischer Journalist einen der Gäste geschickt ausgefragt hätte, dann hätten die sich womöglich an alles Mögliche erinnert – oder so getan, als würden sie sich an etwas erinnern: ›Ja, stimmt, ich habe gehört, wie die beiden über einen Bombenanschlag auf irgendeine Botschaft gesprochen haben, und ein paar Monate hat so was tatsächlich stattgefunden.‹ Bekanntlich stehen viele Leute gern im Rampenlicht, wenn sich ausnahmsweise die Gelegenheit dazu bietet.«

Tim schüttelte den Kopf. »Deshalb hat man also entschieden, alle Personen zu liquidieren, die hätten *behaupten* können, sie hätten an jenem Tag auf der Terrasse etwas gehört.«

Wentworth trommelte mit seinen eleganten Fingern auf die Armlehnen des Sessels. Es war die erste Bewegung seiner Hände, seit er sich gesetzt hatte.

»Es steht viel auf dem Spiel, Mr. Carrier«, sagte er. »Als Viertes ist nämlich noch Folgendes geschehen: Der besagte Senator ist plötzlich sehr bekannt geworden. Womöglich handelt es sich um unseren nächsten Präsidenten, was eine gute Sache wäre. Schließlich arbeitet er bereits seit zwanzig Jahren mit uns zusammen, seit unseren frühesten Anfängen.«

»Sie meinen, er gehört zu Ihrem Schattenkabinett.«

»Richtig. Wir haben Vertreter in allen Behörden, bei der Polizei, in den Geheimdiensten, im Kongress – aber nun ergibt sich die Gelegenheit, unseren Einfluss bis ins Weiße Haus auszudehnen.«

Wentworth warf einen Blick auf seine Armbanduhr und erhob sich.

»Wer ist der Mann, den ich getötet habe?«, fragte Tim.

»Ein Werkzeug. Eine ganze Weile hat er gute Arbeit geleistet, aber in letzter Zeit hatte er offenbar psychische Probleme.«

»Was war sein richtiger Name?«

»Er war niemand Besonderes. Leute wie ihn gibt es scharenweise.«

»Scharenweise«, wiederholte Linda murmelnd.

Wentworth verschränkte die Hände und ließ die Knöchel knacken. »Als wir festgestellt haben, dass er Sie und Ihre Eltern im Visier hat, mussten wir intervenieren. Wie schon gesagt – bestimmte Dinge müssen im Interesse einer prinzipiellen Rekonstruktion respektiert werden.«

»Ich dachte, das wäre nur ein Slogan.«

»Ja, das ist auch richtig, aber hinter solchen Slogans steht eine Philosophie, an die wir glauben und nach der wir zu leben versuchen. Wir sind Männer und Frauen mit Prinzipien.«

Während Tim und Linda vom Sofa aufstanden, rückte Wentworth seinen Krawattenknoten und seine Manschetten zurecht.

Er lächelte. »Wenn Männer wie Sie unser Land nicht so tapfer verteidigt hätten, dann gäbe es nichts mehr zu rekonstruieren.«

Damit hatte er Tim gleichzeitig Achtung bezeugt und ihn in seine Schranken gewiesen.

Bevor Wentworth die Tür zum Flur öffnete, hielt er mit der Hand auf dem Knauf inne. »Wenn Sie versuchen sollten, mit dem, was ich hier gesagt habe, an die Öffentlichkeit zu gehen, werden Sie nur als paranoider Spinner dastehen. Dafür würden die vielen Medienleute, die uns unterstützen, sorgen. Und dann würden Sie eines Tages den Verstand verlieren. Sie würden erst Ms. Paquette umbringen, dann Ihre Eltern und Ihren Bruder samt Familie, und schließlich Selbstmord begehen.«

Linda stieß scharf die Luft aus. »Es würde doch niemand glauben, dass jemand wie er so etwas tun könnte!«

Wentworth hob die Augenbrauen. »Jemand wie er? Liegt es nicht nahe, dass ein Kriegsheld, der so grässliche Dinge gesehen hat und an einer posttraumatischen Belastungsstörung leidet, irgendwann ausrastet und ein Blutbad anrichtet? Glauben Sie mir, Ms. Paquette, angesichts all der unmöglichen Dinge, von denen man die Öffentlichkeit in letzter Zeit überzeugt hat, würden die Leute *das* so leicht schlucken wie einen Löffel Eiskrem.«

Er trat durch die Tür.

»Tim?«, sagte Linda. »Bist du ein Kriegsheld?«

»Nicht jetzt«, erwiderte Tim und trat auf den Flur.

Wentworth verließ das Haus durch die Vordertür, die er offen stehen ließ. Tim zog sie zu.

Offenbar waren auch sämtliche Orks verschwunden.

Tims Mutter und Pete saßen in der Küche.

Mary sah verstört drein, und Pete fragte: »Sag mal, was war das eigentlich?«

»Bring meine Mutter und Linda zu dir nach Hause.«

»Ich bleibe«, sagte Linda. »Außerdem musst du dein Ohr verarzten lassen.«

»Vertrau mir, geh mit Pete. Ich habe allerhand zu tun. Zuerst rufe ich meinen Vater an, damit er kommt und mich ins Krankenhaus fährt. Wir treffen uns später bei Pete.«

»Und was dann?«, fragte Linda.

»Dann werden wir einfach weiterleben.«

Fast gleichzeitig begannen das Telefon und die Türglocke zu läuten.

»Die Nachbarn«, sagte Tim. »Wir sprechen mit niemandem, bevor wir uns nicht auf eine gemeinsame Geschichte geeinigt haben.«

Als Pete mit Linda und Mary abgefahren war, ging Tim in die Garage, um sich aus dem Werkzeugschrank seines Vaters ein Teppichmesser zu holen.

Er schnitt die blutbefleckten Teile des Läufers auf der Treppe und des Teppichbodens im oberen Flur heraus, steckte alles in einen Müllbeutel und brachte es zur Mülltonne.

Immer wieder läuteten Türglocke und Telefon, aber nicht mehr so häufig wie zuvor.

Erstaunlicherweise waren weder das kleine noch das große Kissen auf dem Treppenabsatz mit Blut besudelt. Er trug beide ins Wohnzimmer zurück.

Nachdem er dort die Reste des zerfetzten Gemäldes eingesammelt hatte, ging er noch einmal ins Obergeschoss, um auch die Patronenhülsen aufzuklauben und in den Müll zu werfen.

Mit einiger Mühe hievte er die Kommode wieder an die Wand, wo sie hingehörte. Er sammelte die zerschossenen Lampen ein. Um den Teppichboden von all den Holzsplittern und anderen kleinen Trümmern zu reinigen, nahm er den Staubsauger.

In ein oder zwei Tagen wollte er die Einschusslöcher in den Wänden zugipsen und das Zimmer zweimal frisch streichen.

Er schob das offene Fenster zu und verriegelte es. Das Fenster in seinem eigenen Zimmer konnte er zwar schließen, aber nicht verriegeln.

Die Orks hatten alle Gegenstände, die der Killer auf der Kochinsel in der Küche deponiert hatte, mitgenommen. Auch die am Tischbein befestigten Handschellen waren fort.

Die Apfelstückchen in der Metallschüssel waren braun geworden. Tim entsorgte sie samt den in der Spüle liegenden Schalen im Abfallzerkleinerer.

Er spülte die Schüssel und die beiden Küchenmesser ab und räumte alles in die entsprechenden Schubladen.

Den lädierten Stuhl würde er später reparieren.

Dies war sein Zuhause, wo er aufgewachsen war. Es war ihm heilig, und deshalb wollte er es wieder ganz und gar in Ordnung bringen.

Nachdem er seinen Vater angerufen hatte, ging er über die Straße, um Mickey McCready einen kurzen Besuch abzustatten.

64

Petes Internetverbindung funktionierte wieder, und niemand hatte seine Festplatte ausgebaut. Er schaltete den Computer ein, sagte Linda, sie solle sich vor den Bildschirm setzen, nannte ihr die einschlägige Website und verließ den Raum.

Als sie die Website aufgerufen hatte und Tims Namen eintippte, fand sie den folgenden Text:

An Sergeant Timothy Eugene Carrier, für herausragende Tapferkeit und Entschlossenheit bei einem Einsatz, bei dem er sein Leben weit über die Erfordernisse der Pflicht hinaus aufs Spiel setzte. Ein zu Sergeant Carriers Kompanie gehörender Trupp der Marineinfanterie stieß bei einer Streife auf ein Lagerhaus, in dem Massenexekutionen von mit der demokratischen Bewegung sympathisierenden Bürgern stattfanden. Während der Trupp versuchte, das Gebäude in Besitz zu nehmen, um die Gefangenen darin zu retten, zu denen viele Frauen und Kinder gehörten, wurde er von einer großen feindlichen Streitmacht von hinten angegriffen und umzingelt. Als Sergeant Carrier, der sich in der Nähe befand, erkannte, dass der betreffende Trupp zu starke Verluste an Offizieren erlitten hatte, um weiter wirksam Widerstand zu leisten, sammelte er acht Männer um sich und ließ sich von einem Hubschrauber zu dem Lagerhaus bringen, um den umzingelten Trupp zu verstärken. Sergeant Carrier verließ mit seinen Männern den Hubschrauber, der bei der Landung durch feindlichen Beschuss außer Gefecht gesetzt worden war, und führte seine Leute und die Hubschrauber-

besatzung durch starkes Feuer zu dem umzingelten Trupp, wo tatsächlich sämtliche Offiziere gefallen waren. Im Verlauf der folgenden fünf Stunden ging er furchtlos von einer Position zur anderen, um die Soldaten anzuleiten und zu ermutigen. Obwohl er von feindlichen Granatsplittern an Bein und Rücken verwundet worden war, leitete Sergeant Carrier während wiederholter feindlicher Angriffe die Verteidigungsanstrengungen. Zudem hielt er das Hauptquartier über das Kampfgeschehen im Bilde. Als das Lagerhaus von feindlichen Kräften überrannt zu werden drohte, postierte er sich persönlich vierzig Minuten lang an dem entscheidenden Eingang, um den Angriff aufzuhalten. Erst als sich die feindlichen Kräfte nach Eintreffen der von Sergeant Carrier herbeigerufenen Verstärkung zurückzogen, brach er angesichts seiner zahlreichen Wunden zusammen. Durch seine Handlungen bewahrte Sergeant Carrier seine Kameraden vor der Gefangennahme und rettete vielen das Leben. Bei der anschließenden Inspektion des Lagerhauses fand man 146 verstümmelte Zivilisten, darunter 23 Frauen und 64 Kinder. Das tapfere Pflichtbewusstsein von Sergeant Carrier und sein unbezwingbarer Kampfgeist trugen zur Rettung von weiteren 366 dort festgehaltenen Zivilisten bei, darunter 112 Frauen und 220 teilweise kleine Kinder. Mit seinem uneigennützigen persönlichen Einsatz angesichts extremer Widrigkeiten hat er sich große Ehre erworben und damit der besten Tradition der Marine der Vereinigten Staaten und ihrer Infanterie entsprochen.

Dieser Mann mit seinem lieben, großen Schädel und seinem weichen Herz war mit der Ehrenmedaille des Kongresses ausgezeichnet worden, der höchsten Auszeichnung für Tapferkeit im Kampfeinsatz.

Vor Verwunderung zitternd, las Linda den Text gleich noch einmal. Während sie spürte, wie ihr Tränen übers Gesicht strömten, las sie ihn dann noch ein drittes und viertes Mal.

Als Pete den Eindruck hatte, dass sie nicht länger allein sein musste, kam er ins Zimmer, setzte sich auf die Tischkante und nahm ihre Hand.

»Mein Gott, Pete«, sagte sie. »Mein Gott.«

»Ich war bei dem Trupp, der das Lagerhaus zuerst erreicht hat, also bevor uns Tim mit seinen acht Männern zu Hilfe kam.«

»Also das habt ihr damit gemeint, dass ihr zusammen erwachsen geworden seid.«

»Heute Abend wirst du beim Essen auch noch Liam Rooney kennenlernen. Der war einer der Männer, die Tim mitgebracht hat. Und Liams Frau Michelle – sie war die Pilotin des außer Gefecht gesetzten Hubschraubers. Erinnerst du dich an die Stelle im Text, wo es heißt, er hätte seine Leute und die Hubschrauberbesatzung durch starkes Feuer geführt?«

Sie nickte.

»Was da nicht steht, ist, dass er zuerst Michelles Arm abgebunden hat. Und als er alle durch dieses Feuer geführt hat, da hat er sie mit seinem Körper abgeschirmt und halb getragen.«

Eine Weile brachte sie kein Wort heraus. »Jeder Idiot im ganzen Land weiß, wer Paris Hilton ist«, sagte sie dann, »aber wie viele kennen *seinen* Namen?«

»Einer von fünfzigtausend?«, schätzte Pete. »Aber er will es auch gar nicht anders. Das ist ein kleiner Club, zu dem er da gehört, Linda. Ich habe mehrere andere Männer kennengelernt, die diesen Orden bekommen haben. Sie sind alle ganz unterschiedlich und auch verschieden alt, weil manche noch im Zweiten Weltkrieg ausgezeichnet wurden, aber auf bestimmte Weise sind sie alle gleich. Das gilt nicht zuletzt für etwas, das einen wirklich beeindruckt, wenn man sie trifft: Sie sprechen nie über das, was sie damals getan haben. Wenn man sie unter Druck setzt, sieht man, es ist ihnen peinlich, für einen Helden gehalten zu werden. Sie haben so eine Art Demut. Vielleicht wurden sie alle damit geboren, vielleicht ist sie durch die Erfahrung entstanden, aber es ist etwas, das ich nie haben werde. Das weiß ich nur zu gut.«

Sie gingen in die Küche.

Mary stand an der Spüle und schälte Äpfel für einen Kuchen.

»Mrs. Carrier?«, sagte Linda.

»Ja?«

»Danke.«

»Aber wofür denn?«

»Für Ihren Sohn.«

65

Der Himmel war so weit wie die Ebene und das frische Grün der Maisfelder. In dieser Weite lag die Ruhe wachsender Dinge und die Ruhe von Menschen, die sich geduldig darum kümmerten.

Tim war an der Abzweigung von der Landstraße angehalten worden und hatte eine Weile warten müssen, bevor er eine halbe Meile weit bis zum Farmhaus fahren durfte.

Das Haus war zweistöckig und geräumig, aber kein bisschen feudal, dafür auf allen Seiten von einer Veranda umgeben. Die weißen Schindelwände waren so makellos in Schuss, dass Tim in der nüchternen, klaren Sonne, die für den Mittleren Westen so typisch war, keinerlei abblätternden Lack entdecken konnte, nicht den kleinsten verwitterten Fleck.

Auf Fotos hatte er das Haus bereits gesehen, aber besucht hatte er es noch nie.

Er hatte sich in seinen einzigen Anzug und eines der zwei weißen Hemden geworfen, die er besaß. Dazu kam eine neue Krawatte, die er extra für diese Gelegenheit gekauft hatte. Als er aus seinem Mietwagen gestiegen war, rückte er den Krawattenknoten zurecht, bürstete mit den Händen die Vorderseite des Jacketts ab, um Fusseln zu entfernen, falls da welche waren, und inspizierte seine Schuhe, um sich zu vergewissern, dass er sie nicht aufpolieren musste, indem er sie kurz am jeweils anderen Hosenbein rieb.

Ein netter junger Mann in legerer Kleidung kam aus dem Haus, begleitete ihn auf die vordere Veranda und erkundigte sich, ob er ein Glas Eistee wolle.

Dann saß Tim in einem hübschen Schaukelstuhl auf der Veranda, in der Hand ein Glas ausgezeichneten Tee.

Er kam sich groß, unbeholfen und kostümiert vor, aber nicht fehl am Platz.

Die ganze Veranda war mit Schaukelstühlen, Korbsesseln, Korbsofas und kleinen Korbtischen möbliert. Es wäre genügend Platz für eine Schar von Nachbarn gewesen, die abends von überallher kamen, um sich hier niederzulassen und übers Wetter zu plaudern.

Sie ließ ihn nicht warten. Als sie kam, trug sie Stiefel, dunkelbraune Jeans und eine gestärkte weiße Bluse. Sie war wesentlich zwangloser gekleidet als bei dem einzigen Anlass, bei dem er sie bisher persönlich gesehen hatte.

Er sagte, es würde ihn freuen, sie wiederzusehen, und sie erwiderte, die Freude sei ganz auf ihrer Seite. Dabei ließ sie ihn spüren, dass sie das tatsächlich so meinte.

Trotz ihrer fünfundsiebzig Jahre war sie in ausgezeichneter Verfassung. Ihr dichtes graues Haar war kurz geschnitten, und ihre blauen Augen waren ebenso direkt wie klar.

Als sie ihm die Hand schüttelte, war ihr Händedruck so fest, wie er ihn in Erinnerung hatte. Ihre Hände waren kräftig, gebräunt und an körperliche Arbeit gewöhnt.

Sie tranken Eistee und sprachen dabei über den Maisanbau, über Pferde – die sie liebte – und über die Freuden eines Sommers im Mittleren Westen, wo sie geboren und aufgewachsen war und wo sie immer bleiben wollte. Dann sagte er: »Ma'am, ich bin hier, weil ich Sie um einen Gefallen bitten möchte, der von großer Bedeutung für mich ist.«

»Sprechen Sie nur weiter, Sergeant Carrier! Ich werde tun, was ich tun kann.«

»Ich bin gekommen, weil ich ein privates Gespräch mit Ihrem Sohn führen möchte. Es ist von entscheidender Bedeutung, dass Sie ihm das genau so sagen.«

Sie lächelte. »Glücklicherweise haben wir schon immer ein ausgezeichnetes Verhältnis – mit Ausnahme dieses einen

Monats, als er in der Navy war und meinte, er müsse eine Frau heiraten, die nicht die richtige für ihn war. Was ich sofort gemerkt habe.«

»Wie ist die Sache ausgegangen, Ma'am?«

»Zu meiner Erleichterung und meinem Amüsement stellte er fest, dass die Frau gar kein Interesse daran hatte, ihn zu heiraten.«

»Ich heirate übrigens in einem Monat«, sagte Tim.

»Glückwunsch, Sergeant!«

»Und ich habe sofort gemerkt, dass sie die Richtige für mich ist.«

»Tja, Sie sind älter, als mein Sohn damals war, und auch vernünftiger, würde ich sagen.«

Sie unterhielten sich eine Weile über Linda, und dann unterhielten sie sich über das Treffen, das er anstrebte. Er erzählte ihr nicht alles, aber mehr, als er vorgehabt hatte.

66

Im rötlichen Zwielicht stand der Nadelwald da wie eine duftende Kathedrale, in der nur Eulen ihr einsilbiges Gebet verrichteten.

Mit vollendeter Anmut schmiegte sich das große Holzhaus zwischen die letzten Bäume am Hang. Ihm gegenüber lag ein lang gestreckter See, in dem sich der lodernde Himmel spiegelte.

Ein Mann begleitete Tim eine Reihe sanft beleuchteter Stufen zum Ufer hinunter, wo ein Steg etwa dreißig Meter weit ins Wasser ragte.

»Ich lasse Sie nun allein«, sagte der Mann.

Tims Schritte klangen hohl auf den Planken. Kleine Wellen schwappten an die Pfähle, und in dem schattigen Wasser zu seiner Rechten sprang ein Fisch in die Luft und fiel klatschend zurück.

Am Ende des Stegs erhob sich ein offener Pavillon, groß genug für acht Dinnergäste. An diesem Abend hatte man nur einen kleinen Tisch mit zwei Stühlen hineingestellt. Beide waren nach Westen gedreht, mit Blick auf den Himmel und dessen Spiegelung im Wasser.

Auf dem Tisch standen ein Tablett mit Sandwiches, geschützt von einer Glasglocke, und ein kleiner, versilberter Kasten mit zerkleinertem Eis, in dem vier Bierflaschen steckten.

Tims Gastgeber erhob sich, um ihn zu begrüßen, und die beiden schüttelten sich die Hände. Nachdem der Gastgeber zwei Flaschen geöffnet hatte, setzten sie sich, um das schwindende Zwielicht zu beobachten, und tranken Bier. Gläser brauchten sie nicht.

Rot verwandelte sich in Purpur, und als dieses dunkler wurde, funkelten Sterne in der Nacht.

Zuerst war Tim verlegen. Ihm fiel kein Thema für ein wenig einleitenden Smalltalk ein. Am liebsten hätte er einen lobenden Kommentar zu irgendeiner Maurerarbeit abgegeben, denn da kannte er sich aus, aber in Sichtweite gab es keinen einzigen Stein oder Ziegel. Bald hatte sein Gastgeber jedoch dafür gesorgt, dass er sich wohler fühlte.

Die Lichter des Pavillons waren nicht eingeschaltet, doch im dunklen Wasser spiegelte sich das Mondlicht, und die Nacht war hell genug.

Unter anderem unterhielten sie sich über ihre Mütter, und beide hatten Geschichten zu erzählen, die ebenso lustig wie zärtlich waren.

Als sie bei den Sandwiches und der zweiten Flasche angelangt waren, berichtete Tim von dem Killer mit dem hungrigen Blick, von Wentworth und allem anderen, was geschehen war. Es gab viele Fragen, die er beantwortete, und dann kamen weitere Fragen, denn sein Gastgeber war ein gründlicher Mensch.

Schließlich legte Tim die von Mickey McCready gefilmte DVD auf den Tisch. »Um meine Familie zu schützen, habe ich eine große Bitte: Versuchen Sie, die Maßnahmen so durchzuführen, dass nicht erkennbar wird, wer die ersten Informationen geliefert hat.«

Das wurde ihm zugesagt, und er hatte den Eindruck, dem Versprechen trauen zu können.

In gewissem Sinne öffnete er gerade eine Tür. Er besaß einen guten Instinkt, was Türen anging, und hinter dieser schien keine Gefahr zu lauern.

»Sir, auf dem Video sind zwanzig Männer zu sehen. Ihre Gesichter sind ziemlich deutlich zu erkennen, auch das von Wentworth, falls er tatsächlich so heißen sollte. Offenbar arbeiten alle bei der Polizei oder einer anderen Behörde, also muss es in den Datenbanken Fotos von ihnen geben. Vergleicht man die Aufnahmen mit der passenden Software, kann man sie identifizieren. Ich nehme an, jeder von diesen zwanzig Männern wird zu zwanzig weiteren führen, und so weiter. Aber über solche Sachen wissen Sie sicher besser Bescheid als ich.«

Ein wenig später kam ein Assistent den Steg entlang. Er nickte Tim und seinem Chef zu, dann sagte er: »Mr. President, der Anruf, auf den Sie gewartet haben, kommt in fünf Minuten.«

Tim erhob sich gemeinsam mit seinem Gastgeber, dann schüttelten sie sich wieder die Hände.

»Wir haben uns lange unterhalten«, sagte der Präsident. »Mein Limit sind zwei Flaschen, aber Sie können gern noch ein Bier trinken, bevor Sie gehen.«

Tim ließ den Blick über den schwarzen See schweifen, über die silbern im Mondlicht glänzenden Wellen, die schwarzen Bäume an allen Ufern und den schwarzen, tausendfach durchbrochenen Himmel. »Vielen Dank, Sir«, sagte er. »Das Angebot nehme ich gerne an.«

Er blieb stehen, bis der Präsident den ganzen Steg überquert hatte und am Ufer angelangt war, dann setzte er sich wieder.

Eine Hausangestellte brachte ein Tablett mit dem Bier und einem eisgekühlten Glas und ließ ihn dann allein. Wieder verzichtete er auf das Glas und hielt die Flasche in den Händen.

Weit weg, jenseits der Wasseroberfläche, erscholl der klangvolle Ruf eines Seetauchers. Das folgende Echo war ebenso schön.

Tim war hier genauso weit von daheim entfernt wie in jenem weißen Farmhaus im Mittleren Westen, aber er fühlte sich mit sich und der Welt im Reinen, denn eigentlich war er überall zu Hause, von einem Meer zum anderen.

67

Im Süden und in der Gegend um San Francisco waren die Immobilienpreise zu hoch, weshalb sie sich an der Küste dazwischen eine kleine Stadt suchten, die ihnen gefiel.

Direkt am Ufer oder mit einem weiten Blick aufs Meer zu wohnen, konnten sie sich selbst dort nicht leisten, aber dafür kauften sie ein Haus aus den 1930er-Jahren mit guter Bausubstanz.

Während sie das Gebäude originalgetreu renovierten, hausten sie in einem auf dem Grundstück abgestellten Wohnwagen. Die meiste Arbeit erledigten sie selbst.

Tims Familie – zu der im weiteren Sinne auch Pete, Zoey, Liam und Michelle gehörten – kam zwischen Thanksgiving und Weihnachten zur Hauseinweihung. Michelle brachte den angekündigten Löwen-Kronleuchter mit, und Linda weinte, als sie ihn sah. Als sie hörte, dass Michelle schwanger war, weinte sie gleich noch einmal.

Tim bekam den Auftrag, eine Mauer zu bauen; es folgte eine Terrasse, und aus jedem Projekt ergab sich ein neues. Bald kannten die meisten Leute in der Stadt ihn: *Tim, der Maurermeister, der gute Arbeit leistet.*

Sobald das Haus fertig war, hatte Linda wieder zu schreiben begonnen. Eine Geschichte, die nicht voller Zorn war und in der die Sätze nicht vor Bitterkeit troffen.

»Das ist ein guter Anfang«, sagte er, als sie ihm die ersten Kapitel zu lesen gab. »Das ist das Wahre. Das bist *du*.«

»Nein, du Quadratschädel«, sagte sie und wedelte drohend mit den Seiten. »Das bin nicht ich, das sind *wir*!«

Sie hatten keinen Fernseher, besorgten sich jedoch gelegentlich eine Zeitung.

Im Februar, neun Monate, nachdem Tim den Mann getötet hatte, der Linda ermorden sollte, gab es einen gewaltigen Medienrummel um eine Verschwörerbande, die aufgeflogen war. Zwei prominente Politiker begingen Selbstmord, in Washington gab es ein mittleres Erdbeben, und allerhand politische Seilschaften stürzten ab.

Eine Woche lang verfolgten Tim und Linda täglich die Nachrichten, dann nicht mehr.

Am Abend legten sie CDs mit Swingmusik und alten Radiosendungen auf – Jack Benny, Phil Harris, Burns and Allen.

Den 39er-Ford, in dem der Killer ihnen ein Souvenir hinterlassen hatte, hatten sie verkauft. Nun überlegten sie, sich wieder einen anzuschaffen, falls Lindas Buch ein Erfolg würde.

Wie Pete hatte auch Tim früher manchmal von abgetrennten Babyköpfen und von einer verzweifelten und gleichzeitig dankbaren Mutter geträumt, die ein Kind verloren hatte, zwei weitere jedoch nicht. Von ihren widerstrebenden Gefühlen überwältigt, hatte sie sich ein Büschel Haare ausgerissen und es zu einfachen Ornamenten geflochten, weil sie arm war und sonst nichts zu geben hatte, um ihre Dankbarkeit auszudrücken. Nun träumte er nicht mehr von solchen Dingen.

Die weite Welt blieb dunkel, und es drohte noch größere Dunkelheit. Tim und Linda hatten darin allerdings einen kleinen Lichtfleck gefunden, denn sie wusste, wie man Schlimmes ertrug, und er wusste, wie man sich dagegen wehrte. Das passte gut zusammen.